U0613121

三生有幸

我用大字抄《论语》

陈啸宏 编著

SPM 南方出版传媒 广东人民出版社

·广州·

图书在版编目（CIP）数据

三生有幸：我用大字抄《论语》/ 陈啸宏编著 . --
广州：广东人民出版社，2021.10
　　ISBN 978-7-218-15261-5

　　Ⅰ.①三… Ⅱ.①陈… Ⅲ.①散文集－中国－当代
Ⅳ.① I267

中国版本图书馆 CIP 数据核字（2021）第 187950 号

SANSHENGYOUXING：WO YONG DAZI CHAO 《LUNYU》

三生有幸：我用大字抄《论语》

陈啸宏　编著

出 版 人：肖风华

责任编辑：李力夫
责任技编：吴彦斌　周星奎
装帧设计：今亮后声·胡振宇

出版发行：广东人民出版社
地　　址：广州市海珠区新港西路 204 号 2 号楼（邮政编码：510300）
电　　话：（020）85716809（总编室）
传　　真：（020）85716872
网　　址：http://www.gdpph.com
印　　刷：北京博海升彩色印刷有限公司
开　　本：880mm×1230mm　1/16
印　　张：32.75　字　数：410 千
版　　次：2021 年 10 月第 1 版
印　　次：2021 年 10 月第 1 次印刷
定　　价：118.00 元

如发现印装质量问题，影响阅读，请与出版社（020-85716849）联系调换。
售书热线：（020）85716826

卷首语 一

卷首语 二

献辞

导语

引言

目 录

卷首语 一

抗疫斗争伟大实践再次证明，社会主义核心价值观、中华优秀传统文化所具有的强大精神动力，是凝聚人心、汇聚民力的强大力量。文化自信是一个国家、一个民族发展中最基本、最深沉、最持久的力量。

摘自习近平《在全国抗击新冠肺炎疫情表彰大会上的讲话》

（新华社北京 2020 年 9 月 8 日电）

生命至上，集中体现了中国人民深厚的仁爱传统和中国共产党人以人民为中心的价值追求。

摘自习近平《在全国抗击新冠肺炎疫情表彰大会上的讲话》

（新华社北京 2020 年 9 月 8 日电）

卷首语 二

樊迟问仁。子曰："爱人。"

摘自《论语·颜渊第十二》

仁者爱人，有礼者敬人。

摘自《孟子·离娄下》

爱人利物之谓仁。

摘自《庄子·外篇·天地》

谨将此书

献给

为了全民健康

健康中国

付出辛勤劳动的朋友

和所有

热爱生命

珍惜健康

追求美好生活的人!

并以此书

向"经典传承·榜书《论语》"

公益项目致敬!

三生制药董事长

2021 年 5 月 1 日

　　《论语》，对中国人它代表着传统文化，对外国人它代表着中国思维。《论语》其实是生命面向生活的思考，孔子乃至《论语》的编者想告诉人们，面对生活的各种安排，每个生命都应该有理性的认知。只有这样，才能去自觉信奉、遵守人们共有的道德，而活出生命的精彩。

　　"榜书《论语》"意义重大，这是历史上的首创，对于发挥传统文化的作用，对于推广孔子儒学，将会意义重大。

杨朝明

孔子研究院院长，研究员，博士生导师
国际儒学联合会副理事长
中国孔子学会副会长
第十三届全国政协委员

横書論書語
言恭達

承傳典經

亲爱的朋友，感谢您打开这本书。这是我们的缘分。

我是一个退休公务员，当过教师，当过工人；同时，也是个中国传统文化的"铁粉"，是个痴迷于学习书法的"发烧友"。

在《三生有幸：我用大字抄〈论语〉》里，"我"不仅仅是我，而是一个群体，是"经典传承·榜书《论语》"公益项目的所有参与者。在这个群体里，有文史儒学、美术书法等领域的大专家，也有刚刚参加工作的小青年；有业绩斐然的企业家，也有余热尚存的退休者。在《"经典传承·榜书〈论语〉"公益项目记事》中载入姓名的即有38人。大家都是志愿者，"经典传承公益项目"是我们大家共同的名字。大家一起，在这个时代，用这种形式，献上我们对中华优秀传统文化的热爱。我只是"我"中的一员，我承担了用榜书大字书写《论语》全文的任务。

在这个公益项目中，所写的榜书大字有多大呢？用书法界的行话说，是在"四尺斗方"上写一个字，也就是"四平尺"一个字。这个"四尺斗方"，如果按公制长度或面积单位说，就是大概 70 厘米乘 70 厘米见方，说个大数，约合 0.5 平方米。

那么，用这么大的字书写一部完整的《论语》，总规模有多大呢？还是先用书法界的行话说，是大约 6 万 4 千 "平尺"，或者用公制单位说，大约 8 千平方米。找个参照物吧，比一个标准足球场还要大出 1 千多平方米。如果把这些字一字排列，大概有个十多公里长吧。这部作品原件已经无偿捐献给孔子博物馆。

您可能会问，这么大的 "部头" 怎么看呀？费这么大的功夫有什么意义么？你们是怎么想起来做这么一件事呢？您还真问到点子上了。您容我在后边的章节里向您慢慢细说，还是蛮有趣的。在这里我们先聊聊关于《论语》的事。

在 "我用大字抄论语" 这七个字里，最吸人眼球的是 "论语" 两个字。因为中国有句老话，"半部《论语》走天下"，甚至说是 "半部《论语》治天下"。说明《论语》在几千年中国社会生活中有着非常重要的作用。但是，在我们现实生活中，对于很多人——可能是青年，可能是老者，甚至对于大多数中国人来说，《论语》是既熟悉又陌生的。说熟悉，大概都知道有本书叫《论语》，有个 "圣人" 是孔子，也许还知道 "学而时习之，不亦说乎" 什么的。说陌生，大概很少有人通读过《论语》，更别说认真精读过《论语》，而且很多人对《论语》还有些误解，甚至还有曲解。举一个绝非虚构的例子。有一天，一个朋友见到我，说"听说你在用榜书写《论语》，太好了！孔子可是大圣人，是个生而知之的人"。我问他，为什么这么说孔子呀？他说："孔子自己就这么说的呀。"我听了惊诧得难以自制。苍天在上！孔老夫子什么时候说过自己是"生而知之"的人啦？！《论语》里哪篇哪章哪句说到过孔子是"生而知之"的人啦？！这位朋友崇拜"圣人"崇拜孔子，可他崇拜的"圣人""孔子"并不是历史上真实的孔子，他崇拜的竟是根本不可能存在的"生而知之"的"圣人"！这等于是"满怀敬意"地给孔子老人家戴上一顶"伪圣人"的"桂冠"！殊不知，孔子恰恰是清清楚楚明明白白真真切切地说过："我非生而知之者，好古，敏以求之者也。"（《述而第七》第20章）瞧啊，没文化，真可怕！不了解中国优秀传统文化更可怕。误解曲解中国优秀传统文化最可怕！

孔子非常强调后天学习的重要，他老人家唯一引以为傲并公开自我表扬的就是"好学"！他曾说，像我一样讲忠信讲诚实的人并不少见，在哪怕只有个十来户人家的小村落小社区，也必定会有这样的人；但是在那里，像我一样好学的人可能没有，甚至可以说一定没有，因为像我一样好学习善思考执着地追求真理的人实在是不多见（原文见《公冶长第五》第28章）。《论语》还刊载了一幅孔子的"自画像"：发愤学习发愤钻研起来就忘了吃饭；沉浸在学有所得思有所获的快乐之中，一切忧愁一切烦恼就统统忘掉了；不知道不觉得不去想自己已近垂暮之年。他指着自己说：我就是这么个人吧，仅此而已啦（原文见《述而第七》第19章）。——这才是令我们敬仰的先哲圣人呀！圣贤孔子是多么朴实多么平易多么可亲的老人呀！

"经典传承·榜书《论语》"公益项目，就是要用一种古人也许想过，但是毕竟没有做过的形式，向中华文化经典致敬，向中国书法艺术致敬，贡献出我们热爱、学习、宣传、继承中华优秀传统文化的正能量。

受"经典传承·榜书《论语》"公益项目的影响，我周围的人有好几位把《论语诠解》拍了照片然后到网上去订购。我助理小组的伙伴们更是张嘴闭嘴不离《论语》里的句子——当然，这个场景可不是正襟危坐侃侃而谈的学术讨论会，而是我们手上干着活嘴上聊着天，只不过聊天的内容三句话不离《论语》罢了。我是一天六个多小时站在那抄《论语》，回到家倒在沙发上看《论语》，把今天写过的那些章句再琢磨琢磨，也把明天要写的段落预习预习提前做点功课。到了晚上看的还是《论语》，在晚上——以及在那些不用去工作室写字的日子里——则是通读精读翻来覆去地读，《康熙字典》《古代汉语字典》也是少不了要查的。所以，"经典传承·榜书《论语》"公益项目，不仅仅是有8千平方米的作品产出，同时，还有在7百多个日日夜夜里对《论语》的"学"与"思"，这才是那些字的灵魂。

可以这么说，如果没有"榜书《论语》"这件事，我这个儒学领域的非专业人士也不会有这么大的劲头去"啃"《论语》；如果我在"用大字抄《论语》"的过程中只是就事论事，而没有钻进《论语》里面去，我这个书法领域的非专业人士也撑不过这两年，更不可能最终完成"经典传承·榜书《论语》"公益项目赋予的任务。所以，"榜书《论语》"是我们"走进《论语》"的压力，"走进《论语》"是我们"榜书《论语》"的动力。我们三生有幸！

正因为如此，《三生有幸》这本书安排了 18 个篇章，在每一篇章里为您呈现 3 个版块。"版块 1"是"时人新事"，就是讲故事，专门叙述"经典传承·榜书《论语》"公益项目的参与者及项目进展的步骤环节。"版块 2"是"论语心得"，专门与大家交流我们在学习《论语》过程中的点滴心得体会。"版块 3"是"链接馨苑"，我们把目光投放到学习中国优秀传统文化的大视野中，和大家分享那些与"版块 1""版块 2"既有内在联系却又有适当拓展的内容。

这样安排可不是为"立异"而"标新"，真不是"为作新词强说愁"，而是这本书内容的特殊性要求的。在"版块 1"中的故事，基本上是按时间人物事件发展的脉络叙述的，这样比较容易把事情说清楚，就是平铺直叙。"版块 2"是学习心得，而学习心得需要用思想观点理论体系的脉络来叙述，这样比较容易把道理说清楚，以求深浅相宜。因而，"讲故事"和"谈心得"在每一篇章中不是一一对应的。其实，在我们两年来的真实生活中"故事的展开"和"学习的收获"也不是一一对应的。所以，这样的设计也许便于您在阅读的过程中身临其境吧。当然，您也可以把各个篇章的"版块1"一口气看完，对故事的来龙去脉了然于心；再将"版块2"前前后后反反复复地"把玩"，因而生出一些批评意见；"版块3"嘛，就权当轻松一乐。"版块1"是真人真事，而且是当代人的新鲜事，能给"版块2""版块3"以亲切感，从而增加温暖度——《论语》离我们并不遥远；"版块2"是"版块1"的"魂"，"学《论语》"是"抄《论语》"的动力，能给"版块1"以厚重感，从而增加深厚度——书写的苦旅也是求"仁"之路。"版块3"则可以增加宽广度——中华文化博大精深生机无限，传统文化也是现代生活的一部分。我和我的助理小组同仁也是走心入戏了。我们向您真诚地奉上我们的所作所为所思所想所求所愿。愿这本书能助力您的美好人生更加璀璨。我们三生有幸！

三生制药的领导和"经典传承·榜书《论语》"公益项目有着一段颇为有趣的情缘，他们还是首倡编写一本书来讲述这个公益项目故事的人。我向他们表示感谢。他们却说，能用这种形式参与这么有意义的事，是我们"三生"有幸啊！

我们有幸生活在当今美好时代！我们有幸看到辉煌的中华优秀传统文化在当今时代如此灿烂！当"榜书《论语》"工作进展到书写下部的时候，新冠病毒突袭人间。中国人民在党的领导下，仅仅用了3个多月的时间就取得了全国抗疫斗争重大战略成果，在疫情防控和经济社会发展方面都取得了显著成效，铸就了生命至上、举国同心、舍生忘死，尊重科学、命运与共的伟大抗疫精神。习近平总书记指出："生命至上，集中体现了中国人民深厚的仁爱传统和中国共产党人以人民为中心的价值追求。"这是我们道路自信、理论自信、制度自信、文化自信的实证。我想象，如果孔老夫子在天有灵，也许会无限感慨地说：时哉时哉！你们赶上了好时代！我学术思想的精华能在你们的时代里被运用得如此恰到好处，我也是三生有幸啊！

"唐棣之华，偏其反而。岂不尔思？室是远而。"子曰："未之思也，夫何远之有？"我们一起来读《论语》吧！虽然孔子与我们相隔遥远的时空，但我们依然坚定地追随着他，我们愿意做他"三千编外"的弟子。

于此，能用以书交流的方式与您为伴，实乃三生有幸！

陳嘯宏

2021 年 2 月 3 日初稿

5 月 1 日终稿

引言 又及:

　　2021 年中秋节——也就是本书付梓的前两周,由国家图书馆、尼山世界儒学中心、孔子博物馆共同举办的"《论语》主题展"在孔子博物馆开幕。展品以文物文献为主体。展览简介第三部分的配图选用了"经典传承·榜书《论语》"公益项目作品的复制品。

篇次 十九　章次 十三　頁次 九

001

秋天是美好的。 秋天是收获的季节。

北京的秋天景色是最美的。 金色的阳光把首都照得闪闪发亮。 银杏树也渐渐随了阳光的色彩。 多少回,十里长街踏着国庆阅兵和游行群众的步伐起舞。

[时人新事] 第一篇

独立三枚微电影 催生一个大奇思

京伦饭店就坐落在长安街畔。2018 年国庆节假期里，娄竞邀六七个老熟人在那相聚。我在和娄竞、萧卫红交谈时萌发了用四尺榜书大字书写一部中华经典的念头。这还要从三个互不相干的"微电影"说起。

那年春天在扬州，我听一位国医大师讲他的学术理论，他把他的理论体系划分为五大部分，每个部分都用一个字来概括。我听了顿觉新意盈耳，受益良多，故频频称赞。会后，这位国医大师让我把这五个关键字写出来，他做 PPT 的时候用。大师留了作业，我可就认了真了。我细心体会这五个字在这个理论体系中的分量，寻思着如果在四尺斗方上写颜楷大字会比较贴切。而且，原字可以上墙自有体量，缩小后可作 PPT，也会比用小楷寸楷更有味道。有了腹稿便动手写上几遍，请办公室同事们来品头论足。说来也巧，那几天刚好书法名家言恭达先生来到北京，我和唐旭东一起去见他，王曙章也在。我挑了几个自以为顺眼的字，带去向言先生求教。言先生平易近人，说知道你写小字，这回又写大榜书啦。随即让我把字摊在地上，从结字到用笔，再到用墨进而气势精神，批评指导一番。我是有听懂了的有没听懂的，有记住了的有没记住的，有能落到手上的有想落也一时半会落不到手上的，但的的确确是回去以后又认认真真写了几遍，向国医大师交了作业。这是微电影之一。关于唐旭东、王曙章，我会在后边的章节里向您介绍。

微电影之二的剧情很简单。某大医院的院长是位著名中医，是我多年好友，研习书法比我用功，字写得比我好，也经常鼓励我。一天他对我说，我喜欢你的小字，能不能写写长篇文章，这样可以一边看字一边学习文章内容。我是真对不起人家，到今天也没给人家写。唉，人熟不讲理呗。

微电影之三就是本文开头说到的，我和娄竞、萧卫红交谈时的事。正值我们交谈甚欢，萧一本正经地对我说，跟您求幅字。我说，您客气，留什么家庭作业您说。他说，写幅《金刚经》就行！听到这儿我才听明白，他是在测试我的智商。《金刚经》5千字，写小楷写一个星期，他肯定知道我没这功力也没这时间。他跟我"逗"智，那我就跟他"逗"勇。我说，没问题，就一个条件，写完之后您给它展览一天，作品就归您了。我用手比画了个四尺斗方的大小说，给您用这么大的字来写。我是反将他一军，2500平方米，看你怎么展览。萧接得也快，没问题，我新盖的厂房还没用呢！娄总笑了，萧也笑了，大家一笑了之。这微电影之三也就播放完了。

好了，现在梳理梳理，看看这三个本来互不相干的微电影之间能有什么关联。其实，"微电影三"已经是把"微电影一"的"大字"和"微电影二"的"长篇"给"串"起来了，把两个孤立事件的"核心"揉到一起了。这个"揉"不是搜索枯肠般拼凑出来的，而是生活中的积淀自然迸发出来的。在此之前，我从来没有想起过这两件事，更不用说把两件事联系起来一块想了。

回到家以后，"微电影三"在我脑海里一遍又一遍滚动播放。我给萧提的条件，无非是想用大字写长篇面积太大因而展陈不便来难为他。因为据我所知，在书法史上，被称为"大字鼻祖""榜书之宗"的《泰山经石峪金刚经》，是中国现存最大规模摩崖石刻，占地2千平方米出头。展陈比较困难——这也就是我们在"引言"部分里提到的，这么大的"部头"怎么看——的问题，恐怕是榜书长篇在历史上较为少见的原因之一吧。但是在当今时代，我们有了数字技术，我们可以把榜书长篇制作成电子版，随时随地想怎么看就怎么看。我心头豁然开朗。本来是我拿来难为人家的题，不仅是被萧的"新厂房"给破解了，最根本的还是被"新技术"给破解了！

晴空万里，艳阳高照。一个用榜书大字书写一部中华经典来做公益项目的奇思妙想初见端倪。

我打电话告诉萧卫红，他也非常高兴。他后来还告诉我，说娄总很重视这个项目，要做一本书，把这些满满正能量的故事讲给大家听。

有好几次，我把"独立三枚微电影，催生一个大奇思"作为"如何创新"的案例，介绍给企业领军人才培训班的学员们。核心思想就是孔子说过的"学而不思则罔，思而不学则殆"（为政篇第二，第15章）。更重要的是，孔子说"吾尝终日不食，终夜不寝，以思，无益，不如学也"（卫灵公篇第十五，第31章）。创新，不仅仅是没日没夜地冥思苦想，学习积累很重要。思想火花是在丰富的社会生活中碰撞出来的。纵向看，水滴石穿；横向看，跨界往往是出彩的平台。对不起，扯远了。

您在下一章，将看到我们确定了用榜书大字书写的中华经典是《论语》。而且，在"引言"里您已经了解到，学习《论语》是伴随着这个主题公益项目每天的"必修课"，学习《论语》的点滴体会是我们工作的动力。请您检视[论语心得]吧！请多多指教！

[论语心得] 第一话

彼黍离离为谁心忧　行迈靡靡谓汝何求

又一次读完《论语》的最后一章、最后一句，我合上书，良久地静默着。思绪飘向渺远的春秋末期……

孔子执绥升车，骏马嘶鸣，一路扬起尘烟奔向另一个邦国……孔子若有所思地垂目端坐，继而展颜，曰："学而时习之，不亦说乎？有朋自远方来，不亦乐乎？"他望着车外不断涌来的景物，又豁然叹曰："人不知而不愠，不亦君子乎？"

这是我臆想的画面。孔子说出这三句话的场景我们无从得知——可能是在讲学，可能是在鲁国为官，也可能是在与弟子闲谈……然而，通读《论语》竟发现，他一生的奔波与追求都包含在这短短的三句话里，让我不得不去联想，那是一个经历了挫折、承受了痛苦、忍受了冷眼之后，还无悔初衷、毅然前行的灵魂，在又一次朝着希望与梦想出征的途中，发出的豁达而智慧的慨叹！

1.孔子之"悦"：学而时习之，不亦说乎

"如果我的学术思想我的学说理论能够被这个时代采纳，被这个社会付诸实践，该是一件多么令人高兴的事呀！"孔子一

生的追求，就是践行自己的"道"。因此，这句话被放在了整部《论语》的开篇。孔子所"悦"的，是他生命价值得到体现。

那么，我们长期以来对这段话的理解，"学习，并且时不时地温习所学的知识，是多么高兴的事呀"，是不是一个错误呢？我看，错不错的事就由专家们去讨论吧。我所关心的只是我怎么能够在学习过程中实现"受益最大化"。各家之言总有各家之长。善学者博采众长。古代朱熹的解释有其积极意义，在于劝导学生们努力学习温故知新，而且应当高高兴兴心情愉悦地实现这个过程。当然啦，学生们真实的心理感受能否是个"悦"字，人各自知吧。平心而论，当学生时我还真没那么高的觉悟。今人杨朝明的解释有其积极意义，在于引导我们去认识孔子政治思想的历史作用、真实面目。在我看来，对错不敢妄论，但深浅之别还是看得出来的。我从杨朝明。不能把这句话读浅了。

学习《论语》，要联系历史背景，联系社会发展。还要联系现实生活。孔子思想的精华是黄金是珍珠是宝石。学习传承经典，就是要用这些宝贵的财富，把我们的生活装扮得更美丽。

还是回到刚才讨论的那句话吧，我们分析一下三个关键词：学、时、习。

首先看"学"字："学"在《论语》中多次出现，且意义不同，在"学而时习之"中，做名词，译为学术、学说；在"行有余力，则以学文"中，做动词，译为学习；在"就有道而正焉，可谓好学也已"中，"好学"作为词组，做形容词。这三重含义有着必然的因果关系，即因为好学所以才能持之以恒地学习，因为持之以恒地学习才能形成自己的学术观点学说体系。

子曰："吾十有五而志于学。"一个人能够在十五岁的少年时期就有志于做学问，说明什么？说明他在此前已经有了较深的积累，已经学有所思、学有所悟、学有所得。

众所周知，做学问是一件很艰难的事，绝不是高高兴兴轻轻松松就能做出来的。王国维在《人间词话》中讲了做学问的三重境界："'昨夜西风凋碧树。独上高楼，望尽天涯路'，此第一境也。'衣带渐宽终不悔，为伊消得人憔悴'，此第二境也。'众里寻他千百度，蓦然回首，那人却在，灯火阑珊处'，此第三境也。"

这话翻译成现代流行语就是：万事开头难，然后中间难，最后结尾难。面对这么多"难"，可以乐观，但没法愉悦；可以淡定，但绝不轻松。

孔子其实也和我们一样，经历了艰难跋涉、逆水行舟的过程，不停地在动词"学习"与形容词"好学"之间辗转，才最终产生了名词"学问"。

孔子深谙学习之苦，因此在《论语》中，像解答摩尔密码一样，将面对三重境界的对策与我们逐一分享，这真是来自几千年前的馈赠！

第一境界：望尽天涯路——迷茫期，在门口徘徊，摸不到门。孔子告诉我们：不要慌，学就是了！子曰："吾尝终日不食，终夜不寝，以思，无益，不如学也。"还告诉我们："学而不思则罔，思而不学则殆。"一边学一边想，学和思相互结合相互渗透，就能够相辅相成，最终走出迷雾，柳暗花明。

第一关通关之后，绝不能留恋成功的喜悦，因为一旦我们止步不前，就马上会受惰性的牵引被拉回到学渣的原形。孔子告诉我们，要"敏而好学，不耻下问"。还激励后学说，你看我是怎么成的学霸的呢："十室之邑，必有忠信如丘者焉，不如丘之好学也。"只有十户人家的小村落小社区，也有像我孔丘这样做事诚信尽心的人，但是一定不会有像我这般好学。勤奋好学终将渐入佳境，进入"衣带渐宽终不悔"的第二境界。有一句歌是这样唱的："走近你走近了痛苦，离开你离开了幸福。"做学问真正入门之后，才有以苦为乐的觉悟。

随着学习的积累，我们不知不觉地通过了第二关，迎来了第三关的终极隐身 boss：众里寻他千百度。孔子又来加油了，他说："盖有不知而作之者，我无是也。多闻，择其善者而从之；多见而识之，知之次也。"孔子告诉我们：有的人，知识积累还远远不够，看问题也还不深刻，却急着想著书立说，急着出成果。我不会这样浮躁，不会这样急于求成。积累知识要多多地听，把你觉得好的东西承接下来；还要多多地看，把你觉得好的东西记下来，接受准确可信的知识并且记住它。这样就能积累知识，形成自己的观点，这是求知的次序！

质变都是由量变产生的，在不断学习积累之后，我们终于发现"蓦然回首，那人却在灯火阑珊处"。这时候的喜悦、激动难以用言语形容。

您看看，绕了这么一大圈以后，再回过头来体会朱熹的解释也还是有意思的。只不过我们通常把孔子的那句话局限在了学习的范畴，把《论语》读浅了。

孔子的"不亦说乎"，首先源于他笃定的学术自信——这是一位真正的学者悟道、得道之后坚如磐石的信仰，是他生命的底色！

于是孔子说："学而时习之，不亦说乎？"他自信地想要告知天下：我的学问应当被社会所接纳、被社会付诸实践！如果我生活的时代，我目前身处的社会能够接受我虔诚的馈赠，那么这是一件多么值得高兴的事啊！

孔子为何而高兴？为他理想的实现而高兴，为他人生价值的体现而高兴，更为天下苍生能够分享"道"的果实，过上闲适自在的生活而高兴。

孔子之学，是为仁而学；孔子之乐，是为仁而乐；孔子之忧，亦是为仁而忧！他的一生，心怀苍生，万苦不辞！

然而，拦在孔子的"学"与"习"之间的，是一个晦暗的、混乱的、礼崩乐坏的时代。

"时"这个字，从来都无法单纯用好或坏来形容。它的颜色是变幻的，充斥在空气里，钻入我们每个人的毛孔中。多数人身在其中，不识庐山真面目；多数人随波逐流，被时代的浪潮席卷着飘向未知的命运；多数人只顾着当下的利益，不肯抬头看看时代的变迁……多数人这样安慰自己：天塌了有个子高的顶着！殊不知"天下兴亡，匹夫有责"，每个人都是时代的创造者；每个人的小善、小恶，一言一行，都在或多或少或大或小或显或隐地影响着这个时代；因此，每个人都必须有自己的担当！可惜，几乎每个时代的清醒者，都是少数。

孔子生逢乱世，他和追随他的三千弟子，就是那个清醒的少数派。

孔子奔走于各邦国之间，他坚定地怀着希望，认为自己怀揣美玉，只需要等待一位识货的商人——"子贡曰：'有美玉于斯，韫椟而藏诸？求善贾而沽诸？'子曰：'沽之哉！沽之哉！我待贾者也。'"然而，一次又一次，希望落空。

除了在鲁国为官三载，孔子四处碰壁。他不禁焦虑地发问："谁能出不由户？何莫由斯道也？"谁外出的时候不是从门走出去的呢？从门出入才是正道呀！我的学说就是这个门，就是这个道。为什么没有人走这条道呢？

孔子忍受着生不逢时的苦痛与怀才不遇的煎熬，依然坚守着自己的梦想——马车外，扬起的尘埃似飞烟似迷雾，接连倒退的景物仿佛只是一场幻影，而时间与空间就这样被一个个连贯的瞬间抛在身后……孔子心头还有期望："有朋自远方来，不亦乐乎？"

2. 孔子之"乐"：有朋自远方来，不亦乐乎

对于这一句，有一种解释，说是孔子的待客之道。这种解释往往和把上一句解释为"学习"在一起。我们说了，仅仅局限于"学习"是把孔子的话"读浅了"。那么，在谈了"学习"之后就谈"待客"，显然没逻辑，是把《论语》"讲散了"。

关键是要把握这句话里的"朋"字。汉代有学者认为"同门曰朋"。可同门就真的同心吗？金庸的武侠小说里，小龙女和李莫愁是同门；尹志平和赵志敬是同门；令狐冲和劳德诺是同门……然而这些同门非但没有成为"朋"，反而一见面就大打出手——那么该如何理解孔子口中的"朋"呢？《卫灵公第十五》第 40 章给出了明确的答案："道不同，不相为谋。"彼此之间的理念、道术不同，不能在一起谋事。因此，孔子选择"朋"的标准为，是否"道同"，即，同道曰朋。

这样算来，追随孔子的三千弟子，都应该算作孔子的"朋"，他们中的很多人常伴孔子身边，又怎么是从远方来呢？

当然，不排除一些弟子万里迢迢追随孔子的脚步；也不排除一些弟子远游归来，孔子开心地接待；更不排除一些有学问的同道中人，到孔子家做客，与孔子进行友好的学术交流。

彼时，孔子之"学"尚未达成"习"，在自己的学术没有被采纳和实践的岁月里，孔子的"不亦说乎"只是一个美好的憧憬。因此，生活在同一时代的同道之人自远方而来，认同孔子的学说，达成一起谋求事业的共识，孔子当然是非常开心的！一个人的力量再强，也不如两个人甚至一个团队的力量大。

只是，通读《论语》，除了孔子的弟子之外，并没有出现一个自远方而来的，与孔子志同道合的"朋"。与孔子在精神层面契合度最高的、最能够给予孔子灵魂慰藉的，应该是《论语》中多次被孔子及其弟子提到的颜回。

可惜，颜回薄命，先孔子而去……

那么，孔子的"不亦乐乎"究竟乐从何来呢？南怀瑾有过这样一个大胆的猜想："'有朋自远方来，不亦乐乎'——你不要怕没有人知道，慢慢就有人知道，这人在远方，这个远不一定是空间地区的远。孔子的学问，是五百年以后，到汉武帝的时候才兴起来，才大大的抬头……这个时间隔得有多远！这五百年来是非常寂寞的，这样就懂得'有朋自远方来，不亦乐乎'了。"

虽然我认为，五百年后，汉武帝时期董仲舒"罢黜百家，独尊儒术"所推崇的儒家思想，未必是春秋末期孔子及其弟子学术思想的原貌，但对于"远方"不仅仅是空间概念，而是一个时间空间多维度概念的表述，我十分认同。

孔子坚信自己的学术具有实践的价值，他和老子一样清楚地明白"飘风不终朝，骤雨不终日"的道理——混乱的时代总有结束的那天，而当新的时代来临时，就会"有朋自远方来"，与他的"道"相遇、相识、相知、相伴、相守，最终在那个时代实践他笃定的真理。

孔子的心中，有一轮照耀千古的明月——静谧而辽远，与星辉相伴。

3. 孔子之"不愠"：人不知而不愠，不亦君子乎

既然相信终会有朋自远方来，那么此时的不被理解不被采纳，又何足道哉？孔子于是发自内心地感叹："人不知而不愠，不亦君子乎？"别人不理解我——君王、社会、时代不重视不

采纳我的学术观点我的学说理论，我也不去怨天尤人，我也不生任何人的气，这不也是有修养的君子吗？"人不知而不愠"是孔子一生的写照：孔子的一生是求道、卫道的一生，是不得势、不得志却依然执着坚守的一生！用我们今天的话来讲，是不忘初心的一生。他有生之年最终没有看到自己的学说被应用。他曾恳切地大声疾呼："朝闻道，夕死可矣！"也曾惋惜地说："凤鸟不至，河不出图，吾已矣夫！"还曾嘲讽当时的混乱无序："觚不觚，觚哉！觚哉！"并且在临终之前唱道："泰山其颓乎！梁木其坏乎！哲人其萎乎！"（《礼记·檀弓》）

但是，无论痛苦抑或焦虑，戏谑抑或惋惜，在一切负面情绪里，孔子唯独没有怨恨！不生气——不是为了做出君子的姿态而假装不生气，是真的不生气，不生闷气！

为什么呢？是因为孔子脾气太好了吗？如果这样理解，"人不知而不愠"因为是好脾气，那简直是把孔子"看扁了"！

那是为什么呢？是因为孔子太自信了！孔子相信，自己的学说足以震烁古今，一定能等到大放异彩之时。所以他不和那个错乱的时代生气，也不和那些蝇营狗苟昏昧无知的当权者生气，更不会和被时代裹挟着幻生幻死的小人生气！

他不生气，却十分忧虑！他忧虑自己是不是还有做得不够好的地方，他忧虑那位远方之"朋"会不会因为他的不足而与他的"道"擦肩……

这就是圣人与凡人的不同——我们多数人每天忧虑的是，钱挣得够不够多，房子够不够大，车子够不够气派；工作稍微复杂繁重些就生出许多愠怒，总想着自己应该获得一份"钱多事少离家近"的"完美"工作。孔子则"忧道不忧贫"，他不担心自己有没有饭吃，却时时刻刻担心，自己的为人自己的学养是不是还没有达到完美的境界。

因此他说："不患人之不己知，患不知人也。"

他说："不患无位，患所以立；不患莫己知，求为可知也。"

他说："不患人之不己知，患其不能也。"

他说："君子病无能焉，不病人之不己知也。"

他说："不知命，无以为君子也。不知礼，无以立也。不知言，无以知人也。"

孔子发自肺腑的忧虑与他发自肺腑的快乐如出一辙：孔子为何忧虑？为他的理想有可能因为自己的不完美而不被实践忧虑；为天下苍生有可能因为他的过失而未能分享甘美的"道"的果实忧虑；为百姓也许最终盼不到理想中的闲适自在的生活忧虑！

然而，孔子绝不会停留在忧虑之中无所作为！他说："不曰'如之何，如之何'者，吾末如之何也已矣。"未雨绸缪，积极应对才是孔子一贯的作风。那么除了朝乾夕惕地做学问，除了无处不学、学无常师地志于"道"之外，孔子在那个礼崩乐坏的时代还能做些什么呢？

这就要让我们重新回到"时"字上了。

时，与"世"相通，时乱时治。因此我国的历史上出现过无数次乱世、治世、盛世的更迭。而孔子身处乱世，就更加敏锐地思考，如何能够在黑暗之中不改其志！他总是告诫我们要"知天命"，他不怨怼时代，也是因为他"知天命"——孔子在反复经历挫折之后，依然"学而不厌，诲人不倦"，就是因为他明白，自己生在这个时代，是背负着使命来的！当他被围困于匡这个地方的时候，他毫无畏惧地说："文王既没，文不在兹乎？天之将丧斯文也，后死者不得与于斯文也；天之未丧斯文也，匡人其如予何？"孔子以"后死者"自居，说："周文王辞世后，蕴含文武之道的六艺之类的文献典籍不就都被我继承了吗？如果上天要灭绝文化，就不会让我继承它！如果上天不想灭绝文化，那匡人的威吓又能把我怎么样呢？"这种传承文化的使命感，就是孔子在乱世中的一大作为！

孔子的学生子路继承了孔子的使命感，他说："不仕无义。长幼之节，不可废也；君臣之义，如之何其废之？欲洁其身，而乱大伦。君子之仕也，行其义也。道之不行，已知之矣。"明知"道之不行"，却依然不选择避世，而是积极入世，因为这是在尽自己道义上的责任！

有个说法叫作一灯能除千年暗，一智能灭万年愚！

在春秋乱世，孔子就是那盏尽管风雨飘摇却执着地不肯熄灭的明灯。《论语》闪耀的智慧之光，穿越古今，照耀人类的文明。

眼下，我们面对着自己的时代。试想，孔子是否也正凝望着你我，也在探索这个他的子子孙孙正在努力开创并不断完善的新时代呢？

我们有着包括优秀传统文化在内的文化自信。

著名文学家木心在诗歌《从前慢》里这样说："……从前的

日色变得慢，车，马，邮件都慢。……从前的锁也好看，钥匙精美有样子，你锁了，人家就懂了。"

而现在呢？世界在短短百年间发生了翻天覆地的变化：发达的交通、信息化的生活方式、互联网串联着小小地球村……在逐渐加快的生活节奏中，人们的生活方式也在不知不觉间改变了：以前那些繁体字竖排版的老书大多消失不见了；书店里一排排装帧精美、印刷崭新的纸质书还未来得及下架，e-book、"微信读书"等电子阅读软件、手机小程序就已备受青睐……然而随着"读图时代"的到来，越来越多的人更加偏爱漫画带来的视觉感受，无法静下心来阅读文字；接着网络短剧、微电影、微动漫、抖音小视频又成了时代的新标识。

吃着各式各样的快餐，甚至包括眼花缭乱的"文化快餐"的我们，离孔子削竹刻字的时代越来越远……孔子那匹拉车的老白马在时光的隧道里悲鸣——它不再健硕的身躯是否还能支撑着它追赶上这个时代呢？

是不是该轮到我们回过头，去寻找那些散落在历史长河里的珍珠与玉石了？再不回头望一眼，那些正在失落的，可真的就随风消散了……你我都清楚，我们这个时代是一个最好的时代：人民生活水平、教育水平、医疗水平显著提高，而我们的精神需求也可以得到各式各样的满足。只是，我们真的清楚我们需要什么吗？

当年轻的夫妻下班回家，吃完外卖，各自戴上耳机，拿起手机，开始整晚王者荣耀时；当小孩子大多戴上厚厚的眼镜片——

不是因为学习太用功，而是因为电视、手机、Ipad 过早地伤害了他们的视力时；当我们的年轻人不再知道怎样用毛笔写字，甚至写不好钢笔字，只会敲击键盘时……我们是不是应该放慢脚步，回头等一等我们的文化、我们的本心？

幸好，这一切都不是太晚！我们的国家和人民已经意识到了文化的游离，正在复兴传统——非遗项目的申请、民俗文化的传播、传统国学的复兴，以及环保、极简生活的倡导，让越来越多的年轻人找到了新的时尚——书法、诗词、古琴、香道、茶艺、围棋……这些慢节奏的艺术生活再次进入我们的视野，走进我们身边，被越来越多的人所喜爱。而现代科学技术，又让这些传统文化的传播方式发生了质的改变……就像我们"经典传承·榜书《论语》"公益项目的作品，如若一字排开是 10 公里长，古人要是想看只能来来回回地走着看，太累呀，所以古人没干这件事。但是今天，借助于数码技术制成电子文本，您想在哪儿看就在哪儿看，您想怎么看就怎么看。所以我们干了这件事。我们生逢文化自信且科技发达的时代！

辛劳了千年的老白马，终于可以卸下沉重的车辕，安享晚年。而《论语》凝聚的孔子及其弟子的智慧，正在向我们招手……

我不禁感叹，生而逢时的我们，比生不逢时的孔子幸运千百倍！那我们又有什么理由去浪费光阴、消极怠惰，而不去做一些于时代、于文化有价值的事呢？在这样的思索中，"经典传承·榜书《论语》"公益项目萌生了！我和完成这个项目的团队，作为一个被时代感召的群体，通过榜书这样的形式，表达了我们对文化的自信，回应了我们这个时代传承传统文化的思想理念！

在这个过程中，我感同身受地体会着孔子的执着、包容、仁爱……因此，我才将这些文字摆在这里，希望更多的人能够走近孔子、了解孔子、阅读《论语》，体会我们的祖先对文化责任的担当！

在落笔的每一个瞬间，我都能够清晰地感受到，孔子对其学术笃定的自信与我们这个时代的文化自信不期而遇、相与为一；我能够清晰地触摸到，孔子对其学术无倦无悔的追求与我们这个时代对传统文化的呼唤寻觅浪漫邂逅、激情碰撞；我能够真切地体会到，《论语》提倡的忠恕、仁爱、信义等观点，与这个时代国际化发展、大国责任的担当"一带一路"倡议需求珠联璧合、浑然一体。

在这样的时代背景下，我们有千百个理由积极进取，做一个自强不息、厚德载物的君子！

孔子之学，不仅在于书本，更在于实践——他数年如一日，不知疲倦地学行天下，真正做到了格物致知。我们的时代正在民族复兴的大道上昂扬奋进。我们就在其中。我们应该有孔子一样的勤奋与责任担当！

温、良、恭、俭、让，仁爱、忠恕、孝悌、信义……这是中华民族的基因中华儿女的品格。我们品读《论语》，探究是怎样的修学经历铸就了孔子的一生？是怎样的人生态度塑造了他坚毅的性格？在十八个话题中，我愿意与您一起沿着《论语》的脉络，继续追寻孔子求道的脚步，回溯古今、放眼时代，在孔子及其弟子的一言一行中，拾取我们祖先留下的智慧财富。

[链接馨苑] 第一境

从一首《临江仙》想到的

在上面的"时人新事"中，您知道了因让我书写《金刚经》的提议而引发的故事。现在要说的事，也与友人让我写字有关。写的是苏轼的《临江仙·夜饮东坡醒复醉》，原文如下：

> 夜饮东坡醒复醉，
> 归来彷佛三更。
> 家童鼻息已雷鸣。
> 敲门都不应，
> 倚杖听江声。
> 长恨此身非我有，
> 何时忘却营营。
> 夜阑风静縠纹平。
> 小舟从此逝，
> 江海寄余生。

这首《临江仙》我不太熟悉。不熟悉就格外用心。我就到网上去搜注释搜赏析搜创作背景，当真是学习了。同时，我有个习惯，遇上用心的事就会启动我的思考"小程序"：问题—分析—方案—评估。就是说，第一步问自己，有没有什么问题要问的；第二步问自己，针对自己提出的问题，分析一下可能的原因是什么；第三步问自己，有什么解决方案；第四步问自己，你这个方案有什么优缺点。

我想，为什么 60 个字里要用 8 个两两相重的字呢？"营营"叠用有独特意义因而不算，还有"夜""江""此"。当然，在诗词里用重复的字或词并不少见。例如，毛主席的《蝶恋花·答李淑一》：

> 我失骄杨君失柳，
> 杨柳清扬直上重霄九。
> 问讯吴刚何所有，
> 吴刚捧出桂花酒。
> 寂寞嫦娥舒广袖，
> 万里长空且为忠魂舞。

再例如，崔颢的七言诗《黄鹤楼》，前四句是：

> 昔人已乘黄鹤去，
> 此地空余黄鹤楼。
> 黄鹤一去不复返，
> 白云千载空悠悠。

这两个例子都是行云流水银盘玉珠朗朗上口。除了姓氏名字名称之外，崔诗的那两个"空"字，也是一个地上一个天上既有时间差别又有空间差别。还有词牌《忆秦娥》要求用叠韵重复。还以毛主席的词《忆秦娥·娄山关》为例：

> 西风烈，长空雁叫霜晨月。
>
> 霜晨月，马蹄声碎，喇叭声咽。
>
> 雄关漫道真如铁，而今迈步从头越。
>
> 从头越，苍山如海，残阳如血。

除叠韵重复的特殊要求外，两个"声"字两个"如"字的重复，渲染了急促凝重的氛围和节奏不断强化的音乐效果画面效果。也就是说，有逻辑规则情感艺术上的需要。但在这首《临江仙》中，我一时还没体会出这些。

那么，为什么会有这样的现象呢？我觉得可能有这么两个原因。第一种可能是，苏轼诗词风格决定的。苏轼的词开豪放一派，情感畅达，格调超逸。元好问曾评说，自东坡一出，情性之外，不知有文字。也就是说，苏词的特点之一，就是他最为看重情性的表达，而不注重不讲究不追求文字的修饰。第二种可能是，苏轼是大文人大词人大诗人出口成文出口成词出口成诗，那天从东坡夜饮出来，出口作一首《临江仙》，虽不饰文字，但直抒性情，就这么传下来了。

那可否给自己出个难题，就当做个游戏做个训练，试着给这这两个"夜"两个"江"两个"此"做些调整呢？试试吧。"夜阑"描述的是特定的时间段，和前边的"三更"有呼应，还有时间流逝的层次，不能动；而"夜饮"若调整为"宴饮"似无不可，而且多了一笔描画。比苏轼年少40岁的词人叶梦得在《避暑话录》中就有记载，苏轼患眼疾，逾月不出，友人以为他死了。苏轼也许是被友人关心所感动，要聊表谢意；也许是要证明一下自己还活着，想刷个存在感，就请了几位好友畅饮。"夜归，江面际天，风露浩然，有当其意者。乃作歌词。"也许，"宴饮""畅饮""痛饮"不是苏轼没想过，而是他觉得就用"夜饮"吧。风格，这就是风格。只是对于我这个"学习者"，三月半年写不上一首词一首诗，实在不敢"不知有文字"呀。

再说两个"江"字。"听江声"不动，意境幽深。"江海寄余生"似可斟酌。人是陆生动物，余生寄居之所在即便是桃花源，也是"林尽水源，便得一山。山有小口，仿佛若有光，便舍船从口入"，那也是江边海边之地。不说了，越说越复杂。其实，"此"者也，夜色朦胧，晨雾朦胧，天低水阔，水天一色，水天无穷大，小舟无穷小。即有"小舟从此逝"，亦即小舟逝去了看不见了，似可顺嘴来一句"浩渺寄余生"，抑或也了却了一切烦恼。

还有两个"此"字。"从此逝"不动，恨不得小舟从此地从此时逝去，情切意决。"此身"或可调整为"我身"，"长恨我身非我有"。这时虽然出现了两个"我"，但这两个"我"是有逻辑情感艺术联系的。我身空有"我身"之名啊，事实上我并不能以我的意志我的愿望去指挥他役使他，恨呀，恨从心起啊，这恨也绝非今日之所生啊！两个"我"字在一个句子中出现，制造了"名实不符"的矛盾。或可一试。

如上作一调整后，这首《临江仙》成了这个样子：

> 宴饮东坡醒复醉，
> 归来仿佛三更。
> 家童鼻息已雷鸣。
> 敲门都不应，
> 倚杖听江声。
> 长恨我身非我有，
> 何时忘却营营。
> 夜阑风静縠纹平。
> 小舟从此逝，
> 浩渺寄余生。

自我评价：学习态度较好。以一种与古人切磋的方式，以期进一步加深对历史名篇佳作的理解，并非不可尝试。

供您一哂。前边说了，只是做个自我测试，做个游戏而已。

顺带着再多说两句。在前边[论语心得]说到"孔子之悦"时用了"不识庐山真面目"一句。这句来自苏轼的七绝《题西林壁》：

> 横看成岭侧成峰，远近高低各不同。

不识庐山真面目，只缘身在此山中。

这是一首说理诗。

既然是说理诗，核心是把"理"讲通讲透讲明白。

还是进入上面说到过的思考"小程序"，再自我测试一把如何。我试着把"只"调整到"身"字之后的位置。全诗成了这个样子：

横看成岭侧成峰，远近高低各不同。

不识庐山真面目，缘身只在此山中。

希望没给"说理"减分。依旧合辙。

因为，身在山中既能看见这山坡上的树木，也能看见那山涧里的泉，这树这泉何尝不是庐山之"真"呢？所以，"身在此山中"不是错。不如此，则看不到真实庐山的细微处。这是微观。"身只在此山中"则是错：若如此，则看不到真实庐山的大面貌。这是宏观。原诗说到了横看侧看，说到了远景近景，说到了高处低处，调整一下"只"字的位置，就多了微观宏观。当然啦，如果再加上无人机的俯拍俯瞰，那就再好不过了。锦上添花的事另当别论，把"理"说圆是要紧的。您说呢？闲聊呗。

读先贤诗词文章偶有些许心得，乃是几十年来成百上千次用心领会的馈赠。感恩先贤宽厚的肩头，让我们登高远望，领略中华天地古今日月山河。

释文温故而知新

出自论语为政第二

子曰温故而知新可以为师矣

北京有个叫"琉璃厂"的地方，据说是元朝烧制琉璃瓦的官窑所在。到了明朝迁都北京，兴建紫禁城，这琉璃瓦官窑就成了朝廷工部的"直属单位"，"琉璃厂"就更火了。这个地名一直沿用至今。

但是，近几百年来，"琉璃厂"的名气越来越大，并不是因为琉璃瓦，而恰恰是因为当地产业"换代升级"。随着嘉靖年间修建外城，"琉璃厂"被划入城区，逐渐形成了以经营文房用品为主的商业街。沧海桑田，试想曾有多少状元榜眼在这里买过纸笔，又有多少书画巨匠是这里的常客——据说，蒋兆和先生鞭笞日寇侵华罪行的巨制《流民图》，就是胸怀正义的裱画师傅们把"琉璃厂"的青石板大街当成工作台，趁着夜色抢工，装裱出了这27米的长卷。

[时人新事] 第二篇

师徒共议详谋划　首推榜书抄《论语》

　　我常去琉璃厂。琉璃厂大街上有荣宝斋、戴月轩、一得阁等多家海内外驰名的中国文房用品店，还有众多治印工作室、装裱作坊——这些店铺，或者说这条街，就是个笔墨纸砚印及各种文玩博物馆。特别是这条街上还有古籍书店、中国书店，那里的历代碑帖、印谱、画谱及书画印论著品种丰富琳琅满目，是我每次必到，而且是花时间最多但花钱并不多的去处——按启功先生说的，有钱多买帖呗。琉璃厂东、西大街及附近，还有好多字画廊，个个都是大大小小的艺术馆。每次去琉璃厂，我都逛上两三个钟头，买上两三本书，然后要么去北边路西的"馄饨侯"，要么去南边路东的"老浒记面馆"，一是歇歇腿，二是填饱了肚子好回家。可今天要说的这次，却与以往不同。

　　10月底的一天下午，我到琉璃厂西街张国维先生的工作室去拜访他。

　　张国维先生是我的篆刻老师——是一个月前，我呈了"拜师帖"，行了鞠躬礼，在几位好友的见证下，正式拜的老师。他和唐旭东——就是在前一章"微电影一"里和我一起去见言恭达先生的那位，还是容我在后边的章节里隆重介绍吧——曾一起担任全国青联委员，唐又是我的好朋友，一来二去，我俩就熟悉了。我实实在在喜欢国维先生的汉印风格，遂动起了向他学习篆刻的念头，而且听说他曾受 2008 年北京奥运会组委会之托，为国际奥组委主席罗格治印，于是发自内心的亲切感油然而生——我曾是 2008 年北京奥组委委员；听说他的爷爷张樾承老先生曾手镌"中华人民共和国中央人民政府之印"——这开国大玺是国家一级文物，国庆七十年之际在国家博物馆展出，我自然心生崇敬之情。于是，下定决心，在我六十五岁时正式拜国维先生为老师。我把我的"拜师帖"放在 [链接馨苑] 供您一哂。国维先生的"回复帖"也一并附上，以证明他收了我这个虚长他一轮的徒弟。今天到国维先生的工作室去，正是第一次面对面授课。说到这，我们就该切回主题了。

　　第一堂课是零起点，先生又是讲又是示范又是手把手教我奏刀又是怕我把手给戳着。时候也是不短了，他累了我也累了，也到了饭口了，于是我张罗着去吃晚饭——当然不能像我往常那样，去吃碗馄饨或者炸酱面什么的了。我们去了北边路口的全聚德烤鸭店，还请上了我的一个朋友一起去。吃饭嘛，多俩人热闹。但是，"事态"的发展未必是按照你预想的路径——刚刚坐定，就餐时间却转换成了聊天时间。我和我老师聊得投机惬意透彻深刻痛快高兴，我的那个朋友也听得饶有兴致。

　　话头是从国维先生问我最近忙什么开始的。我说不忙，没忙什么，就是老琢磨个事。于是就把前一章说到的，想用四尺榜书抄写一部中华经典，作一个公益项目的构想，以及近一个月琢磨来琢磨去的思路脉络，例如关于经典书目的选择，关于拟用书体的考虑，等等；以及和一些朋友零零碎碎的交流探讨情况，例如关于公益活动的具体形式，关于捐赠方向，等等，一股脑倒了出来。国维先生耐心地听，不时还提些问题。显然，他是听进去了，而且是在用心思考，他对这个想法感兴趣。果然，国维先生表态了。他赞同这个想法，而且认为这个想法非常好，有新意，有创意；而且认为这个想法里边"有好多点"将来可以发掘延展。他说他支持这个构想，而且认为在几个具体方案当中，用颜楷榜书写《论语》的方案应该作为首选。他说他可以为"榜书《论语》"篆刻所需用的全套印章。

我太感动了！国维先生不仅仅是赞同，不仅仅是支持，他是愿意直接参与项目创作，给这个公益项目做义工啊！

我太激动了！我激动得脑洞又开——我说，国维先生，太谢谢您了！您还可以从《论语》每一篇中各选一句话，把每句所选的内容镌刻成与四尺斗方相称的独立作品，做成"《论语》每篇一印"，作为项目的一个组成部分，咱们这个项目就更丰富了。国维先生频频点头，欣然称许。

我那个一直听插不上话的朋友终于发现了机会——太好了！太好了！服务员，来瓶红酒！

是啊，一个用四尺榜书抄写一部中华经典的初步构想，在今晚，细化完善成为用四尺颜楷榜书抄写《论语》并有《〈论语〉每篇一印》共美的完整方案，实现了破茧成蝶的嬗变。此时当有酒！

饭后，我们把国维先生送回到琉璃厂西街东口，目送他向街里走去。白月丽飞甍，参差皆可见。清亮的下弦月把柔和的光轻轻地洒在琉璃厂大街上，洒在那些历尽沧桑的或后来修补的青石板上，洒在那些近年来镶嵌在石板间的黄澄澄的有着传统纹饰的铸铜地砖以及黄铜地砖中心的有着梅兰竹菊的琉璃上。琉璃厂大街泛着月光——透着幽幽淡淡墨香的月光。

这泛着月光的街面，是几百年来人们的足迹擦亮的。还会有人继续把它擦得更亮。

[论语心得] 第二话

武林高手深藏不露　修德之人谦虚好学

孔子的一生都在强调学，他既是"知之者"，又是"好之者"，更是"乐之者"。孔子一生都很谦虚，唯独在谈论起自己的好学时，毫不讳言。

我们在第一话的"孔子之悦"中就引用了孔子这样的言论——在仅有十户人家的小地方，也一定有和我孔丘一样的忠信之士，然而，如我一般好学之人却没有。原文是："子曰：'十室之邑，必有忠信如丘者焉，不如丘之好学也。'"

他还告诉学生可以这样对别人介绍自己：孔子是一个发愤读书的时候连饭都忘了吃，沉浸在学习中没有烦恼、忘却忧愁、怡然自乐，甚至淡忘了人生岁月时光的人。原文是："其为人也，发愤忘食，乐以忘忧，不知老之将至云尔。"

人这一生，需要学的东西实在太多了，从我们开始有自己的意识起，就要接受启蒙教育；一上幼儿园，就要学各种各样的知识，更别提小学到大学的 16 载寒窗了；如今的社会，高学历人才越来越多，许多人选择在读完大学之后继续深造，读研、读博、做博士后——这样一路学下来，基本就到了三十岁，到了孔子所讲的而立之年了。

然而庄子则这样告诫世人："吾生也有涯，而知也无涯。以有涯随无涯，殆已！已而为知者，殆而已矣！"意思是，生命有限知识无限，以有限的生命追求无限的知识，则人生失败！已经知道这个道理了还要去追求，其人生注定失败！

孔子和庄子，我们该选择听谁的呢？

1. 素质≠学问：行有余力，则以学文

假如真的认为在为学之道上，存在孔子与庄子之争，那么这两位老祖宗肯定都要为子孙后代的智商着急。孔子所说的学，学习绝对不可以简单地看作是对知识的掌握。作为一位了解学习方法，喜爱学习，并以学习为乐的表率，孔子在《论语》中通过与弟子的交流，不断地强调我们生而为人所需要学习的东西：学做人，学为政；学与父母、伴侣、子女、亲友相处之情、义、礼；学君臣相佐、治国为家之仁、德、智；学与天地万物相应、相交、相和之法、理、道。

按今天的话来说，孔子教导学生，在家做父母要慈爱，做子女要尽孝，做夫君要重情义，做妻子要有贤德。出门为官要尽职尽责，会做人、会做事、会说话、会思考。这些思想品德教育、素质教育和情商教育，是孔子认为比学习知识还重要的事。

孔子明明白白地告诉我们：做人做好了以后还有剩余精力，再来学习文献知识——先素质后学历。原文是："行有余力，则以学文。"并且感慨：古人学习往往是为了充实自我、提升修为；今人学习往往是学了些表面功夫，装饰自己给别人看。原

文是："古之学者为己，今之学者为人。"又严肃地敲响警钟：人到了四十岁还没有修养，叫别人一接触就厌恶，那这辈子也就没什么指望了。原文是："年四十而见恶焉，其终也已！"孔子的学生子夏也教诲世人：各行各业的手艺人在作坊里做工，抱有远大理想，担当社会责任，重视德行品质的人则学以致道，即修养美德、践行大道。原文是："百工居肆以成其事，君子学以致其道。"

《论语》用最朴实的话说出最简单也最深刻的道理：学好做人再学知识。如果一个人不在"为提高自己素质"——自己的道德修养上下功夫，只是学习"为了给别人看"——急功近利、追名逐利，那么很有可能，他就失去了"道"，长此以往，当人至中年时，就会成为一个令人看到就讨厌的人，成为一个精致的利己主义者，那么这一生，也就会到此为止，不可能做出什么成就了。

然而，古往今来、古今中外，人类社会都离不开钱与权的纠缠。追求安贫乐道者寡，梦想荣华富贵者众。放眼当今，多少俊秀少年最终活成了油腻大叔？有一句调侃的话：每个人小时候都是原创，活着活着就活成了盗版。还有不少人悲哀地说：长大后，发现自己活成了自己最讨厌的样子。

在一个人走出象牙塔步入社会后，要面临和承受很多压力：工作方面的激烈竞争，组建小家庭、养儿育女、赡养父母所需要的物质保障，个人发展的前景规划……这一切让无数普通年轻人感到沉重和焦虑。加班、熬夜、应酬、精神紧张成了当代都市青年的普遍问题；脱发、提前患上三高、颈椎、腰椎病变，甚至过劳死已经不再是个例。然而付出与回报经常不成正比——不公平的竞争关系存在于世界各地及每一个历史时期，这就难免令人心生怨怼。再加上如今极为便捷的借贷方式、超前消费的理念和充满物欲诱惑的网络广告，不停刺激着人们的虚荣心，使很多人养成了购买奢侈品、寅吃卯粮的习惯，最终成为"月光族"，甚至欠下自己乃至整个家庭偿还能力之外的高额贷款。殊不知，"奢侈品"定义中有一条就是"非生活所必需"。与此同时，各式各样的"奶嘴乐陷阱"一边刺激多巴胺分泌让人产生放松、快乐的表象，一边消磨人们的斗志、降低人们学习的欲望、占据人们宝贵的业余时间，让人沉浸在肤浅的快感中陷入更深层的焦虑。

而这一切会逐渐困住一个人。但真正能困住我们的只有我们的心。20世纪法国哲学家萨特曾说："人是自由的，绝对的和无条件的自由。"他认为："人不可能有时是奴隶有时又是自由的，他要么永远和整个都是自由的，要么他一点也不自由。"4世纪中国伟大的田园诗派鼻祖陶渊明曾在《归去来兮辞》中写道："悟已往之不谏，知来者之可追。实迷途其未远，觉今是而昨非。"以往，心为形所役；来者，尚可幽居山水间。在感受到"饥冻虽切，违己交病。尝从人事，皆口腹自役。于是怅然慷慨，深愧平生之志"后，大诗人归隐田园，采菊东篱下，悠然见南山。

然而，如今的我们，在高速发展的文明和自然生态的开发面前，又能将肉身归隐于何处呢？早在宋代，苏轼就给出了答案，他说："此心安处是吾乡。"肉身何必归隐？只需修养心灵。这是当下个体必做的功课。身处盛夏烦热，俗话说得好：心静自然凉。"心安""心静"就是在让我们的心摒除焦虑、恐惧、贪婪、虚荣……

在这一点上，孔子所开创的儒学是以最接地气的现实生活为修心途径，从人类自诞生以来就绵延不断的血脉亲情着手，为华夏子孙找到了一个安身立命、寄托心灵的方式。

子曰："弟子，入则孝，出则弟，谨而信，泛爱众，而亲仁。行有余力，则以学文。"

子夏曰："贤贤易色；事父母，能竭其力；事君，能致其身；与朋友交，言而有信。虽曰未学，吾必谓之学矣。"

《论语》中的这两段话都在告诉我们，处世为学之道从家开始，从孝敬父母、爱护兄弟，夫妻之间注重品行开始。而后诚信地对待朋友，像爱家人一样爱天下人，侍奉双亲应当竭尽全力，效力国家则可以献出生命。这些都放在了学习"课程表"的最前面。这些功课做得比较好了，作的基本到位了，再开始学习文献学习知识不迟。甚至可以这样说，能做到"比较好了""基本到位"的人，是已经体会到了悟到了"课程表"中那些应学的文献知识的核心实质了。

孔子所处的年代，礼崩乐坏，正所谓君不君、臣不臣，父不父、子不子。孔子希望社会能够回归到正常家庭人伦关系所维系的和谐之中。儒家正心、修身、齐家、治国、平天下的哲学观念，一直是中华民族传承千年的文化内核。而今天，在快节奏、高压力的社会时代中，儒家提供的这条直抵心灵的道路依旧有效。

　　每个人都会面对人生不可预知的痛苦与困境，也都会面对不公平的待遇和各式各样的挫折。如果没有坚定的自由意志作为支撑，人很容易在怨天尤人与消极怠惰中逐渐丧失自我，甚至不顾原则与道德底线，做出一些悔恨终身的事。而当我们把敏锐的痛觉神经都集中在自己遭受的苦难与承担的压力上时，我们的心就会无限放大痛苦，制造"为什么上天对我如此残酷"的幻觉，进而认为成功遥不可及，努力只是徒劳，变得空虚、无聊，并不断地用物质欲望的满足来填充自己。

　　其实，人生在世，有苦有乐。身处相同的逆境，能够把握内心的个体，远比只会抱怨者，远比求诸短见者，远比随波逐流者强大。子曰："性相近也，习相远也。"意思是，人的性情本来相近，只是后天生活中的耳濡目染导致人与人之间的差距逐渐变大。聪明的人往往不抱怨。抱怨只是本能，而绝不是本事。

　　"穷人的孩子早当家"。石缝中长出的植物最坚强。在逆境中注重自我修为使人成长得更快。逆境将造就改造逆境的人。

　　孔子从出生开始就经历了很多苦难，父亲早早亡故，母亲带着他与兄长过着清贫的生活。他的政治抱负一生都没有实现，周游列国期间尝尽颠沛流离之苦，晚年又痛失爱子、爱徒……然而孔子从未怨天尤人，也从未向清苦的日子屈服。他这样说："吾十有五而志于学，三十而立，四十而不惑，五十而知天命，六十而耳顺，七十而从心所欲，不逾矩。"

这句话是《论语》中的名言，从古至今专家学者们给出各式各样的解读。当看到这句话时，可能许多人都会提出像我曾经自问的问题——志于学，志于何学？而立是自立的意思么？不惑是不再感到困惑的意思么？似乎都不能真正表达孔子的思想。许多人大学毕业二十多岁就自立了，更别说没上大学就去打工，十七八岁就经济自立了。而到了七八十岁，就算是受过系统的良好教育的人，还会对很多事情看不透道不明，还会有时感到困惑。因此这种以年龄的划分来解释这句话恐怕还值得推敲。

但如果通读《论语》，就会对这句话的含义有所领悟。孔子所志之学，就是修为，就是改造社会的能力。志者，即内心所向的意图与决心的表达，十五岁的孔子立志修心。如此到了三十岁，孔子建立起一个稳定的自我，按今天的话说，就是形成了不可动摇的"三观"。选定一个在社会生活中的定位。到了四十岁，外界的一切纷纷扰扰、人生的所有无常变幻，都不再打扰到他的心——任凭风吹浪打，我自岿然不动。到了五十岁，在经历半生坎坷之后，"知天命"是孔子的一种豁达，既把握了一种更为深刻的自由——由立志、而立、不惑到知天命——体会到社会发展的大致规律，孔子一步步建立起对有限生命和这生命中必然经历的一切偶然、痛苦、挫折的淡然和对生命本身的值得以生命去争取的绝对自主权。

如今的我们，想要将自我从压力、琐碎的烦恼、空虚与寂寞、虚荣与浮躁中拯救出来，也必须做到志于学。

什么是学？躬行为学。孔子曾说："听其言而观其行。"行胜于言，是孔子多次强调的概念。正心修德，从任何时刻开始都不晚，而从当下开始则是最佳时机。

从今天起，不再理所当然地做"啃老族"，常回家看望、陪伴父母；从今天起，与伴侣坦诚相对、相依相扶；从今天起，不再溺爱自己的孩子，而是指引他从小修炼一颗坚强的心；从今天起，对朋友言而有信，对工作尽忠职守，不去计较自己应该得到多少，而是扪心自问，自己是否全力以赴；从今天起，不去怨怼任何人与事，不为虚荣买单，不蹉跎时光，不为懒惰寻找借口。

如此坚持一天，一周，一个月，一年，再回顾自己的处境与心境，相信每个人都会有所收获。

这就是孔子教给我们的为学之道。

2. 学习≠死读书：学而不思则罔，思而不学则殆

在《论语》中，学这个字分广义与狭义两个概念，广义就是上文强调的在躬行实践中修心修德，狭义则是指学习知识。无论是哪一种意义上的学，都必须与思考相结合，否则就并非真学。

子曰："学而不思则罔，思而不学则殆。"只读书而不思考，就成了书呆子——惘然而无所得；只思考却不学习，就会将时间浪费在空想上，没有任何效率。也就是说，如果学与思不能结合，只是做出"看起来很好学"的样子而已，这其实是在虚度时光。著名理学家朱熹对这句话的注解是："不求诸心，故昏而无得。不习其事，故危而不安。程子曰：'博学、审问、慎思、明辨、笃行五者，废其一，非学也。'"

在现实生活中，学而不思就会造成生搬硬套的现象。说一个关于学做饭的小笑话：某天，丈夫看到妻子炸鸡块，油热了，把鸡块放进去炸透，出锅。过了一段时间，妻子过生日，丈夫想起妻子最爱吃炸酱面，于是买了切面、甜面酱，准备炸酱、煮面。他把油烧热，把酱和切好的肉丁倒进锅里，没炸多久，酱就糊了，肉丁却还没熟。由于没有思考炸酱的原理与炸鸡块的不同之处，导致浪漫的生日晚餐变成了哭笑不得地看着一碗被浪费的食材。本想献个殷勤表现一下，却弄巧成拙，让妻子挤兑一通。

还拿做饭举例：如今抖音、微信公众号都能搜索到很多教人做饭的视频。于是就流传了这样一句话：一看就会，一做就废。那些看上去很简单的步骤，我们在脑子里过一遍好像就想明白了，但真正实践起来却完全不是那么回事。没有认真学习，只是想当然地去做，结果就是殆矣。

因此，博学、审问、慎思、明辨、笃行这五个步骤才是真正学习的基础。只有读书的同时多思考，才能提出有价值的问题；提出问题后需要更加缜密的思考才能得出明确的答案；得到答案之后还要进一步以实践验证它。

在《论语·为政第二》中，孔子的学生子张向孔子请教如何去当官拿俸禄。孔子告诉他："多闻阙疑，慎言其余，则寡尤；多见阙殆，慎行其余，则寡悔。言寡尤，行寡悔，禄在其中矣。"让子张多听听别人怎么说并且存疑，留待进一步消化吸收，对于自己有把握的事情也要谨慎地讨论，如此犯错误的几率就降低了；多看看别人怎么做并且存疑，留待进一步消化吸收，对于自己有把握的事情，也依然要慎重地践行，如此后悔的次数就减少了。少说错话少做错事，为官有为，官位坐得稳，俸禄自然就有了。

这是孔子教学生在外为官需要多听多看、谨言慎行。但如果我们将之与做学问联系起来，就会发现二者是一个道理。多听多看，就是积累、学习；存疑则是给独立思考留下空间；慎言、慎行是对学问的严谨态度，哪怕我们认为自己已经掌握了解的内容，也要做到谨慎对待，不妄加评论也不妄下结论。如此，则不会出现错漏、误导他人——学问的第一步就做好了。

做学问的第二步，还是要回到学与思的问题上。学习—思考—提问—寻找答案—解除疑惑，是学习中最入脑入心的步骤。按照我们现在的说法，这是一个将知识从书本上搬运到头脑中，再运用脑细胞对其进行"消化""吸收"，将其与自身学识、经验结合的过程。

3. 谦虚≠自卑：子入太庙，每事问

有一套书很著名，我小时候读过，也许您也曾读过，书名叫《十万个为什么》，解答的都是少年儿童提出的一些看似常见其实不易回答的问题。1961它出版之后，在大半个世纪里经久不衰，成为我国原创科普图书的第一品牌，也是无数中国人的童年回忆。

由此可见，提问使人进步，学习离不开提问题。《论语》中提到了一位位高权重的大夫，他名叫孔圉，是春秋时期辅佐卫灵

公、担任执政上卿的官员。孔圉的谥号是"文"。谥号是古人为了盖棺定论，在人去世后，由后人按其生平事迹进行评定，给予或褒或贬的评价文字。

孔子的弟子子贡问孔子："孔文子何以谓之'文'也？"孔文子为什么能得到"文"这个谥号呢？孔子回答他："敏而好学，不耻下问，是以谓之'文'也。"孔子说，孔圉为人聪敏，爱好学习，经常向地位比自己低，或者通常被大家认为学问不如自己的人求教，不以为耻，所以得谥号为"文"。孔子的这个回答，看起来似乎很寻常，不就是爱问问题吗？怎么就能得到那么高的评价呢？

问问题这件事，真正做起来并没有那么简单。做学问的人问问题，一般会有两个原因：其一，遇到了自己解答不出的难题；其二，对某个问题不确定，需要通过提问得到肯定或否定的答复，或者启发思路，以消除心中的疑惑。

上学的时候，许多人或许都有过类似的经历：一道题做不出来，明明老师就在办公室，却不好意思进去问问。生怕老师责怪："上课干什么去了？""怎么连这都学不会啊？"或者在一个问题似懂非懂的时候，周围的同学都说听懂了，自己也就不敢再问了，只好装作懂了的样子。而长大成人走上社会后，许多人会觉得提问这件事变得更难了，问同行可能会被嘲笑 out；问领导怕被认为业务不精；问比自己年轻的又觉得自己一个"老同志"向小孩子请教，磨不开面子。

因此，孔圉以执政上卿的身份，向职务上不及自己的人求教，确实是很值得敬佩的事。《逸周书·谥法解》曰："经纬天地曰文；道德博闻曰文；学勤好问曰文；慈惠爱民曰文；愍民惠礼曰文；赐民爵位曰文。"可见勤学好问与政治才识卓越不凡在古人心中地位相同。

孔子认为虚心学习、不耻下问，才能不断进步，获得真知。提问不是什么羞耻的事，能够向他人提问，反而是谦虚和自信的表现，也代表了严谨求实的学习态度。这一点在《论语》中有明显体现：

子曰："由，诲女知之乎？知之为知之，不知为不知，是知也！"孔子问弟子子路，我教你的你都明白了吗？明白就是明白，不明白就是不明白，这才是智慧。还有一种版本，在"诲女知之乎"之后用"！"，意思就成了："教给你如何对待知或不知的态度吧！"没关系，咱们在这儿的任务不是考证，而且，不管使用"？"或"！"，这都不重要，只是个引出观点的由头。重要的是"知之为知之，不知为不知，是知也"意思都一致。

在教导弟子的同时，孔子还谦虚地告诉他人："我非生而知之者，好古，敏以求之者也。"我并非生来知识渊博，而是喜好研究古人的文化，通过勤勉学习获得知识。在这多说一句，关于"敏以求之者也"敏字怎么理解，很多书上都解释为"勤奋敏捷""勤勉敏捷"。我觉得只用勤奋勤勉即可，不用"敏捷"为妥。敏在古代有两个词义，一是迅速敏捷，二是努力奋勉。选用第二个词意与孔子为人之道相贯通。如再加上第一个词义则似有自吹聪明之嫌。孔子不至于也"凡尔赛"一把吧！当孔子谦虚求教、严谨地印证自己的学问时，别人也会提出疑问和耻笑，而孔子丝毫不以为忤。

子入太庙，每事问。或曰："孰谓鄹人之子知礼乎？入太庙，每事问。"子闻之，曰："是礼也。"这一小节记录在《论语·八佾第三》中，讲的是孔子年轻时，进入周公庙，经常向他人请教问题。于是有人就说："谁说鄹县那个叔梁纥的儿子懂得礼呢？进了太庙，每件事都要向别人打听。"孔子听到这话后，说："这正是礼啊。这是对太庙的尊重。我是生怕有半点不知其所以然的错处呀。"

孔子在周公庙中"每事问"的行为，并非真正完全不懂，而是提问以求确认，印证自己的已知，而这或可发现未知。这种谨慎求学的态度在我们的现实生活中依然十分值得提倡。

在此温馨提醒一句。我们学习孔文子敏而好学不耻下问的榜样，可别出笑话。比如，当有人夸奖某人"谦虚好学，不耻下问"，某人"谦虚"地说，"应该的，应该的"。这就未必妥当了。比较靠谱的回答是，"我只是不耻求问，不耻求教呀"。为什么呢？关键在那个"下"字。您懂的。

对于"学"这个问题，《论语》中可谈的地方还有很多，本书将在后续章节中，以对其他问题的阐述为基础，进一步推动、提示孔子的为学之道。

孔子对学的态度，既是严肃的，又是适度的，甚至有时是活泼的。沿着《论语》的脉络，我们可以从细微之处，体察到孔子笃定的求学、好学之心之路。由此，亦可更加真切地感受到他纯然欢喜、仁爱广博的圣者之情。

[链接馨苑] 第二境

我的"拜师帖"，国维先生的"回复帖"

在 [时人新事] 第二篇里，我向您说了我向张国维先生拜师的事。在这先附上我的拜师帖：

国维先生钧鉴：啸宏顿首。

先生家学厚重，精于金石，深耕印学，名闻中外。承旭东先生作美，啸宏有幸与先生结识，并获赠印章大作及《国维印稿》一书。

先生为人与作品，皆端厚淳雅，啸宏钦佩之，仰慕之。啸宏曾于五年前花甲抒怀，有"蘅塘树下做学童"之言。今，啸宏愿立雪问学于国维先生门下，求教于先生篆籀金石治印之道。若蒙先生不弃，则乃啸宏此生之大幸也。

啸宏顿首再拜

时公元二千十八年九月卅日，岁次戊戌

再附上国维先生的回复帖：

抒懷有蘅塘樹下作學童之言

令甬宏顏立雪問學于

國維先生門下承教於先生篆籀

金石治印之道若蒙

先生不棄則乃甬宏此生之

大幸也　甬宏頓首再拜

時公元二千十八年九月昔歲次戊戌

國維先生鈞鑒 嘯宏頓首

先生家學厚重，精於金石深耕，印學名聞中外。緣旭東先生作美，嘯宏有幸與先生結識，并獲贈印章大作及國維印稿一書。先生為人、為作

致啸宏谢帖

君虽以吾为师，吾实以君为友。

刊颖之道，吾必倾心以授堂奥之窥，尤在专精沉潜，薪传与君，共弘祖道，期异焕彩，昌大吾宗。

谨此，为传承篆刻艺术，国维宣承，开山课徒，力虽不逮，责不容辞，愿收陈啸宏为亲传弟子，以光仓颉之业，永续金石之功。

学师 张国维 手启

戊戌南宫之月

释文 士不可不弘毅

出自论语泰伯第八

曾子曰士不可以不弘毅任重而道远

仁以为己任不亦重乎死而后已不亦远乎

如果有人问您，世界上规模最大的单体机场航站楼在哪？您就骄傲地告诉他，在中国，在北京，在北京大兴国际机场。

从空中俯瞰，这座航站楼犹如展翅欲飞的金色凤凰。白云婀娜，与她共舞；晚霞绮丽，因她灿烂；星光摇曳，邀她为伴；嫦娥在月宫怀抱玉兔，眺望着这闪闪亮亮起起伏伏婷婷袅袅舒舒朗朗的曼妙琼宇。

北京大兴国际机场航站楼的自由曲面屋顶，总投影面积共达 34 万平方米——还是拿足球场当参照物吧——大约相当于 47 个标准足球场。屋顶由 13 层结构组成，最上层的金属装饰板是能让屋面呈现金色的奥秘所在，是由 6.8 万多块造型及尺寸都各不相同的漫反射板拼装成的。——"金凤凰"不仅是世界上最大的，而且是世界上技术难度最高的。

[时人新事] 第三篇

凤凰为证从心愿　挚友相约做公益

森特士兴公司是"金凤凰"屋面的承建方。刘爱森是森特士兴公司的董事长，是全国"五一劳动奖章"获得者，2020年被评为第五届全国非公有制经济人士优秀中国特色社会主义事业建设者。

2018年12月11日晚上，我和刘爱森、王建华在一起谈地说天，当然聊得最热的是"金凤凰"。刘爱森讲他们的新技术，讲他们的专利，讲得口若悬河眉飞色舞。刘爱森动情地说，我们算赶上好时候了，承接了这么好这么大的项目，挣到了钱，还给了我们这么多荣誉，我现在就想做点公益的事，回馈社会。我听得入了神，我的思绪完全是由他带着走，与他和着拍子。我顺口就问，什么公益项目？他说，还没想好，想做文化的。我又是顺口就说，我正想着一个文化公益项目。于是乎，就把用四尺颜楷榜书抄写一部《论语》，以及用20枚20厘米见方的巨印组成《〈论语〉每篇一印》，全部无偿捐献给社会有关机构的方案，如此这般说了一遍。刘爱森听得眼睛烁烁闪光，手一挥，"就干这个"！瞧这魄力！董事长就是董事长啊！

王建华也认为这个项目好，说这个项目耗时费力工程量大，以前没人做过，如果我们能把这件事情做起来，也是我们这代人文化自信的一种表达方式。王建华不愧是经历过枪林弹雨的洗礼，荣立过个人二等功、集体一等功的英雄指导员，分析透彻，判断准确，言简意赅。我们从有工作上的交往算起来也是认识十几年了，志同道合成了好朋友。

我这只手拉着刘爱森，那只手拉着王建华。三个人都挺激动。我激动的是，我简要这么一说，他们就全明白了；因为简要，没说出来的，他们也有同样的感悟——这是我们对时代的感悟，这是我们对"四个自信"的感悟——原来，在我们内心深处，都有着对中华文化的热爱，都有着做公益活动的热情，都有着想为社会奉献点什么的心愿。

您瞧，这天儿聊的！本来热聊的是"金凤凰"，现在的中心话题成了做"榜书《论语》"公益项目。这正是，"金凤凰"作证：一起做"经典传承·榜书《论语》"公益项目是我们共同的心愿。这项目名称精准吧，响亮吧，耀眼吧！这是我们仨刚刚敲定的。

刘爱森、王建华都是实干派的人物，进入角色那才叫快，轮着翻地发问：谁来写字，谁来刻印，需要多长时间，需要多少经费，需要多大场地，成品体量多大，成品怎么存放，捐赠方向上有什么打算——好在这事我也是翻来覆去琢磨两个多月了，所以想透了的就说说，没太想好的也说说，大家讨论呗。三个人你一句他一句，相谈甚欢。刘爱森对我说，您能不能再辛苦一下，做一个完整的项目规划，我们尽快研究一下，把这个项目正式定下来，并预定两周后他一出差回来就开会。

那天，2018 年 12 月 11 日，为"经典传承·榜书《论语》"公益项目搭建了骨架。所以，在《项目建议书》中，以至在以后由项目组委会通过的《实施方案》中，都把这一天确定为"榜书《论语》"的开笔之日。

回来以后，我草拟了个初稿，和王建华几经电话磋商，形成了比较详尽的《项目建议书》，将项目内容、项目意义、具体实施方案，以及相关事项（例如：工作进度、资金匡算、成品承载器物粗略设计、接受捐赠方的优先顺序，以及听取专家意见环节、展陈形式，等等）一一做了说明。

两周后，会议如期举行，刘爱森、申屠辉宏——森特士兴公司总裁、王建华、张国维，还有我出席，对《项目建议书》认真讨论一番。会议的成果当然如您所料：就这么干！刘爱森和申屠辉宏商量后，指派公司办公室主任郭延亮负责具体联络。

两天后，刘爱森给我打来电话，说昨天公司开了董事会，决定安排 2019 年开展公益项目资金 50 万，用于这个项目。并说，这只是为项目启动环节安排的，后续如果需要还可以追加。我当然首先表示感谢，随后表示，安排启动资金功莫大焉，如果以后再有资金需要，也不劳森特士兴再出。因为是做公益，我们的项目又好，一定会有不少愿意参与的人，"众人拾柴火焰高"，这样社会影响更大。我还笑着对刘说，我今后的筹资额，设定在每个单位 10 万到 20 万之间，绝不挑战森特士兴的"巨资"数额。这话把刘给逗笑了，他说您这可真是想多了，我的话仍然有效，咱们随时沟通。

　　故事的发展的确如我所料，有不少单位或个人都踊跃参加。但是，由于这个项目并不需要花很多钱，而且我们设立了简单明了且严格的接受资助方式，例如，森特士兴的启动资金是这么用的，一是租工作室，二是买纸，三是余下的钱用于付装裱厂的工费，花到 50 万的时候就打住，绝不超预算，而且都是由森特士兴直接支付。所以，想参与想资助得看看有没有合适的机会。有一位著名书法家就表示，愿意从他个人的公益基金里支持我们50 万，对此我只能如实说明情况。还有一位著名画家也曾表示愿意个人捐资。我们虽然没有接受他们两位老人家的资金，但感受到了他们对于文化事业对于公益事业的炙热之心，我们也是用心领受了他们的热忱支持和鼓励。

　　前边说到的郭延亮，对落实董事长、总裁的指示自然不会迟慢，他主动给我打来电话，相约过了新年第一天上班就过来看我拟租用的工作室。参与承建"金凤凰"的人当然都是有担当、高效率的人。

　　就请"金凤凰"告诉太阳，告诉白云，告诉晚霞，告诉星星和月亮，告诉月亮上的嫦娥和玉兔，"经典传承·榜书《论语》"公益项目就要开工啦！

[论语心得] 第三话

《诗》三百乃心之故乡　思无邪若秋之月光

　　我们现在的社会提倡国学启蒙，许多小朋友从三岁起就被家长要求背古文，背得最多的是《唐诗三百首》和《三字经》。就像三四十年前的孩子基本都会背"小白兔，白又白"这样的歌谣那样，现在的孩子基本都知道"床前明月光"和"人之初，性本善"。

　　孔子同样提倡启蒙教育，在他看来，最好的启蒙课本就是一部《诗经》。学习文献知识的第一步，就是系统学习《诗经》。

　　孔子曾经告诉自己的儿子孔鲤："不学《诗》，无以言。"意思是，没有学习《诗经》，说话就不得体。还说："人而不为《周南》《召南》，其犹正墙面而立也与？"如果一个人连《诗经》中的《周南》《召南》都没有学习过，那就如同面对着墙壁傻站着，既什么也看不见，又一步也走不了（《周南》《召南》是《诗经》中开篇的章节，在此代指《诗经》）。

　　孔子还把《诗经》提到了齐家治国的高度，认为《诗经》"迩之事父，远之事君"。在民风教化方面，孔子依旧提倡《诗经》："兴于诗，立于礼，成于乐。"用《诗》来启迪性情、启发心智，使百姓由《诗》之教化开始，逐渐树立人格；而后，初成于礼，懂得了如何与人交往，能在社会上立足；最终，完成于乐，使人到达尽美尽善的境界。

孔子周游列国后，晚年回到鲁国，开始整理古代文化典籍，他说："吾自卫反鲁，然后乐正，《雅》《颂》各得其所。"《雅》和《颂》既是《诗经》内容分类的类名，也是乐曲分类的类名。由此可见，孔子一生都对《诗经》情有独钟，这一点可以在《论语》中找到多处佐证。

司马迁认为，《诗经》最初有三千多篇，孔子选择了其中的305篇进行编纂，同时还配上了音乐，并且规定了《风》《雅》《颂》各类的篇章次序。然而，历代学者大多认为司马迁的说法存有疑点。

清朝方玉润在《诗经原始·自序》中表达了这样的观点："且孔子未生之前，《三百》之编已旧；孔子既生而后，《三百》之名未更。吴公子季札来鲁观乐，《诗》之篇次悉与今同，惟《豳》次《齐》，《秦》又次《豳》，小异。其时孔子年甫八岁。迨杏坛设教，恒雅言《诗》，一则曰《诗三百》，再则曰诵《诗三百》，未闻有'三千'说也。厥后自卫反鲁，年近七十。乐传既久，未免残缺失次，不能不与乐官师挚辈审其音而定正之，又何尝有删《诗》说哉？"

通读《论语》，确实没有发现孔子或其弟子记录孔子删《诗》的语录，孔子也没有在《论语》中提到过《诗》曾有三千篇。在孔子身处的年代，《诗》应该就只有三百零五篇——子曰：

"《诗》三百，一言以蔽之，曰：思无邪。"而音乐应该也不是孔子配上去的，而是原本在采集收录《诗》的过程中，就已经配有或为其配上了音乐，孔子只是听过《诗》中的乐曲，也会演奏其中的篇章，并且从各个角度对各国的民间词曲进行过评价。我们可以从《论语》中，找到这样的原文：

子曰："《关雎》乐而不淫，哀而不伤。"这是对《诗经·周南·关雎》在音乐审美层面的评价，不能证明孔子自己配曲；同理，子曰："师挚之始，《关雎》之乱，洋洋乎！盈耳哉。"是就音乐结构方面进行论述，也不能证明孔子对乐曲做出了更改。因此，子曰："吾自卫反鲁，然后乐正，《雅》《颂》各得其所。"更为恰当的解释，应如杨朝明《论语诠解》中所译："孔子说：'我从卫国回到鲁国以后，乐才得到了整理，《雅》乐和《颂》乐回到了它们适当的位置。'"或如杨伯峻《论语译注》所译："孔子说：'我从卫国回到鲁国才把音乐的篇章整理出来，使雅归雅，颂归颂，各有适当的位置。'"意思都是一样的。

孔子为何如此看重《诗经》，不仅要求自己的弟子和儿子学习《诗经》，还要在晚年不遗余力地对《诗经》进行整理呢？联系前一个话题中谈到的"学"，我们可以在《论语》中逐渐找到答案。

1. 孔门必修：《诗》可以兴，可以观，可以群，可以怨

孔子非常注重人格修养，同时还提倡文献学习，读书与做人，二者相辅相成。然而读书有一个标准，即不能一概而论所有

书都读，那些无益甚至有害的书就不要读了。毕竟，开有益卷是开有益卷的前提条件。这就是我们提倡读书的同时，还要"扫黄打非"。想当年，宋太祖赵光义说"开卷有益"这句话的时候，正看着的书，也就是他手中的卷，正是他组织编纂的，摘录收集了一千六百多种古籍的主要内容的《太平总类》（后称《太平御览》），也就是他精心编纂的有益之卷。所以一日三卷，一年读完全书一千卷，并留下"开卷有益"的名言。开有益卷，才能开卷有益。

而孔子所推崇的，开卷有益的书就是《诗》，他要求自己的弟子不仅要读《诗》，还要真正地读懂《诗》，通过对《诗》的认真学习，提升自我，并将对《诗》的理解运用到处世为人之中。

孔子所说的《诗》就是我们现在说的《诗经》。那么读《诗经》的益处何在呢？孔子首先告诉我们四个字：兴、观、群、怨。何其智慧的四个字！它不仅强调了《诗经》的社会功能，更概括了《诗经》的艺术功能，且这二者恰恰可以相辅相成——即用艺术的眼光读《诗》，才能体会到《诗》所表达的内涵、洞悉《诗》中蕴含的美。由于美感的获得与《诗》相应，与《诗》中描述的自然、情感相融，在整个感受艺术的过程中，读者不仅仅是阅读《诗》、诵唱《诗》、学习《诗》的读者、歌者和学生，同时也是对《诗》进行再次创作的艺术家——即通过自身的感悟与《诗》之美契合，再将其以各种形式，在不同的情境中表达出来，乃至让《诗》的精髓融入自己的意识深处，一言一行、处世为人、入仕为官均不忘《诗》之陶冶教化。如此，才是孔子理想的学《诗》的境界。这一观点，可以在《论语》中找到例证：

子曰："诵《诗》三百，授之以政，不达；使于四方，不能专对。虽多，亦奚以为？"孔子明确地告诉我们，把《诗经》三百零五篇都背得滚瓜烂熟，却在处理政务时收不到应有的效果；担任外交使节时无法独立应对。纵然学得再多，又有何用？学诗的目的是为了陶冶情操，并在此基础上利益第三者。不过脑子的死记硬背终究惘然无功。

在学《诗》的过程中，我们能够率先体验到的，就是《诗》作为文学艺术的四点妙处，即孔子所说的"兴、观、群、怨"。

何谓兴？ 兴，可以理解为：激发人的感情，引起联想与想象。通读《诗经》就会了解，在《诗经》的创作过程中，着重运用了"赋、比、兴"三种表现手法，"赋、比、兴"之一的"兴"与孔子所说"兴、观、群、怨"中的"兴"，恰似一道彩虹的两端，连接了作者与读者、创作方式与艺术功用、古人与今人。

以《诗经·关雎》为例："关关雎鸠，在河之洲。窈窕淑女，君子好逑。"第一句"关关雎鸠，在河之洲"运用的就是"兴"的艺术手法。兴者，先言他物以引起所咏之词也。作者通过听到雎鸠的欢叫声，看到这些鸟儿在沙洲上成双入对地翱翔，联想到自己日思夜想的那位姑娘，因此感叹"窈窕淑女，君子好逑"。而读者在读到这句诗的时候，也一定会在脑海中构筑那幅唯美的画面，同时感受到作者对爱情真挚而含蓄、热烈而纯粹的追求。这就是"兴"对表现手法与艺术功用的联结，它是作者与读者跨越时空的一场相遇——也许如烟花绚烂即逝，也许如醇酒韵香绵厚，也许如一泓清泉，倒映出人类千百年不变的共同的情感。

《关雎》的第二小段："参差荇菜，左右流之。窈窕淑女，寤寐求之。"作者的视线从鸟儿转移到河中的水草，那姑娘或许常在河边采撷荇菜，水流推着荇菜时而摇向左边，时而摆向右边，她便随之款摆纤腰，那婀娜的身姿便映入了一位青年的心中，成为挥之不去的影像……于是他看到水波中摇曳荡漾的一缕青荇，就仿佛又看到了姑娘窈窕的倩影……多年后，诗人徐志摩写下了脍炙人口的诗篇《再别康桥》，其中就有这样的诗句："软泥上的青荇，油油的在水底招摇；在康河的柔波里，我甘心做一条水草！"

彼时的民间诗人，与流连于康桥之上的浪漫才子就在同样凝望着水中青荇的瞬间相遇了——他诉说他的"求之不得，寤寐思服。悠哉悠哉，辗转反侧"，他诉说他的"向青草更青处漫溯……在星辉斑斓里放歌。"

这就是一个"兴"字所能够承载的艺术表达，是联想，是感染，是共情，是相知相惜；是"有朋自远方来"时相视而笑，举杯共饮的快意人生；是"同是天涯沦落人，相逢何必曾相识"的忧思难忘。

何谓观? 观者，观外物，观自心；观沧海，观微尘；观历史，观当下。《诗》可以观，观的是自然风貌、社会万象、人生百态、直心道场。

我们常说，艺术来源于生活而高于生活。《诗》三百，其中"风"的篇章集结了各地的民歌，充分体现了"饥者歌其食，劳者歌其事"的艺术风貌。由此向读者展现了那个时期真实的日常生活、社会秩序、民俗礼仪、道德风尚及民间诗人们淳朴自然的情感。那些或琐碎或寻常的生活片段、喜乐悲欢,拥有打动人心的强大力量。

德国作家赫尔曼·黑塞曾在小说《流浪者之歌》中通过主人公悉达多表达了这样的情感:"这些凡夫俗子好像他的手足兄弟一般,他们的虚荣,欲望,以及琐碎,在他眼中,已不再像以前那么荒谬可笑了;所有这些,已经变得可以理解,可以爱惜,甚至值得尊重了。这里面虽然有着慈母盲目地疼爱子女,慈父盲目地以他的独子为傲,虚荣少女盲目地追求时髦和男人的爱慕,但是,所有这些小小的、单纯的、愚蠢的,但也极为强烈、极为重要的热情冲动和欲望,在而今的悉达多看来,似乎已经不再那么微不足道了。他已看出,人们就是为了这些而生活,而做的大事,而出门旅行,而从事战争,而饱受痛苦,而他也因此而敬爱他们。他已看出,生命,活力,那不可破坏的至道和大梵,都在他们的欲望和需求之中。这些人之所以值得敬爱和敬佩,就在他们具有如此盲目的忠诚,就在他们具有如此盲目的力量和韧性。"

觉知者步入红尘,看到茫茫众生对生命的执着,因而爱敬众生。圣贤读《诗》,同样也看到了每一个普通人的七情六欲和平凡百姓生活的艰辛。在《诗》里,有《将仲子》中害怕被家人发现而请求恋人不要翻墙来幽会的少女;也有"投我以木瓜,报之以琼琚"的恋人结下"永以为好"的誓言;有对出嫁女子"之子于归,宜其室家"的祝福;也有被弃之妇"反是不思,亦已焉哉"的决绝心痛。《诗》中有夙兴夜寐的小官员，有采采苯苜的集体劳动；有远征异国不得归家的士兵与同伴上战场时"执子之手与子偕老"的誓言；也有"知我者谓我心忧，不知我者谓我何求"的周朝贵族，面对旧时宗庙宫室尽为黍稷的凄然悲怆……

孔子看到了这一切，也因此爱众生，怜众生，希望通过自己的努力，让社会有序，让百姓安居乐业。而在孔子身处的时期，维护礼仪制度的重任落在了由"士"而"仕"的士族子弟身上，因此孔子十分强调"士"的道德与实力担当："行己有耻，使于四方，不辱君命，可谓士矣。"

如何培养合格的"士"，使他们在踏上仕途之后能成为于社会、民生有益之人呢？孔子选择以《诗》教化。他迫切地告诉那些向他求学的子弟，去学《诗》，学《诗》就可以通过文学艺术反观现实生活，可以了解民生疾苦，可以看到官场、战场、社稷、历史的变换更迭。最重要的是，通过学《诗》，能够成为一个对天下怀有仁爱之心的人。

何谓群？ 群是指，人们可以通过《诗》相互交流感情，促进团结。孔子认为，群而不党，即合群而不结党是君子的品格。一个"群"字，在社会功能的范畴中，首先可以联想到《诗》中各国的"风"有许多是在集体劳动的时候被大家唱出来的。这些《诗》在创作之初，就已经因循了"群"的功能，甚至像船歌号子那样，在劳动过程中鼓舞热情，令简单枯燥的重复劳作变得有乐趣。例如《苯苜》是古代妇女集体采摘野生植物（车前子）时合唱的歌，《采蘩》是女奴集体采蘩（白蒿）时起始部分一问一答的对唱及结尾部分的抒情合唱。而《无衣》则是战场上的士兵同仇敌忾的战歌，表达了战友之间生死与共的情怀。

第二，就读者的角度而言，《诗》确实提供了一个表达思想、交流沟通的平台，例如《论语》中的记载：子夏问曰："'巧笑倩兮，美目盼兮，素以为绚兮'，何谓也？"子曰："绘事后素。"曰："礼后乎？"子曰："起予者商也！始可与言《诗》已矣。"由《诗》而发问，由《诗》而谈论一个话题，交流思想，找到志同道合的伙伴。

"群"从艺术功能的范畴而言，还有一个非常值得重视的问题，那就是审美的标准。审美有标准吗？有的人认为审美是个性化的，没有标准可言。其实不然，人类自开始从事艺术创作之初就有对美与丑的分辨，也形成了不同时期、不同朝代、不同文化背景、不同艺术门类的审美标准。例如，书法讲求章法、结构、分间布白；绘画要求色彩与构图；音乐注重旋律与节奏；古典舞则有"形、神、劲、律"的规范；诗词要求情真、意新、词美、律严；电影要求镜头与声光的结合……而不同的历史时期也有特定的审美规范，例如，女子的眉形就在不同历史时期被分为鸳鸯眉、远山眉、五岳眉、三峰眉、垂珠眉、月眉、分梢眉、倒晕眉等等。再如，西方现代派绘画虽然分生出野兽派、立体派、未来派、达达派、表现派、超现实主义、抽象主义、波普艺术等不同于传统美术的艺术派系，但都必须遵循艺术的表达与艺术最基本的审美逻辑。如若将倾心之作与蒙着眼睛的信手涂鸦相提并论甚至大肆炒作，就是不讲求审美标准的对艺术的亵玩。

何谓怨? 在《诗》中,我们可以读到一些反映大众被统治者剥削压迫的诗作,能够听到对不公命运的反抗之歌。同时,还有部分作品将诗人心中的苦闷忧愁倾诉出来,这就是怨字在《诗》中的体现。

例如,《豳风·七月》就描绘了三千年前,奴隶的悲惨生活:

日复一日,年复一年,劳动人民一年到头都在辛勤劳作:正月修整农具,二月下地耕种,三月采桑养蚕,四月水草丰茂,五月顶着烈日下田,六月采摘水果,七月烹葵煮豆,八月打枣、收割芦苇、染丝织麻,九月修筑打谷场,十月下田收稻谷、给奴隶主做家务,十一月进山打猎以获裘皮,十二月凿冰存入冰库以备来年防暑……除此之外,还要负责提供祭祀的一干用品,而他们自己只能睡在有老鼠洞的破草棚里,妻儿靠食野菜度日。在天寒地冻的冬日,他们完成了奴隶主要求的一应劳务后,还要砍柴、修屋,以供家人御寒。如此辛勤的劳动换来的是什么呢?是年轻的女奴时刻担心被恶少侮辱,是自己连御寒的粗布衣裳也没有……可奴隶主却过着夏绸冬裘、酒醉饭饱的奢侈生活。

这首《七月》似一幅素描,展现了三千年前的奴隶们食不果腹、衣不蔽体、终日劳苦、心中凄然的画面;又似一曲悲歌,如怨如诉,饮泣而吟,令人闻之泪落。我们把这首诗及下面将提到的《小雅·采薇》放在 [链接馨苑] 第三境中供您欣赏。

在《诗》中,还有《硕鼠》《伐檀》这样的名篇表现了百姓对统治阶级的痛恶与反抗。而除务农之外,更令百姓雪上加霜的是沉重的兵役与徭役。西周后期,各国角力,征战频繁,战火连绵，生灵涂炭。百姓在流离失所、妻离子散的苦痛中悲号，却不得不忍受这样的命运：

其中，《邶风·击鼓》与《小雅·采薇》是《诗》中描写战士厌倦经年累月的征战，思念家乡与亲人的名作，二者一为民间传唱，一为文人创作，均唯美动人。我们来看《邶风·击鼓》：

> 击鼓其镗，踊跃用兵。土国城漕，我独南行。
> 从孙子仲，平陈与宋。不我以归，忧心有忡。
> 爰居爰处？爰丧其马？于以求之？于林之下。
> 死生契阔，与子成说。执子之手，与子偕老。
> 于嗟阔兮，不我活兮。于嗟洵兮，不我信兮。

《击鼓》中的这位战士，辗转征战多国，始终无法回到家乡。一别经年，再也没有见到那位与自己结下生死誓言的伙伴，叹息自己也许终其一生都无法兑现承诺……

一边读《诗》，一边体会孔子概括的"兴、观、群、怨"四个字，时而拍案赞叹，时而潸然泪下。"兴"，激荡辗转、遐思翩然；"观"，慨然而歌、洞悉明朗；"群"，言心言志、知音得觅；"怨"，直抒胸臆、讽谏畅言。四者之间既有分别又相互关联，所表达的都是至纯、至真的情感。

不得不说，作为文学家，孔子是浪漫的，因此他爱《诗》；作为艺术家，孔子是纯粹的，因此他爱《诗》；作为教育家，孔子是理性的，因此他爱《诗》；作为政治家，孔子是仁爱的，因此他爱《诗》；而作为一个普通的华夏子孙，孔子用自己对《诗》的热爱与推崇，解答了他被后世子孙尊奉为圣人的原因：爱众、无邪。

孔子终其一生，为实现"君君、臣臣、父父、子子"的有序社会和百姓的幸福生活执着奔波。佛家云：众生有情。道家云：圣人无常心，以百姓心为心。儒家则说：吾道一以贯之。天下至尊至圣的觉悟者，都在通过无数的经典阐释一个字：爱。

2. 孔子评《诗》：《诗》三百，一言以蔽之，曰："思无邪"

概括了"兴、观、群、怨"四个字之后，孔子还告诉我们学《诗》的重要性在于："迩之事父，远之事君；多识于鸟兽草木之名。"

事父，乃言在家尽孝；事君，乃言在朝尽忠；鸟兽草木，乃言务农田猎、与自然亲近。由此可见，在孔子心中，《诗》中自有孝道，有政道，有天道。因此是文献教育的第一课，也是最为重要的一课。

今人或不以为然，觉得《诗经》不过是几篇诗歌，属于文学艺术的范畴，无论是读《诗经》还是读《楚辞》，还是读唐诗宋词元曲乃至现代诗，都是在文学修养上做功课，与其他无关。

这样的认识恐失于片面。为何这样说呢？我们来看《毛诗序》中的这样一段话：

"诗者，志之所之也，在心为志，发言为诗，情动于中而形于言，言之不足，故嗟叹之，嗟叹之不足，故咏歌之，咏歌之不足，不知手之舞之，足之蹈之也。

"情发于声，声成文谓之音，治世之音安以乐，其政和；乱世之音怨以怒，其政乖；亡国之音哀以思，其民困。故正得失，动天地，感鬼神，莫近于诗。先王以是经夫妇，成孝敬，厚人伦，美教化，移风俗。"

诗言志，是古人赋予诗的使命。诗为何能言志？只因情动于中也。因为有情，才会有志。诗言志，可以理解为：诗缘情言志。

情之一字，于宇宙天地间最为珍贵。文学家木心在《文学回忆录》中说："无知的人总是薄情的。无知的本质，就是薄情。"类似的说法还有："因为懂得，所以慈悲。"以及罗曼·罗兰的名言："看清这个世界，然后爱它。"

什么样的人能有情？什么样的人能言志？而什么样人能读懂这份情？体察其中的志？在前面的小节中我提到过一句话："艺术来源于生活。"《诗》，无论是由民间采集的《风》，由文人创作的《雅》，还是祭祀所用的《颂》，无不反映了当时的社会风貌及风土人情。因此，《诗经》来源于公元前六世纪左右的人间百态，读《诗》可以知民情，观民俗，进而悯民生，行仁政。

于是孔子对《诗经》有这样的一句评语："《诗》三百，一言以蔽之，曰：'思无邪。'"这句话的意思是：《诗经》三百篇，用一句话概括它，就是纯正天真。

纵观《诗经》，通篇纯正天真，连男女幽会、野合、私奔均可成诗，一点儿也不拘束，一点儿也不呆板，纯任自然，洒脱无羁。李泽厚在《论语今读》中说:"'思'是语气助词,不作'思想'解,'邪'也不作'邪恶'解。"并进一步引用近代学者郑浩在《论语集注述要》中的解读:"古义邪即徐也。……无虚徐,则心无他鹜。……盖言诗三百篇,无论孝子、忠臣、怨男、愁女,皆出于至情流溢,直写衷曲,毫无伪托虚徐之意。"因此,李泽厚的翻译是:"《诗经》三百首,用一句话来概括,那就是:不虚假。"

无邪乃赤子,怀赤子之心丝毫无伪饰的作品,才能言情、言志,才是《诗》所呈现出来的本来面目。而孔子能够以"思无邪"三字评价《诗》,证明他读到了《诗》中之情、之志,与这份赤诚相应,因此孔子亦怀赤子之心。

南朝画家宗炳《画山水序》开篇便言:"圣人含道暎物,贤者澄怀味像。"此处的圣人指能够将自身体悟到的"道"借助外物表达出来的人;贤者则是指能够借由圣人所显现之物象,来体会其所要表达的"道"的人。

这一过程即为:道→创作者(圣人)→创作作品(暎物)→读者(贤者)→阅读作品(物)→道(味象)。

完成这个循环过程的关键在于"澄怀"二字,也就是孔子讲的"思无邪"。圣人之所以含道暎物,皆因澄怀。澄怀,才能体察到"人法地,地法天,天法道,道法自然"的奥妙,才能借由"道生一,一生二,二生三,三生万物"这个已经形成的宇宙,已经展现在人类面前的万物,返观那个"一",再将其所蕴含的"道"贯通在自己的作品中。贤者想要"味象",首先也必须澄怀——越单纯的人，才能越深邃，澄澈的心灵，才能与道相感。

圣人含道暎物，其中的物，不拘于形态，可以是画作，可以是诗篇，可以是舞蹈，可以是音乐，可以是雕塑，可以是棋局……所有含"道"的创作，皆是好的作品。而所有好的作品，需要被能够澄怀的读者所品读。然而，在由创作者到读者的过程中，"道"虽如一，"理"却不同。读者所处的时代、社会，所经历的人生，与创作者不同。因此才有那句名言："一千个人眼中有一千个哈姆雷特。"这也是所有含"道"的作品能够千古流传的原因——因"道"法自然，故永不过时。又因对作品的理解可以随时代、读者的不同而变化，故其能够不断被接纳、被解读。

于是，孔子孜孜教导我们的那句"小子何莫学夫《诗》"，不仅在当时振聋发聩，于今时今日依旧有其现实意义。

当然，此""诗"已不完全是彼《诗》了，孔子身处的社会，只能读到《诗经》，而我们今天拥有《诗经》《楚辞》；拥有魏晋南北朝佳作；拥有李白、杜甫、李商隐等代表的盛唐文化；拥有苏轼、辛弃疾、李清照、柳永等成就的宋词篇章，拥有关汉卿、白朴、马致远、郑光祖所流传的元曲话本……及至现代，亦有徐志摩、海子、顾城等一大批诗人在吟咏那不变的风月与万变的人间……

诗言志，言情，言道。

读诗明志，解情，悟道。

孔子以《诗》教化，今人亦以诗启蒙。文化传承，就在其中。

［链接馨苑］第三境

《诗经》拾贝，读诗偶得

我们把前面提到的《豳风·七月》和《小雅·采薇》放在这供您欣赏吧。然后再说说我读几首格律诗的一点心得。

先来欣赏《豳风·七月》：

七月流火，九月授衣。一之日觱发，二之日栗烈。无衣无褐，何以卒岁？三之日于耜，四之日举趾。同我妇子，馌彼南亩，田畯至喜。

七月流火，九月授衣。春日载阳，有鸣仓庚。女执懿筐，遵彼微行，爰求柔桑。春日迟迟，采蘩祁祁。女心伤悲，殆及公子同归。

七月流火，八月萑苇。蚕月条桑，取彼斧斨，以伐远扬，猗彼女桑。七月鸣鵙，八月载绩。载玄载黄，我朱孔阳，为公子裳。

四月秀葽，五月鸣蜩。八月其获，十月陨萚。一之日于貉，取彼狐狸，为公子裘。二之日其同，载缵武功，言私其豵，献豜于公。

五月斯螽动股，六月莎鸡振羽。七月在野，八月在宇，九月在户，十月蟋蟀入我床下。穹室熏鼠，塞向墐户。嗟我妇子，曰为改岁，入此室处。

六月食郁及薁，七月亨葵及菽。八月剥枣，十月获稻。为此春酒，以介眉寿。七月食瓜，八月断壶。九月叔苴，采荼薪樗，食我农夫。

九月筑场圃，十月纳禾稼，黍稷重穋，禾麻菽麦。嗟我农夫，我稼既同，上入执宫功。昼尔于茅，宵尔索绹。亟其乘屋，其始播百谷。

二之日凿冰冲冲，三之日纳于凌阴。四之日其蚤，献羔祭韭。九月肃霜，十月涤场。朋酒斯飨，曰杀羔羊。跻彼公堂，称彼兕觥，万寿无疆。

再来欣赏《小雅·采薇》：

采薇采薇，薇亦作止。曰归曰归，岁亦莫止。靡室靡家，猃狁之故。不遑启居，猃狁之故。

采薇采薇，薇亦柔止。曰归曰归，心亦忧止。忧心烈烈，载饥载渴。我戍未定，靡使归聘。

采薇采薇，薇亦刚止。曰归曰归，岁亦阳止。王事靡盬，不遑启处。忧心孔疚，我行不来。

彼尔维何？维常之华。彼路斯何？君子之车。戎车既驾，四牡业业。岂敢定居？一月三捷。

驾彼四牡，四牡骙骙。君子所依，小人所腓。四牡翼翼，象弭鱼服。岂不日戒，狁孔棘。

昔我往矣，杨柳依依。今我来思，雨雪霏霏。行
道迟迟，载渴载饥。我心伤悲，莫知我哀。

《采薇》的主人公与《击鼓》中的战士遭遇相似，都是常年
征战，有家不能回，他看着山间的野豌豆苗发芽、生长、成熟变
老。一年又过去了，但是征战的日子没完没了。终有一天，他
踏上了归乡之路，可眼前是怎样一番景象呢？"昔我往矣，杨柳
依依。今我来思，雨雪霏霏。"遥忆当年，离家出征，杨柳依依
随风摇曳；如今归来，迢迢万里，漫天飞雪。虽然，人回来了，
但是，春光不再有，岁月成蹉跎。

再说说唐宋的格律诗吧。我喜欢唐代刘方平的《月夜》：

更深月色半人家，北斗阑干南斗斜。

今夜偏知春气暖，虫声新透绿窗纱。

静谧的月夜中，星斗闪耀，虫儿在绿窗纱下窸窸窣窣，于是
知道，春天就要到了。继而又联想到宋代苏轼的《惠崇春江晚
景·其一》：

竹外桃花三两枝，春江水暖鸭先知。

蒌蒿满地芦芽短，正是河豚欲上时。

对于春日的到来，一个说虫声先报春来气暖，一个说鸭儿先知春江水暖，到底谁先知呢？不禁因古人对自然的眷恋与细致的感受而开怀，故趣和一首七绝《知春》：

春来气暖报先知，唐宋先贤各有诗。

真意不争先与后，自然自古是为师。

正是，人法地，地法天，天法道，道法自然。

遂又想起曾在信中与友人探讨另外两首唐人描写自然的诗，亦颇有灵动之妙，故将此信完整附于文中，与您分享：

仁兄如晤：

来信收悉，甚为欢喜，一读再读，不能释手。先生笔走行云，墨迹含趣，余每每读来，总是陶醉。仁兄提及余临习《好大王碑》若有所悟一事，应谢仁兄鼓励指点，日后如若梳理成文，必定先行送请仁兄批评。仁兄诗作大好。《溧阳》《咏荷》各有妙境，容余细细品来。仁兄对于学习传统诗词及书法的议论，言简意深，趣雅情笃，余叹之赞之。

之于书法律句，余实乃学童。然于花甲之后，能为传统文化之学童，亦可谓"返老还童"矣。余近日读诗，多有心得，今择其一奉仁兄哂正唐张谓有《早梅》：

一树寒梅白玉条，迥临村路傍溪桥。
不知近水花先发，疑是经冬雪未销。

余联想到贺知章的《咏柳》：

碧玉妆成一树高，万条垂下绿丝绦。
不知细叶谁裁出，二月春风似剪刀。

余顿觉二诗放在一起，更显妙趣横生。一个以其
"不知"引出"疑是"，言说早梅如雪；一个故意设问，
道出柳叶春风剪裁。于是，我凑上几句，嬉做点评。
得《读贺张诗作有感》：

绿柳白梅玉满枝，分明咏赞不言知。
春风水畔寻常景，妙语奇思酿作诗。

随后，又觉得仅是以诗评诗仍意犹未尽。由贺张
生活年代推想，张诗灵感或受贺诗启迪。既然如此，
余何不模仿二诗范式，试作一首，以与古人相接，遂得
《葡萄》：

紫玉珠圆润且香，青藤万垄沐斜阳。

不知远客因何访，美酒杯中弄夜光。

我是真询问，访客也是真回答。原来，访客是跨越时空之远，来寻觅初唐边塞将士的豪迈！同时，也把我穿越到贺张二位先贤生活的年代，对话古人。

中华文化是博大沃土，我们生命的根植于斯，我们血脉的源出于斯。如若一日，余"聊乘化以归尽"，亦情愿归尽于斯。

暂此收笔。又，农历二月十九日北京大雪，乃三十年所未见。常言瑞雪丰年，此雪当为戊戌吉兆。

恭颂春祺，阖府安康！

戊戌仲春良宵，啸宏顿首

释文　老者安之朋友信之少者怀之

出自论语公冶长第五

颜渊季路侍子曰盍各言尔志子路曰愿车马衣轻裘与朋友共敝之而无憾颜渊曰愿无伐善无施劳子路曰愿闻子之志子曰老者安之朋友信之少者怀之

文

时间回溯到 2014 年 11 月的一天，在龙潭湖公园东侧仅与之一路相隔的人民卫生出版社大厦里，正在举行中国医药卫生文化协会成立大会。这个协会是由人民卫生出版社、健康报社、中国健康教育中心共同发起，由国家民政部批准的一级社会团体。其宗旨是，以习近平新时代中国特色社会主义思想为指导，践行社会主义核心价值观，坚定文化自信，服务于健康中国发展战略，组织动员协调社会相关力量和资源，建设有中国特色的医药卫生文化体系。其业务范围就包括，弘扬中华民族优秀传统文化，传播革命文化和社会主义先进文化，开展医药卫生文化理论研究，提高医药卫生领域职业道德和人员素养，促进医德医风建设，更好地为广大人民群众健康服务。

记得有一次，我和几位咱们国家顶尖大艺术家在一起时说：人民是文化艺术创作的源头活水。人民对生命的热爱，是这源头活水中最甘洌的山泉；人民对健康的渴望，是这源头活水中最晶莹的浪花。话音未落，掌声骤起——空气也突然爆炸。我真没想到，这又不是开会，只是几个人闲聊呀！这说明，面对生命健康的命题，医药卫生工作者和艺术家的心是相通的。现在就有顶尖大牌导演在运作，要把中国从古到今，医德医术双馨的代表人物事迹，用电视语言按专题分集讲述出来。我们期待着。

在成立大会上，原国家卫生计生委副主任和原国家文化部副部长都发表了讲话，对协会给予了指导提出了希望；中国文联副主席冯远就如何促进文化建设为与会者举办了公益讲座。

在健康中国和文化自信成为社会热点的大好时代，一座彩虹桥，把卫生和文化两大领域连接起来。谁持彩练当空舞？有我中国医药卫生文化协会！

[时人新事] 第四篇

当年联手兴文化　今日同心襄义举

　　郑宏是成立这个协会的首倡者。他曾经当过北京医院的副院长、中日友好医院的党委书记、原卫生部药物政策司司长。他向周围很多人游说，宣传在医药卫生系统成立一个文化协会，加强医药卫生领域文化建设的重要性。他把十八大以来，习近平总书记关于中国特色社会主义文化建设理论，与进一步深化医药卫生体制改革联系起来，的确很有说服力。他一来二去把我给说动了，我们又一起说动了人民卫生出版社、健康报社、中国健康教育中心的时任领导，这三家机构共同发起成立了中国医药卫生文化协会。在前边说到的协会成立大会上我被选举为首届会长。在酝酿"经典传承·榜书《论语》"公益项目的时候，郑宏是协会法定代表人、常务副会长兼秘书长，换届时被选举为第二届会长。

　　在12月中旬，我和刘爱森、王建华达成了做这个公益项目的意向以后，急急忙忙找到郑宏，向他详细说起这两个月来怎么和萧卫红、张国维、刘爱森、王建华聊来聊去，聊到了现在这个程度，想听听他的意见，听听他觉得下一步应当如何运作。郑宏反应很快很清晰很明确很积极很有力度：这是大好事呀！协会应当全力支持！协会应当安排人员做"榜书《论语》"的助理，应当调动分会力量积极参与项目工作。瞧瞧，这就是当年首倡成立文化协会的人，这是一位对文化事业有着深刻认知深厚感情的人。

协会其他几位领导也都以极高的热情支持这件事，如李仲军、许梅林、张瑞恒、马爱宁、姚胜兴，都时时关心经常过问项目进展，为项目开展出主意提建议，起到了积极推动作用，形成了"气场"，带动了身边的人。

唐旭东——在前面已经两次提到了——是从张国维那里听说这件事的。他给我打来电话，说愿意为这个项目出力，并详细询问了一些具体问题。

唐旭东是著名中医泰斗中国科学院院士董建华老先生带出来的博士，是教授、主任医师、博士生导师，是中国中西医结合学会常务副会长、中国医师协会中医师分会常务副会长，当过西苑医院院长，现在是中国中医科学院副院长。他也是中国医药卫生协会创会的热心人，又因为酷爱书画，所以是协会书画专业委员会的热心支持者。就是他提议，并和王曙章一起，出面请著名书法家言恭达先生为这次公益项目题写"经典传承·榜书论语"八个大字的。言恭达先生指导我写榜书，无偿题写项目名称，作为项目学术顾问对项目的榜书创作篆刻创作给予了重要指导，在第十章将会详细说到。

当年在一起联手创建中国医药卫生文化协会的人，今天又在一起协力推动"经典传承·榜书《论语》"公益项目；而以各种不同的方式参与到项目中来的，是方方面面的人——有着"志愿者"共同身份的人在此"候场"。

[论语心得] 第四话

艺术是灵魂的独白　生命是初心的承载

《论语》较少记录孔子谈论艺术的语录，寥寥三五句，尽矣。然在这三五句中，能品出无穷妙趣。

古人在艺术创作方面，比我们今人有福气，因为他们更贴近自然。在地球尚未如今天这般被我们人类霸占的两千多年前，自然奇观就在人们的生活之中，随处可见。郁郁青山与清可见底的小溪，溪中调皮的虾畅游的鱼，天上的白云飞鸟是那么可爱动人！我经常幻想自己能穿越回古代——只为呼吸一口没有被雾霾、尾气及工业排放污染过的空气；只为喝一口不需要过滤、净化，稍事沉淀即可饮用的河水；只为穿过山林中雾气缭绕的羊肠小道，寻觅如今早已灭绝的珍禽异兽……

当我们编写小组同仁讨论这个问题时，一位小伙伴动情地说，假如能遇到童话故事中的阿拉丁神灯，许我实现三个愿望，我将诚心祈求：让我们唯一的地球不再有垃圾；让亲爱的大自然回到蒸汽时代之前的模样；让一切因人类而灭绝的生灵回到这片土地上！

然而，历史就是历史。历史没有假设，历史不能回转。尽管在历史发展过程中走过九曲十八弯人类文明发展至今时今日，当清楚唯有保护自然，修复生态环境，爱护生养我们的、唯一的、美丽的地球，才是最该为之奋斗的事业！。

仁者，当爱人，当从爱人出发，推人及物，爱这世间每一个生命，爱创造了这些生命的永恒的自然。

1. 孔子谈艺术：绘事后素

子夏问曰："'巧笑倩兮，美目盼兮，素以为绚兮。'何谓也？"子曰："绘事后素。"曰："礼后乎？"子曰："起予者商也！始可与言《诗》已矣。"

子夏问："《诗经·卫风·硕人》说：'美人的笑靥是多么可人啊，黑白分明的美目流盼是多么迷人啊，素洁的底子上绘着多彩的花纹是多么绚丽啊。'其中的意义是什么呢？"孔子说："先有素洁的底子，再绘上色彩。"子夏说："因此文章的修饰要在质朴、纯真的基础之上吗？也可以引申为礼乐应建立在人的基础之上么？"孔子说："卜商啊，你真是能启发我的人，现在可以与你讨论《诗》了。"

绘事后素，无论诗词、绘画、书法、舞蹈、音乐、雕塑……各类艺术，都遵循这个道理。先有洁白的底子，再绘上色彩，即先有质，而后饰；质与饰之间存在自然而然的联系：先有清水，而后出芙蓉，因此能够浑然一体，天然去雕饰——去掉那些繁复的，与质相违背的雕饰。

我们现在有一个词：违和感。用在艺术上，就是不搭调、不协调、与原本的"质"格格不入，扎眼。宁静的湖面漂着一叶扁舟，湖为质，扁舟为饰，非常和谐；宁静的湖面漂着一片垃圾，相当违和。

古人写诗，喜欢写自然美景，师法自然。诗、乐、画、舞等皆法自然。自然是人类心灵的家园，是艺术的根脉，也是我们灵魂最后的归宿。

2.孔子谈文：质胜文则野，文胜质则史

子曰："质胜文则野，文胜质则史。文质彬彬，然后君子。"

孔子说："质朴多于文采，就未免粗陋。文采多于质朴，则显得虚浮。文、质配合适当，恰到好处，才能相得益彰，才称得上真君子。"

棘子成曰："君子质而已矣，何以文为？"子贡曰："惜乎，夫子之说，君子也，驷不及舌。文犹质也，质犹文也。虎豹之鞟犹犬羊之鞟。"

棘子成说："君子只要注重本质就可以，何必还要那些体现文彩的礼仪形式呢？"子贡说："先生您这样谈论君子，可惜谈论错了！一言既出，驷马难追呀！文饰和本质同样重要，如果把虎豹和犬羊两种兽皮拔去上面有纹彩的毛，那么它们就几乎没有区别了。"

这是《中庸》思想的展现。质与文的关系，恰似现在小说中故事与思想的关系。如果一部小说只有思想（质），故事性（文）十分欠缺，那么它就不具备可读性，无法吸引读者。反之，如果徒有好的故事而没有思想内涵，则会让读者觉得莫名其妙，

不知所言。

又比如电影。特效绚，画面棒，但是没有好剧本和好演员，就最终流于虚浮，让观众觉得是在欣赏摄影作品展；反过来，有了好剧本，演员也非常走心，但是特效假得辣眼睛，四处穿帮，画面也剪辑得十分混乱，那么观众就会不时出戏，无法进入剧情。

文质彬彬，文与质皆好，相得益彰，才是一个好作品。

文学、电影如是，书法亦如是。在书写这部"榜书《论语》"之前，我多次思索该用什么字体来写，为此还向多位书法家请教。最终决定用颜楷，颜楷传承多年，它的艺术价值本身体现了儒家思想。用颜楷书写《论语》，是质与文、精神与形态的统一。

然而我用颜楷，没有用《颜勤礼碑》或《麻姑山仙坛记》，也没有选择《颜家庙碑》，而是取法于《自书告身帖》。

因为碑文是经过石匠再创作的，笔划见棱见角，而《自书告身》是帖，是历史原件，是毛笔写出来的。关于这个帖，有些学者、书法家认为并非出自颜真卿之手，因为"告身"就是任命书，是皇帝任命臣子的通知，哪儿有人给自己写任命书的呢？

然而我们可以做这样一个假设：爱好书法的颜真卿，对皇帝给他颁布的任命通知书非常重视，好好地收起来，没事儿就拿出来看看，再自己抄写上一遍，这又有什么不可能呢？没有任何证据表明，这份《自书告身帖》是他当时接到的原件。而且，您仔细看看，在这个帖的最后部分，是几个层层下发这个任命书的有关部门的签发内容，都是出于一人之手笔。这说明了什么？说明：一不是原件；二不是想伪造原件；三就是抄一遍而已，本人抄一遍未尝不可。

这个帖写得轻松、苍劲、清雅高古，非常有艺术价值。因此我选择了取法《自书告身帖》来书写"榜书《论语》"。

在书写期间，多位书法家都曾给过我很好的指导和建议，尤其是申万胜先生、言恭达先生。《榜书〈论语〉全文》能够呈现出中正的气象与自然的书写感，与他二人的具体指导密不可分。

在"质"的方面，我用心揣摩颜体端庄雄伟的正楷，与气势遒劲的行书，领悟其笔墨中的精髓；在"文"的方面，用一些渴笔，令笔墨的细部更显意趣。只是遗憾，我学养功力均不从心。

由孔子的"文质彬彬"而发，学颜楷，读《论语》，以四尺颜楷榜书抄写《论语》，并作为"经典传承·榜书《论语》"公益项目的重要组成部分，无偿捐赠给孔子博物馆，真乃人生之幸事乐事！

[链接馨苑] 第四境

《洛神赋》的"长""怅"之美

绘事后素，可以进一步引申为：以纯净素洁的心灵为质，在其中创作出表达情感的艺术。质为心，艺为饰，由心灵诞生艺术。以赵孟𫖯书写曹植所作千古名篇《洛神赋》为例，赋中共出现了四个"长"和三个"怅"，赵孟𫖯在书写时写法皆不相同。虽然，王羲之所书《兰亭序》中的 20 个"之"字，写法也各不相同，但与作品内容的关联不明显。而赵孟𫖯的"长"或"怅"是与内容紧密相关的。因此写下一则小文以记录对这幅艺术作品的感悟。

读帖随想：假赵孟𫖯楷书《洛神赋》体会以行入楷的情感表达

我常在旅途中读帖。日前于万米高空，忽有所悟，浮想联翩，以今我之心，求古人之意，或有所得，权且记之，聊佐茶趣酒兴谈资。

上海书画出版社《赵孟𫖯小楷三种》，其中收录了书于延佑六年八月五日的《洛神赋》。在这幅作品中有四个"长"字（见图 1 至图 4）和三个"怅"字（见图 5 至图 7）。这七个字都很美，却又个个不同。怎样欣赏这七个字呢？品味这七个字对小楷艺术审美有无帮助呢？《书谱》有言："存精寓赏，岂徒然欤。"探讨这些问题既有趣又值得。

首先要梳理一下，这七个字是在什么情况下出现的？《洛神赋》讲的是，作者在从京城返回封地途中，涉洛水时奇遇河神宓妃，为其惊世美艳所倾倒，二人互表爱慕之情，却终因人神道殊而一逝永绝的凄婉故事。在这七个字出现之前，从标题数起第十二行的"其形也"到第廿四行末的"采湍濑之玄芝"，作者用了二百二十个字，极尽笔墨描述宓妃的容貌、身姿、服饰、仪态、神情、心理，并盛赞之。

正是有了这段占正文四分之一篇幅的铺垫之后，男主人公心情大悦，热血涌动，在没有媒妁之人作中介的情况下，亲自主动地急迫地假托微波向宓妃表示追求，而且解下随身玉佩相邀以表诚意。表达之后，宓妃回应得体。男主人公欣喜地感受到"嗟佳人之信修，羌习礼而明诗"。宓妃不但天生丽质、风情万种，而且内在素养也很好，令人倾心。进而宓妃"指潜渊以为期"，女主人公比男主人公更进了一步：到我居住的地方来约会吧。而却在此时，男主人公从关注外在之美，到关注内在修养，又考虑到诚信、忠诚的层面，由此引发了故事情节的大转折大起伏大跌宕。这是全篇的关键之所在。当然，本文旨在探讨书法审美，而非讨论文学。但文学情节的变化与读者情感变化相关照；文学情节的变化也必然要与欣赏表现斯赋的书法作品时的情感变化相关照，从而才能借题发挥，才好进而讨论"以行入楷的情感表

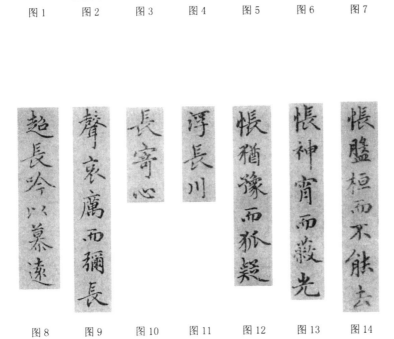

图1 　　图2 　　图3 　　图4 　　图5 　　图6 　　图7

图8　　图9　　图10　　图11　　图12　　图13　　图14

达"这样一个书法欣赏命题。

此时，男主人公想到了一个负面的例子。当年有个叫郑交甫的就遇上过一位仙女，结果被欺骗了，被抛弃了。由彼及此，男主人公心中顿生疑虑，犹豫不决：下一步该怎么走呢，该怎么办呢，宓妃是否真诚，能否忠诚呢？问题很严肃。"惧斯灵之我欺"成了主导，生怕自己也被戏弄，也被耍弄了。在这种心态下，男主人公退缩了，"收和颜"了，"申礼防"了，讲起男女授受不亲来了。这是一个大转折。从男方主动示好，到女方热烈响应，又到男方心生猜忌，从而降温降调，必然致使女方受伤很深，"洛灵感焉徙倚彷徨，神光离合乍阴乍阳"，很突兀很凄楚；"擢轻躯以鹤立，若将飞而未翔"，很无助很无奈；"践椒涂之郁烈，步兰薄而流芳"，很冲动很刚烈；"超长吟以慕远兮，声哀厉而弥长"，很执着很倾心。她真心爱他。至此，可以进入本文主题了。

现在来看"超长吟"中的"长"字（见图1、图8），这个字非常漂亮，点画细致精美，使转疏朗流畅，结字端庄严正。通过这个"长"字似乎可以体会到宓妃心灵之声，肺腑之声：音质之清纯、音色之曼妙、音域之广博、音量之充沛……此一"长"字可当之。再看"弥长"的"长"字（见图2、图9）。这个字的特点是，上部稍右倾，似有低首垂眉之态；下部写得稍重，再配合长横收笔时向下压，显得沉闷。可以想象，空气中弥散的是哀厉之声，且挥之不去。第一个"长"，是主观上要引吭长鸣抒肺腑之情以慕远；第二个"长"，是客观上难以掩饰的失恋时难言的苦楚和刺痛。

接下来，斯赋表现了众神灵聚集而来形成的场面，以及宓妃在这如梦如幻的场景之中心灵调适的艰难历程，以致恢复到"转眄流精，光润玉颜""含辞未吐，气若幽兰"，依然是"华容婀娜"，气质非凡。宓妃决定离开这伤心之地，回自己的家乡潜渊，也就是神仙世界太阴去了。在途中她仍然对男主人公依依不舍，以恨以怨，以悼以哀，回顾发生的一切，并赠予他江南明珠首饰，信誓旦旦，"虽潜处于太阴，长寄心于君王"。这时出现了第三个"长"字（见图3、图10）。这个字的特点，一是上竖和下竖勾在横向上离得比较开，且上竖收笔、下竖勾起笔飞动；二是一撇一捺交代得格外清楚，气韵十足。关于第一点，我联想到宓妃说话时的姿态，"纤素领，回清阳"，宓妃是在六龙齐驾的云车上转过白皙的脖颈，侧过清丽的面庞，以澈亮的眸子回视着男主人公时"动朱唇，以徐言"的，因而可以想象出腰肩颈脸的转动；或可理解成精神追求与现实阻隔的分离；要不然就简简单单地理解为下盘开张使此时此字更显稳重吧。关于第二点，照我理解，一丝不苟的点画交代，最能表达态度认真、一诺终身、神情肃穆、非嬉言哉。

再看第四个"长"字（见图4、图11）。宓妃不见了以后，男主人公"冀灵体之复形"，驾轻舟沿洛水上溯找寻，"浮长川而忘返"。这个字无论点画、使转、结体各方面都没什么特别之处，但如果联系上下文来看就有滋味了。男主人公为了寻找宓妃，"背下陵高，足往神留。遗情想像，顾望怀愁"，思绪绵绵，彻夜不寐，既失意又失态。在这种情况下，在这浩渺水面上，更使他显得身心疲惫、心力交瘁。通过这个"长"和失落失望相联想是不是很合适呢？包世臣所说的"情意真挚，痛痒相关"，是否也可以从字与文的关系，借用到字与文字关系呢？

再来分析三个"怅"字（见图5至图7）。第一个"怅"字（见图5、图12），出现在第一个"长"字之前，即"感交甫之弃言兮，怅犹豫而狐疑"之句。背景在前文已梳理过了。这个字的特点是乱，一长横穿过一长竖，一撇竟右上抵住了横，左下抵住了竖勾的竖，并近贴着竖勾的勾，这就在原本应是开放的空间，圈出了二块封闭的留白，有反常规。所以说是心乱意乱神乱。第二个"怅"字（见图6、图13），出现在宓妃向男主人公表白了"长寄心"之后，是男主人公的感受，"忽不悟其所舍，怅神宵而蔽光"。忽然间，不知怎的，宓妃不见了，神灵不见了，神灵之光不见了，脑海一片空白，眼前一片漆黑。竖心旁写得很拘谨，可以想象成心脏紧紧收缩，也可以想象成紧紧抱住一个柱子；竖勾很短很拘谨，一捺向下收笔，显得拘谨的同时又像于黑暗之中摸索探路之状。第三个"怅"（见图7、图14）出现在最末一句"怅盘桓而不能去"。这个"怅"最表意言情之处在于用了反捺。总括四个"长"、三个"怅"，唯有此处用反捺。怎么欣赏呢？我觉得可以和"果断"相联想。那么，"揽骓辔以抗策，怅盘桓而不能去"，充满了矛盾心态、矛盾行为，何来果断？关键在于，虽然心情是"不能去"，但男主人公到底是去了还是没去呢？当然是去了，是"归乎东路"了，而且"命仆夫而就驾"，是他亲自做出的决定。所以，于斯赋中体会出果断之意，再看这一反捺，就能品出意味。

　　我很喜欢《洛神赋》，时常背诵。读赵孟頫书《洛神赋》，更让我与古人之间产生了共鸣。曹子建的文学之美，赵文敏的书法之美，与我对美的欣赏及敬意，混然一曲。其功在于以行入楷的典范之用，令人入文入境，感同身受。楷书是以点画为形质，使转为情性。所以楷书情性的表达很微妙，较含蓄。以行入楷，则使转得以强化，形质自然灵动。借此，楷书亦可"合情调于纸上"了。以行入楷，楷字不致呆板，于形质中就有了灵性。灵性就是意趣。这个灵性，既体现在字中，又体现在字与字间，还体现在字与书写内容的关联上，最终是体现出作品的意趣。意趣体现思想。因之，启功先生所言"楷书宜当行书写"，是谓要论。

005

说到北大荒，您也许会联想到无边无际的黑土地上绿油油的稻田金灿灿的稻穗——那里的确是盛产优质粮食的地方，而我要补充说上一句的是，那里也是盛产优秀人才的地方。

在北大荒博物馆可以看到，当年黑龙江生产建设兵团的知青当中，涌现出了众多中国特色社会主义建设事业的优秀人才。在他们当中，既有从事不同行业的普通劳动者，也有国家级领导干部；既有省长部长，也有表演艺术家书画艺术家作家和著名央视主持人——冯远在兵团务农时，就有画作《苹果树下》入选第五届全国美术作品展览。现在他是中国美术家协会名誉主席，还是中国文联副主席，中央文史馆副馆长。

正是：喜看稻菽千重浪，遍地英雄下夕烟。

[时人新事] 第五篇

良师益友同窗谊　斯道同扬共盛年

　　我和冯远是在中央党校学习期间认识的。他长我两岁，举止谦和，平易近人，我们很快就熟悉起来。一天我去他的宿舍拜访他，只见他的书桌上书柜里满满当当，比起我那的书要多出两三倍。我指着这些书打趣地说，我今天算是知道"学问是怎样炼成的"了！他应道，哪里！随手翻翻，习惯了。我们相视一笑，便聊了起来。临走时我厚着脸皮抱拳说道，向您求幅墨宝吧！都说人熟不讲理，我看倒是同学之间最不讲理，不讲理也不讲礼。

　　周日晚上从家回来，冯远给我带来一幅四尺对裁的篆书"同扬斯道"。我观而宝之，受而谢之，珍而藏之。那是十三年前的事了。

　　十几年一路过来，我们或因公或因私联络不断，特别是因为我也酷爱传统文化，热衷于学习书法，所以每每与冯远见面总要抓住机会讨教几句，冯远总是不厌其烦地解答，有针对性地给予指导。只是我也有对不起他的地方，至今还没按他的要求动手学画。冯远之于我，亦师亦友亦同学。

　　十年后的一天，确切地说是 2018 年 12 月 29 日，我和冯远，王平——中央数字电视书画频道董事局主席，我在下一章节向您专门讲述他的故事——在一起，我向他们详细介绍了，对不起，准确的用词应当是详细汇报了"经典传承·榜书《论语》"公益项目，并诚恳请求他们给予支持。

冯远平静地听着。当我激动不已滔滔不绝详详尽尽地讲完了之后，冯远依然很平静。最怕空气突然安静，我没有预想到会出现这种平静，尽管这种平静大约仅仅持续了几秒钟。然而，我却又从这种平静中感到惬意。海不扬波是一种境界。冯远平静地说，既然要干，我们就要干成。这是一种别样的深思熟虑的一拍即合。

冯远的态度对我来说非常重要。不但要干，而且要干成。特别是他让我感悟到，由发起一个公益项目的热切，与传承中华文化经典的凝重，与实施大型文化工程的谨慎，交织融合升华而来的平静心态及平静的行为状态，是干成这件事的秘籍。

冯远是一位言必信行必果的领导学者艺术家。他对我说，等你开工了我去参观。听到这话，我顿时觉得心里暖融融的。不过，可不能觉得心里暖融融的就算完事了，我能掂量出这话的分量。什么样的工作室他没见过，我那个临时场所有什么可参观的。您也别觉得他就是要来给我站站脚助助威，八字还没起笔写一撇呢，他可不是草率行事之人。他是要像当年在浙江美院当教师当系主任当校领导那样，要来检查学生的作业，要来看看那些习作的水准到底怎么样。当然，他还会在现场做些指导，要尽可能地让学生的水平有所提升。

当写了几百字的时候，我邀请冯远来检查作业。他很认真地逐字评议一番，让我领会什么是好什么是不好，又明确指出这个这个这个还有这个要重写。这是多么具有重大意义的"参观"啊！临走时冯远特别嘱咐我，你还要多听听书法家们的意见，我是画国画的。对于冯远的指导意见我都尽最大努力认真落实了，包括他说的要多听听书法家们意见的话。几位书法家都说，冯远先生给的指导是对的，冯远先生太客气了。

2019年11月17日，在捐赠《榜书〈论语〉全文》上部的大会上，冯远主席说，以什么样的方式来弘扬中国优秀传统文化，从而承担起我们这代人的历史责任呢？啸宏以书写的样式，而且是以70厘米见方的大字来书写《论语》这一万五千多字。我们希望"经典传承·榜书《论语》"公益项目只是一个开始。作为同道者，今天参加座谈会的朋友都有同样的心性，同扬斯道。

同扬斯道，同扬传承中华优秀文化之道！看来，从十三年前冯远送我"同扬斯道"之时，我们这个缘分就定下了！

我给这一章起标题时有些纠结，第一句好办，我和冯远的交情就是同学好友，而且我以他为师；第二句费了些脑筋，是为那个"盛"字，原本是想用个晚字，我是个退休老人性格并不张扬，用个晚字合适也合辙。但我又觉得人家冯远还在岗在位重任在肩，而且艺术生涯正直盛年，用盛年才合适。所以就高不就低，我就跟着他"共盛年"吧。结果，这个盛字一用，"斯道同扬共盛年"就有了一派新意——让我们在这盛世华年大美时代，坚守文化自信，共同弘扬中华优秀文化之道！

[论语心得] 第五话

《韶》乐一曲尽美尽善　余音四隅无鼓无钟

儒家思想历来注重礼乐文化，因此当时的音乐不仅作为艺术创作而存在，还承载着政治功能。《乐记》认为："使故治世之音安以乐，其政和；乱世之音怨以怒，其政乖；亡国之音哀以思，其民困。声音之道，与政通矣。"

孔子一直提倡的启蒙读物《诗》，其实就是一本古代的歌词：《风》是地方流行的民间歌谣，歌词讲述劳动人民的生活与情感；《雅》是艺术创作，也是士大夫的家庭音乐；《颂》是与王道教化关系密切的庙堂音乐，在宗庙祭祀时演奏，其场面恢宏，堪称交响曲。

今天，我们仅从艺术的角度探讨音乐。

1. 乐之结构：师挚之始，《关雎》之乱，洋洋乎盈耳哉

孔子曾经对鲁国的大乐师说过这样的话："音乐是有结构的：起始篇章，由一段美妙的旋律打动人心；紧接着，是抒情的乐章；随后，乐曲逐渐过渡到明快的高潮之中；而后绵延袅袅，悠远清长，以此收尾。"

子语鲁大师乐，曰："乐其可知也：始作，翕如也；从之，

孔子在这里讲的是乐曲的旋律结构。流行歌曲也好，器乐演奏也好，结构都是音乐必不可少的要素。

我们现在的流行歌曲一般遵循这样的结构：前奏—主歌—副歌—尾段。前奏用以构建全曲的调式和律动，即"始作，翕如也"；主歌段落则为相对舒缓的叙述，仿佛娓娓道来的情愫，是情绪的积累叠加，即"从之，纯如也"；接下来则是副歌部分，也就是一唱三叹、反复歌唱的高潮段落，它是整首歌的主旋律，一首不太熟悉的歌曲，我们往往能够记住的就是副歌部分，即"皦如也"；最后是尾段，情绪逐渐收敛、音韵逐渐绵长，与开头相呼应的纯音乐往往会在尾段出现，从起始至末篇，达到圆满，即"绎如也，以成"。

音乐是情感本真的表达，这个结构之所以古今通用，正是由于今时今日虽与春秋末期暌隔千年，但人类的情感始终如一，仿佛日出日落般有据可寻：从一开始熹微的晨光，到上午时段的和煦灿烂，再到正午的艳阳高照，及至午后的一缕慵懒、夕阳西下时余霞成绮、云絮如梦……无论怎样热烈或清冷的情感，都有起始、有收束，情绪起伏的过度，就是音乐的结构串联。

据考证，春秋战国时期出现了编钟、编磬、琴、瑟、竽等器乐，无论是器乐独奏还是合奏，其结构、音韵、节奏等要素，都已遵循音乐本身的审美特点。我们虽不能通过上述《论语》中的语句判断孔子讲的是唱歌还是某一种、多种器乐的演奏，也无缘聆听鲁国大乐师挚演奏的旋律，但可以参考现代音乐家在用古琴演奏古曲时，呈现出的音乐结构，以及听者对其音乐表达的感受，来理解那时的音乐之美。在 [时人新事] 第十四篇，我们就有幸聆听了孔子博物馆乐师们演奏的《韶》。

不仅每一首歌、每一首乐曲有其结构，音乐会也有结构。孔子曾赞叹道："从大乐师太师挚演奏乐曲开始，到结尾处所有人合奏《关雎》之曲，美妙的音乐不绝于耳啊！"

子曰："师挚之始，《关雎》之乱，洋洋乎！盈耳哉。"

一场美妙的音乐会，能呈现出最直观的音乐魅力。两千多年前孔子所欣赏的这场音乐会，与我们如今坐在家里，欣赏《新春序曲》《火车开进苗山寨》，或欣赏维也纳新年音乐会一样令人陶醉。我们可以想象得到，开始出场的是国内最顶级的音乐家——太师挚，人们被他演奏的音乐感染，被音乐带入一个曼妙的、神秘的、纯粹的唯美世界之中；随着乐师们陆续登场，这场音乐艺术的盛宴愈发令人叹为观止；最终，《关雎》的合奏作为整场音乐会的高潮呈现、渐至尾声……

这就是一场音乐会的结构与格局。

2. 乐之形式：乐云乐云，钟鼓云乎哉

《乐记》云："凡音之起，由人心生也。人心之动，物使之然也。感于物而动，故形于声。声相应，故生变；变成方，谓之音；比音而乐之，及干戚羽旄，谓之乐。乐者，音之所由生也；其本在人心之感于物也。"

大凡音的产生，都是因于人类有思想感情。人类思想感情的

变动，是外界事物影响的结果。受外界事物的影响，人的思想感情产生了变动，就会用"声"表现出来。声非一种，其中有同有异。同声相应，异声相杂，于是产生错综变化。把这种错综变化的声按照一定的规律表现出来，就叫作歌叫作曲叫作乐。从以上可知，所谓"乐"，其核心是由音所构成的，而其本源乃在于人心对于外界事物的感受。

音乐产生于人心，却又反过来作用于人本身，陶冶人的情操。因此，只要是表达心中情感的演奏，不在乎用什么乐器，都是由心所发的真诚的乐音。

故孔子说："所谓的'礼'，难道仅仅是指摆在架子上的贵重如玉帛之类的礼物吗？所谓的'乐'，难道仅仅是指能演奏美妙音乐的钟鼓之类的乐器吗？"

子曰："礼云礼云，玉帛云乎哉！乐云乐云，钟鼓云乎哉！"

一旦社会失去规范，礼乐教化就会沦为附庸风雅的装饰品而失去其内涵与真诚——礼若发自真诚，纵然千里寄鸿毛，虽礼轻也是情意重；乐若能与心灵产生共鸣，那么无论何种器乐，均能奏出悦耳的旋律。我在[链接新苑]第十一境的小文《闲聊〈将进酒〉》讨论了这个话题。

3. 乐之审美：子在齐闻韶，三月不知肉味，曰："不图为乐之至于斯也。"

子谓《韶》："尽美矣，又尽善也。"谓《武》："尽美矣，未尽善也。"

孔子评价《韶》乐："尽善尽美、美善合一，妙极了！"又评价《武》乐："在美的层面无可挑剔，但没有达到善，因此还不够好。"

子在齐闻韶，三月不知肉味，曰："不图为乐之至于斯也。"

孔子在齐国欣赏《韶》乐，竟然很长时间连肉的味道都吃不出来了，说："没想到音乐达到这样的程度，令人陶醉。"

子与人歌而善，必使反之，而后和之。

孔子和朋友一起唱歌，如果唱得好听，就一定请他再唱一遍，然后自己跟着唱。

上面三句连着看，发现孔子是个音乐鉴赏家，非常爱好音乐，又很喜欢唱歌，生活中充满了享受音乐的快乐。

孔子认为，《韶》乐尽善尽美，听完后久久不能忘怀，而《武》乐虽然也很美，却没有达到善。乐曲是情感的表达，乐是内心活动的表现，而声是乐的表现形式。通过乐曲所传达的情感，是全世界通用的语言。旋律动人，情感真挚却不过分的乐曲，就是尽善尽美的。而旋律虽然动人，但情感中流露了过度的哀伤或喜悦，都不能算是尽善。因此，音乐不能过度放纵。

金庸在《笑傲江湖》中借由音乐塑造人物性格：侠义之士刘正风，拼尽全家性命也要维护自己的挚友曲洋，最后与曲洋同奏一曲《笑傲江湖》而逝。他奏的曲子"乐而不淫，哀而不伤"，正是孔子认为的尽善尽美之音，一如其为人光明磊落，正气凛然。

同样是武林中的音乐爱好者，莫大先生则总是装神弄鬼，来去无踪，曲洋如是评价莫大的音乐："所奏胡琴一味凄苦，引人下泪，未免也太俗气，脱不了市井的味儿。"这就是孔子所说的"未尽善矣"，将情绪表达得过分了。

孔子对音乐的领悟能力非常强，《史记·孔子世家》中记载，孔子在学习古琴曲的时候，能够完全理解琴曲的内涵：

孔子学鼓琴师襄子，十日不进。师襄子曰："可以益矣。"孔子曰："丘已习其曲矣，未得其数也。"有间，曰："已习其数，可以益矣。"孔子曰："丘未得其志也。"有间，曰："已习其志，可以益矣。"孔子曰："丘未得其为人也。"有间，有所穆然深思焉，有所怡然高望而远志焉。曰："丘得其为人，黯然而黑，几然而长，眼如望羊，如王四国，非文王其谁能为此也！"师襄子辟席再拜，曰："师盖云《文王操》也。"

孔子向师襄子学习弹琴，一连学了十天，也没增学新曲子。

师襄子说："可以学些新曲了。"孔子说："我已会弹此乐曲了，但还没有熟练地掌握弹它的要领。"

过了一段时间，师襄子又说："你已掌握弹它的要领了，可以学些新曲子。"孔子说："我还没有领会乐曲的内涵。"

又过了一段时间，师襄子再次对孔子说："可以学些新曲了。"孔子说："我还没有体会出曲作者是什么样的人。"

不久，孔子显得肃穆沉静，仿若深思，接着又心旷神怡，显出视野宽广、志向高远的神态，说："我体会出作曲者是什么样的人了，他的肤色黝黑，身材高大，目光明亮而深邃，好像一个统治四方诸侯的王者，除了周文王又有谁能够如此呢！"

师襄子恭敬地对孔子拜了两拜，说："我老师告诉过我，这是周文王所作的琴曲《文王操》。"

如果我们对自己心爱的乐曲能够像孔子这样，孜孜不倦地演奏，感受，那么我们也可以成为音乐鉴赏家。而在学习器乐的过程中，通过勤奋练习逐渐达到三种境界，则会成为真正的音乐演奏家。第一层境界：手与琴和，即熟练掌握演奏技巧；第二层境界：琴与心和，即能够完全理解乐曲表达的情感与意境；第三层境界：心与音和，此心既此乐，随手演奏而不拘于器乐、乐曲本身的形式。

这三种境界，非痴爱音乐者不得，非至诚至善之心不得。

之于儒学，之于书法，之于音乐，我只是爱好而已，从未奢望能入"内行"之列。然而，若以此为一隅举之，能否推至为学为人为政诸隅，则是读《论语》能否深入一步的考试。

[链接馨苑] 第五境

冯远的画，及友人给古琴曲配词

人生四季，春夏秋冬。我喜欢写点小诗以自勉，其中一首是这样的：

> 秋来一载好时光，莫道轻风阵阵凉。
>
> 摆酒菊园邀皓月，听琴半醉论华章。

冯远欣然为余之拙句作画。如是，请您雅赏。

一位友人，爱好广泛，颇有才气。在此向您呈上这位友人的一篇佳作，以其雅赏。

以管平湖先生演奏的"嵇氏四弄"中的古琴曲《长清》为代表，举例说明孔子归纳的音乐结构：

《长清》在演奏之初，散音庄重淳厚，仿佛在描述下雪之前，低沉厚密的云层与寒冷肃杀的大地；随后是轻快的滚拂和打圆，就像小小的雪花翩然而至，而后的乐曲段落则绵延袅袅，起伏跌宕；中间部分清冽的泛音，似乎在描述那雪中绽放的寒梅，接着那一唱三叹的乐曲旋律则言及雪落大地时天地一色的恢宏景致；最后以泛音收尾，又如雪后初晴，树枝、屋檐上冰雪消融，雪水洒落大地，奏出美妙的自然之声。

听管老弹奏此曲，心中一片澄明，故配以文字：

天地皑皑，独行其间。看雪花旋转飞扬，落地凝霜，覆宇内尽苍茫，肃万物皆敛藏。叹其质洁不避泥淖，易逝不怨春光。落无声、化无痕，衬梅之凌傲、显松之苍韧、烹茶之醇妙、敲竹之悠扬。待旭日初升，融而为壤，润草木以清冽，入江河成汪洋。

我很喜欢这些文字。

释文有朋自远方来不亦乐乎

出自论语学而第一

子曰学而时习之不亦说乎有朋自远方来不亦乐乎

人不知而不愠不亦君子乎

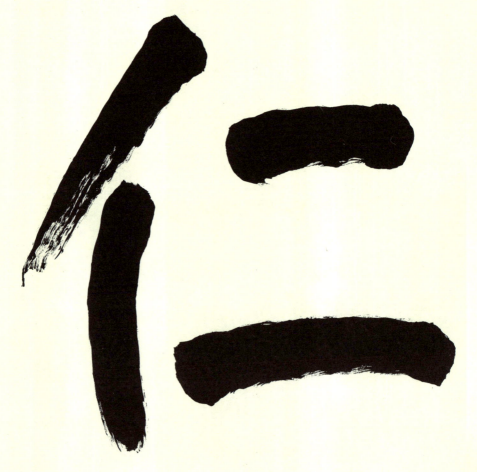

北京奥林匹克森林公园是一个融生态园林、自然野趣、人工景观和健身娱乐设施为一体的超大型城市公园，由南北两个园区组成。连接南北两个园区的是一座横跨北五环路的长满各种植物的生态长廊。这条长廊是北京城市中轴线的最北端。由此向南，在南园中心的仰山上，有一个地理坐标"北京城市中轴线"，从这个坐标点设置的望远镜向南望去，钟楼、鼓楼、景山上的万春亭、故宫里的大殿、天安门广场上的国旗、人民英雄纪念碑、毛主席纪念堂、正阳门以及永定门尽收眼底。中轴线最南端就是北京大兴国际机场的"金凤凰"。

在中轴线西侧奥森公园南园的西南角上，有14通螭首龟趺石碑。在中轴线东侧奥森公园南园的东头，有中央数字电视书画频道美术馆。这里每年都要举办十数场一流水准的书画展览，每天免费向观众开放。

奥林匹克森林公园不仅自然生态优美，而且文化生态也有特色。

[时人新事] 第六篇

书画频道多真粉　文化传播大舞台

王平是中央数字电视书画频道董事局主席、中国文化促进会副主席、中国医药卫生文化协会副会长——所以，我们是协会的同事。十几年来，他把书画频道打造成了真正的"大家的频道"——既是深受广大电视观众喜爱的欣赏艺术休闲学习的频道，又是深受众多书画名家重视的展示作品传道授业的平台。

王平为人处事认真诚恳，让人感到满满善意。在有的合作项目中，即便是对方偶有缺欠，他也能宽厚以待并不斤斤计较。有一回我读《论语》，看到孔子评价一个叫晏平仲的人，说他"善与人交，久而敬之"，我就想，王平是不是就如晏平仲一样呢。我之所以做这样的联想，正是体会到孔子特别提倡的"能近取譬"，也就是在处理大事小情时，能有换位思考的意识，能把自己摆进去，能以自身为例，能推己及人，能替对方着想。无论是国之外交，还是单位之间的合作，以至于人与人之间交往，都需要把原则真诚善意融为一体，进退得体，恰到好处，长此以往，令人敬之。王平就赢得了大家的尊敬。

十几年前，是中国传媒大学党委书记李培元——在中国医药卫生文化协会首届会员代表大会上他和王平一起被选举为副会長——介绍我和王平相识的。从此书画频道就成了我学习书法的课堂，极为难得的是，还让我有了当面向书法名家求教的机会——薛铸、段成桂、申万胜、言恭达、张飚、苏士澍、刘洪彪、胡抗美、韩亨林、雷珍民、张旭光、郑晓华、刘恒、张志和、洪厚甜、张继、黄君、连江州、廉世和、张志庆、虞晓勇、李伟等多位老师都曾给过我指导。

王平充分肯定热情支持积极推动"经典传承·榜书《论语》"公益项目。他做书画频道十几年，对开展大型书画活动胸有成竹驾轻就熟。即便这样，他还是反复斟酌推敲琢磨这次公益活动的特殊性关键点，有针对性地提出了很多建设性意见和建议，有的建议对项目顺利进行并最终取得成功起到了决定性作用。例如，正是他建议，要在项目一开始就尽快听取各方面专家的意见，寻求指导，尽量争取少走弯路。事实证明，专家的指导至关重要。关于专家指导的情况在后面将有三个章节详细介绍。

在王平的领导下，书画频道上上下下都动了起来。李培元——他退休以后被王平聘来在频道当顾问，这正是才当其用，人家正经是电视传媒方面的专家呢，以及倪世春、蒋熹多、张露、程晖艳、刘兰都直接参与过项目工作。特别是张露，还有加入频道不久的吴小同，每次见面都会热情询问项目进展情况，让我觉得暖暖的——这是来自 80 后、90 后、00 后的关心和鼓励，满满地跳动着青春韵律与活力的关心和鼓励——她们也热衷于这个项目。

项目组的所有人，到今天都念念不忘书画频道的鼎力支持，念念不忘他们的特殊贡献。我在后面还有机会聊到书画频道。

顺便温馨提示一下：

1.接下来的[论语心得]第六话的"仁者怀仁"中会说到"能近取譬"，就是从自身感受为例体悟大道理的那段，欢迎您检阅。

2.在奥森公园南园西南角的那14通石碑也值得一看。我觉得有三个看点。其一，了解一些特定的历史碎片；其二，有几个碑文书写镌刻还是挺好的，但与现在我们常见的名碑帖比较起来，还是稍显逊色，这说明千百年来书法传承真是沙里淘金；其三，有一通碑叫《费扬古谕祭碑》，为康熙四十年的四篇《谕祭文》，其中的"数"左上角就是米、"劳"就是草字头，与现在的写法无异，那可是1701年的事，是不是简化字也很有来头？

[论语心得] 第六话

人之所往仁之所向　心有所欲新有所得

之前我们讲过孔子以《诗》教化弟子。通过学习《诗》，可以澄澈心灵。一个心灵澄澈的人，必然是对百姓怀有体恤之情的人，这样的人将来成为国之栋梁，就会对百姓以仁怀之、教之；辅佐君王，就不会巧言阿谀，而是直言进谏，为国尽忠。因此，《诗》之教化，最终可落在三个字上：一曰仁，二曰直，三曰忠。

现在我们来谈谈这个"仁"字。

如果非要在"仁、义、礼、智、信"中选择一个字作为孔子思想的代表，我会毫不犹豫地选择"仁"。"仁"的观点是孔子反复表达的核心，"义、礼、智、信"则是"仁"的外化的展现。然而什么是"仁"呢？：

子曰："苟志于仁矣，无恶也。"

这是对"仁"较简单的解释。孔子说："如果一个人立志于行仁，就不会做出什么恶行了。"

樊迟问仁。子曰："爱人。"

这是对"仁"最简单的解释，后来孟子把它总结为一个我们至今常用的成语：仁者爱人。

子曰："仁远乎哉？我欲仁，斯仁至矣。"

孔子告诉我们，"仁"离我们并不远，是可求的，想要实现"仁"，只要你有决心，有信心，有恒心，"仁"就来了。哈哈，心想事成。这里的"心想事成"有三层意思：第一层，说的是可求，不是不可求；第二层，说的是求"仁"绝非易解，易得；第三层，核心是决心信心恒心。

从下面孔子谈论几位具体人物是不是"仁"，就清楚地说明了求仁之难。

孟武伯问："子路仁乎？"子曰："不知也。"又问。子曰："由也，千乘之国，可使治其赋也，不知其仁也。""求也何如？"子曰："求也，千室之邑，百乘之家，可使为之宰也，不知其仁也。""赤也何如？"子曰："赤也，束带立于朝，可使与宾客言也，不知其仁也。"

当孔子被孟武伯问到自己弟子子路、冉求、公西华是否是有仁德的人时，孔子的回答是："不知道"。进一步解释说，这三个弟子都具备实干的才华——子路可以在拥有千辆兵车的国家管理军政，冉求可以在拥有千户人家、百辆兵车的国家当总管，公西华可以司任朝堂之上的外交官，但是他们有没有达到"仁"的精神境界，我不知道。

这三个学生都是孔子非常喜爱和肯定的学生，但孔子并没有轻易地以"仁"来评价他们。同理，对于一些官员，孔子依旧未以"仁"来评价：

子张问曰："令尹子文三仕为令尹，无喜色；三已之，无愠色。旧令尹之政，必以告新令尹。何如？"子曰："忠矣。"曰：

"仁矣乎？"曰："未知，焉得仁？"

　　"崔子弑齐君，陈文子有马十乘，弃而违之。至于他邦，则曰：'犹吾大夫崔子也。'违之。之一邦，则又曰：'犹吾大夫崔子也。'违之。何如？"子曰："清矣。"曰："仁矣乎？"曰："未知。焉得仁？"

　　对宠辱不惊，尽职尽责的官员子文，孔子的评价是：足够忠诚了。对不在无道之国为官的陈文子，孔子的评价是：足够清白了。但是这些算仁吗？孔子回答"不知道。"

　　由此可见，对于"仁"的解读，孔子是非常慎重，并且绝不轻易许诺的。

　　然而，《论语》中多处提到"仁"，从第一篇《学而第一》，直至最后一篇《尧曰第二十》，总共15篇里出现了"仁"字。老夫子反反复复念叨的"仁"，究竟要怎样理解呢？

　　接下来我们就按照《论语》的脉络进行分析，感受"仁"的妙处。

1. 仁者生存：人而不仁，如礼何？人而不仁，如乐何

　　孔子认为，百姓的生存，社稷的存亡，都与"仁"息息相关。

　　子曰："民之于仁也，甚于水火。水火，吾见蹈而死者矣，未见蹈仁而死者也。"

　　水与火，是生活的必须品，而孔子认为，百姓对于"仁"的需求，比对生活必需的水、火更为重要。水太多了可以淹死人，火太大了可以烧死人，但"仁"无论多少，都不会形成伤害。

这里的"仁"，既可以理解为教化民众的"仁爱"——百姓之间的交往以仁爱为准则，对子女的教化以仁爱为导向，则没有人作恶，能够形成安宁和谐的氛围。也可以理解为"仁政"，统治者如果不断地向百姓施以仁政，停止苛政、暴政，那么这个国家就会一片祥和。

所以说，"仁"是关乎民生的大事。

子曰："人而不仁，如礼何？人而不仁，如乐何？"

"礼"与"乐"是一个国家道德文化的象征。我们至今都在说，文化是国家的软实力，是民族的根。

孔子曾说过这样的话："夷狄之有君，不如诸夏之亡也。"在孔子看来，文化荒漠的蛮夷部落，也可以圈起一块地做封国，也可以有那么一个人做国君——这只是有了国的躯壳而已，这样的国若灭亡了，就从人类文明的历史上彻底消失了。而夏、商、周虽然也经历了改朝换代，却依旧可以在"礼""乐"等文化的基础上不断延续，继而再度复兴——只要文化没有断根，国就是存在的。

孔子的这段话，还从另一个视角给我们以警示。反之，如果一个曾谓之"蛮夷"的部落，传承了文化脉络，那么其"君"就是真正的国君，是和谐的政治文化的象征。而华夏民族，如果到了"礼崩乐坏"的历史危险时期，还不警醒，还不有所作为，那么一个泱泱大国，也就沦为不如蛮夷小国的陨落之邦了。

因此，一个国家，要重视文化建设，要重视民族精神的塑造。文化是根是命脉，万不可丢失。

回到"人而不仁，如礼何？人而不仁，如乐何"，孔子想要表达的意思是，"仁"是"礼"与"乐"的根基，人若不修仁德，如何能讲礼？人若不修仁德，如何能讲乐？也就是说，没有"仁"的支撑，"礼"与"乐"只是空洞的形式罢了。

"仁"关乎民生，关乎国家。

一个国家行"仁"，一国百姓行"仁"，这个国家就可以生生不息，永存于天地宇宙之中，在各国间树立自己的形象，在世界占据自己的地位。

宇宙万物繁衍生息的大道同样提倡"仁"。自然界有一种现象叫"共生"，是指两种不同生物之间所形成的紧密互利关系。动物、植物、菌类以及三者中任意两者之间都存在"共生"。在共生关系中，一方为另一方提供有利于生存的帮助，同时也获得对方的帮助。两种生物共同生活在一起，相互依赖，彼此有利。倘若彼此分开，则双方或其中一方便无法生存。比如，小丑鱼和珊瑚，就是一对共生"伴侣"。

宇宙运行的大道，通过物竞天择、适者生存的法则，淘汰了一部分在艰苦、危险的自然环境下不懂得协助生存的物种，而将那些能够相互合作，互助共存的生物保留下来。因此可以说，"仁"是生物生存的高级智慧。

然而有人要问，如果说，"仁"关乎生存之道，那么黑格尔在《法哲学原理》说的那句名言"恶是推动历史发展的动力"，应该怎样解读呢？

如果片面信奉这句名言，就会认为，孔子所说的"礼崩乐坏"

才是社会的进步——历史的发展并不是按照道德文化的发展而进步，反而是以弱化和牺牲道德为代价，以对权势、金钱的贪婪追求为动力前进的。那么《论语》可以赶紧丢开了，传统文化也必须抛弃，只要追求"金钱至上""权力至上"就足够了。

放眼世界，穷得只剩下钱的人的确不算少数——在他们的信仰中，没有底线，没有良知，麻木地追逐利益，为了攫取利益可以不择手段。这样的人，似乎还都活得很风光。所以，香港电影常见的经典对白"杀人放火金腰带，修桥补路无人埋"确实是令人感慨令人无奈！

学生物的朋友也许要反驳了：自然界确实存在共生关系，但更常见的是食物链关系啊，食肉动物凶猛地猎杀食草动物，以其肉体为食，哪里体现了"仁"呢？世界上有多少纯粹的素食主义者？多数人不都要吃鸡鸭鱼猪牛羊吗？吃肉就要杀生，杀生怎么能算"仁"呢？但为了吸收营养来滋补自己的生命，地球上每天都在杀生啊！哪里有"仁"呢？

甚至又有人提出老子与孔子打嘴仗，老子说："天地不仁，以万物为刍狗；圣人不仁，以百姓为刍狗。"孔子说"仁"，老子说"不仁"，两位都是华夏文明的圣贤，到底听谁的？

所有这些质疑均可归于一个问题：仁是否与道相违？孔子不断地提倡仁，是否就失却了道？有的学者批评孔子是"庸俗的高级知识分子"，说孔子"十分精致地虚伪"，说他"想塑造人，却把人扭曲得不是人"。这样的误解，其根源在哪里？思来想去，发觉或许是因其对孔子频繁提倡的"仁"，只理解其一，未深思其二。

不为辩白——孔子自己都说，人不知而不愠——只为明理，"仁"是否是当今社会依旧需要提倡的思想？这一点不讨论清楚，于心不安。

先来分析黑格尔的名言。恶作为动力，推动历史的发展，合乎道。大国吞并小国才成为统一的强大帝国，老子描述的"小国寡民，使有什伯之器而不用，使民重死而不远徙。虽有舟舆，无所乘之；虽有甲兵，无所陈之。使民复结绳而用之，甘其食，美其服，安其居，乐其俗。邻国相望，鸡犬之声相闻，民至老死不相往来"是桃花源式的乌托邦。我觉得，这一章是《道德经》全篇中最不符合老子本身提出的"道"的观点的部分——国家的形态不可能始终固定在小国寡民的形态下而不发生改变，若果真如此，则必然不符合宇宙万物变化发展的"道"。而在这个变化发展的过程中，人性原初的"恶"提供了动力——大国想要更大，富人想要更富，因此有了战争和掠夺，即老子所说："天之道，损有余而补不足；人之道则不然，损不足以奉有余。"著名的"二八法则"就是人类社会的"道"，百分之二十的人占据百分之八十的财富与资源，剩下百分之二十的财富与资源由百分之八十的人彼此争夺。在"人之道"的运化中，形成了国家、阶级、社会。

抛开人类社会看自然界：植物当中存在绞杀现象，动物世界弱肉强食。自然之中，强大物种占据弱小物种的生态资源，使其更加衰弱乃至最终灭绝，似乎都是"损不足以奉有余"的呈现。

而老子说：天地无所偏爱，无为无造，令万物自相治理。天道默许大鱼吃小鱼，眼睁睁看着绞杀植物的根系汲取、阻断寄主植物所需的养分，将之杀死。老子又说：能够体察"道"的人，其心无所偏爱，任凭百姓自己发展。圣人没有扛着"替天行道"的大旗劫富济贫以追求绝对公平，没有阻碍人类历史在恶的推动下"损不足以奉有余"，形成更迭与变换。

天地不仁，无所偏爱；圣人不仁，亦无所偏爱；那么按照寻常的逻辑，弱者就会在强者的施压下从这个世界消失了。然而现实情况却并非如此——在"人之道"之上，永远存在更高的"天之道"。它的规则是：损有余而补不足。

在"天之道"的制衡下，天地万物之间保持着十分微妙的平衡关系：食肉动物的数量永远少于食草动物；绞杀植物种类有限，且对生态环境有其特定要求。而人类社会则因为需要对抗恶，才形成了抵御外辱保卫家园的军队；形成了不断完善保护普通人权益、惩处非法之徒的法律；形成了不同种族、不同国家的精神文化内核；并构建起教育、医疗、救助机构。而随着历史的发展、时代的进步，人类经历过第一次、第二次世界大战，在血与火的变革中反思，明确了和平互助才是各国发展的必要条件，愈发珍惜和平、提倡和平——恶的存在，促使人们去寻求抵抗它的方法。恶是动力，善是约束力；恶是推动，善是长养；恶是置之死地而后生，善是传承不息、互利协助。

老子说："天地之间，其犹橐龠乎？"天地宇宙，仿佛一个风箱，在善与恶的拉动下，风箱不停运作，令"生物之以息相吹也"，循环往复，无尽无穷。老子认为，天施地化，不以仁恩，任自然也，故不如守中，持守虚静，无须偏爱任何一方。如此心无成见的"不仁"恰恰是"仁"，是因为笃信"天之道"，笃信宇宙最终的法则是"损有余而补不足"，因此，老子称呼这种不对眼前现象横加干涉的"仁"，也就是纯任自然的"仁"为"慈"。《道德经》言："我恒有三宝，持而宝之：一曰慈，二曰俭，三曰不敢为天下先。"

老子认为，"夫慈，故能勇"，慈爱方可勇迈，这与孔子强调的"仁者必有勇"，仁爱的人一定勇敢，是一致的。仁者、慈者，心怀众生、心无私累，故可见义勇为。而慈悲喜舍的出家人，也正是因为发愿救度众生，才能够在修行的道路上精进。

儒、释、道三家，儒家说：泛爱众，而亲仁；释家说：诸恶莫作，众善奉行；道家说：天将救之，以慈卫之。儒家从"孝悌"的同理心出发，循循善诱地教导仁爱；释家从"众生平等"的大智慧出发，劝导断恶修善、自性成佛；道家从"道法自然"的天性出发，点明慈心为道。三家殊途同归，精神交汇为一。

由此可以解答之前提出的问题，孔子提倡的"仁"，并不与"道"相违背。孔子说："巧言令色，鲜矣仁。"按照字面意思理解：花言巧语，装出和颜悦色的样子，这种人的仁心很少。也可以反过来理解：不仁的人，才总是花言巧语，装出和颜悦色的样子。孔子从一开始就在反对伪善，他强调的"弟子入则孝，出则弟，谨而信，泛爱众，而亲仁"，是由血脉亲情中本真的仁爱向外辐射至众人的赤诚，与老子不违背天性、顺应自然的大道相应，与佛祖但度一切众的愿力相应，是天道的彰显。

孰能有余以奉天地？唯有道者。道者为何者？为始终如一护持本心之仁者。那推动着风箱一拉一送的终极奥义，不可言说又极易言说。

大道至简，圣人往往只用一个字去概括。无论是"仁"，是"道"，抑或是"善"，是"慈"，它都是天地万物赖以生存的智慧。

2. 仁者怀仁：能近取譬，可谓仁之方也已

《论语·述而》中有一句话描述了孔子日常的行为：子钓而不纲，弋不射宿。讲的是孔子钓鱼却不用渔网捕鱼，射鸟却不射栖宿巢中的鸟。

孔子不是素食主义者，也不是佛教徒，无须持守杀戒，因此孔子也杀生。但他有原则：第一，够吃即可，不滥杀。第二，不杀繁殖季节的动物。此二者乃推人及物：动物和人一样爱惜自己的生命，故不可滥杀；繁殖季节，动物急着回窝哺育幼雏，故不可杀。有一首流传甚广的小诗，每年开春都能在微信朋友圈看到大家转发：劝君莫打三春鸟，子在巢中盼母归。劝君莫食三月鲫，万千鱼仔在腹中。每次读到这两句诗，我心里都很感动，此处体现的将心比心，就是仁。我们爱护自己的孩子，不忍子女年幼失怙，因此也不杀害繁育期的动物，不忍它们的孩子等不到父母，饿死巢中。孔子说："能近取譬，可谓仁之方也已。"就是在讲推己及人是实现仁德的方法。《论语》中这段话的全文是：

子贡曰："如有博施于民而能济众，何如？可谓仁乎？"子

曰："何事于仁！必也圣乎！尧舜其犹病诸！夫仁者，己欲立而立人，己欲达而达人。能近取譬，可谓仁之方也已。"

子贡问："如果有人能最大范围地施舍、救济人民，将实惠的好处带给天下；又能在关键时刻、危难之中救济众生，这样的人怎么评价？可以称他为仁者吗？"孔子回答："岂止是仁者呢？一定是圣人了。就连尧、舜也没有这样的力量呀！所谓仁者，自己想要有成就，也帮助别人有所成就；自己想要通达，也帮助别人通达。能够以己之心推及别人之心，将心比心，把自己摆进去，以自身的感受为例，来领悟大道理，来修仁，就是实现仁德的方法。"

尧、舜被称为古代圣贤的帝王，孔子认为，连他们都没有力量完全做到"博施于民而能济众"，因此，普通人如果立志行仁，却要把目标定得如此高远，就成了一件非常有难度的事。这就好比一个刚步入社会的普通打工人说，我定个小目标：今年先挣个1000万，只能说这个目标不现实。古代的先贤都有各自的特点：老子喜欢比喻，把天下比喻成风箱、把天道比喻成开弓射箭；庄子喜欢讲故事，讲大鱼变成大鸟，讲鹓鶵和鸱鸮，讲天姿灵秀的姑射神人；而山东人孔子，则喜欢朴朴素素说大实话，他告诉子贡，行仁，要从身边点滴小事做起，将心比心去帮助他人，就是仁。我想得到的，别人也想得到；我需要的，别人也需要。当我获取自己的成就时，时刻想到别人也同样想要获得成就，不自私自利地只考虑自己的需求，而是能够体察别人的心意，以此来帮助别人，就是仁。

同理，孔子还说：己所不欲，勿施于人。

自己不想做的事不想承受的事，也不要强加于别人，让人家去做去承受，这就是仁。

行仁，从心开始，从一点一滴开始，目标不在于大，而在于长久；小善为之，小恶绝之，将仁变成一种对生活、对他人的态度，将行仁修炼成一种习惯、一种发自内心的自觉，这就是孔子希望我们做到的。

3. 仁者坦荡：巧言令色，鲜矣仁

老子讲"大道废，有仁义；智慧出，有大伪；六亲不和，有孝慈；国家昏乱，有忠臣"。认为失去什么，才会提倡什么。淳厚的社会没有提倡忠孝仁义的必要，只有当这些品格极度缺失时，我们才会想起来提倡它。就仿佛鱼生于水中不知水的存在，上了岸才发现水的重要；人在空气中不知空气的存在，去了太空才感觉缺氧。

而更令老子感到沉痛的是，人与人之间的关系越来越不自然，越来越外化。因此他还说："失道而后德，失德而后仁，失仁而后义，失义而后礼。"发自本心的自主的不刻意为之的精神力量消散了，才要用仁、义、礼来规范人们的行为，而这一切只是力量薄弱的外化的约束，极容易因流于形式而变成"伪"。

孔子对这一点同样很担忧，因此他所提倡的仁，是从人性本能的对血脉相连的家庭成员的仁爱开始，再推己及人地向社会辐射的精神力量。

《中庸》记载，子曰："仁者，人也，亲亲为大。"

孔子指出，仁爱的本体是遵循人性，因此爱父母是第一位的。爱父母之后，才能逐步外推，做到"泛爱众"。

《论语》中，孔子的弟子有若进一步阐释了这个观点：

有子曰："其为人也孝弟，而好犯上者，鲜矣；不好犯上，而好作乱者，未之有也。君子务本，本立而道生。孝弟也者，其为仁之本与！"

孝悌是仁的本体、本源、根本。中国人一直强调"血浓于水"，一个人如果连给自己生命的父母都不爱，连自己的兄弟姐妹都不爱，怎么可能爱别人？因此孔子提倡的从孝悌出发的仁爱，和老子提倡的淳朴自然的社会关系中维系的"道"，只是同出而异名。

孔子认为，真正的仁，来不得半点儿虚伪。

子曰："巧言令色，鲜矣仁。"

孔子告诫世人，花言巧语，面目伪善的人，内心是极少有仁爱的。

或曰："雍也，仁而不佞。"子曰："焉用佞？御人以口给，屡憎于人。不知其仁，焉用佞？"

有人说："冉雍这个人，有仁德，但是口才不好。"孔子说："为什么非要口才好呢？以能说会道来与人争辩，会遭人讨厌。我不知道他是不是有仁德，但为什么非要他口才好呢？"

孔子还直言不讳地说："夫闻也者，色取仁而行违，居之不疑。"

意思是："有些有名望的人，表面上看似乎是有仁德的样子，实际行动却背道而驰。自己还以仁者自居，丝毫不感到惭愧。"

孔子的态度非常鲜明，如果一个人只是耍嘴皮子做表面功夫，那他一定不是真正的仁者，而是一个假仁假义的伪善之徒。

网上有个段子，母亲告诉女儿："如果一个男人对你说：'下班回家注意安全，身体不舒服多多休息，每天都要好好吃饭，不开心的时候记得还有我。'你就果断地离开他，然后和那个下班送你回家，你生病时照顾你，平时给你做好吃的，在你不开心的时候陪伴你的人在一起。"

真正的对你好，绝不是嘴上说说，而是真正做到。

子曰："仁者，其言也讱。"

真正的仁者，不轻易许诺什么，说话非常谨慎。

仁，源于本性，发自内心，坦坦荡荡。仁者绝非滥好人，而是有分辨、有判断、明辨是非的。

子曰："唯仁者能好人，能恶人。"

孔子说："只有真正有仁德的人，才能够明确地表达喜爱某人，厌恶某人？才能够做到以仁德为原则，爱憎分明。"

生活中有这样一类人，自称"佛系"，动不动就说："我佛了。"如此的"佛"，佛祖是断然不答应的。为什么呢？因为他们在人际关系和社会行为中，往往不辨是非，没有判断，没有底线，一味追求不得罪任何人、不办任何有可能损害到自己利益的事。只要无损于自身，那么黑与白没有分别，善与恶无须分辨，蒙住自己的双眼也蒙住良心，活得麻木不仁。这类人有个统称：

精致的利己者。这类人最容易犯下的就是从众之恶。

心理学家菲利普·津巴多的代表作《路西法效应》中援引了这样一句话："思考漫长而晦暗的人类历史，你会发现，当人类打着服从的旗号时，犯下的骇人罪行远多于以叛乱之名。"

孔子所说的"能好人，能恶人"，不仅仅是字面意思上的喜爱某人、厌恶某人，而是在讲坦荡地辨别是非、关注现实，不做与仁德相违背的任何事——包括那些暂时符合自己个人利益的事。

有句老话：枪打出头鸟。还有句古语：各人自扫门前雪，莫管他家瓦上霜。这两句话都是在教我们遇到事情首先保全自己。在这种教导之下，人只会变得懦弱，变得没有担当。

当下，有个热议的话题——校园霸凌。这是一个不可忽视的社会问题。在这个世界上，每年都有因忍受不了在校园中被同学欺凌而自杀的孩子。这个现象并非始于今日。但在今日能引起社会的高度关注，不能不说是社会的进步。对作恶者的沉默，就是对恶的纵容，也是对受害者的进一步戕害。这是一个非常值得反思的问题：如果社会舆论、司法部门、教育主管部门、学校、老师、家长、同学，以及受欺凌的孩子，都不敢正确地面对这个问题，正义何在，正气何在！

我国的《未成年保护法》《治安管理处罚法》《刑法》都有相关的法律条款。

近期热播的由王一博、赵丽颖主演的武侠剧《有翡》，也通过女主角门派的家训在剧中多次强调："我辈中人，惩奸除恶，救民于水火，还世间大义。流芳百代不必，不平误解无妨，只求无愧于天，无愧于地，无愧于己。"

这也是仁的一种表现：好恶分明。

孔子还说："刚、毅、木、讷近仁。"康有为对这句话做了非常好的注解："刚者无欲，毅者果敢，木者朴行，讷者谨言。四者皆能力行，与巧言令色相反者，故近仁。"

4.仁者无畏：志士仁人，无求生以害仁，有杀身以成仁

东方人尚侠，西方人尚骑士精神，现代人喜爱超级英雄，都是在渴望拥有超越普通人意志力、能力的仁者拯救众生。

而每遇家国危难的历史时刻，也确实会涌现将仁义看得比生命更宝贵，敢于舍身为国、舍生取义的仁人志士。古代有屈原、司马迁、岳飞、范仲淹、文天祥、袁崇焕……近现代有丁汝昌、林则徐、戊戌六君子，20 世纪更有毛泽东、周恩来、瞿秋白、李大钊……

这些耳熟能详的历史人物，无论用笔战斗还是用刀枪战斗，都有一个共同的特点：无畏。

子曰："志士仁人，无求生以害仁，有杀身以成仁。"

在孔子的价值观里，生命固然宝贵，但比生命更宝贵的是"仁"。

孟子继承了孔子的思想，对孔子所说的话做出了进一步的阐释——孟子曰："鱼，我所欲也；熊掌，亦我所欲也，二者不可得兼，舍鱼而取熊掌者也。生，亦我所欲也；义，亦我所欲也，二者不可得兼，舍生而取义者也。生亦我所欲，所欲有甚于生

者，故不为苟得也；死亦我所恶，所恶有甚于死者，故患有所不辟也。如使人之所欲莫甚于生，则凡可以得生者，何不用也？使人之所恶莫甚于死者，则凡可以辟患者，何不为也？由是则生而有不用也，由是则可以辟患而有不为也。是故所欲有甚于生者，所恶有甚于死者，非独贤者有是心也，人皆有之，贤者能勿丧耳。"

无畏于死，方可无悔于生。

当生命与仁者所坚守的道义信仰面临二选一的局面时，仁者自然而然地选择捍卫信仰。正所谓"我不入地狱，谁入地狱"。无畏的本质是担当，是对自身使命的自觉承载，是每个人本性具足，却并非每个人都能够唤醒的慈悲。

孔子周游列国期间发生过这样一件事：途经宋国的时候，孔子和他的弟子们在一棵大树下演习周礼的仪式，当时在宋国掌管军事行政的官员桓魋，因忌惮孔子会在宋国得到重用而威胁自己的权势，故有心加害孔子，他先给了孔子一个下马威——把那棵大树连根拔起。于是孔子的弟子说：老师我们赶紧逃跑吧！孔子说："天生德于予，桓魋其如予何？"意思是，上天把德行降生在我身上，桓魋能把我怎么样呢？

不管这个桓魋是拔大树威胁，还是寄刀片寄子弹，孔子都不会害怕，他认为，自己既然是承载着文化使命的那个人，在危难时刻就应当无所畏惧。但孔子还是"微服而过宋"，穿着普通人的衣服离开了宋国。看到这里有人嘲笑孔子，认为他说得那么正义凛然，只不过是为了壮胆而已，最后还是逃跑了。

这里就牵扯到一个概念的辨析：不想死与不怕死。

在肖战、王一博主演的电视剧《陈情令》里，夷陵老祖魏无羡如此解释二者的区别："我命由我，不问凶吉。'我命由我'是不想死，'不问凶吉'是不怕死。"

孔子离开宋国是不想死——没必要把自己宝贵的生命平白无故地丧失在不值得的地方。而他说"天生德于予，桓魋其如予何"是不怕死——因为有笃定的志向，自信"天命"，认为文化传承的重任是上天加诸自己身上的使命，故而历经艰险困厄而无所畏惧——这也是孔子能够周游列国的原因。

杀身以成仁，并不是轻言生死而做出的草率选择，而是在仁与生命当真到了非要有取有舍不可的地步时，才义无反顾做出的选择。在这之前，仁者首先是智慧地保全生命的。

5.仁者无敌：知者乐水，仁者乐山；知者动，仁者静；知者乐，仁者寿。这里的"知"是智的意思

仁者一定是智者。

纯净的仁心生出无限的智慧；而智慧辅助仁心去实现人生的至高价值。仁与智，不可分割。

首先聊一聊智的反面，智的反面不仅仅是愚，还是极端。

中国古人一直在讲"中庸"——过犹不及。

极端不是极致，极致是美，艺术追求极致；极端是病态，极端导致疯狂。讲到这里又有人误解孔子了，认为《论语》通篇都在讲"仁义礼智信"，讲道德，那么孔子一定是一个极端追求道

德的人。

孔子厌恶不仁，追求仁；厌恶礼崩乐坏，提倡克己复礼；但他所强调的仁、礼，都不是道德的绝对化。

子曰："好勇疾贫，乱也。人而不仁，疾之已甚，乱也。"

孔子告诉我们，喜爱勇猛而憎恶贫穷，会生乱；对不仁的人过分憎恨，也会生乱。

好勇疾贫，很好理解，乱世之中有不少这样的人都去当了拦路抢劫的强盗，于是乱世更乱了。

对不仁的人，过分憎恶，也会生乱，怎么理解呢？在这个问题上，西方有位哲学家说过一句与之相近的，现代人比较喜欢的话："与恶龙缠斗过久，自身亦成为恶龙；凝视深渊过久，深渊将回以凝视。"

把道德奉为绝对的律令，走入一个道德的极端，然后用所谓的道德的极端化手段去惩罚不道德的人，就是一个勇士斩杀恶龙自身却最终化作恶龙的过程。

老子对此也有类似的评说："夫代司杀者杀，是代大匠斫也。夫代大匠斫者，希有不伤其手矣。"对于当时的统治阶级向人民实施严刑峻法，动不动就以杀人罪论处的嗜杀行为，老子颇为不满。比喻这是代替木匠伐木，这样做极有可能砍伤自己的手。

再举一个当下人们所熟知的例子——网络暴力。网络暴力就是失智、极端所导致的。

孔子反对站在道德的制高点评判人与事，他用了一个堪称完美的比喻，去讲仁与智的关系：

子曰："知者乐水，仁者乐山；知者动，仁者静；知者乐，仁者寿。"

水的特点是流动不居，山的特点是安然不动。

朱熹在《论语集注》中这样解释孔子的比喻："知者达于事理而周流无滞，有似于水，故乐水；仁者安于义理而厚重不迁，有似于山，故乐山。动静以体言，乐寿以效言也。动而不括故乐，静而有常故寿。"

水的性质就是空相。古希腊哲学家赫拉克利特说："人不能两次踏进同一条河流。"因为水是时刻流动的——哪怕表层结冰，深层也还在流动。

流动代表变化，万事万物处于不停的变化之中，如流水一般。孔子站在河岸上感叹"逝者如斯夫，不舍昼夜"。这句感叹包含了太多情愫，绝不仅仅是感慨时光的流逝。

流动不息、昼夜不停的是什么呢？是我们眼中所见的一切；是身心所感受到的苦、乐、不苦不乐；是每个人脑海中不停歇的欲念妄想；是每时每刻所做的善、恶、不善不恶；是心对外境的明了分别。

当我们了悟这一切都如流水一般不曾有刹那停歇时，我们的心就不会为某一点而执着，故而如水一般澄澈通透，这就是智慧。因智慧而得大自在，故曰，知者乐。

与水的流动相反，山的特征是厚重沉稳，静止不动。我们常说：军令如山、铁证如山——军令一出则不可动摇，证据确凿亦不可动摇；我们还说：父爱如山、恩重如山——父爱深沉如山一般伟大，恩情深厚，如山一般深重；在为家中长辈过生日的时候，我们会祝福：寿比南山——寓意寿如终南山般长久。

仁，可靠、安稳、恒常、久固，如山。

拥有了如水的智慧，就明白生命存在于每一个当下之中，无可执着，只需感受——毛姆在小说《刀锋》中这样表述："如果中午的蔷薇失去它在清晨时的娇美，她在清晨时的娇美仍然是真实的。"

空不是无，不是不存在，而是存在且不断变化。

拥有了如水的智慧，就能让"仁"更加久固绵长——水总是环抱着群山，动与静总是相互包含。因了悟诸行无常，故心境宁和以致高远、笃信仁善乃至高的天道。

老子曰：上善若水。

最高的智慧如水，处下、不争，却善利万物——这就是近乎天之道的"仁"。

故而仁智相生、仁智并存、仁智同行。因仁生智，由智生仁；相辅相成而平衡、无咎；一静一动而生生不息……

山中看花开花落，水中映云卷云舒；山自巍峨，水自奔流。

这是古代先贤的哲学观、审美观和对生命所呈现的宇宙共性的体悟。

[链接馨苑] 第六境

花甲抒怀

　　我是属蛇的，生于夏历癸巳年。所以，当又和癸巳年相逢，我就到了法定退休年龄了，值得写一首小诗记下当时的心路。至于相邻生肖的交接更替，一说是"立春"时节"新官"上任，一说是除夕之夜"新老交替"，都是传统，历史上都有实例。现多依后者。故而，写成的这首《花甲抒怀》首联中第二句说的是过年，可不是大办生日宴，千万别误会，哈。

　　　　欣迎癸巳又相逢，结彩张灯焰火红。

　　　　晓月情酣银色浅，朝阳意切紫光浓。

　　　　立春已盼菊花醉，冬至犹期佩草荣。

　　　　竭力致身心素净，蘅塘树下做学童。

　　这首诗原来不是这个样子。当我拿着原诗稿向一位书法诗词名家请教时，这位老师说，立意清雅，格律谨严，尾联非常好，只是我以为你颔联会用典。瞧瞧，多好的鼓励与指导。我按"颔联用典"的思路，修改成现在的样子。您看，是不是在榜样的追求上，有了陶渊明的恬淡，有了屈原的高洁。

再多说一句吧。蘅塘树下做学童：清澈的池塘边，茂盛的蘅草散发着芳香，一个学龄童子在树荫下读书，好不惬意。好美的景致。"蘅塘"还有一层意思。《唐诗三百首》的编纂者署名"蘅塘退士"，是清代孙洙晚年的号。孙洙，字临西，号蘅塘居士，晚年号蘅塘退士，当过几任县令，为人正为官清，书工欧诗宗杜，退仕后于 1764 年编成《唐诗三百首》。如若稍加扩展，以《唐诗三百首》指代中国优秀传统文化，那么，在中华文明大树的福荫之下做一个小学童，多滋润多幸福。所以，第一层意思加第二层意思正是我的意思。如此，景致更美了。

我多想能有机会再写一首诗，第一句是"欣迎癸巳又重逢"啊！和癸巳相逢是出生；又相逢就是重逢，是 60 岁；又重逢，再加 60 岁，是 120 岁。哈哈，开个玩笑。敬请批评啦！

释文己所不欲勿施于人

出自论语颜渊第十二

仲弓问仁子曰出门如见大宾使民如承大祭

己所不欲勿施于人在邦无怨在家无怨

仲弓曰雍虽不敏请事斯语矣

在我年轻的时候——大约十几二十来岁，那时我正在工厂当工人——有个流行语：要问工作苦不苦，想想红军两万五；要问工作累不累，想想革命老前辈。当然，这个流行语有那个时代的话语环境，有那个时代的烙印。然而，至今想一想也还是蛮给力的。为什么呢？为什么红军和革命老前辈会那么不怕累那么不怕苦那么不怕死呢？因为他们心里有个念想有个愿望有个理想有个目标，那就是要让劳苦百姓翻身要把日本鬼子赶出去要建立一个人民当家做主的新中国。所以，理想信念是根本。我们今天，虽然和百十年前不同，和反抗日本侵略时不同，和"跨过鸭绿江"那时不同，和四五十年前也不同，但道理还是一样的：理想信念是根本。

在我们今天这个时代，我们怎样在坚持道路自信理论自信制度自信的同时，把那个最根本的文化自信坚持好，这就是我们这代人的理想信念。这就是我们要做"经典传承·榜书《论语》"公益项目的初衷。

"文化自信"是把我们团结凝聚调动起来的力量。"经典传承公益项目"是我们所有参与者共同的名字。这个项目让我们成为孔子"三千编外"的弟子，成为中华优秀文化的传人。

[时人新事] 第七篇

协会骨干齐上阵　参与公益献爱心

在奥林匹克森林公园南园西侧，仅一路之隔的林萃路上，有几间我们中国医药卫生文化协会的办公室，"榜书《论语》"项目最早的筹备工作就是在这里干起来的。

我和张国维是在 10 月下旬敲定用颜楷榜书写《论语》的。回来以后，我立即着手选择版本。我在网上海搜，看到新华网有关 2013 年习近平总书记视察孔子研究院时的报道，总书记指着《论语诠解》和《孔子家语通解》说，这两本书我要仔细看看。我随即订购了这两本书，并决定就用《论语诠解》中引用的《论语》原文为母本。同时，又买来中华书局出版的三国时代魏人何晏集解的《论语》，还从家里找出以前读过的中华书局出版的杨伯峻的《论语译注》做参考。版本选定了，下一步要做的事就是要让相关内容便于抄写。协会的赵玥炜第一个参与了进来。

我和郑宏商量后，请赵玥炜把书中《论语》原文逐篇逐章扫描下来，然后逐篇逐章逐字编号，给《论语》的每一个字做了一个"户籍簿"。这可是个辛苦活，是很重要的基础性工作，这个"户籍簿"是以后所有各个环节各个步骤工作的依据。这件事在 11 月初就做好了。其他相关准备工作也相继动了起来。

新年一过，郭延亮（以及下面提到的爱森董事长，在 [时人新事] 第三篇里说到过），如约来找我，一起去看准备租用的工作室。延亮说，爱森董事长交代，要租您家附近不过马路的房，过马路不安全。这话让我激动了老半天。结果租了 100 多平方米的空房——租工作室唯一的目的，就是为了在地上铺了毡子好晾字。面积要求是根据预测每天工作量推算出来的。这地方离我家过两条马路，走 10 分钟，到协会走 15 分钟，很方便。工作室落实了，"榜书《论语》"正式干了起来。

　　到写了一二百字的时候，我们就开始给这些字量"身高"、测"体重"，推算出每个字的平均厚度和重量，有了这两个数据就可以设计承载这些字的器物了。我又请赵玥炜给《论语》分集，总原则是便于取阅。具体要求是：（1）每集应为二百字左右；（2）尽可能保持章的完整。玥炜着手干起来。干起来才发现，这可是个"心苦活"，是很费心的创新性工作，这两条具体要求总是"按下葫芦起了瓢"，接连做了几个方案，都多多少少各有各的不那么让人满意的地方。我都担心玥炜撂挑子不干了，因为总不能让人人都很满意的原因，是我提具体要求时没想到的因素——"集"的总数要被 5 或 6 整除，这涉及柜子或架子的总高度是不是符合"总原则"：便于取阅。玥炜还真不错，没跟我掰扯，又反复试验，拿出了一个上部 30 集，下部 40 集，人人都满意的方案——《榜书〈论语〉全文》分为 70 集，由 70 个樟木箱承载，正与我们向国庆 70 年献礼的心愿相合！

　　玥炜自豪地说，我是榜书创作文化活动中的"理工生"，我是"数据处理员"。

郑宏还安排了宋发成、路丹先后担任榜书助理小组组长，赵玥炜、李静和我将在 [时人新事] 第十二篇中讲述的其他几位都是组员。

宋发成负责给小组成员排班，安排筹办所需物资，所有对外联络的事也归他管，特别是和装裱公司的衔接更是既要费心又要费力，每次托芯、压平工序的几出几进都要有明细账，他还要当搬运工——小伙子嘛，有劲。更重要的是，发成还承担了钤印的任务，每个字至少要盖 4 个印——"【篇次""章次""页次""】"，按照模板盖下去，另外有人按"户籍簿"用小楷写上编码，就成了每个字的"门牌号"。郑宏给了发成一个新"头衔"——"掌玺大臣"。这个"掌玺大臣"干的也是力气活，一天干下来是手掌手腕胳膊疼，可发成还是劲头十足。有这十足劲头可不仅仅因为他是小伙子年轻。他说，在这些字上盖过印，是我这辈子的光荣。等我闺女长大了，我得说给她听。发成说这话时宝宝刚满月。发成是要把参与"经典传承·榜书《论语》"公益项目的故事作为礼物送给心爱的宝宝。

李静是位刚刚退休的"青年"，她练瑜伽、学舞蹈，还有工笔画和书法底子，给了我很多精神和工作上的支持。我遇到写得不顺手时，李静会给我一些鼓励一些建议。例如，虽然有人说颜楷有"上不让下，左不让右"的特点，但写四尺榜书大字时视野有限，焦点也会随着笔画移动，所以有书法家说"榜书是另外一个行当"，是"全凭经验写"，而我既不是书法家，更没有足够的经验，所以有时"左不让右"太过。这时，李静一个"小动作"足以令我感到她比我专业。为了防止写错字，每写下一个字的时候我们会"唱"出来——这是向收银员"唱收唱付"学的。每当要写左右结构的字，她会把纸上方的镇尺向我的左方移动一点，因为这个镇尺是中线的参照物。李静是用移动坐标来校正我的毛病。大家看看，这是不是有点教练的范儿！

李静有书画功底，她把在盖好印章的半成品上用小楷墨书编码的工作承当了起来。而且，她还言传身教带出一个好徒弟赵玥炜。下部的墨书编码就是玥炜独立完成的。

路丹是整个项目的关键人物之一。说关键，首先是因为从项目一开始，她就被确定为成品管理负责人，榜书压平回来后就归她管了，所以无论是钤印还是墨书编码都得找她借，发现有误需要重写的也是欠了她的账，装箱的事也是由她说了算。玥炜做的那个"户籍簿"，我有一本路丹也有一本，她的那本所记的内容比我的还复杂。有个什么事，你就问她，有问必有答，即便答案不一定是由她直接给出来，她也会马上找具体经办人给出权威答案。我都奇怪，她怎么能记住那么多事。赞！

"榜书《论语》"上部完成后，路丹"千里走单骑"，到曲阜孔子博物馆交接，把三十箱成品送到了新家。

路丹还是个专业级的业余网球手，人称"业余李娜"，所以干起活来就像在球场上呼呼带风。她接任榜书助理小组组长后，对小妹小弟们连哄带督，指挥得大家忙碌着快乐着。在她带动下，办公室有咖啡有坚果水果还有烤红薯。精神的引领，物质的支持，相得益彰。我说，你们的小日子不错呀！有个"小朋友"接得快——对，"不错"，就是不能出错，出错组长不饶你！

2020年8月20日是书写《论语》最后几十个字的日子，按照排班表，应该是路丹来工作室当助理。事先我俩商量好，特意请玥炜也来，共同见证"经典传承·榜书《论语》"公益项目的榜书任务完工。生活中重要的日子需要一些仪式感。我们的仪式很隆重，隆重到没有鼓掌没有击掌没有拥抱没有道贺没有欢呼，这种隆重就是我们在现场，这种隆重就是在我们内心有着共同的完成任务后的轻松。

《榜书〈论语〉全文》下部40箱，已于2021年1月18日，由路丹与孔子博物馆妥善交接。

路丹说，在参与"榜书《论语》"过程中，我们创新了很多工作方法和工作流程，形成了一套针对这种大型榜书创作独具特色的经验。同时，我也有机会渐渐领略了《论语》的精彩内容，那些晦涩难懂的古文，变得生动活泼跃然纸上，由此感悟孔子的思想和品格，对自己的生活有了众多启示和指导。

玥炜说，参与榜书创作，不仅仅是要做好助理工作，同时也是学习和充实的过程。对《论语》的认识，远远超出了上学时学的那几句；还了解了一些简化字和繁体字之间的相互关系，这是我以前从未思考过的。我觉得自己的知识储量变多了。能参与这个公益项目，对我而言是一次难得的人生经历。

[论语心得] 第七话

从来处来来处何处　往去处去去处何方

《西游记》里有段著名的台词："长老从哪里来？到哪里去？"好多个章节里的"NPC"都问过这个问题，唐僧的回答一般都是："施主，贫僧自东土大唐而来，欲往西天拜佛求经。"猪八戒在被陷空山无底洞的两个女妖问到这个问题的时候则指着山路回答："我从那儿里来呀，要到那儿去呀"，被女妖取笑为呆和尚。其实猪八戒哄女妖的回答更接近禅意——从来处来，往去出处。

然而来处是何处呢？这就不得不提到一个"孝"字。

有子曰："孝弟也者，其为仁之本与！"

我国自古提倡孝道，汉武帝曾设立名为"举孝廉"的人才推选制度。"孝廉"是"孝顺亲长，廉能正直"的意思，通过了孝廉的察举选拔，才能入仕、为官。由此可见"孝"在古代是多么被重视。

然而现在的人提到古人的"孝"，往往联想到一本略带恐怖色彩的书籍——《二十四孝》，全名为《全相二十四孝诗选集》。里面的某些篇章，例如"老莱娱亲""卧冰求鲤""郭巨埋儿""哭生竹笋"等，可笑、迷信且残忍可怖。鲁迅先生的散文集《朝花夕拾》中，专门收录了一篇名为《二十四孝图》的文章，以鲁迅一贯的犀利"吊打"这本记录古人行孝的小册子，三观颇正。

由于孝是儒家文化的重要元素，因此又有人把批判的目光投向了孔子，认为孔子是极端孝道的鼓吹者，是愚昧与落后的根源。

通读《论语》，发现孔子从各个角度阐释了什么是"孝"，其中并无任何极端思想。

而《孔子家语》中，还记录了孔子反对愚孝的小故事，故事的名字叫《曾子耘瓜》，原文如下：

曾子耘瓜，误斩其根。曾皙怒，建大杖以击其背。曾子仆地而不知人久之，有顷乃苏。欣然而起，进于曾皙曰："向也参得罪于大人，大人用力教参，得无疾乎？"退而就房，援琴而歌，欲令曾皙闻之，知其体康也。

孔子闻之而怒，告门弟子曰："参来勿内。"曾参自以为无罪，使人请于孔子，子曰："汝不闻乎？昔瞽瞍有子曰舜，舜之事瞽瞍，欲使之，未尝不在于侧，索而杀之，未尝可得。小棰则待过，大杖则逃走。故瞽瞍不犯不父之罪，而舜不失烝烝之孝。今参事父，委身以待暴怒，殪而不避。既身死而陷父于不义，其不孝孰大焉？汝非天子之民也？杀天子之民，其罪奚若？"

曾参闻之曰："参罪大矣。"遂造孔子而谢过。

这个故事太生动了！我们用现代汉语再讲一遍。曾参因不小心锄断一根瓜苗而被父亲曾皙用大棒子狠狠打了一顿。曾参不闪不避，直到被打得不省人事。苏醒之后非但没有委屈抱怨，反而问父亲：打我您没累着吧？然后高高兴兴弹琴唱歌，以让父亲知道自己没被他打坏。

听说此事后，孔子气得不见曾参，告诉大家：曾参如果来找我，你们谁都别让他进门。曾参很委屈，觉得自己没做错啊，老师怎么生气了呢？孔子在举了古代瞽瞍和儿子舜之间的相关故事后，明确告诉他：你爹要是把你打死了，他不仅要承受丧子之痛，还要被依法判刑。当然，当时的法律是个啥样，咱们也不去深究了，反正孔子是把曾参陷父于不义的实质说透了。一针见血，你这是孝吗？你这是妥妥的坑爹啊！曾参这才醒悟过来。

同理可知，若孔子读到《二十四孝》，定然要和鲁迅一起"吊打"之，批驳其愚蠢与虚伪。

然而，假如孔子穿越到当今时代，一定也会因目睹"啃老"现象而捶胸顿足。"啃老"是一种典型的不孝。有的年轻人或不务正业，或网瘾成癖，或挥霍无度，或自己管不住自己。空有成年人的形体外貌，却一无事业上的追求，二无自己自强的能力，三无适应社会的心智，如未足百日的婴儿般，须父母精心照料其饮食起居，为其日常开销劳苦奔波。这个怪异的社会现象不单我国独有，在其他地方也有。

假如孔子深入"啃老族"的家庭，绝不会只怪罪不孝的子女：长辈的不辨是非、一味娇宠，才是"啃老族"得以立足的根源。

因此在分析"孝"之前，不得不提《论语》中的一段著名对话：

齐景公问政于孔子。孔子对曰："君君、臣臣、父父、子子。"公曰："善哉！信如君不君、臣不臣、父不父、子不子，虽有粟，吾得而食诸？"

如何理解"君君、臣臣、父父、子子"？

举个例子，一个公司，老板不懂业务，倚仗权势胡乱指挥；员工不好好上班，效率低下。那么其结局必然是经营不善，公司倒闭。

因此，每个人在扮演自己的角色时需要遵守"角色设定"，不能没有章法。

当一个父亲没有尽到教育子女的职责时，一棵小苗就有可能长出歪瓜裂枣。

孔子强调上下级之间、长辈与晚辈之间的对等关系（而不是后人制定的纲常关系），既各自需要遵循且必须遵循自身群体的结构秩序。

明确孔子并非愚孝的鼓吹者，确认孔子并未单方面强调子女对父母的孝，接下来，我们就能够平心静气、不带偏见地分析《论语》中提倡的"孝"了。

1.孔子谈"孝"之一：父母唯其疾之忧

《论语》中有许多人向孔子请教什么是孝道，孔子的回答各不相同的记载。先看这一段：

孟武伯问孝。子曰："父母唯其疾之忧。"

这句话有许多种解释。有人说：其，指代的是父母——父母，唯其疾之忧。意思是，对于父母，子女最担心的是他们身上的病痛。又有人说，其，指代的是子女。意思是，父母在养育子女的过程中，最担心的是子女生病，因此子女也要将心比心地孝敬父母，去关心父母的身体健康。还有人说，这句话应该理解为：父母唯独担忧自己患病，成为子女的拖累，因此子女应该体察到父母的良苦用心，给予他们更多的关怀。

其实最简单的理解，古人称症状较轻的小病小痛为"疾"，称症状较重、病灶较深的为"病"。"父母唯其疾之忧"，可以直接解释为，父母最担心自己身上的小毛病。

为什么这就是孝呢?

人生在世需要担心牵挂的东西太多了。身为父母，从子女尚在母胎之中，就要为之牵挂；待婴孩呱呱落地后，更是百般呵护，不忍其受半分委屈；子女渐长，尤需花费心力悉心教导；子女成人，又要为之操持婚嫁；子女生儿，父母尚需关怀照料……

孩子长大了，父母也老去了；孩子成家立业了，父母也已操劳半生，身体状况不及从前，或多或少有些病痛……如果这个时候，父母还不能颐养天年，而是要担心儿女是否吃得饱、穿得暖，有没有大病，钱够不够花，婚姻是不是和谐，甚至要担心子女会不会犯罪、会不会欠债……那真是太辛苦了!

做儿女的，如果能把自己的身体、家庭、工作样样都照顾好，不需要年迈的双亲再去担忧这些事，就是孝了。

老人家每天喝喝茶、晒晒太阳，只操心一下自己身上的小毛病，没有生活负担，没有心理负担，生活无忧、安宁，那就证明儿女已经是尽孝了。

2.孔子谈"孝"之二：色难

子游问孝。子曰："今之孝者，是谓能养。至于犬马，皆能有养；不敬，何以别乎？"

子游向孔子请教孝道。孔子说："今人所谓的孝，仅仅是指子女能够养活父母。但是怎么养呢？宠物狗和拉车的马我们一样也能养活，如果赡养父母没有恭敬尊敬之心，那么与饲养犬马又有什么区别呢？"

子夏问孝。子曰："色难。有事弟子服其劳；有酒食先生馔，曾是以为孝乎？"

子夏向孔子请教孝道。孔子说："子女在父母身前侍候的时候，很难做到和颜悦色。父母有事，子女代办；有好吃的酒菜，让父母先享用，仅仅做到这一步就可以称之为孝了吗？不行的。要做到对父母和颜悦色。"

这两段话可以联系在一起看，讲的是为孝必敬，以敬爱之心，和颜悦色，有礼貌地侍奉老人的道理。

《礼记·祭义》有如此评说："孝子之有深爱者，必有和气；有和气者，必有愉色；有愉色者，必有婉容。"

和颜悦色，而非不耐烦地皱着眉头讲话，是子女对父母的孝与敬，也是子女真心爱父母的体现。

子女尚在幼儿时，每纠缠于父母身边，若父母工作忙碌，没有太多时间陪伴，则孩子心中失落甚至号哭不止。孩子牙牙学语后，对大千世界充满了好奇，总是不停地问东问西，每一个小朋友，都是一整套"十万个为什么"，父母就算再忙再累，也会耐心讲解，耐心回答他们一个接一个的问题。幼儿骨骼增长时期，活泼好动，跑跳不休，父母则要紧紧跟在这些精力充沛的小淘气身边，唯恐他们一不小心摔跤或跑丢。而当子女进入青春叛逆的成长阶段，开始和父母对着干，或者像陌生人一样把家当旅店时，父母还要忍耐、开导，承受许多误解和失落。

可叹"哀哀父母，生我劬劳"。然而对于深重的养育之恩，一些做子女的是怎样报答的呢？

上大学期间，没事不给家里打电话，一打电话准是要钱。父母多问一句，马上不耐烦地打断、挂电话。

毕业以后，工作不顺心就埋怨"投胎是门技术活"，责怪自己的爹怎么不是土豪？

等到成了家，就极少回家看望父母了。难得回家一趟，早早安排了同学聚会、逛街游玩，根本不肯陪父母聊聊天，哪怕多待十分钟都坐不住。父母要看着儿女的脸色说话，要赔着笑，讪讪地听着儿女的数落，尽管父母像初入大观园的林妹妹一样，在儿女面前处处小心、时时在意，但还是会担心不知哪里不合孩子的心意，令孩子不肯在家多留几日，不肯让自己多看几眼。

举一个生活中最常见的例子：智能手机兴起后，身为子女，在父母拿着这些高科技产品茫然无措时，耐心地教过他们操作的方法吗？能不能像小时候父母教我们系鞋带那样，一遍一遍耐心演示，一次一次认真讲解？当父母年纪大了，记忆力减退的时候，我们是不是总在埋怨："说了多少次怎么还记不住？"

在"孝"字后边加一个字就好理解了——孝顺，孝敬。孝顺孝敬皆发乎心，心中有爱才有顺才有敬，落实到行动上，才能做到在父母面前有和气、有愉色、有婉容。

孔子认为，"有事，弟子服其劳；有酒食，先生馔"并不能算作是孝。然而今时今日，有多少父母肯让子女为自己服务？大部分父母心疼孩子工作辛苦，家里有事不说，自己生病隐瞒，在子女面前报喜不报忧。而有了好吃的或者平时不多见的营养品，父母却总是以"吃不惯"为借口，留给儿女吃。

所以什么是孝呢？《常回家看看》那首歌唱的就是孝，带上笑容，带上祝愿，带上爱人孩子，常回家看看，就是孝了。

这辈子成为父母子女，是很深的缘分。

如果以前做得不太好现在尽快觉悟起来，不要等到"子欲孝而亲不待"的时刻，才去后悔、自责、悲伤。

3.孔子谈"孝"之三：父母之年，不可不知也

子曰："父母在，不远游，游必有方。"

孔子说，父母在世，子女不应出远门，如果要出远门，一定要有明确的去处。

父母在世，子女不应该出远门，而应在父母身边陪伴照料，

这是很好理解的。后面那句"游必有方"现在读起来就有些困惑了，既然一个人要出门，确定的去处是肯定有的。就算是去登陆月球了，也是个确定的去处。孔子为什么要强调这个问题呢？

大概可以从三个角度来理解。

其一，古代交通不便，通信不便，社会功能也没有如今完善，还有许多未开发的荒山野岭及两国、两地交界的无人管辖地带，恐怕会有猛兽、匪徒出没。因此古人出行在外，比现在有更多不确定的安全隐患。临行之前，如实告诉父母自己要去的地方，可以让父母安心。万一这一去，经年不归且杳无音讯，父母等得着急了，也知道要往哪里寻找。

其二，古人的生活节奏相对较慢，也有更多的时间踏遍万水千山。喜欢四海云游的不仅是僧人，还有诗人、商人、没有生活负担的青年、向往江湖的少年郎等等。试想某天清晨，父母起床后发现自家孩儿已不见踪影，桌子上留了一张字条，写着"生活不止眼前的苟且，还有诗和远方"该是怎样的惆怅无奈？时间一天天过去了，父母在家中盼望游子归来，盼来盼去，却连子女去了哪儿都不知道，心中必定空落落的难受。须知久忧成疾，若父母因此生病，子女可以算是不孝了。

其三，父母可以从子女要去的地方，大致推算出回家的时间。有一首中国人十分熟悉的小诗《游子吟》：慈母手中线，游子身上衣。临行密密织，意恐迟迟归。谁言寸草心，报得三春晖。

孩子出远门，母亲是最牵挂的。如果提前告知父母自己要去的地方，那么根据路程长短，父母大概可以知道孩子要走多久。比如三个月、一年，在这个时期内，父母虽然思念牵挂，但无须过分担心意外的发生。子女如果心里同样念着父母，就会在推算时间之内回家，这样可以减轻父母的忧思。

因此，古人在出远门之前告知父母自己出游的地方，是孝的表现。

子曰："父母之年，不可不知也。一则以喜，一则以惧。"

孔子说，父母的年纪，做子女的不能不牢牢记住，一方面因父母高寿而欢喜，一方面因父母渐渐衰老而忧惧。

游必有方讲的是不让父母担心自己。

那么牢记父母的年纪，则是提醒自己不要忘了关爱父母。

需提醒之处有五：

其一，提醒自己，父母年纪渐长，身体会一年比一年衰弱，因此许多事需要做子女的代替：登高、提重物、做体力活、做针线活等等，都不要再让父母承担。做到"有事，弟子服其劳"。

其二，提醒自己，父母年纪渐长，需要保养和陪伴，维持身体健康、心情愉悦，才能安度晚年。而心情好，是长寿的关键。因此子女首先不要用自己的事麻烦父母，令其担忧，其次最好能做到"父母在，不远游"。不要想着"陌上花开，可缓缓归矣"，而是记着"临行密密织，意恐迟迟归"。有好吃的不要忘记给父母留一份，父母不在乎吃什么，却会为子女的孝心而欢喜。

其三，提醒自己，父母年纪渐长，不能因其形态的老迈或身患疾病、生活上无法完全自理而嫌弃他们，不要对父母不耐烦，不要埋怨他们弄脏了衣服或打翻了碗碟。始终以怜惜、呵护的心去照顾父母，和颜悦色、悉心关怀。

其四，提醒自己，父母年纪渐长，若过往曾有芥蒂，也不应再挂怀。需念及人无完人，父母只是凡夫俗子，也会犯错，身为子女要多多包容父母。尤其婆媳之间、翁婿之间并非血脉相连，相处时如有矛盾，晚辈应当尊敬、包容长辈。

孔子说："侍奉父母时，父母如有不对之处，要婉转地劝说他们，但是假如自己的意见没有被听从，也仍然要恭恭敬敬而不触怒他们，虽然心里仍然很担忧，但不应埋怨不应怨恨。"

子曰："事父母几谏，见志不从，又敬不违，劳而不怨。"

其五，提醒自己，父母年纪渐长，如若重病，有可能危及生命。因此若父母生病，需全力救护陪伴。第一不要吝啬金钱，父母自从生养"四脚吞金兽"，不知道在自己身上克扣下多少钱供应子女所需，父母生病之时，子女一定不能怕花钱，不能不尽自己该尽的义务。第二不要吝啬时间与精力。做子女的应争取更多时间陪伴父母，而不是借口孩子没人管、爱人不高兴，把父母孤零零地丢在医院里。第三不要嫌脏怕累，子女应尽心为生病的父母做一些清洁、护理的工作，或在护理人员照料父母时从旁指点、协助看护，而不是将父母丢给此前素未谋面的护理人员。第四不要在意影响工作。工作离得开每个打工人，而父母只有子女可以依靠；同理，每个打工人丢了工作都可以再找，但父母一旦离去就是此生不复再相见。第五不要吝啬欠人情。无论是为了寻求更好的医疗条件恳求朋友相助，还是为了进一步了解病情而叨扰主治医生，为救治父母而欠下的人情债，是身为子女所应该承担的。

4.孔子谈"孝"之四：慎终追远，民德归厚矣

子曰："父在，观其志；父没，观其行；三年无改于父之道，可谓孝矣。"

对这段话的理解比较有争议。

有学者翻译成，孔子说："当他的父亲活着，观察他的愿望和志向；他的父亲死了，观察他的行为和活动。多年不改变父亲的事业、作为，就可以说是孝了。"

这种理解，是在古代生产力、生产水平较低的社会条件下，从氏族传承、家族延续的角度考虑得出的。不能说就是错的。古代子承父业的观念非常强烈，父亲是木匠，一身本事不会尽数传给徒弟，却一定要尽数传给儿子；父亲是皇帝，皇位肯定要传给儿子，而不是传给侄子。因此，能够传承家业就是尽孝，无可厚非。

然而如今社会发展了，子承父业这个说法已经不适用于当今。鲁迅先生还在文章《我们现在怎样做父亲》中将孔子的这句话挑出来抽小皮鞭："……只要思想未遭锢蔽的人，谁也喜欢子女比自己更强，更健康，更聪明高尚，更幸福；就是超越了自己，超越了过去。超越便须改变，所以子孙对于祖先的事，应该改变，'三年无改于父之道，可谓孝矣'，当然是曲说，是退婴的病根。假使古代的单细胞动物，也遵着这教训，那便永远不敢分

裂繁复，世界上再也不会有人类了。"

因此也有学者解释为，孔子说："当他父亲活着时，要看他本人的志向；他父亲去世以后，就要考察他本人的具体行为了。如果数年之中都不改变父亲指引的正道，可以说是孝了。"

这种理解强调子女要传承父辈的优良传统，并且不能一味盲从，而是选择将好的继承，不好的改掉。

第三种解释，则是认为"三年"就是指时间上的三年，而不是指代多年、数年。翻译为："观察一个人的品性，他父亲在世的时候要看他的志向；他父亲去世以后，要看他的行为。能够认真遵循为期三年的守丧之礼，就可以说是孝了。"

这种理解虽然看起来有些牵强，但能够从《论语》的其他篇章中找到佐证，同时也能够与孔子推崇的"仁"相联系。

《论语·阳货篇》有这样的记载：

宰我问："三年之丧，期已久矣。君子三年不为礼，礼必坏；三年不为乐，乐必崩。旧谷既没，新谷既升，钻燧改火，期可已矣。"

子曰："食夫稻，衣夫锦，于女安乎？"曰："安！"

"女安，则为之！夫君子之居丧，食旨不甘，闻乐不乐，居处不安，故不为也。今女安，则为之！"

宰我出。

子曰："予之不仁也！子生三年，然后免于父母之怀。夫三年之丧，天下之通丧也。予也有三年之爱于其父母乎！"

这段话大概的意思是，孔子的弟子宰予认为，父母去世后守孝三年，实在太久了，守孝一年就够了。孔子则认为，父母去世的三年之内，若子女回归正常的饮食起居，则会于心不安，而宰予竟然说自己心安，实在是不仁的表现。孩子出生三年，才能脱离父母的怀抱，因此父母去世后守孝三年是天下统一的礼制。

《中庸》也有相似的佐证："三年之丧达乎天子，父母之丧无贵贱一也。"意思是，三年的守丧期，上至天子下至百姓是统一的。给父母守丧，本身没有高低贵贱的区别。"

这三种解释各有其道理，不能刻板地评出对错来。而这三种解释说的其实是一件事：父母去世之后，子女能不能发自真心地延续自己对父母的爱。

子承父业，继承先人事业，是孝。

传承正道，将先人的美德发扬光大，是孝。

以一定的形式，感念父母养育之恩，真心缅怀、思念，是孝。

孝的内核是爱。是子女对给予自己生命的父母最深沉的眷恋。

曾子曰："慎终追远，民德归厚矣。"

曾参说："谨慎认真地对待父母亲的丧事，追念远代先人，这样就会醇化社会风气，使百姓的道德变得忠厚老实起来。"

何谓慎终？于古人而言，遵循礼制守孝三年可以说是慎终了。古人生活节奏慢，今人生活节奏不知比从前快了多少倍，尤其是生活在大城市的上班族，连做个便当给自己吃的时间都没有，莫说守孝三年，和公司请假守孝三个月，恐怕都会丢了饭碗。倘若父母真有在天之灵，看到孩子因为守孝丢了工作，生活无所依怙，一定是魂魄难安。因此当下的慎终，就是按照当地习俗以及父母生前的遗愿，谨慎认真妥善安葬。

慎终是形式，是外化的表达，追远则是意义，是情感的寄托。

何谓追远？ 追远的第一层含义，可以理解为追思难忘。父母故去三年、五年乃至三十年、五十年，只要儿女尚在人世，就不应将他们遗忘。皮克斯动画工作室于 2017 年上映的动画长片《寻梦环游记》讲到了墨西哥最重要的传统之一：亡灵节。他们认为，人死后会化作亡灵，在亡灵的世界里，依靠活人的记忆延续死后的生命。只有人间还有一个人记得自己，亡灵就不会死去。因此，每年的 11 月，墨西哥人民都会以庆祝亡灵节的形式，请亡灵回家看看。

这个墨西哥传统表达的就是曾子所说的"追远"。

身为人子，追远，并非时时刻刻提醒自己牢记父母，而是"不思量，自难忘"。

追远的第二层含义，乃是不止于追忆父母恩深难报，还要追忆我们的先祖，溯源寻根。

人类自开启智慧以来，不断地提出"灵魂三问"：我是谁？我从何处来？要到何处去？

"我是谁"这个问题，暂不多言。庄子从"我是谁"出发，谈物化，追问自己究竟是庄子，还是蝴蝶，于是有了庄周梦蝶的典故。悉达多王子则发现了宇宙至尊无敌系统——轮回，他告诉世人，我？不存在的，不要执着于我：诸行无常、诸法无我、有漏皆苦、涅槃寂静。因此非要追问"我是谁"，只好勉力回答，"我"就是真如本性。而目前会上网的年轻人，对于"我是谁"所给出的答案比较一致，大部分会回答：我是个宝宝。

而"我从何处来"这个问题，最直接的答案就是，从妈妈肚子里来——母亲的子宫就是我们的来处。是母亲经受怀胎十月的辛劳和一朝分娩的痛苦之后，才把我们带到了这个世界上。因此，我们对自己的父母，对父母的父母，最终对我们的祖先，都应怀着感恩与敬意，真诚地追思、缅怀。而追念祭祀先祖的意义，是不忘本。

一个人忘本意味着抛弃自己的父母、祖宗，终将无家可归。

一个国家忘本则意味着抛弃自己的文化、信仰。

慎终追远，就是要我们清晰地记住，我从何处来——永远延续流淌在我们血脉里的文化的长河，令中华文明根深叶茂，繁荣不息，薪火相传。

爱父母，爱祖先，爱国家，爱这片土地，爱这片土地所孕育的绚烂文明——这就是儒家提倡的"孝"的终极意义。

有了来处，就必然会有去处——生命不是静止不动的，生命在于运动；宇宙也不是静止不变的，唯有变化本身是不变的铁律。而行动与改变本身，推动着我们的生命往去处前行，这个过程是否有价值？就是我们人类的生命意义的体现。

淳朴的山东人孔子一直很关心社会现实问题。他带着弟子周游列国十四年，其实就是想为天下人指引一条路，让大家修好这条路，顺着它走向一个好的去处。

后来他说："道不行，乘桴浮于海。从我者，其由与！"孔子发现自己的思想学说在"礼崩乐坏"的春秋乱世难以实现——孔子把自己描绘的"筑路工程图"交给了那么多位国君，却没有国君肯按照图纸施工，于是孔子产生了坐着小筏子到海上漂流的隐退之心。并且认为，若果真归隐，跟随他的学生或许只有子路。

后来苏轼的词《临江仙·夜宴东坡醒复醉》有"小舟从此逝，江海寄余生"（在 [链接馨苑] 第一境中我曾对此有过议论）。他还说："吾已矣，乘桴且恁浮于海。"

而范仲淹则在《岳阳楼记》中说："居庙堂之高则忧其民，处江湖之远则忧其君。"

西施和范蠡的故事，最后以"驾扁舟，入太湖，不知所终"为传说中圆满、缥缈的浪漫结局。

清代词人陈维崧的《沁园春·十万琼枝》末句为："携此卷，伴水天闲话，江海余生。"

寄情江海的浪漫从孔子开始，绵延百代。李泽厚在《论语今读》中说："……不过海上难居，多半退隐于山野、水边。后世诗文山水画中的渔樵与半角草堂中的儒生（读书人）常相映成趣。他们与大自然（山水）似乎就代表着、象征着永恒。它们就是中国人的本体符号。"

子曰："天下有道则见，无道则隐。"见，现也，意思是出仕。出仕与归隐是孔子给天下读书人指明的两条路。然而，真正甘于归隐者有几人？大多数知识分子只是暂隐、以隐待仕、隐而求仕。

孔子周游列国十四载，几多失望，几多怅然？却一直没有放弃对推行仁政的追求——儒家精神自孔子而始，便是以心怀天下为己任。使命感和责任意识令一代又一代儒生肩负重任，尝试以自己的力量去改变世界、造福世人。譬如范仲淹直言，哪怕已然身在江湖，却还是无可避免地忧思其君思国之大事；譬如苏东坡，尽管多次被贬"心似已灰之木，身如不系之舟"，却无论被贬至何处都一如既往地务实为民、整顿吏治、两袖清风，成为当地百姓爱戴的好官。

老子的理想国是"小国寡民"，孔子也有自己的理想国，他所向往而不得的社会面貌，也成了后世儒生为之倾心奋斗的目标。

5.孔子的理想国：老者安之，朋友信之，少者怀之

颜渊、季路侍。子曰："盍各言尔志？"

子路曰："愿车马、衣轻裘，与朋友共。敝之而无憾。"

颜渊曰："愿无伐善，无施劳。"

子路曰："愿闻子之志。"子曰："老者安之，朋友信之，少者怀之。"

颜渊就是颜回，季路就是子路。颜回和子路都是孔子非常喜爱的学生，后面我们会具体了解分析二人。颜回和子路侍立孔子身边，于是孔子对两位爱徒说："你们何不谈谈自己的志向？"

子路说："我愿意将自己的车马衣裘与朋友共享，即使用坏了也不觉得遗憾。"颜回说："我愿意不炫耀自己的长处，不夸大自己的功劳。"

子路讲的是乌托邦——五花马，千金裘，呼儿将出换美酒，与尔同销万古愁；大庇天下寒士俱欢颜；独乐乐不如众乐乐。

颜回讲的是做好事不留名——"功遂身退，天之道"。这是儒与道相统一的观点，老子认为"道"生成万物，并且"生而不有，为而不恃，长而不宰"，即长养万物而不居功自恃。颜回则同样表达了"功盖天下，不施其美"的意愿。

子路和颜回各言其志之后，子路就对孔子说："我们也想听听老师您的志向。"

孔子回答："我希望这个社会老有所养，老人可以安度晚年；壮有所用，朋友之间树立诚信作为交往的秩序；幼有所长，年轻人可以得到仁爱关怀。"

师徒三人从三个角度表达了同样的理想，孔子做了一个非常好的总结。可谓三人志同，人格有共——子路侠义，利剑仁心；颜回谦谨，君子如玉；孔子务实，悲天悯人。

老有所养、壮有所用、幼有所长的社会，必然是一个秩序良好、保障制度相对完善，普通百姓享有一定福利的社会；纵然是尧、舜、禹的明君仁主也未能实现。因此按照现在的观点来看，子路讲了一个社会福利待遇的问题，颜回讲了一个上层制度建设的问题，孔子则讲了社会奋斗目标的问题。在不计算 GDP 的年代，孔子师徒以人民遵守道德、生活幸福为奋斗目标。

何谓老者安之？ 安，国家平安、生活安稳、内心安乐——老人生活中没有战乱，能够粗茶淡饭平安度日，心中喜乐安宁。这个要求真心不高，我们现在过的就是这样的生活——老人能够含饴弄孙，在公园健身散步，发展自己的兴趣爱好。然而孔子当年所见的现实社会是怎样的呢？

我们可以从《论语》的部分篇章窥其一二：

子张问曰："令尹子文三仕为令尹，无喜色；三已之，无愠色。旧令尹之政，必以告新令尹。何如？"子曰："忠矣。"曰："仁矣乎？"曰："未知，焉得仁？"

"崔子弑齐君，陈文子有马十乘，弃而违之。至于他邦，则曰：'犹吾大夫崔子也。'违之。之一邦，则又曰：'犹吾大夫崔子也。'违之。何如？"子曰："清矣。"曰："仁矣乎？"曰："未知。焉得仁？"

子张问孔子："楚国的令尹子文多次被委任执掌军政大权的最高官职，却没有沾沾自喜的得意之色；而他也曾多次被罢免，被罢免之后也没有怀才不遇的怨怼之心。他自己掌权时颁布的一切政令，一定悉数交接给他的接班人。对这个人如何评价？"孔子说："算作忠诚吧。"子张问："可以算是仁人吗？"孔子说："不知道。仅凭忠诚怎么可以认定他是仁人呢？"

子张又问："齐国大夫崔杼杀了齐国国君齐庄公，同在齐国为大夫的陈文子听说之后，把四十匹马这么大的家业都抛弃不要了，独自离开齐国。到了别的国家后，陈文子说：'这里的执政者的所作所为和我们国家崔杼大夫的所作所为别无二致。'又离开。再到另外一个国家，又说：'这里的执政者也和我们国家的崔杼大夫是一丘之貉。'于是又离开。对这个人怎么评价呢？"孔子说："算是清白吧。"子张说："可以算是仁人吗？"孔子说："不知道。仅凭清白怎么可以认定他是仁人呢？"

这段对话传达出三层含义：第一，孔子不轻易以仁许人；第二，忠诚效国的人才和清白为官的人才都是存在的；第三，执政者无道，以至忠者常遭罢免，清者无以容身。

从陈文子的遭遇可见，春秋末年，臣子弑君或存在弑君的野心，已经不是什么太稀奇的事了。君臣不睦，必然无法合力统治国家，甚至会引发内乱，导致战争。一旦战火迭起，则民不聊生，少无所怙老无所依。用曾子的话来概括，当时的社会现状是："上失其道，民散久矣。"执政者不能匡扶正道，导致人民流离失所，生活无着，原本就处于弱势的老人，又怎能得到安养？

何谓朋友信之？《礼记》曰："同门曰朋，同志曰友。"因此朋友可理解为同学、同志、合伙人。人与人能够共事的前提是诚信。人若失信则会失去合作伙伴，社会若失信则会失去民心。现在的法治社会讲究合作之前先签合同，甲方乙方签好具备法律效应的合同，才开始做事。这就是法律对诚信的保障，一旦某人失信于社会，则会在"失信人员名单"上挂号，被限制种种社会行为。然而当时的社会法治不完善，上至君臣下至百姓，多数时候靠道德的约束力来规范诚信，也就是靠自觉，而当时的情景是怎样的呢？

子曰："不有祝鮀之佞，而有宋朝之美，难乎免于今之孔子感叹："一个人，若不能像祝鮀一样巧言善辩，仅仅是有宋朝那样高的颜值，也难免受害于当今之世。"也就是说，假如我们穿越到春秋末年，需要巧言与美色兼备才能出来混社会，靠和人讲道德很有可能活不过三集。

古代盛酒的器皿叫作觚。明代顾大武有诗曰："酒中生，酒中死，糟丘酒池何龌龊，千钟百觚亦徒尔。堪笑刘伶六尺身，死便埋我须他人。"觚上圆下方，容积是两升，古人量酒皆以此为准，故而觚可以看作是当时的量杯。孔子感叹："觚不觚，觚哉！觚哉！"意思是："量杯都做得不准，还如何量酒呢？还量什么酒呢？"

孔子用觚来讽刺当时社会君失君之道，臣失臣之道，君臣彼此都不讲信用，最高统治者没有一个执政的准则，以至天下失道：

子曰："狂而不直，侗而不愿，悾悾而不信，吾不知之矣。"

孔子叹息："性情狂妄而不耿直，无知而不本分，无能而不诚信，我不知道要怎么办。"似乎可以看到孔子一脸心痛地发问："人心不古到了这样一个程度，为之奈何？为之奈何？"

不是孔子矫情，也不是孔子对社会不够包容，且看孔子故乡鲁国的乐师是如何在这乱世中生存的："大师挚适齐，亚饭干适楚，三饭缭适蔡，四饭缺适秦，鼓方叔入于河，播鼗武入于汉，少师阳、击磬襄入于海。"

在鲁哀公的统治时期，乐师四处流散：鲁国乐师之长，名挚，逃去了齐国；亚饭乐师名干，逃去了楚国；三饭乐师名缭，逃去了蔡国；四饭乐师名缺，逃去了秦国；击鼓的方叔逃到了黄河流域，摇小鼓的武逃到了汉水流域，而少师阳和击磬的乐师襄则逃到了海滨附近。孔子之所以要记录这些乐师流散的地址，是害怕鲁国从此失去"乐"的传承，然而天下不独鲁国政局不稳民心动荡，无论逃向何方，却总归逃不过那个混乱的时代。

何谓少者怀之？怀，关怀。对少年人要多多关怀，从哪几个方面关怀呢？孔子没在此处说明，但就整部《论语》的脉络梳理而言，孔子给出的启蒙读物是《诗》，学《诗》就是从性情、情志、审美、自然和学习能力等方面培养少年人，并且提出"志于道，据于德，依于仁，游于艺"。即立志向道，据守品德，依傍于仁，娴熟掌握六艺。六艺分别是：礼，礼仪；乐，音律；射，射箭；御，驾车；书，文字；数，计算。

孔子对少年人的关怀，与我们现在的"德智体美劳"全面发展相似：德育方面，要求志于道、据于德、依于仁，同时学会礼仪规范；智育方面，要求学习书和数，文字计算是必考科目；体育方面，要求学习射箭，不仅强身健体还能保家卫国；美育方面，要求学《诗》和音律，音乐是人类灵魂的语言；劳育方面，要求学习驾车，同时从《诗》中认识鸟兽草木等自然万物，具备独立生存的能力。

子在陈曰："归与！归与！吾党之小子狂简，斐然成章，不知所以裁之。"

周游列国而始终不见用于各国的孔子，在厄于陈蔡时感慨与其漂泊流浪，不如回归故乡办学，他说："回鲁国去吧！回家乡去吧！我们家乡的那些少年郎，有血性有朝气，文采斐然，文笔卓越，我真的要好好想一想如何去引导、雕琢他们。"于是孔子在离开陈蔡，经过楚国边境后，回到了鲁国，晚年一直在鲁国办学，把希望寄托在少年人身上——如果老者安之不可期，朋友信之不可求，那么少者怀之则是社会、国家、时代乃至民族的最后希望了。

怀，有引导人心归向的意思。孔子意在要年轻人的心归向仁、归向德、归向孝、归向悌。如此怀之，就能够成就一批对社会发展起到积极作用、充满正能量的年轻人——这是一个政治家的胸怀。

孔子身处春秋乱世，先是看到了鲁国的政治秩序日渐衰乱，接着在周游列国的十四年里一次又一次失望。虽然曾生出过寄情江海的退隐之心，却最终没有做出退隐之举，而是选择成为教育家，将自己的理念传续下去。

6. 孔子的新世界：浴乎沂，风乎舞雩，咏而归

子路、曾皙、冉有、公西华侍坐。

子曰："以吾一日长乎尔，毋吾以也。居则曰：'不吾知也。'如或知尔，则何以哉？"

子路率尔而对曰："千乘之国，摄乎大国之间，加之以师旅，因之以饥馑。由也为之，比及三年，可使有勇，且知方也。"夫子哂之。

"求！尔何如？"对曰："方六七十，如五六十，求也为之，比及三年，可使足民。如其礼乐，以俟君子。"

"赤！尔何如？"对曰："非曰能之，愿学焉。宗庙之事，如会同，端章甫，愿为小相焉。"

"点！尔何如？"鼓瑟希，铿尔，舍瑟而作，对曰："异乎三子者之撰。"子曰："何伤乎？亦各言其志也。"曰："莫春者，春服既成，冠者五六人，童子六七人，浴乎沂，风乎舞雩，咏而归。"

夫子喟然叹曰："吾与点也！"

三子者出，曾皙后。曾皙曰："夫三子者之言何如？"子曰："亦各言其志也已矣。"曰："夫子何哂由也？"曰："为国以礼，其言不让，是故哂之。""唯求则非邦也与？""安见方六七十如五六十而非邦也者？""唯赤则非邦也与？""宗庙会同，非诸侯而何？赤也为之小，孰能为之大？"

这是《先进第十一》中的第 26 章，也是《论语》中最长的一章，也是我最喜爱的一章。讲的是孔子的四位弟子：子路、曾皙、冉有、公西华，四人陪孔子坐着。孔子让他们谈一谈自己的理想。子路、冉有、公西华都是从治国的方面来谈：

子路讲的是强国——在三年之内，让中等大小的国家，获得抵御外辱的力量，并且令人民懂得礼法。

冉有讲的是富国——在三年之内，让国土不大的小国人人富足安乐。

公西华讲的是礼制——无论国之大小，均能够遵守礼法，做到人人知礼。

曾皙则并未从治国的角度言志，而是规避了时间与空间的限制——不谈当下、不谈国之大小，独独讲到了一个理想化的新世界。因此孔子对曾皙的志向大加赞赏。

无从得知"四子侍坐"的具体时间是何年何月何时，也不清楚这段对话发生在孔子周游列国之前，还是之中，或者之后；并且不清楚它是在何地、何种境遇下发生的。我们只知道它既然能够被收录于《论语》之中，那么必然无法脱离春秋末期这个大的历史时代。

孔子何其智慧，作为一个政治思想家，他怎会看不清当时诸邦国都早已污浊不堪——有的尚且粉饰太平，在布满皱纹的脸上涂上厚厚的胭脂，以掩盖真实的容颜；有的根本不管不顾，将一切丑陋尽显天下，为所欲为。

然而他依旧奔走呼号，尽管力不从心，疲惫不堪。《史记·孔子世家》中记录了这样的一段话："东门有人，其颡似尧，其项类皋陶，其肩类子产，然自要以下不及禹三寸，累累若丧家之狗。"

这是发生在孔子周游列国时的一个故事，有一天，他在郑国和弟子们走散了，于是在城墙东门旁站着，等弟子来找到他。孔子的弟子四处寻觅老师，子贡遇到一个郑国人，于是上前向他打听。那人对子贡说："东门那儿有个人，他的前额像帝尧，脖子像皋陶，肩膀像子产，但是腰部以下和大禹差三寸。又累又颓丧的样子就像一条丧家之狗。"

子贡找到孔子后，如实地把这句话转述给孔子听，孔子欣然笑曰："形状，末也。而谓似丧家之狗，然哉！然哉！"孔子笑着承认，自己确实像一条丧家犬。

读此章句，孔子与子贡对话时的神态跃然纸上：子贡据实相告，一点儿也没有学生害怕导师责骂的神态。孔子欣然而笑，笑得坦坦荡荡，笑得和蔼可亲。孔子的笑，绝不是穷秀才听到别人嘲讽后以自嘲掩盖尴尬的酸笑；也不是感叹命运不公、人不我知、怀才不遇的苦笑。孔子笑自己太坚持，却有着必须坚持的理由；笑天下太愚痴，却爱这愚痴的天下不能放手。孔子的笑，应了一句歌词：无情的人笑我痴，我笑无情人懵懂。

大诗人艾青说："为何我的眼中常含泪水？只因我对这片土地爱得深沉！"

孔子亦对这片土地爱得深沉，他没有哭，他在笑。这位不肯轻易谈论鬼神的圣人，却笃信自己承载着上天交付的使命，不可违，不可弃，不可退！故他笑，他因洞悉自己的使命而欢喜、勇猛，无所畏惧。

在这个众人皆醉的时代，独醒而孤独的孔子，要为天下愚痴的众生，觅一个新世界。一个"浴乎沂，风乎舞雩，咏而归"的新世界。

在此不得不再次提及儒与道的分别。据说，老子也生于春秋末期，比孔子大二十岁。老子对无道之天下，给出的出路是退回到小国寡民的状态。退隐、避世、自给自足、远离俗世喧嚣是道家的智慧，也是在经世济民的儒家理念行不通时，中国的知识分子给自己留下的一条精神出路。

陶渊明走的就是这条路，因此开辟了田园诗派。

陶渊明没有身在江湖，心存魏阙地暂隐，而是真心实意地归隐田园。他自 29 岁起多次出仕：由于亲老家贫，为赡养母亲做过江州祭酒；又为了实现安定天下的理想，两度投身军中；最后因"幼稚盈室，瓶无储粟"所累，不得不为养家糊口，做过八十多天彭泽令。

在屡次为官的经历中，陶渊明秉承以天下为己任的儒家思想，却在混乱的现实中四处碰壁，不得不重复着出仕、归隐、再出仕、再归隐的过程，最终对东晋时局动荡、君昏臣乱、战火频起、官场一派乌烟瘴气的黑暗状况彻底心寒，因而生出决绝的归隐之心："归去来兮，请息交以绝游。世与我而相违，复驾言兮焉求？悦亲戚之情话，乐琴书以消忧。农人告余以春及，将有事于西畴。或命巾车，或棹孤舟。既窈窕以寻壑，亦崎岖而经丘。木欣欣以向荣，泉涓涓而始流。善万物之得时，感吾生之行休。"他不仅以农桑为乐，实现自己动手丰衣足食的劳动人民生活，还毅然决然地说："请息交以绝游。"他要彻底和官场上的一切人、事、物断绝往来。他真正的精神归宿是《桃花源记》所描述的隐于俗世之外、不问今夕何夕、不理朝代更迭历史变迁的尘世净土。这片桃园"阡陌交通，鸡犬相闻"，"黄发垂髫，并怡然自乐"，正是老子所向往的"邻国相望，鸡犬之声相闻，民至老死，不相往来"理想国。

归隐后的生活，既有"采菊东篱下"的悠然，也有"晨兴理荒秽，带月荷锄归"的辛苦。能够踏踏实实过农夫的日子，是因为陶渊明"性本爱丘山"——本身就喜爱田园山水。他在《归去来兮辞并序》中说："质性自然，非矫厉所得。饥冻虽切，违己交病。"宁可忍饥挨饿也不肯违背自己纯任自然的本性，因此苏轼赞誉其"欲仕则仕，不以求之为嫌，欲隐则隐，不以去之为高，饥则扣门而乞食，饱则鸡黍以迎客，古今贤之，贵其真也"。真诚地审视自己的内心，活得真实自在，也就是我们现在说的：活出真我。这是陶渊明退隐的初心。

避政、避世，无丝竹之乱耳，无案牍之劳行的日子当然逍遥，桃花源所描述的生活与曾皙描绘的并被孔子点赞的理想途径有何不同之处呢？退一步海阔天空的事，为什么孔子偏偏不做呢？

《论语》中记录了子路问津的故事：

长沮、桀溺耦而耕，孔子过之，使子路问津焉。

长沮曰："夫执舆者为谁？"子路曰："为孔丘。"曰："是鲁孔丘与？"曰："是也。"曰："是知津矣。"

问于桀溺。桀溺曰："子为谁？"曰："为仲由。"曰："是鲁孔丘之徒与？"对曰："然。"曰："滔滔者天下皆是也，而谁以易之？且而与其从辟人之士也，岂若从辟世之士哉！"耰而不辍。

子路行以告。夫子怃然曰："鸟兽不可与同群，吾非斯人之徒与而谁与？天下有道，丘不与易也。"

长沮和桀溺是两位隐士，孔子让弟子子路问他二人渡口在哪里，这两个人一个隐晦地回答：孔子自己知道渡口在哪里；另一个则直白地说：子路你莫要跟着孔子了，跟着我们一起避世吧！

渡口只是一个隐喻。而孔子听到子路所转达的话语后，怅然地说："鸟兽不可与同群。"

孔子一力向前，绝不妥协避世，他说："道之不行，已知之矣。"我所追求的道现在行不通，我是早就知道的。但是孔子更加知道"道不远人。人之为道而远人，不可以为道。"——《中庸》

如果追求天下大道的人，都因为碰壁、因为痛苦、因为看到了道行不通，就避而不行了，那么还有谁能在那个浊恶的乱世中提倡道，让世人知道还有道的捍卫者，以保持心中的希望呢？

孔子的新世界，不是"不复得路"的桃花源——陶渊明笔下的桃园太小，装不下众生。

孔子要的是将天下皆化作桃园——一个政治清明不需要避世，百姓安居不需要归隐的理想国。

回到"侍坐"一篇，若仅仅是曾皙所言"莫春者，春服既成，冠者五六人，童子六七人，浴乎沂，风乎舞雩，咏而归"一句是被孔子赞颂的经典，那完全可以记载为：四子侍坐，各言其志，子与点也。然后将曾皙的话写上去。为何还要完完整整地记录子路、冉有、公西华的言论呢？

因为想要实现曾皙的志向，前三子所言缺一不可：国强，方可抵御外辱；国富，方可安居乐业；知礼，方可维系平衡。

国家强大了，便开始穷兵黩武——"边庭流血成海水，武皇开边意未已"，这是孔子不愿见到的。

国家富足了，而富足是靠抢夺来的——"取之尽锱铢，用之如泥沙"，也不符合孔子的理念。

因此，国家的富强必然建立在知礼的原则之上，而礼的本质是仁。孔子晚年回到鲁国办学，将自己这一套看起来傻傻的理论传播给学子们。人间正道，沧海桑田，文明赓续，生生不息，于是有了我们今天的幸福生活：社会不断完善福利待遇，完善医疗、教育、养老等方方面面；军人以保家卫国为己任，以守护和平为真正的追求；在我们自己的国家不断发展、繁荣富强的过程中，我们联动周围的国家，实行"一带一路"的宏伟构想，与更多的国家一起共同富裕起来。

孔子与老子相视而笑：天下无道之时，为了不要让秉承正道的知识分子走上自杀的绝路，老子指引了归隐之途，以保全文化的种子；天下有道之日，舍我其谁的使命担当就回归到儒生身上，有所作为、锐意进取、勇往直前，以发扬文化的根脉。

这就是中华文化儒道互补的大智慧。

[链接馨苑] 第七境

致我书法启蒙老师的一封信

中央数字电视书画频道《己亥·仰山雅集》活动的题目是"致我书法启蒙老师的一封信"。我的书法启蒙老师就是我的母亲。

致我书法启蒙老师的一封信

——谨以此文献给慈母大人在天之灵

妈：六儿子在这给您行大礼了！自从您以九十四岁高龄驾鹤西行，十四年来，儿子还是第一次以书信形式和您说话呢！这些话是六十年来儿子在心中酿成的酒。原本想着，哪天在个人书展的前言中捧出来献给您。今天就藉书画频道《己亥·仰山雅集》，把这佳酿奉献给您吧。

妈妈：记得还是在上小学之前，我就先上了您为我一个人办的"私塾"——学着"写大字"。"课桌"就是里间屋的床沿——您把床单褥子往里边一卷，摆上个砚台，铺上一张印着"上下来去，大小多少"的"红模子"，您手把手教我执笔运笔——我知道，您不是私塾先生，也不是书法家。您教我的，是用毛笔写字最基本最通俗的知识。您在我眼前打开了一扇能看到奇妙笔墨世界的窗子。

　　妈妈：有一天我问您，为什么要用毛笔写字呢，铅笔不行么？您告诉我，铅笔要用，以后妈妈的钢笔也给你用。可是用毛笔写字是咱老祖宗传下来的，是宝贝。咱们要是不学会了，宝贝就丢了。您还说，中国字用毛笔写出来最好看，中国人一定要会写毛笔字。多少年以后我曾猜想，抗战期间，您在小学当老师的时候，一定对孩子们也说过这样的话吧！在您的教导下，"写大字"成了我儿时的日课，而且也逐渐多了一层感悟人生感悟文化的仪式感。是您，引领我走上了学习书法的路。

　　妈妈：你是我的书法启蒙老师，也是我一生书法学习的督导老师。曾有二十七年我不在您身边。多少次见面时，您都会问我同样的话：你还写毛笔字么？我有时是敷衍您，有时不是敷衍您，我总会说：写，写呀。您总会补上一句：别放下，你有底子。现在好了，您儿子退休了，有充分时间钻研书法了。儿子绝不会再敷衍您了。

　　妈妈：您是我的书法启蒙老师，也是我人生的启蒙老师。您教我写字时曾反复说：坐端正了，把腰板挺直了！您这话孩儿记了一辈子。坐端正，挺直腰板，做字如是，做事如是，做人如是。 您的教诲让孩儿受用终生。

　　妈妈：爱您！您就抿一口儿子为您奉上的心中陈酿吧！妈：孩儿收笔了，孩儿热泪夺眶了！

　　　　　　　　　　　　　　　六儿啸宏叩首再拜再拜

　　　　　　　　　　　　　　　己亥清明将至时节

释文 尽善尽美

出自论语八佾第三

子谓韶尽美矣又尽善也谓武尽美矣未尽善也

篇次 十七　章次 二十三　頁次 三十二

在北京西三环航天桥的东北角，有一座名为"光耀东方"的大厦，在那里也有中国医药卫生文化协会的办公区。当关于榜书各项工作的前期试验磨合完成，并书写了近千个字且完成了压平工序之后，协会邀请有意参与"经典传承·榜书《论语》"公益项目的同仁来"光耀东方"开会，共商公益活动大计。

会议室本来就不大，为了让与会者能比较直观地了解榜书工作进展，我们把座椅桌子尽量摆得紧凑，然后在会议室的地上、边台上、过道及其他房间的地上桌上，都摆上了写好的字，请与会者检阅。

这是 2019 年 4 月 6 日的事。

[时人新事] 第八篇

各路精英齐聚首　正式成立组委会

由于与会者大都参与了项目的构思谋划酝酿，对项目已经有深刻的了解，加之在会前已经对会议将要审议的文件提出过修改意见，所以会议进行得非常顺利。会议决定成立"经典传承·榜书《论语》"公益项目组织委员会。与会者一致推举刘爱森、王平、郑宏共同为组委会主任，郑宏为执行主任。在会议上，三位主任共同签署了项目实施方案。

这个方案是整个项目实施的规范指南。由于项目实施历时两年多，一些人员有所变动，或一些细节有所调整，因而在项目完成后，根据实际发生的情况，在当时签署的文本基础上进一步修改补充完善，并经组委会议定，编为"后记"之三，由书法名家中国书法家协会楷书委员会委员、安徽省书法家协会副主席李明书写，与其他五篇"后记"及榜书篆刻作品一并捐赠给了孔子博物馆。

下面摘录一些实施方案的主要内容。虽然读起来未必有趣，但还是摆在这吧，有点文献资料的味儿，如果哪天您的哪位朋友想起来也要搞个大型公益活动什么的，也许这些资料里的哪一段哪一句能帮上忙，哪怕只是一丁点儿的小忙，那也是我们的荣幸。

在实施方案里边，有关于实施主体、项目内容、项目意义、实施方案具体分工的描述，还有对其他相关事项的说明（包括关于榜书用印、关于《〈论语〉每篇一印》、关于收贮器物、关于受捐方，等等）。

实施主体由森特士兴集团股份有限公司、中央数字电视书画频道、中国医药卫生文化协会三家构成。三家项目实施主体与其他支持单位：锐珂医疗、山东赛克赛斯控股集团、中国诚信信用管理股份有限公司、青岛琛蓝健康产业集团等，共同构成捐赠方。

项目内容是这样表述的：为弘扬中华优秀传统文化，本公益项目实施主体，拟以榜书大字，书写一部《论语》，并将此"榜书《论语》"原件捐赠给社会相关机构。该捐赠品是在四尺斗方宣纸上书写一个字的原件，构成《论语》20篇512章15922字的全书，计约64000平尺（以托芯后面积计，达8000平方米）。另从《论语》各篇中取一段有代表性的文字，篆刻在20×20厘米的印材上，构成《〈论语〉每篇一印》，计20方。

实施方案还从四个层面表达了对项目意义的理解：习近平总书记指出，"文化是一个国家一个民族的灵魂""中华优秀传统文化是中华民族的精神命脉""我们要坚持道路自信，理论自信，制度自信，最根本的还有一个文化自信"。开展文化公益活动，有益于促进社会更加关注和重视中华优秀传统文化，有益于影响和带动更多的人热爱中华优秀传统文化、学习中华优秀传统文化，为提升全民文化自信，实现"两个一百年"奋斗目标，实现中华民族的伟大复兴贡献正能量，向中华人民共和国成立 70 周年献礼，向第一个"百年"献礼。

孔子是世界公认的伟大政治思想家。记述孔子重要思想论述的《论语》是儒学要典，是中华优秀传统文化的代表。习近平总书记重要讲话中多次引用《论语》中的章句。本次文化公益活动以《论语》为传承重点内容，有其重大意义。

榜书是书法艺术中一种特殊的表现形式，多用于表达庄严盛大内容，如用于宫殿城门庙宇府邸的匾额等，用榜书书写长篇著作的极为罕见。在泰山经石峪溪床上，有北齐时代刻制的《金刚经》，现存约 1069 字，字幅尺余，康有为称之为"榜书鼻祖"，这是已知仅有的榜书千字巨制。随着时代的发展，书法作为一种更加自觉的艺术表达，前所未有地活跃在当今人们的社会生活中。榜书的艺术形式在新时代也必定具有其新的生命力。榜书长篇经典不失为一种尝试。

在中华民族伟大复兴的历史进程中，用四尺斗方榜书形式书写一部完整的《论语》，可以看作是当代中国人向中华文化经典致敬，向中国书法艺术致敬的一种形式，也可以看作是当代中国人文化自信的一种表达。形式上承古开今的冲击力，体量上巨大磅礴的震撼力，有益于进一步增强中华优秀传统文化在广大群众中的感染力，进一步增强中华优秀传统文化的影响力。特别是把传统方式书写的巨幅作品与现代数字技术及全媒体传播方式结合起来，能够以多种形式体现宣教功能。

实施方案具体分工为，森特士兴集团、中央数字电视书画频道、中国医药卫生文化协会，及各支持单位组成"经典传承·榜书《论语》"公益项目组织委员会，由刘爱森、王平、郑宏共同担任组委会主任，郑宏担任执行主任；李仲军、唐旭东、王建华、朱京海、马爱宁担任副主任；滕俐担任秘书长，申屠辉宏、曹健担任副秘书长。组委会下设办公室，郭延亮、宋发成为负责人。由宋发成、路丹牵头，赵玥炜、李静、殷月明、坛坦、李旋、蒋海斌、吴兆雍等参加，组成榜书创作助理小组。路丹负责成品管理。

聘请冯远、杨朝明、申万胜、徐里、言恭达、张飚、张旭光、刘恒、张志和为"经典传承·榜书《论语》"公益项目学术顾问。

陈啸宏为榜书创作者，张国维为篆刻创作者，其榜书原件及篆刻原件无偿提供给项目实施主体用于此次公益捐赠活动，并支持相关后续公益活动。该二创作者依法保留著作权。

"事项说明"里包括了榜书的全套用印：（1）黔首章："榜书论语全文"1方；（2）属名章："经典传承公益项目"1方；（3）计时章："公元二千十八年十二月十一日开笔""公元二千二十年八月二十日书成"（这个日子当年没有预设，印章是待榜书完成之后镌刻的），计2方；（4）篇目章："学而第一"至"尧曰第二十"计20方；（5）篇次章："篇次"1方；（6）章次章："章次"1方；（7）页次章："页次"1方；（8）闲章："三千编外""文化自信"，计2方，合计29方。

还包括了《〈论语〉每篇一印》，从《论语》每一篇中选择一段有代表性的文字，篆刻在 20 厘米见方的印材上，组成"《论语》每篇一印"，合计 20 方。两项篆刻作品总计 49 方。

相关事项说明里还涉及收储器物。榜书用樟木箱 70 个，箱体刻制分集编号及每集目录。榆木架 14 组，每组承载 5 箱。印章用木函 12 个，函体刻制内贮作品目录。

说明中明确首选孔子博物馆为受捐方。

以上的文字，是在"经典传承·榜书《论语》"公益项目组委会三位主任签署的文本基础上，根据实际发生的情况修改完善后，经组委会在 2021 年 1 月 14 日的会议上审议通过的，也就是据"后记"之三的文本摘编的。

[论语心得] 第八话

唯愿子女有为无忧　唯愿家人有爱无间

君君、臣臣、父父、子子是孔子的主张。后人言三纲，君为臣纲，父为子纲，夫为妻纲。前两纲似是从"君君、臣臣、父父、子子"演化而来，因此将之归到孔子身上，认为这是孔子思想的发扬，其实不尽然。

纲，有纲领、规范、表率、领导的意思。君为臣的表率，父为子的领导，夫为妻的规范。看起来似乎是那么回事，可如此一来，若君是暴君，则臣必行暴政；若父吃喝嫖赌打老婆，子必然有样学样；夫在家说一不二大男子主义，妻就要忍气吞声失去自我。

尽管三纲后面跟着五常，即仁、义、礼、智、信。但当强势群体——君、父、夫，以至高无上的权力相胁迫时，处于弱势的群体——臣、子、妻便无法以是否符合五常的行为准则作为是否服从的逻辑标准。以至于后世某些帝王对臣子，说杀头就杀头——我们看到的古装剧里，臣子马上要被杀头了，还得恭恭敬敬地跪着，口中称："领旨谢恩！"以至于后世某些父亲对儿子，不听话就一顿暴揍，不管他提出的要求是否合理，总之"老子就是儿的天"！以至于后世某些丈夫对妻子，或稍不如意便拳脚相向，或始乱终弃负心薄幸，反正"妻子如衣服"。

孔子从不曾提倡以尊卑、上下、主仆的逻辑来维系人与人之间的关系。甚至儒家所言三纲，与我们后来理解的三纲也不尽相同。《三字经》曰："三纲者，君臣义，父子亲，夫妇顺。"最初的三纲，与阴阳之道相应，要符合义、亲、顺的天道人伦，并没有强调从属关系。而儒法结合后，儒家文化中融入了部分法家思想，于是三纲就变成了故意强调的"臣事君、子事父、妻事夫"，随后历经百千年封建社会的压迫，三纲就彻底成了奴役思想，成为禁锢人身自由的紧箍咒了。

在 20 世纪的新文化运动中，人们以西方的民主、科学来抨击旧体制、旧思想，三纲五常被破除，但一口大黑锅也就罩在了孔子头上，认为孔子是奴役思想的始作俑者。

孔子着实冤枉，他早已在《论语》中对"君君、臣臣、父父、子子"给出了明确的解释："君使臣以礼，臣事君以忠。"《荀子·子道》言："子从父，奚子孝？臣从君，奚臣贞？审其所以从之之谓孝，之谓贞也。"

孔子一直在强调：君礼臣忠、父慈子爱。二者是作用力与反作用力的关系。因此，他也一直在努力做一个好父亲。在对待自己的儿子、女儿和已故兄长留下的女儿——既孔子视作亲女儿的侄女时，孔子不仅仅是慈父、是严父，还是一位眼光长远的长辈。

1. 孔子教子：闻《诗》，闻《礼》，又闻君子之远其子也

陈亢问于伯鱼曰："子亦有异闻乎？"对曰："未也。尝独立，鲤趋而过庭。曰：'学《诗》乎？'对曰：'未也。''不学《诗》，无以言。'鲤退而学《诗》。他日又独立，鲤趋而过庭。曰：'学《礼》乎？'对曰：'未也。''不学《礼》，无以立。'鲤退而学《礼》。闻斯二者。"陈亢退而喜曰："问一得三，闻《诗》，闻《礼》，又闻君子之远其子也。"

孔子的弟子陈子禽问孔子的儿子孔鲤（字伯鱼）："你在老师那里听到过什么特别的教诲吗？"这个学生心眼儿比较多，怀疑孔子给儿子开小灶，把秘而不传的"武功心法"传给自家孩子。但是孔鲤回答："没有。"并且回忆了两次父亲一人独处，自己从旁经过时，父亲的教导："学《诗》了吗？没学《诗》，说话不得体。""学《礼》了吗？没学《礼》，不懂得怎样立身。"陈子禽听完以后很高兴，说："我只提了一个问题，却收获了三个道理，第一为什么要学《诗》，第二为什么要学《礼》，第三明白了君子不偏爱自己的儿子。"

现在我们主要来看第三点：君子之远其子也。一个远字，概括了最好的父母之爱。有这样一句话："视天下人为子女，视子女为天下人。"前半句讲"仁"，后半句讲"远"。

父母对于子女，往往无法做到"远"——子女年幼时，总要抱在怀里；子女稍微长大些，总要跟在眼前；子女成家立业了，还要离得近一些，方便照料。有了父母时时刻刻如风筝线般的牵挂，男儿不敢为了事业志在四方；女儿不敢为了爱情远嫁他

乡。总要被拉着扯着，在父母眼皮底下过那父母期望的平平安安的小日子。还有的父母，以自己的人生经验为准绳，生怕孩子走一点儿弯路，总是唠叨着："不听老人言，吃亏在眼前。"儿女于是一边敷衍着答应，一边我行我素，偷偷取笑父母的经验早就过时了。

这都是常见现象，不算过分。而过分的是，有些父母将自己未竟的事业，未达成的理想，以及自己所期盼得到的一切，强加在子女身上，导致了子女的人生悲剧。金庸在《天龙八部》里就塑造了这样一位可怜的人子——慕容复。一天十二个时辰，慕容公子的母亲要求儿子四个时辰习武，四个时辰习文，四个时辰吃饭睡觉。对于一个孩子而言，完全没有游戏的时间，而这一切皆因为慕容复是燕国后裔，一出生就背负着复国的家族使命。最后的结果是他为了复国背弃爱情、背弃道义、杀害跟随他的忠仆，可惜依旧没能完成自己唯一的人生目标——复国，最终慕容复精神崩溃成了疯子。

这个极端的例子讲了一个非常俭朴的道理：父母之所欲，勿强施于子女。孔子说过："己所不欲，勿施于人。"其实后面还应该再加上一句："己所欲，亦未必施于人"——小白兔爱吃胡萝卜，就把胡萝卜送给好朋友小猫咪，虽然一片好心，但小猫咪肯定吃不下。反之，如果小猫咪非要小白兔吃鱼呢？这个话题在 [链接馨园] 第十二境《看〈小舍得〉竟有大所得》中还会专门讨论。

有些时候我们发心是善的，但结果却不一定好。自己想要避开的灾难痛苦，不施加在他人身上，是孔子"仁"的观点。而自己觉得美好的、快乐的一切，也不应该不加思考地强迫他人接受。这一点在关系比较远的同事、朋友身上比较容易做到——大家都要维持基本的礼貌，求同存异。然而在关系很近的夫妻、子女身上，就不容易做到了。

比如，有的母亲对自己女儿的择偶标准提出明确条件：身高180厘米以上，容貌俊朗，年龄相差3岁以内，文化程度必须在研究生以上，单位必须是国企或者年薪30万以上的私企，不能有抽烟喝酒等任何不良嗜好，出身最好是公务员、医生、教师、律师等拥有较高社会地位的家庭……如果女儿并未遵守母亲提出的标准，则家庭矛盾产生，或父母棒打鸳鸯拆散有情人，或女儿与自己的家庭决裂追求不被父母祝福的爱情。

父母很委屈，觉得自己煞费苦心都是为了儿女好啊，可怜天下父母心，我做家长的有什么错呢？

子女也很委屈，觉得我有我的人生，为什么你们要横加干预？无论事业还是爱情，都是我自己的选择！

人与人之间的牵绊太多，爱就成了怨，给予就成了强迫，希望就成了执念。其实父母只要把大方向指明，子女未来如何发展、如何生活，又何必非要事事如自己的心意呢？

孔子就像教导弟子那样，告诉儿子孔鲤要学《诗》学《礼》，并未对他的一言一行都做出指导规范——父母给予儿女的，并不是越多越好。父母的责任是教导管束子女守住底线。

2.孔子嫁女：虽在缧绁之中，非其罪也

孔子把自己的爱女嫁给了学生公冶长。通读《论语》，孔子提及最多的学生莫过于子路，再次则是子贡、颜回、曾参、曾皙……而这个公冶长，只提到了一次：

子谓公冶长："可妻也，虽在缧绁之中，非其罪也。"以其子妻之。

孔子评价公冶长说："可以把女儿嫁给他。他虽然身陷牢狱，但这并不是他的罪过。"于是把自己的女儿嫁给了他。

公冶长何许人也？孔子七十二弟子之一也。"《孔子家语·七十二弟子解》对其人也仅有只言片语的记载："公冶长，鲁人，字子长，为人能忍耻，孔子以女妻之。"

而考察他的身世，似乎是出身贫苦，勤奋好学，但有过一次蹲监狱的经历。而他之所以入狱，还与他自身异于常人的"超能力"有关。相传，公冶长是懂得鸟语的。一说是由于误食了凤凰蛋而解鸟语，一说救了一只画眉鸟，画眉报恩使他解鸟语。

不管怎么说，懂鸟语的公冶长因为一个误会而招致牢狱之灾，又因为真懂鸟语而获释，并从此传为一段佳话。南朝皇侃《论语义疏》引《论释》云：

"公冶长从卫还鲁，行至二堺上，闻鸟相呼往清溪食死人肉。须臾见一老妪当道而哭，冶长问之，妪曰：'儿前日出行，于今不反，当是已死亡，不知所在。'冶长曰：'向闻鸟相呼往清溪食肉，恐是妪儿也。'

"妪往看，即得其儿也，已死。妪即告村司，村司问妪从何

得知之，妪曰：'见冶长道如此。'村官曰：'冶长不杀人，何缘知之。'囚录冶长付狱主。问冶长何以杀人，冶长曰：'解鸟语，不杀人。'主曰：'当试之。若必解鸟语，便相放也；若不解，当令偿死。'驻冶长在狱中六十日。

卒日，有雀子缘狱栅上，相呼啧啧唶唶。冶长含笑。吏启主冶长笑雀语，是似解鸟语。主教问冶长：'雀何所道而笑之。'冶长曰：'雀鸣啧啧唶唶，白莲水边有车翻覆黍粟，牡牛折角，收敛不尽，相互往啄。'狱主未信，遣人往看，果如其言。后又解猪及燕语，屡验，于是得放。"

翻译成白话文是：公冶长从卫国返回鲁国，走到两国边界处，听见鸟互相招呼往清溪食死人肉。不一会见一位老婆婆在路上哭，公冶长上前询问，老婆婆说："我儿子前日出门，至今未回来，恐怕已死了，不知他在什么地方。"公冶长说："我刚才听到鸟相呼往清溪食肉，恐怕是您的儿子吧。"老婆婆去看，果然发现她儿子的尸体。老婆婆报告了村中官吏，村官问老婆婆从哪儿知道的，老婆婆说："是公冶长说的。"村官说："公冶长没杀人的话，怎么可能知道？"于是将公冶长逮捕入狱。狱吏问："你为什么杀人？"公冶长说："我懂鸟语，没杀人。"狱吏说："那试试你，如果真的懂鸟语，就放了你，如果不懂，你就要偿命。"于是将公冶长囚在狱中六十天。

后有一天有麻雀停在监狱的栅上，互相叽叽喳喳地叫，公冶长听了面带微笑，狱卒去报告狱吏："公冶长听了雀语发笑，好像是懂得鸟语。"狱吏问公冶长，听到麻雀讲什么了而发笑？公冶长说："麻雀叽叽喳喳，说白莲水边有装粮食的车翻了，公牛把角折断，粮食收拾不尽，招呼去吃。"狱吏不信，派人去看，果然如此。后来公冶长又听懂了猪和燕子的语言，屡屡验证，于是被释放。

然而因为懂鸟语就可以娶孔子的女儿为妻，未免有些牵强。

公冶长真正被孔子欣赏的原因，应该是他在这件事中所表现出的坦荡、仁爱和从容。村官能想到的疑点，公冶长自己难道想不到吗？如果他不是一个胸怀坦荡又有慈悲心的人，大可以不必将自己听到的鸟语告诉找不到儿子的老婆婆——如此就可以避免误会，也就不需要承受牢狱之苦了。而当他被抓去坐牢时，又没有一丝慌乱，问他为何杀人，他直言自己懂得鸟语，不管这个理由听上去是不是很奇怪，会不会被相信，他只是据实回答。在牢里关了六十天后，公冶长终于找到了一个能够证明自己清白的机会。然而他没有大喊冤枉，只是微微含笑，在证明公冶长准确翻译了鸟语之后，狱吏并没有马上放了他，而是多次证明，以至于证明他还能听懂猪和燕子的语言。从始至终，公冶长从容入狱，从容出狱，君子的坦荡与端庄、仁爱与担当尽显其中。

作为一个能够与自然万物交流的奇人，一个坦荡仁爱的君子，公冶长得到孔子的青睐，也算是理所当然了。

事实证明，孔子果然慧眼识珠。公冶长与孔子之女婚配后，生下两个儿子，一个叫子犁，早亡，一个叫子耕。他一生治学，鲁国君主多次请他出任大夫一职，他一概不应，而是继承孔子遗志，教学育人，寄情山水，平安一生。

3. 孔子嫁侄女：邦有道，不废，邦无道，免于刑戮

孔子侄女是孔子的兄长孟皮的女儿，孟皮去世后，孔子像照顾亲生女儿一样照顾侄女，到了婚配年龄，孔子就给侄女找了个好夫君——南宫适。

子谓南容："邦有道，不废；邦无道，免于刑戮。"以其兄之子妻之。

孔子评价南宫适："国家政治清明之时，不被废弃；国家政治昏乱之时，也不会因犯法而受刑罚或被处死。"于是把自己的侄女嫁给他。

孔子对南宫适颇多褒奖：南容三复白圭，孔子以其兄之子妻之。

南宫适将《诗经·大雅》中关于白圭的诗句反复吟诵："白圭之玷，尚可磨也；斯言之玷，不可为也。"意思是，白玉上的污点可以磨去，言语中的错误却无法收回，故说话一定要谨慎。

谨言慎行的南宫适，在天下有道之时能为明君所用，天下无道之时能自保其身。把侄女嫁给他，必然可得一生幸福安稳。

孔子对自己的儿子没有偏爱，没有过分要求，也没有过分期望，他只教导儿子能够有生而为人的担当，其他的一切就顺其自然；孔子为女儿选择夫婿，不看重财富、地位与外表，看中的是仁爱与品格；为侄女选择如意郎君，则首先要保一世平安，寻觅一个终身可以托付的良人。两位爱女生活无忧，就是父辈看似平淡的深切的爱。他将人生中最重要的问题为子女一一考虑清楚，用自己的智慧为孩子们打下生活的基础，孔子看得透，故看得

远、看得准。

孔子希望子女有为、无忧，而对其他家人，也是一样的宽厚。他提倡的仁者爱人，就是从一家人的相亲相爱开始的。

2020年初，一场突如其来的新冠疫情打乱了正常的生活节奏。许多回家过春节的人度过了最漫长的春节假期——春节伊始直至全国疫情得到有效控制之前，家家户户都需宅在原地。有的家庭对这难得的"假期"感到欣喜，终于可以一家人多聚些时光；有的家庭则原本就是被春节的礼数所困，婆媳、翁婿、姑嫂之间恨不得一年只见这一次面、吃顿饭便算了事，却不料走不了、分不开，忽然要一起生活几个月，团圆就成了度日如年。真是几家欢喜几家愁！

然而在全球七十六亿人口之中，能相遇相知，共同组建一个家庭，有父母、夫妻、子女缘分的人，原本是该相亲相爱、珍惜无比的，可现实生活中，却有人把家人从爱人变成了仇人——究其根本，无外乎家庭之中个体成员的利益有所偏差。或父母偏袒某一个儿女而薄待了别的孩子；或儿媳与婆婆之间的矛盾冰冻三尺；或夫妻同床异梦，一方甚至双方怀着其他心思……家庭成员一旦因利益问题反目，轻则彼此仇视不相往来，重则酿成无可挽回的家庭悲剧。

《论语》讲孝悌，讲贤贤易色，讲父父、子子，却并没有完整的语录讲全家成员具体应该怎样相处。孔子开出的必读书目《诗经》讲窈窕淑女，君子好逑；讲之子于归，宜其室家；讲夫妻好和，如鼓琴瑟……也没有讲过具体的一家人要怎样才能摒除纠纷，和睦相处。

而每个家庭，几乎都存在或多或少的家庭矛盾，于是就有了一句古话：清官难断家务事。公说公有理婆说婆有理，可家原本就不是讲理的地方，而是讲爱的地方。无论怎样有理或无理，爱都是化解矛盾的万能解药。

4. 继子的芦花：人不间于其父母昆弟之言

子曰："孝哉闵子骞！人不间于其父母昆弟之言。"

孔子说："闵子骞真是孝子呀！因为他的孝行，旁人没有在他父母兄弟背后指指点点。"

闵子骞何许人也？孔子为何称赞他的孝行？首先看看《论语》中提及闵子骞的其他章句：

德行：颜渊、闵子骞、冉伯牛，仲弓。言语：宰我，子贡。政事：冉有，季路。文学：子游，子夏。

在孔子的学生中，品德行为最好的有：颜回、闵子骞、冉伯牛、仲弓。长于辞令的有：宰予、子贡。擅长办理政事的有：冉有、子路。熟悉了解古代文献的有：子游、子夏。

季氏使闵子骞为费宰。闵子骞曰："善为我辞焉！如有复我者，则吾必在汶上矣。"

季氏派人请闵子骞去做费邑的长官，闵子骞对使者说："请您替我好言推辞吧！如果季氏下次还来召我为官，那我一定会躲避到汶水的另一边去。"

闵子侍侧，訚訚如也；子路，行行如也；冉有、子贡，侃侃如也。子乐。"若由也，不得其死然。"

闵子骞侍立在孔子身边，显得恭敬而正直；子路显得刚强而勇武；冉有、子贡显得温和而快乐。孔子很高兴。接着叹息说："像子路这样的人，恐怕不能善终吧！"

鲁人为长府。闵子骞曰："仍旧贯，如之何？何必改作？"子曰："夫人不言，言必有中。"

鲁国打算翻修一座名为长府的金库。闵子骞说："就这样维持即可，何必非要改建呢？"孔子说："闵子骞这个人平时不大说话，一说便很中肯。"

从上述章句中可以看出，闵子骞是孔子七十二弟子中，以德行著称并且不主张做官的谦谦君子。后来虽然做了官，却能够保持节俭的美德，不肯铺张浪费。而他最被孔子称道的品德，是孝行。他的故事被记载在《二十四孝》中，名为《鞭打芦花》：

传说闵子骞十岁丧母，父续娶后妻姚氏，生闵革、闵蒙二子。继母对亲生的两个孩子十分疼爱，对闵子骞却十分刻薄，平时不打就骂，不给饭吃也是常事。这一切，闵子骞都默默地忍受了。

有一年冬天，闵父带着三个儿子外出，闵子骞为父驭车，天冷鞭坠。闵父怒其不争，鞭之，闵子骞的棉袄被打破了，许多芦花纷纷扬扬地从棉袄里飞了出来。闵父见状，大吃一惊，撕开小儿子的棉袄一看，全是新丝绒，原来是继母偏心。闵父自觉错怪了孩子，抱着闵子骞落下了悔恨的泪水……

回了家，闵父狠狠打了继母一顿，接着又写了一纸休书。继母将被赶出闵家门了，闵子骞见状，一面拉住继母，一面跪在父亲面前哀求道："母在一子寒，母去三子单。"

闵父觉得有道理，就依了闵子骞，把继母留了下来。闵子骞的做法也感动了继母，从此，继母对三个孩子都一样地疼爱了。

一个孩子被继母虐待，没有怀恨在心去找父亲告状，反而默默忍耐，维护家庭的和谐，何其不易！非但不怀恨还为自己的两个兄弟着想，不想让他们与自己一样失去母亲，反过来为虐待自己的继母求情，何其不易！在闵子骞的孝行中，反映了孔子宽仁的思想，恕人恕己——这就是家庭成员相处的原则。

家是彼此原谅的港湾，不记恨家人的过错，不激化家庭中的矛盾，以宽恕的心态对待家人带来的伤害，成全一家之和谐——《论语》虽未讲家人相处之细则，却通过闵子骞的故事将一切讲透了。

5.家人相处：犯而不校

曾子曰："以能问于不能，以多问于寡，有若无，实若虚，犯而不校——昔者吾友尝从事于斯矣。"

曾参说："有才能而向才能不如自己的人请教，学识渊博却向学识不如自己的人请教，不去彰显自己的'有'，虚怀若谷而不令才华横溢，别人冒犯了自己却从不计较——从前我的朋友（颜回）就是这样做的。"

曾参长寿而颜回三十二岁就去世了。这段话是曾参对颜回的怀念之言，前面讲颜回不耻下问、谦虚好学，后面讲颜回待人宽恕。

　　关于颜回的"犯而不校"，《韩诗外传》卷九有相应的记载："子路曰：'人善我，我亦善之。人不善我，我不善之。'子贡曰：'人善我，我亦善之。人不善我，我则引之进退而已耳。'颜回曰：'人善我，我亦善之。人不善我，我亦善之。'三子所执各异，问于夫子。夫子曰：'由之所持，蛮貊之言也。赐之所持，朋友之言也。回之所持，亲属之言也。'"

　　人善我，我亦善之——这是投桃报李，相互友善。而人不善我，我该如何待人，子路、子贡和颜回就有了分歧：子路以直报怨，别人对我不好，我也对他不好；子贡以怀抱怨，别人对我不好，没关系，我慢慢劝化他；颜回以德报怨，别人对我不好，我依旧对他好。孔子总结了一下：子路所说的，是对夷狄的邦交之道；子贡所说的，是朋友相处之道；颜回所说的，是家人相处之道。

　　家人相处，犯而不校——不计较、不报复、不记恨。这就是孔子"恕"的思想。

　　当今社会，离婚率居高不下，或许有很大一部分原因就是因为夫妻二人甚至双方家庭，在处理家庭矛盾时犯而必校。举个最普遍的例子：自古以来，婆媳关系都是家庭中的敏感话题，《孔雀东南飞》之所以酿成悲剧，就是因为婆媳之间存在不可调和的矛盾，婆婆认为儿媳"此妇无礼节，举动自专由"。尽管儿媳一再忍让，却最终难逃被婆婆赶出家门的下场。

　　而如今的家庭矛盾，则变成了婆婆数落儿媳一句，儿媳马上要顶嘴；或者儿媳埋怨婆婆一句，婆婆立刻摆出家长的架势——

于是二人从拌嘴升级为吵架，小矛盾变成家庭纠纷，男人夹在中间成了"难人"，一边要哄母亲，一边要哄媳妇，哄不好就是猪八戒照镜子——里外不是人。

然而假如住在一起的不是婆媳而是母女，事情就好办多了：母亲念叨女儿一句，女儿顶个嘴，母亲基本不会再讲话；女儿埋怨母亲一句，母亲也不会放在心上。母女之间，说话再难听，也犯而不校——血浓于水，血缘之爱无法割舍；婆媳之间，则是一个不小心，就变成了说者无心、听者有意，记在心中成了怨恨。

在正常家庭中，家人不是敌人，没有犯我必诛的必要，因此忘性大——懂得宽恕，是家人能够亲密无间地相处的重要原则。然而这一点，并不适合任何形式的家庭暴力——家暴不在犯而不校的范畴之内，一个忍心对家人实施暴力的人，心理上肯定有问题。遇到家暴，承受暴力的一方首先要"必校"，要保护自己，要在一次家暴之后就严肃地、理性地面对这个问题，不要给对方悔改后实施第二次暴力的机会。因为真正健康的家人关系，虽无须事事处处讲"理"，却一定要讲"礼"。彼此之间以礼相待，互相尊重，而不是一方强势、咄咄逼人，一方弱势，步步后退——当退无可退的时候，当尊严被践踏被凌辱的时候，家的意义就不复存在了。

[链接馨苑] 第八境

从《知否，知否，应是绿肥红瘦》及《天龙八部》想到的

前几年热播的古装剧《知否，知否，应是绿肥红瘦》中，有一个场景是三位姑娘的教习嬷嬷借由她们学习插花时争吵的事由，给这一家人讲家人的相处之道：

孔嬷嬷首先对四姑娘说："这世上之事，大都逃不过个理字。四姑娘，你为人聪明伶俐，事事出色，不过我今日要劝你一句，莫要仗着几分聪明，把别人都当傻子了。须知聪明反被聪明误。你与妹妹们拌嘴，不该开口闭口就是庶出嫡出的，你虽为庶女，却可以养在生母名下，吃穿不愁，你一句不合，便要死要活的撒泼抱怨。第二，你心里念头不好。你口口声声说想学东西，想为家人争光长脸，那你的妹妹们呢？她们就不需要学东西，不需要长脸？今日之事，看似五姑娘挑的头，实则与你大有干系。这十几日来，你处处争强好胜事事抢头，一有不如意便哭天抹泪地怨怪自己是庶出，你这般作为，可念半点姊妹情分？念半丝父亲恩情？"

接着对两位长辈说："儿女众多的人家，父母最要一碗水端平，方能家宅宁静。虽说姊妹之间应该互相谦让，可也得是这个让，或者是那个让，总不能让一头让的，日子久了，父女姊妹之

间，难免生出嫌隙来。"

又对五姑娘说："今日，五姑娘可是真威风啊！原本姊妹拌嘴是常有的事，你气哭了姐姐还火上浇油，口无遮拦地专戳人的心窝肺管子。要知祸从口出，你的脾气必须要改一改，否则将来会惹大祸。"

最后对六姑娘说："六姑娘，你定然觉得自己今天没有错，不该受到牵连是不是？那我今日告诉你一个道理：一家子的兄弟姐妹，同气连枝，共荣共损。日后你若荣耀了，全家都荣耀；你若丢了人全家都跟着丢人，没一个跑的。须知，一个家庭要繁盛，必得兄弟姐妹齐心协力才是，往往许多大家庭都是从里头败起来的，望姑娘们深鉴。"

孔嬷嬷讲了四个持家之道：第一，长辈要力求公平；第二，同辈要彼此谦让；第三，亲人之间要注意说话的分寸；第四，一家人荣辱与共，必须团结和睦。

能够做到这四点，家庭矛盾自然消弭于无形，而《论语》将这四点提炼总结成了四个字：犯而不校。

再说《天龙八部》。金庸小说《天龙八部》中记载了一段有趣的三角恋：谭公、谭婆和赵钱孙三人老来相会，一见面便因年轻时的情感纠纷在众人面前争执。谭婆本来是赵钱孙的师妹，被他唤作"小娟"，两人原本相爱，可结局却是小娟嫁了谭公，成了谭婆，赵钱孙一世孤单。为何如此？原文给出了答案：

谭公突然满面怒色，向谭婆道："怎么？是你去叫他来的么？怎地事先不跟我说，瞒着我偷偷摸摸。"谭婆怒道："什么瞒着你偷偷摸摸？我写了信，要徐长老遣人送去，乃是光明正大之事。就是你爱喝干醋，我怕你唠叨啰唆，宁可不跟你说。"谭公道："背夫行事，不守妇道，那就不该！"

谭婆更不打话，出手便是一掌，啪的一声，打了丈夫重重一个耳光。谭公的武功明明远比谭婆为高，但妻子这一掌打来，既不招架，亦不闪避，一动也不动地挨了她一掌，眼见他挨打后脸颊红肿，又见他从怀中取出一只小盒，伸指沾些油膏，涂在脸上，登时消肿退红。一个打得快，一个治得快，这么一来，两人心头怒火一齐消了。旁人瞧着，无不好笑。

只听得赵钱孙长叹一声，声音悲切哀怨之至，说道："原来如此，原来如此！唉，早知这般，悔不当初。受她打几掌，又有何难？"语声之中，充满了悔恨之意。

谭婆幽幽地道："从前你给我打了一掌，总是非打还不可，从来不肯相让半分。"赵钱孙呆若木鸡，站在当地，怔怔地出了神，追忆昔日情事，这小师妹脾气暴躁，爱使小性儿，动不动便出手打人，自己无缘无故地挨打，心有不甘，每每因此而起争吵，一场美满姻缘，终于无法得谐。这时亲眼见到谭公逆来顺受、挨打不还手的情景，方始恍然大悟，心下痛悔，悲不自胜。数十年来自怨自艾，总道小师妹移情别恋，必有重大原因，殊不知对方只不过有一门"挨打不还手"的好处。"唉，这时我便求她在我脸上再打几掌，她也是不肯的了。"

小娟对师兄始终有一个心结——犯而必校。在爱情面前，受了点儿委屈就要计较、要报复回来，又如何算得上深爱呢？于是她嫁给了犯而不校的谭公。

释文 殷有三仁 周有八士

出自论语微子第十八

微子去之箕子为之奴比干谏而死孔子曰殷有三仁焉

周有八士伯达伯适伯突仲忽叔夜叔夏季随季騧

在前边一章讲到的 4 月 6 日召开的组委会第 1 次会议上，王平提议，应尽快组织一次专家座谈会，以尽早求得专家的批评指教，力争少走弯路。这个提议得到大家的一致赞同。

2019 年 5 月 12 日——这时，已有完成了压平工序的半成品千余字，还有一些已钤印墨书编码的成品，已有几方印章作品，以及樟木箱的样品。在西苑饭店的一间 400 多平方米的大厅里，我们把印章和樟木箱摆在小几上，把榜书按章摆在地上，章与章之间还留出了走道，以方便专家们近前审阅。

王平主持了这次座谈会。申万胜、徐里、言恭达、张飙、张旭光、刘恒、张志和出席了会议。会前，冯远发来了视频发言，杨朝明发来了音频发言。

会后，我们按照专家意见，用了几天时间，认真审查成品半成品，撤换重新书写了 150 多字。各位专家的意见，对于整个项目的开展具有重要指导意义。

我们将用 3 章篇幅，在每章介绍 3 位专家的指导。专家们的指导意见都非常深刻非常具体，我们在这里仅仅是摘录其中的部分内容呈献给您。

[时人新事] 第九篇

学术顾问倾心力　鼓励指导严要求（一）

先来介绍冯远，我们在 [时人新事] 第五篇已经讲过他的故事，在这里主要讲他为座谈会准备的视频发言。他因带着艺术家代表团去三沙慰问未能到会。

冯远先生是著名国画家、艺术教育家，中国文联副主席、党组成员、书记处书记，中国艺术研究院博导等。他还是中央文史馆副馆长，中国美术家协会名誉主席，第十一、十二、十三届全国政协委员。有评论说，冯远是中国画坛的领军人物，他创作的《世纪智者》《屈原与楚辞》等著名画作，是力求传达出宏大时代精神的代表。

冯远在发言中指出：以榜书形式书写中华文化的经典——《论语》，作为文化传承的一种样式，表达对中国传统文化的一种礼敬，并且作为中华人民共和国成立 70 周年的献礼，向建党一百周年的献礼，是一件非常有意义的事情。

前段时间我在工作室里看到了啸宏同志书写的这些作品，可以说是近年来他所书写作品中最刚正大气、中正端庄的。

可喜可贺！衷心祝愿他和他的团队顺利完成这一部榜书作品。

杨朝明先生是博士,是孔子研究院院长、研究员、博导师,国际儒学联合会副理事长,中华孔子学会副会长,第十三届全国政协委员,曾任曲阜师范大学历史文化学院院长。他还是中国孔子基金会学术委员。杨朝明主要从事孔子、儒学与中国传统文化的研究,研究重点在中国早期文明和儒家文献,先后主持承担三项省社会科学规划课题,参与三项国家社科规划研究课题等。

在此之前,我只见过杨朝明一次。那是在3月中旬,我专门约了他向他请教,对于这次公益项目他给了我很多非常好的意见。

杨朝明在音频发言中说:说到《论语》,对中国人它代表着传统文化,对外国人它代表着中国思维。《论语》其实是生命面向生活的思考,孔子乃至《论语》的编者想告诉人们,面对生活的各种安排,每个生命都应该有理性的认知。只有这样,才能去自觉信奉、遵守人们共有的道德,而活出生命的精彩。

"榜书《论语》"意义重大,这是历史上的首创,对于发挥传统文化的作用,对于推广孔子儒学,将会意义重大。

申万胜先生是中国书法家协会第四、五、六届副主席、顾问,中国国家画院院委兼书法篆刻院研究员,故宫博物院中国书法研究所特聘研究员,第十届全国人大代表,第十一届全国政协委员。曾任解放军艺术学院院长兼党委书记,少将军衔。出版有《红楼梦诗词书法集》《申万胜书法集》《中国书法大典·当代书法名家系列作品集·申万胜》等。申万胜书法成就被中央电视台、《人民日报》、《中国书法》、《解放军画报》等数十家新闻媒体作专题报道，个人传略辑入《中国历代书法家人名大辞典》《中国书法家名鉴》。

申万胜在座谈会上说：这是很有意义的事情，主题好，立意高，用当代书法的形式来呈现中华民族最经典的著作内容，立意符合时代的要求。用颜体表现《论语》，我认为更有内在的联系。从风格上从精神层面上是相一致的是相通的，表现《论语》的博大精神和中华民族的精神气质，选用颜体楷书表现《论语》可取。

现在只是创作了一部分，精神头还比较足，写得比较认真。《论语》全文一万多字，最后也不能写软了，不能急躁毛糙。颜体楷书表现，笔墨要到位，不到位容易被别人挑毛病，尤其是大字，颜真卿的味要很足，需要一个字一个字地抠，边写边把握，感觉不太行的字再重新写，争取最终写出来之后真正成为精品。

申先生是一位和善待人的长者。记得第一次向他请教，是在一次展会上，申先生正好过来看我的参展手札，我抓住难得机会请他指教。申先生认真地回答我的问题，耐心地给我指导，令我受益匪浅，至今记忆犹新。

[论语心得] 第九话

与讲礼之人好讲理　与行正之人可言政

《论语》不厌其烦地讲"礼"，按照老子的逻辑，越提倡什么，证明越缺乏什么。

孔子生活的春秋末期，礼崩乐坏，作为具有极其重要的社会功能和政治效用的原始礼仪——周礼，已经被经济实力强大的新兴贵族赤裸裸地违背了。

而与此同时，"礼"作为一种人道精神、仁爱思想以及合乎道德的行为规范的承载形态，也在动荡的社会环境中逐渐丧失了。孔子因此而痛心，因此而疾呼——他心心念念维护的、想要回归的周礼，并不仅仅是一个历史性的符号，不能片面地认为，孔子对"周礼"的遵循仅仅是旧贵族反对社会进步的落后思想。"礼"中所包含的人性和仁爱，才是孔子真正在意并不断强调的。

1. 礼与情：礼，与其奢也，宁俭；丧，与其易也，宁戚

林放问礼之本。子曰："大哉问！礼，与其奢也，宁俭；丧，与其易也，宁戚。"

林放问孔子什么才是礼的核心意义？孔子说："这是个大问

题啊！礼仪，不追求奢侈，而是通过俭朴的陈设来表达敬意；丧祭之礼，更不应浮华铺张，而是要承载真挚的哀戚。"

孔子强调，礼仪只是承载情感的一种形式，这种形式，不在于多么繁复多么奢华，而在于是否真诚。因此礼的本原是情，是情感上的质朴、纯真。

子曰："麻冕，礼也；今也纯，俭，吾从众。"

孔子说："用麻线织成的布来做礼帽，这是符合古代礼制规定的；而现在大家都用丝织成的布做礼帽，虽然在材料的制作上违背了古礼，但只是外在形式的不同，尊重古礼的实质还在。出于节俭和易于制备的角度考虑，我服从现在的做法。"

这段记录非常明确地表达出孔子对古礼的遵从是有变革和取舍的。其原则为，可以舍弃和变更的部分，是纯粹的外在形式规范；而需要坚持到底不可动摇的，则是以内心情感为基础的行为活动。帽子用麻还是用丝来做，无伤大雅，可以因其遵循节俭易制而改良。

对于承载情感的礼，孔子规范得非常细致：

问人于他邦，再拜而送之。

托人给别国的朋友送礼品慰问，要两次行礼为使者送行——这表达的是真挚的谢意，不能只行礼一次来敷衍。

见齐衰者，虽狎，必变。见冕者与瞽者，虽亵，必以貌。

凶服者，式之。式负版者。

有盛馔，必变色而作。

迅雷风烈，必变。

见到穿丧服的人，即便是与自己往来甚密的朋友，也一定要肃容而待。见到戴礼帽的司礼仪者和双目失明的乐人，即便相互之间很熟悉，也一定要表现得有礼貌。

乘车时遇见穿着送丧服饰和身着丧服的人，均要俯身伏在车前的横木上，以表达哀戚之礼。

在举行规模较大的祭祀活动时，必须肃容站立。

在电闪雷鸣、狂风大作的自然现象面前，同样不容放肆，需严肃神情。

孔子如此细致地规范神态，是在强调日常生活中待人接物的礼节礼仪。遇到丧事神色严肃，表达的是同情、哀戚；面对陈列的祭品肃容起身，表达的是尊敬；在疾风迅雷到来之时严肃庄重，表达的是对自然的敬畏。

可见孔子极重情，他通过遵守日常生活中的礼节礼仪来表达情。因此在看到直接关联内心情感活动的礼仪被违反时，他内心是非常悲痛的：

孔子谓季氏："八佾舞于庭，是可忍也，孰不可忍也？"

三家者以《雍》彻。子曰："'相维辟公，天子穆穆'，奚取于三家之堂？"

孔子首先心痛地批判季氏："天子才能用八人一队，共八队的乐舞，而如今你们竟然用八人规格的乐舞在自家庭院中表演，这样违礼的事都忍心去做，还有什么事不忍心去做呢？"

接着又批判鲁国的"三桓"，即三个大家族：孟孙、叔孙、季孙，他们三家在祭祖之后，演奏着《雍》诗撤去祭品。孔子说："《雍》诗唱的是：'四方诸侯，都来助祭；天子仪容，美好静穆。'这如何能用在三个氏族的庙堂上？"

氏族——新兴的有权势、有资产的贵族，已经越来越不把天子放在眼里了，因此做出了许多僭越礼法的行为。孔子对此深深惋惜——一旦氏族越礼，则将打破社会原本维系的平衡——尊重不存在了，礼法不遵守了，接下来就是发动篡权的战争了。战争导致社会动荡、百姓流离失所，天下将为个别人的欲望承受痛苦。这是孔子不愿见到的。

2.礼与道：礼之用，和为贵

有子曰："礼之用，和为贵。先王之道斯为美，小大由之。有所不行，知和而和，不以礼节之，亦不可行也。"

有子说："礼如果能够达到和谐的效果，就是可贵的。以前圣王们治理国家，最可宝贵的就是这个道理。无论大事小事，都遵循了和谐的原则。但假如只是为了和谐而追求和谐，就会出现行不通的情况，不用礼的规范来制约调整就不能真正的达到和谐。

礼的作用是促进人际关系的和谐，同时又不能为了追求和谐而故作和谐，这是辩证的思想。

作为一种重要的交往手段，礼能够让双方谦让包容、和平共处。例如：在出入商店餐厅的时候，成年男士主动为老人为女士为孩子开门，并扶着门等着被让行的人过去再关门。而被让行的人往往会说谢谢。即便是一家人，往往也会这样。这个看似不经意的小小细节，便是符合"礼"的举动，既体现了对长者对女士的尊重，也体现了对弱势的保护意识，这体现了一种社会责任。回应一句谢谢是给正能量点赞；也要给说谢谢的人点赞。

在生活的细节中讲礼，表现出来的是自身的素养。

再比如，晚辈和长辈出门，应该走在长辈的身侧或后方，而不是嫌弃长辈走路慢，远远跑在前面，让长辈在后面追。这些看似细微的"礼"，表达的是晚辈对长辈的关怀照顾。

与朋友聚餐，看到自己爱吃的菜端上桌，一筷子下去夹走半盘，是非常不礼貌的行为；用筷子搅动盘子里的菜，翻捡自己喜爱的食物，也是不礼貌的行为。只夹盘子中在自己面前的三分之一范围内的菜，才是比较礼貌的行为。

礼之用，和为贵，究其根本，是给他人方便，彼此谦让，营造和谐的氛围。孔子以射箭为例：

子曰："君子无所争。必也射乎！揖让而升，下而饮，其争也君子。"

孔子说："君子不与人相争，如果非要说君子也有争的话，一定是在比赛射箭的时刻：彼此作揖行礼以示谦让，然后登台比赛；射箭结束，彼此再次作揖行礼以示友谊第一比赛第二，然后下台；最后重又上台，彼此作揖以示对比赛结果的认可，并罚负者喝杯酒，胜者陪饮。这样的竞争真是君子之争啊。"

一次比赛，三次行礼，分别是比赛前、比赛后、结果公布后。由于有了这些礼仪的规定，射箭比赛之中争夺胜负的心意，不会被带到比赛之后，因此双方能够和谐、和平，故而这样的比赛本身就是君子之争。

现在的许多球赛，赛场需要制定出一系列规范观众的礼法，因为在比赛激烈的时刻，往往会发生赛事尚未结束，双方的观众已经先开始斗殴的场景；甚至在赛后会出现观众打群架的现象。

因此，礼仪能够对和谐起到维护作用。

但如果不按照礼仪的标准，只是刻意追求和谐，又会怎样呢？那就会变成伪和谐的滥觞——唐朝诗人张打油所作的一首打油诗可以为之意会：天地一笼统，井上黑窟窿；黑狗身上白，白狗身上肿。诗名为《咏雪》。

读诗本来就是"一千个读者有一千个哈姆雷特"，在此只是个人解读，不做严肃分析：上天下雪，希望能够制造一个统一的白色世界，可惜雪遮不住井，于是留下了黑窟窿。而这愚蠢的方式造就出来的"统一"是什么呢？是黑狗身上白，白狗身上肿——与伪和谐何其相似！

3. 礼与教：道之以德，齐之以礼，有耻且格

阙党童子将命。或问之曰："益者与？"子曰："吾见其居于位也，见其与先生并行也。非求益者也，欲速成者也。"

阙里的小孩子来向孔子传话。有人问孔子："这是个精进求学的小孩吗？"孔子说："我看他坐在应该是成年人坐的位置上，又见他与长辈并肩而行。证明这个孩子不是个精进求学的孩子，是个急于求成的孩子。"

文中的小孩，坐在长辈的位置上，又与长辈并肩而行，证明

他并没有注意到自己的言行不符合身为晚辈的规范。举个例子，导师带学生参加活动，学生事事处处抢在导师前面表现，这会让别人怎么看待这位学生呢？别人不会认为这个学生很有能力，而是会认为这个学生对导师没有基本的尊重与礼貌。

因此，将礼仪教育推向社会，是可以教化民心的事。

子曰："上好礼，则民易使也。"

孔子说："如果身居高位者喜好并遵行礼制，那么群众就容易遵守规章制度。"

如果身居高位者，比如董事长总经理举止言谈待人接物全无礼数，那就上行下效，全公司的人也将礼仪抛诸脑后，乱象可以想象。

子曰："道之以政，齐之以刑，民免而无耻。道之以德，齐之以礼，有耻且格。"

孔子说："用政令来教导民众，用刑罚来惩治民众，民众往往会心存侥幸之念规避惩罚而不顾廉耻；用道德来教导民众，用礼仪来规范民众，民众就会明辨是非并且真心归服。"

老子与孔子又一次达成一致，老子说："民不畏死，奈何以死惧之？若使民常畏死，而为奇者，吾得执而杀之，孰敢？"

孔子谈及德政与刑政的关系，认为以德、以礼治民，才能引人向善，反之，严刑峻法只会让百姓为了利益，不顾廉耻地铤而走险。

老子则直接说，以暴政逼迫百姓，百姓就会不怕死地抗争，统治阶级怎么能用死来威吓百姓呢？若百姓都怕死，一有人做坏事就被抓起来杀掉，那还有谁敢胡作非为呢？

两位圣贤都认识到了一个问题：当刑罚越来越重时，社会就会更加不安宁。因此孔子认为，假如能够"道之以德，齐之以礼"，则百姓就能心甘情愿地服从管理。

因此，礼已经成为一个不得不去慎重审视的政治问题了。

4. 礼与政：居上不宽，为礼不敬，临丧不哀，吾何以观之哉

定公问："君使臣，臣事君，如之何？"孔子对曰："君使臣以礼，臣事君以忠。"

鲁定公问："君主使令臣下，臣下侍奉君主，彼此应该怎样做才能够相互协作？"孔子回答说："君主使令臣下要依礼，臣下侍奉君主要尽忠。"

而鲁定公之所以有此一问，则证明当时的社会，君臣关系已经混乱不堪，君主不知道该拿臣子如何是好，臣子也不知道要怎样对待君主。君臣之间的诚信、承诺皆已不复存在——这是君臣双方失礼。

孔子认为，位于上层的君主，即国家统治者的失礼，是导致社会动荡不安的直接因素：子曰："居上不宽，为礼不敬，临丧不哀，吾何以观之哉？"孔子说："居于领导地位不宽以待人，行礼时不严肃认真，参加丧礼的时候没有哀戚之情，这样的现象我怎么看得下去！"

礼的作用是表达敬：君与臣或上下级之间彼此尊敬，君主对天下万民的生命心存敬意，或领导者把群众的利益放在心上，生

者对逝者恭敬追思。而孔子身处的时代则是，臣子骄泰，君主茫然，刑罚愈加泛滥，丧礼徒具形式。此三种现象背后的本质就是：当时的社会已经不存在"仁"了——君臣相互猜忌、滥杀滥刑以治民，对故去之人不悲伤追思。于是孔子大声疾呼："人而不仁，如礼何？人而不仁，如乐何？"

5. 礼与仁：克己复礼为仁

季子然问："仲由、冉求，可谓大臣与？"子曰："吾以子为异之问，曾由与求之问。所谓大臣者，以道事君，不可则止。今由与求也，可谓具臣矣。"曰："然则从之者与？"子曰："弑父与君，亦不从也。"

季子然是鲁国的大夫，与"八佾舞于庭"的季孙氏是同族人。他来问孔子："子路、冉求可以算得上是大臣吗？"孔子回答："我以为你来问别的什么事，原来只是问子路与冉求啊！我们说的大臣，应该用仁义之道辅佐君主，如果行不通就宁肯辞职不干。目前，子路和冉求只可以算是有才干的臣僚吧。"季子然又问："那么，他们会一切顺从季氏吗？"孔子说："杀害父亲和君主的事，他们是不会顺从的。"

用一句网络流行语来概括孔子对季子然问题的回答，那就是："你们年轻人不讲武德，耗子尾汁！"——意思是：季氏呀，好自为之吧！

对于季氏的僭越礼法的行为，孔子非常不满，同时他认为具备独立政治品格的臣子，才是真正的大臣。正所谓"鸟则择木，木岂能择鸟？"——《左传·哀公十一年》。僭越礼法的季氏，其本质是不仁，对于不仁之人，完全可以不必辅佐他。

子曰："恭而无礼则劳，慎而无礼则葸，勇而无礼则乱，直而无礼则绞。君子笃于亲，则民兴于仁。故旧不遗，则民不偷。"

孔子说："恭敬但不知礼则会疲惫劳倦，谨慎但不知礼则会懦弱胆怯，勇敢而不知礼则会冲动闯祸，直率而不知礼则会偏激伤人。在上位的君子，对于亲族感情深厚，百姓就会趋于向仁德；不遗弃故交旧友，百姓就不会人情淡薄。"

礼是仁政的前提。

前面讲到了礼的作用是和——和气，和睦，和谐；在这里还有一个解释：调和，即有关各因素配合有度，起到好处的意思。恭敬、谨慎、勇敢都是美德，然万事万物过犹不及，以礼为规范和标准，能够避免因过分恭敬而产生倦乏，因过分谨慎而瞻前顾后，因一味好勇惹下祸乱，因过于直率而尖刻偏激冲动伤人。礼是一把尺子，以仁为刻度。

《大学》云："一家仁，一国兴仁；一家让，一国兴让……尧舜帅天下以仁，而民从之。"

《中庸》云："仁者，人也，亲亲为大。"

礼之所以能够达成"和"的效果，皆因为和的本质是追求仁，于统治阶级而言，就是追求仁政。

挖掘孔子所处时代仁政的本质，发现又回到了起点：亲亲。

子曰："能以礼让为国乎？何有？不能以礼让为国，如礼何？"

孔子说："能以礼让为宗旨来治理国家吗？有什么困难吗？如果不能以礼让的宗旨来治理国家，推行礼法还有什么意义呢？"

让，谦让，礼让，退让。仁是礼的本质，和是礼的效果，让是礼的手段。

荀子曾说："礼起于何也？曰：人生而有欲，欲而不得，则不能无求；求而无度量分界，则不能不争；争则乱，乱则穷。先王恶其乱也，故制礼义以分之。"

控制自己的欲望，相互谦让而不争抢，就合乎礼。

同样在古装剧《知否，知否，应是绿肥红瘦》中，女主角盛明兰的父亲被皇帝怀疑参与了皇家立储之争，而明兰曾说过的一番话救了父亲："贤与不贤，易于伪装，难以分辨，可嫡庶长幼，便是一目了然，不必争执。庶子若是真贤德，便不会为了一己私欲，毁灭家族。反过来说，嫡子掌权，若是能够约束庶子，使其不敢犯上造次，也能永葆昌盛。大丈夫当忠君爱国，不如做个纯臣，何必无谓争执。"

嫡庶之间能够礼让不争，则一家、一国安宁，这便是仁。而仁的起源是亲亲为大，是孝悌，国君如能以礼让的态度来治理国家，那么天下就会亲仁、宽仁，而不会有祸乱了。

《易经》六十四卦，其中有一卦名为"地山谦"：山原本高于地，而此卦乃为地下有山之象，表现的就是谦和、谦让——山本高大，但处于地下，高大显示不出来，此在人则象德行很高，但能自觉地不显扬。

因心中怀仁，故而能谦，谦和、谦仁，谦谦君子

6. 礼与祭：生，事之以礼；死，葬之以礼，祭之以礼。

或问禘之说。子曰："不知也。知其说者之于天下也，其如示诸斯乎？"指其掌。

有人向孔子请教关于只有天子才能使用的祭天地祭先祖的大祭盛典的礼仪程序知识学说。孔子说："我不知道。但懂得这种学说的人，对于治理天下，就像把天下放在这里一样简单吧！"一边说，一边指着他的手掌。从实质上看，孔子是在说，像禘祭这样的祭祀大典，礼仪是一方面，更重要的是要具备治理天下的德行与才能。

祭如在，祭神如神在。子曰："吾不与祭，如不祭。"

孔子祭祀先祖的时候，便好像祖先真的在自己面前；祭祀神的时候，就好像神明真的在自己面前。孔子说："我如果不能亲自祭祀，绝不会请别人代劳，请人代劳如同没祭一样。"

子曰："生，事之以礼；死，葬之以礼，祭之以礼。"

孔子说："父母在世的时候，要按照礼节规范侍奉他们；父母去世以后，要按照礼节规范安葬他们，按照礼节规范祭祀他们。"

这三段讲了一个道理：为什么要延续祭祀所用的礼呢？因为礼所承载的含义是慎终追远——从天子才有资格举行的，对天地、祖先的大祭；到一个家族祭奠自己的先祖；再到儿女祭奠亡

故的父母，表达的都是人间最真挚的情感：追思。

追思→缅怀→感恩先祖→感佩天地宇宙→体悟天人合一→爱众生→亲亲为大→孝悌→追思

当一位天子真正掌握了禘祭的学说时，就能够从慎终追远出发，完成上面的这个循环：缅怀和感恩先祖诞下我们，令我们有衣食、启智慧；继而感佩长养万物、造化人类的天地宇宙；在这份纯然、澄澈的体悟中，洞悉我们每一个个体，与天地实为一体；因而了解众生与我并无本质上的分别，我即众生，众生即我，由爱自我而爱众生；而所有众生当中，直接给予我之生命的乃父母亲人，因而亲亲为大；于是懂得孝悌为百善之首；故回归到对先人的追思之中。

能够完成这个循环的人，就是对众生万物有真感情的人，因此，他治理天下必然施行仁政，以至于民心归向。如此，执掌天下，怎么不像低头看看自己掌心的纹路那般简单呢？

讲到礼，就一定要讲到政，在《论语》和孔子的思想体系之中，礼与政是不可分的。甚至可以说，《论语》一书，通篇都在言政。

或谓孔子曰："子奚不为政？"子曰："《书》云：'孝乎惟孝，友于兄弟，施于有政。'是亦为政，奚其为为政？"

有人对孔子说："你为什么不当官从政呢？"孔子答道："《尚书》中说：'讲孝悌才是最重要的。孝敬父母，友爱兄弟，将这种风气影响到执政的官员中去。'这也是参与政治。为什么一定要做官才算是参与政治呢？"

孔子谈学习是在言政，谈孝悌是在言政，谈仁是在言政，谈礼是在言政，谈理想的社会面貌更是在言政。

讲到此处，"政"实在没有什么好讲的，就像《神雕侠侣》中杨过造访独孤前辈的剑冢，除了3把宝剑之外，还看到一把已经腐朽的木剑，冢内记载："四十岁后不滞于物，草木竹石均可为剑，渐入无剑胜有剑之境。"孔子言政，也已经到了"不滞于物"的境界，每一句话几乎都可以言政。

因此我们不讨论"政"是什么，只看孔子最直接的教诲——谁在为政，以及如何为政。

孔子曰："天下有道，则礼乐征伐自天子出；天下无道，则礼乐征伐自诸侯出。自诸侯出，盖十世希不失矣；自大夫出，五世希不失矣；陪臣执国命，三世希不失矣。天下有道，则政不在大夫。天下有道，则庶人不议。"

孔子说："天下有道，制礼作乐和出兵打仗等国家大事都由天子决定；天下无道，则国家大事任由诸侯决定。由诸侯把持朝政，大概率十代亡国；由大夫把持朝政，大概率五代亡国；由家臣把持朝政，大概率三代亡国。天下有道，国家政权就不会落在大夫手中。天下有道，老百姓就不会对国家政治议论纷纷。"

孔子想说，篡权者不长久。第一，篡权本身是不忠不仁的行为，非民心所向；第二，篡权之人名不正，言不顺；第三，篡权者需当心自己被篡权。

故孔子以为，最理想的状态是执政者是天子，像尧舜一样的爱民、身正、有德的天子。

7.政者之正：政者，正也。子帅以正，孰敢不正

季康子问政于孔子，孔子对曰："政者，正也。子帅以正，孰敢不正？"

季康子问孔子怎样为政。孔子回答："政，这个字的意思就是正。你自己带头端正做出表率，谁敢不端正呢？"

孔子还说："苟正其身矣，于从政乎何有？不能正其身，如正人何？"如果自身正了，对于治理国家政务还有什么困难呢？如果不能端正自身，那怎么要求别人端正呢？

又说："其身正，不令而行；其身不正，虽令不从。"为政者自身正了，即使不发号施令，老百姓也会去干；自身不正，即使三令五申，老百姓也不会服从。

何谓正？第一点是正名：

子路曰："卫君待子而为政，子将奚先？"子曰："必也正名乎！"子路曰："有是哉，子之迂也！奚其正？"子曰："野哉，由也！君子于其所不知，盖阙如也。名不正则言不顺，言不顺则事不成，事不成则礼乐不兴，礼乐不兴则刑罚不中，刑罚不中则民无所措手足。故君子名之必可言也，言之必可行也。君子于其言，无所苟而已矣。"

子路对孔子说："卫国国君正等待着您去治理国家，您准备先从何着手呢？"孔子说："首先一定是正名分，也就是说首先要纠正那些与名分有关的用词不当的问题。"子路说："有这样做的吗？老师您太迂腐了！这名分有什么可正的呢？"孔子说："仲由，你真是口不择言，说话粗野呀。君子对于他不了解的学问，总是采取存疑的态度，你怎么能自己不懂还断然否定别人呢！用词不正确，说起话来就不顺当合理；说话不顺当合理，事情就办不成；事情办不成，礼乐也就不能兴盛；礼乐不能兴盛，刑罚的执行就不会得当；刑罚不得当，百姓就不知怎么办好。所以，君子说话行文一定要用词准确正确符合名分，才能说话顺当合理，说出来才一定能行得通。君子对于自己的言行，是从不马马虎虎对待的。"

孔子提出了正名的重要性，然而正名需要如何去证明却没说，其实原本名正言顺的根本无须正名，正者自正，因此子路就说，老师您过于迂腐了，这个名分怎么正呢？后面孔子其实没有回答子路问的"怎么正"的问题，而是直接正面告诉子路，非正不可！

有个成语叫名不副实，还有个成语叫实至名归。名与实，是一对依存关系，有实才有名，否则就是虚名，虚名如何正都是虚。

但有了孔子的言论在先，天下篡权者皆争着给自己洗白，他们正名的方式无外乎是让天下名士归顺自己，承认自己的统治地位，这些名不副实的篡位者为了以名求实，杀了不知多少不肯归顺的名士。于是中国古代文学史上有了魏晋风骨那浓墨重彩的一笔，《广陵散》诉不尽铿锵之音，撼天动地却成绝响。

第二点为正身。君身正，民方行。

首先是端正人伦之常，回到君君、臣臣、父父、子子的规范上。

进一步是端正自己的言行：季康子患盗，问于孔子。孔子对曰："苟子之不欲，虽赏之不窃。"季康子苦于鲁国盗贼猖獗，向孔子请教。孔子不客气地说："如果你自己不贪图财富，即使奖励偷盗的行为，百姓也不会去偷盗。"孔子讲了一个道理：如果当政者为官者不贪财，则可通过教化，使民风尚朴，民也不贪财，不贪财的百姓怎么会去偷盗，怎么会贪"赏"而去偷盗财货呢。

更进一步是端正自己的心念，即以心向仁：季康子问政于孔子曰："如杀无道，以就有道。何如？"孔子对曰："子为政，焉用杀？子欲善而民善矣。君子之德风，小人之德草，草上之风，必偃。"

季康子向孔子请教政治，说："如果杀掉无道的坏人，亲近有道的好人，这个措施怎么样？"孔子回答："你治理国家，为什么要用杀戮的方法？你要真想把国家治理好而向善行善，人们自会向善从善。为政者的道德追求像风，人们的道德追求像草，风吹在草上，风向哪边吹，草就向哪边倒。"

第三点为正气。子路问政。子曰："先之，劳之。"请益，曰："无倦。"子路问为政之道。孔子说："自己先要身体力行做表率，然后再让老百姓辛勤劳作。"子路请求孔子再进一步讲讲。孔子说："不要倦怠。"如果为政者自己一身正气，以身作则，勤政务实，事事都做好了表率，并且从不懈怠，那么百姓也会效仿，政治目的就实现了。

8. 政者之直：举直错诸枉，则民服

哀公问曰："何为则民服？"孔子对曰："举直错诸枉，则民服；举枉错诸直，则民不服。"

鲁哀公问孔子："怎样做能使百姓服从统治？"孔子回答说："提拔正直正派的人，令其位居于心术不正之人之上，百姓就服从统治；反之，提拔心术不正之人，令其位居于正直正派之人之上，百姓就不服从统治。"

孔子还说："举善而教不能则劝。"意思是能够提拔使用好人，教育能力稍差的人，就是引导教导鼓励激励人们向善向上了。

任用贤能、正直的人，让正气能够压制邪气，自然政治清明，民心归向。任用心地纯善的人，并且为能力不足的人提供学习的机会，同样能够端正风气。

孔子清楚，官场不可能是一方净土，而是势力盘错的深潭，因此需要统治者慧眼识珠，首先能够辨识曲直忠奸。如何辨识？《论语》给出了这样答案：仲弓为季氏宰，问政。子曰："先有司，赦小过，举贤才。"曰："焉知贤才而举之？"子曰："举尔所知。尔所不知，人其舍诸？"仲弓当上了季氏家的总管，向孔子请教如何管理政事。孔子说："给工作人员带头，不计较他们的小过错提拔优秀人才来任职。"仲弓问："怎么找到优秀人才并把他们提拔起来呢？"孔子说："提拔你所发现的，至于你没发现的优秀人才，难道别人也发现不了吗？"

然而这个答案也并不那么令人满意，确实有许多默默无闻的

贤才仍然会一直得不到重用。当然，孔子是在教仲弓怎么当好主管，而不是回答让天下贤才尽被善用的问题。不必求全。

前几年一家著名大公司的年会上，几个人改编了《沙漠骆驼》的歌词，将之变为吐槽公司的《释放自我》，一经转载立刻比原歌还火，其中的歌词："什么独立人格／什么诚信负责／只会为老板的朋友圈高歌"以及"有成果那又如何／到头来干不过写 PPT 的／要问他业绩如何／他从来都不直说／掏出那 PPT 一顿胡扯"堪称唱出了无数普通员工的心声：许多公司似乎向来不看重埋头苦干的老实人，而那些会钻营、懂得讨好领导的人则有更大几率得到重用。如此便是"举枉错诸直"，导致的结果是"民不服"，继而导致真正努力的员工离职，形成劣币驱逐良币的循环。长此以往，这样的公司也要走下坡路。

然而这也就提出了一个更犀利的问题——如何在鱼龙混杂的公司里，既保持勤勉踏实的工作作风，又能让自己的能力被高层认可呢？答案在于脚踏实地善于务虚敢于创新——做创造价值、证明价值的事。

9. 政者之勤：居之无倦，行之以忠

最好的员工，不是每天加班最多的人，而是最能创造价值的人。想要做到创造价值，首先要做的是真正的勤奋，也就是孔子提倡的"居之无倦，行之以忠"。在工作岗位上不倦怠，不懈怠，在执行任务时讲求忠信——即我们所说的，干一行就爱一行，就干好一行。

怎样才能干好？孔子的学生子张早就问过这个问题：

子张学干禄。子曰："多闻阙疑，慎言其余，则寡尤；多见阙殆，慎行其余，则寡悔。言寡尤，行寡悔，禄在其中矣。"

多听、多看、谨言慎行，同时主动思考，能够在工作中发现问题，理清思路，就能找出创造价值的方向。在公司里，每个员工首先都是劳动者——将领导交代的工作做完、做好，得到一份相应的薪水，这叫有偿劳动；但并非每个员工都是创造者——将领导交代的工作尽量快地做完、做好，用节省下来的时间寻找公司未来发展的机遇，而后对其做出实际考察，最终确定实施方案，并付诸行动，这就是创造者，那么收获的将不仅仅是薪水，还有创造附带的价值。

10. 政者之德：为政以德，譬如北辰，居其所而众星共之

子曰："巍巍乎，舜禹之有天下也，而不与焉。"

孔子赞叹道："崇高而伟大啊，舜、禹坐拥天下却不与其事，既顺应时势而非强得；又任贤使能，无为而治；还不图享乐，不以为私。"

子曰："无为而治者其舜也与？夫何为哉？恭己正南面而已矣。"

孔子说："能做到从容淡定，不必事事亲力亲为，而使天下太平的君主，大概只有舜一人吧？他做了什么呢？只是庄严端正地坐在朝廷的君位上罢了。"

子曰："禹，吾无间然矣。菲饮食而致孝乎鬼神，恶衣服而

致美乎黻冕，卑宫室而尽力乎沟洫，禹，吾无间然矣！"

孔子说："对于禹，我没有非议之处！他自己粗茶淡饭，却以丰盛的祭品祭祀鬼神；自己的衣服很破旧，却拿出华美的衣料来做祭祀时穿的礼服；自己住着低矮破败的宫室，却尽力兴修水利，疏通沟洫。对于禹，我没有非议的地方啊！"

孔子提倡德政，认为舜和禹都是圣王明主，能够无为而治，天下归心，禹能够俭于己身而勤于民事，孔子赞颂其谦德。

叶公问政。子曰："近者说，远者来。"

叶公向孔子请教什么是政治。孔子说："你所管辖的人民生活幸福、喜悦和睦，使境外的人心悦诚服地来投奔你、来归附你。"

子曰："为政以德，譬如北辰，居其所而众星共之。"

孔子说："为政者要注重自身的道德修养，并以自己符合道德的言行来垂范社会教化民众，再以符合道德规范的政令措施来治理国家，那么为政就会像北极星那样，自己处在他该处的位置上，众星都环绕着他。"

孔子认为，德政是天下最好的政治，施行德政的统治者拥有粉丝无数，他们就像环绕着北极星的群星那样簇拥着他。这是为政的艺术魅力，也是施行仁政者自身的人格魅力。

在孔子身上，既闪烁着现实主义关心当下、关注现实人生的务实与真诚，又闪耀着理想主义者的浪漫与超凡卓越。上古的圣王我们无从考证他们是否真如孔子所言，拥有几近完美的仁德。孔子筑就了一个梦，他给予我们的是不断向这个梦靠近的动力。

一如康德在《实行批判》中所言："有两种东西，我对它们的思考越是深沉和持久，它们在我心灵中唤起的惊奇和敬畏就会日新月异，不断增长，这就是我头上的星空和心中的道德定律！"

康德还说："一个民族有一些关注天空的人，他们才有希望；一个民族只是关心脚下的事情，那是没有未来的。"

孔子就是那位脚踏实地，仰望天空的人。

[链接馨苑] 第九境

《江村即事》记趣

唐贤司空曙，字文明，一说字文初。文明公之诗作字句婉雅，性情闲淡。其《江村即事》曰：

> 钓罢归来不系船，江村月落正堪眠。
>
> 纵然一夜风吹去，只在芦花浅水边。

余诚爱之。

友知余之所好，于千里之外书中堂一幅相赠。余急展之，墨香袭人；喜观之，墨迹醒神。然则，首句"钓罢"写成"罢钓"；次句"江村月落"写成"月落江村"。如此一来，首句令通篇意境全非；次句使格律粘对大乱。捧友人书作，憾哉，惜哉。再，一日，京城数友雅集。某君落笔便是"罢钓"。余疾呼错了错了。君茫然，遂示案头一袖珍书册。余恍然悟得，原来此等错法也是错得有书为据。诚然，文传千古，版本繁杂，良莠参差，不足为奇。至若，编纂付梓者，作书挥毫者，竞皆失慧眼，岂不悲哉，哀哉。

又，余曾一时兴起，步文明公《江村即事》韵，戏和一首。曰：

> 钓罢归来紧系船，江鲜未炖怎堪眠。
> 火星蘸酒乘风去，月醉芦花浅水边。

或曰：

> 钓罢归来紧系船，一瓢江水炖江鲜。
> 火星蘸酒乘风去，月醉芦花浅水边。

此二稿何者为优，尚在推敲难定之中。然，文明公之为钓者，兴致使然，钓罢安眠，禅境也，至美矣；余之为钓者，为鱼而为，钓得必食，功利也，亦善矣。嗟夫，对话古人，心仪而发，然时空旷远，立意或异也。

文明公之婉雅闲淡，为余之欲学当学而又唯恐难以学得者也。且记之。谈笑耳。

丁酉暮春记趣事二则

啸宏于得一阁灯下

释文宽则得众

出自论语尧曰第二十

宽则得众信则民任焉敏则有功公则说

篇次 二十　章次 一　頁次 一百四十一

010

在这一章里，我们继续向您介绍专家座谈会上专家发
言的简要情况

[时人新事] 第十篇

学术顾问倾心力　鼓励指导严要求（二）

　　徐里先生是中国美术家协会分党组书记、常务副主席，博士生导师。作品连续入选第七、八、九、十、十一届全国美展及20世纪中国油画展、第二届中国油画展、第三届中国油画展精品展、首届中国油画学会展等国家级展览并获奖。作品被中国美术馆、中国国家博物馆、人民大会堂收藏。曾被授予乌克兰大使奖、美国国家艺术委员会"杰出艺术成就奖"，俄罗斯艺术科学院荣誉院士、比利时东方文化骑士勋章等。油画作品《对话》收藏并陈列于意大利达·芬奇博物馆。出版有《徐里海外写生作品集》《中国油画50家——徐里油画作品集》《墨趣——徐里中国画作品集》《中国山水——徐里油画作品集》《徐里书法集》《吉祥雪域——徐里油画作品集》等书。

　　徐里在发言中指出，总书记提出"文化自信"，文化是一个国家一个民族的灵魂。在这个时间节点用书法的形式把中国传统文化当中最具代表性的《论语》用榜书的形式表现出来，这也是时代特色，是对中国传统文化发自内心的一种情怀表达。

　　这次公益活动的形式是非常大胆的创意，这是我们当代艺术家，最前卫的艺术家思考的东西。今天啸宏团队用书法的形式创作一件这么宏大的作品，这种形式这种气魄是过去从来没有过的。

这个行为本身也是一件作品。艺术讲究创意，讲究独特的形式，后面有很多文章可做。

言恭达——这个名字我们已经熟悉了，在第一章的第一个"微电影"里，就有他指导我写榜书的情景，他还为我们这个公益项目题写了"经典传承·榜书论语"八个大字。

言恭达先生是清华大学教授，博导，第五、六届中国书法家协会副主席，全国教育书画协会副主席兼高等书法教育分会会长，第十一、十二届全国政协委员，享受国务院特殊贡献津贴专家。他先后担任过中国书法家协会评审委员会委员、篆刻委员会主任，江苏省文联副主席，书记处书记，中国书协培训中心教授，中国标准草书学社副社长，南京大学、东南大学、南京航空航天大学兼职教授，南京大学美术学院书法研究生课程班教授，中国沧浪书社总执事。其作品被选刻于全国各地100多处碑林，并被中国国家博物馆、中国美术馆等国内外100多家博物馆、美术馆、纪念馆和人民大会堂收藏。有多篇论文编入《当代中国书法论文选》，曾获中国文联"第五届全国文艺评论"二等奖，"第七届全国文艺评论"一等奖等。出版了《抱云堂》等书画专集与《抱云堂艺评》等专著，及《当代书法名家》(字帖)并教材，参与合编《六体书法字典》《中国书法名作鉴赏辞典》等。

言恭达在座谈会上说，这个公益活动的宗旨定位定得好，做了一件功德无量的大事，因此是大格局、大情怀、大思维、大气象。它传承的是当下的正大气象，用鸿篇巨制呼应着我们这个时代到底要什么，我们缺什么的思考。文化不是一种单纯的技巧性的彰显传播的东西，而是一种精神一种思想。

我们呼唤时代文化精神的时候，我们需要这样一种书法的鸿篇巨制，以书法艺术堂堂正正告诫每一个中华儿女，尤其我们的青年人该如何面对今天的时代，你该做什么。

书法艺术的内核或者核心要素是笔法，一笔一画不能草率，写多了以后也不能放低要求，从中锋用笔到颜字特定的形式要到位。既要有气势又要有笔画，用墨我主张要能够有一点渴墨。

榜书又要大又要精不容易。大、精结合得好，又厚重又安静。对存在明显缺点的，特别是结构方面有问题的字要重写。

篆刻方面，国维先生从刻印的理念，包括选择的印的风格出发，制印作品和颜体比较相符。

张飙先生是中国书法家协会顾问，中华海外联谊会常务理事，中国宋庆龄基金会理事，和平世界书画院院长，中国将军书画研究院艺术顾问。曾任中国书协驻会副主席、分党组书记。张飙习练书画已逾30年。始学油画，作品70年代曾入选成都市美展。70年代后期又钻研国画及书法篆刻，先习"小篆"，后练"行书"，广采众长逐渐形成自己的风格。书法作品曾作为出访代表团的礼品赠送给10多个国家的国际友人。北京邮政局曾印制发行了《张飙书法专辑》邮政明信片。

张飙在座谈会上说，现在还有人做这个事情我很震撼。过去有句话叫作"万事开头难"，但是现在看来，这个事开了头以后就更难了。一万六千个榜书大字，是对传统文化的热爱，是对中华民族的热爱，没有这种爱不能做这个事情。

啸宏在写字，要花很大工夫。国维在刻章，国维的章很好，国维是有家传的篆刻名家。"每篇一印"的 20 方印章是 20 厘米见方的，也要花很大的工夫。

顺便说一句题外话，张飙先生还曾任《科技日报》总编，他目前正干着一件有意义的事。他以《科海追星》为题，以一首诗词配一篇小短文的形式，介绍一位做出杰出贡献的中国科学家。当我写到这里时，他给我发来的新作是《致敬缅怀桥梁专家方秦汉院士——〈科海追星〉之一百三十四》。

[论语心得] 第十话

长夜漫漫以信为灯　长路漫漫与德同行

《韩非子·外储说左上》记载了一则关于曾子杀猪的故事：

曾子之妻之市，其子随之而泣。其母曰："女还，顾反为汝杀彘。"妻适市来，曾子欲捕彘杀之，妻止之曰："特与婴儿戏耳。"曾子曰："婴儿非与戏也。婴儿非有知也，待父母而学者也，听父母之教，今子欺之，是教子欺也。母欺子，子而不信其母，非所以成教也。"遂烹彘也。

曾参的妻子要去逛街，孩子不让妈妈走，还要跟着去，为了哄好哭闹不休的孩子，当妈的就说："乖，妈妈回来杀猪给你吃。"逛街回来以后，曾子的妻子发现自己的夫君真把家里的猪捆起来要杀了，吓得她赶紧阻止："我这不是哄孩子的话吗？怎么你还当真了？"曾子说："孩子不能骗，孩子还不懂得分辨是非，一言一行都是学着父母的样子，你今天骗了他，他记住了，就学会了骗人，并且从此就会不信任你，你以后说的话，他就不听了。"给妻子讲完这段大道理，曾子就把自家的猪杀了炖了。

这个故事反映了诚信的思想。孔子倡导言而有信，认为守信是为人的基本条件。

1. 失信三名单：人而无信，不知其可也

子曰："人而无信，不知其可也。大车无輗，小车无軏，其何以行之哉？"

孔子说："人不守诚信，没有信誉，真不知道在社会上如何立足。这就好比牛车和马车都没有连接前面横木的卡扣，那要它如何能行走呢？"

我特意百度了一下輗和軏的图片，作为科普了解一下古代车的构造图：

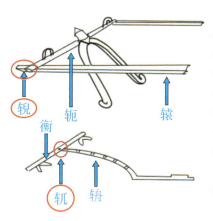

辕：车前驾牲畜的直木，夹在牲畜两旁，适用于大车。

辀：驾在牲畜当中的单根曲木，适用于小车。

軛：车辕前端驾在牲口脖子上的横木，适用于大车。

衡：车辕前端驾在马脖子上的横木，适用于小车。

輗：车辕前端与軛相连的销钉，用于大车。

軏：车辀前端与衡相连的销钉，用于小车。

如图所示，輗和軏都是销钉，也就是能够固定和连接横木的重要零件，孔子用輗和軏来比喻诚信，证明诚信是个人与社会之间相连接的关键，因此失信之人，将会被整个社会抛弃。

孔子生活的两千多年前，没有互联网，没有手机，因此一个人如果不守诚信，失去信誉，顶多是在他所生活的范围之内被耻

笑，假如他离开家乡，隐姓埋名重新生活，就不会有人知道他曾经违背信义的事。

而当今社会，互联网已覆盖了我们生活的方方面面，那些不守信用、欠钱不还的"老赖"被登上"失信人员名单"后，可以在瞬息间被全国各地知晓——这就真的是寸步难行了。

孔子认为，宁可丢掉性命，也不能丢掉信誉：

子贡问政。子曰："足食，足兵，民信之矣。"

子贡曰："必不得已而去，于斯三者何先？"曰："去兵。"

子贡曰："必不得已而去，于斯二者何先？"曰："去食。自古皆有死，民无信不立。"

子贡请教为政之道。孔子说，"粮食充足，军备充足，赢得人民的信赖。如此而已。"子贡问："如果不得不舍弃一项，那么在三项中先舍弃哪一项呢？"孔子说："舍弃军备。"子贡说："如果不得不再舍弃一项，那么这两项中舍弃哪一项呢？"孔子说："舍弃粮食。自古以来人总是要死的，如果不能赢得民众的信赖，那么国家就不能存在了。"

历史上因失信而造成严重不良后果的例子有很多——周幽王烽火戏诸侯，褒姒一笑失天下的故事大家耳熟能详。如今在世界范围内，各个国家的经济命脉紧密相连，国与国的邦交更加体现了信誉的重要性。就算是超级大国，如果信誉被不断透支，也必将承受失信带来的反噬。

2.四好学生：子以四教：文，行，忠，信

子以四教：文，行，忠，信。

孔子从四个方面教导弟子：学问、德行、忠心、诚信。

这四点缺一不可，学问代表谋生的技能，德行代表处世的行为准则，忠心代表对待工作的态度，诚信维系与人交往的通道。

信，除诚信外，在《论语》中还有被信任、得到信任的意思。

子夏曰："君子信而后劳其民；未信，则以为厉己也。信而后谏；未信，则以为谤己也。"

子夏说："君子必须在得到信任后去役使百姓，否则百姓会认为这是在折磨他们。同样，臣子必须在得到信任后再去进谏，否则君主会认为你在诽谤他。"

如何得到信任呢？《论语注疏》曰："……君子若在上位，当先示信于民……若为人臣，当先尽忠于君……事上使下，皆必诚意交孚，而后可以有为。"

商鞅在变法的过程中曾为了示信于民而"立木为信"，这个小小的举措迅速取得了人民的信任，成为实施变法的诚信基础。

北宋时期著名的文学家、政治家晏殊，凭借自己的诚实，取得了君主的信任，因而成就了他一代名臣的荣誉。

尤瓦尔·赫拉利撰写的《人类简史》中有这样一段文字："在认知革命之后，传说、神话、神以及宗教也应运而生。不论是人类还是许多动物，都能大喊：'小心，有狮子！'但在认知革命之后，智人就能够说出'狮子是我们部落的守护神'，'讨论虚构的事物'正是智人语言最独特的功能……然而，'虚构'这件事的重点不只在于让人类能够拥有想象，更重要的是可以'一起'想象，编制出种种共同的虚构故事……这样的虚构故事赋予智人前所未有的能力，让我们得以集结大批人力、灵活合作……而且能和无数陌生人合作。正因如此，才会是人类统治世界。"

无论是西方《创世纪》的故事，还是我国古代盘古开天地、女娲造人、后羿射日的故事，都是可以"一起"想象的虚构故事。威廉·戈尔丁的小说《蝇王》通过一群世界大战期间流落荒岛的孩子，复刻了人类从虚构故事到相信并承认故事，再到发展出部落图腾的过程。在没有DNA检测的古代，共同相信一个故事的集体聚在一起生活、劳动，构成人类城邦的雏形。

因此从人类有智慧以来的最最古老的时期开始，"信"就是维持人类社会生活的必要条件，人们通过示信、取信来获得信任，然后用自己的行动维护信誉。公司的品牌效应，就是通过好产品获得口碑，打造品牌故事，最终获得品牌的。一个娱乐文化公司要包装一位艺人，也是要给艺人营造一个令大家喜爱、相信的"人设"。当我们说某某明星"人设崩塌"的时候，就是指此人做出了违背自己"人设"的事情，导致失信。

而很多人生活中必不可少的信用卡，也遵循这个程序：银行以用户的个人月收入、家庭收入等稳定、值得信赖的钱款数目为基础，承诺每个月为用户提前支付一笔款项，我们手中就有了一张信用卡——信用卡真实可用，是银行在履行自己的承诺，维护银行的信誉。用户的信用卡所绑定的储蓄卡，每个月都会结算上个月的消费支出，能否按时还款，全部还清还是分期还清，就是用户在以还款的方式履行自己办理信用卡时对银行的承诺，维护自己的信誉。

双方都维护信誉，这张信用卡就是持续有效的。一旦某一天银行倒闭，信用卡无法透支；或用户无法还清欠款——只要信誉两端的任何一方出现失信现象，信用卡都会随之失效。

两千多年前的古人如果穿越到今天，看到今人将信誉赋予了实体钱币的功效，一定会赞叹我们的智慧！

3. 守信准则：信近于义，言可复也；恭近于礼，远耻辱也；因不失其亲，亦可宗也

子张问行。子曰："言忠信，行笃敬，虽蛮貊之邦行矣。言不忠信，行不笃敬，虽州里行乎哉？立则见其参于前也，在舆则见其倚于衡也，夫然后行。"子张书诸绅。

子张问孔子，如何才能使自己无论走到哪里，都可以畅通无阻地与他人共事？孔子说："说话算话，讲究诚信；做事认真，以礼法为准则，那么即使到了蛮貊地区，也可以通达。说到不做到，行事没有规矩，就算是在本乡本土，谁愿意和你共事呢？心中要始终有诚信的意识，站在那里，就仿佛看到忠信笃敬这几个字出现在面前；坐在车里，就好像看到这几个字展现在车辕前的横木上。这样才能使自己到处行得通好办事。"子张把这些话写在腰间的大带上。

子张将"言忠信，行笃敬"写在腰带上，相当于是给自己写

下座右铭，行住坐卧，待人接物，都以此为标准。孔子讲这段话的意思，是告诉子张为人处世的基本原则，因此只强调了"我该做什么"，而没有强调"在什么情况下"。守信也是需要前提的。孔子就曾经不守信：

子曰："君子贞而不谅。"

孔子说："君子要坚定地遵循大义正道，而不应该固执地守着有悖于大义正道的小节小信。"

守信的前提是符合义，不符合义的诺言不需要兑现。

《史记·孔子世家》记载："过蒲，会公叔氏以蒲畔，蒲人止孔子。弟子有公良孺者，以私车五乘从孔子。其为人长贤，有勇力，谓曰：'吾昔从夫子遇难于匡，今又遇难于此，命也已。吾与夫子再罹难，宁斗而死。'斗甚疾。蒲人惧，谓孔子曰：'苟毋适卫，吾出子。'与之盟，出孔子东门。孔子遂适卫。子贡曰：'盟可负邪？'孔子曰：'要盟也，神不听。'"

孔子周游列国时，路过蒲地，遇上公叔氏据蒲反叛卫国，蒲人阻止孔子继续前进。孔子的弟子公良孺，自己带了五辆四匹马拉着的大车跟随孔子，他身材高大有才德，且有勇力，叹气道："我从前跟随老师周游在匡地遇到危难，如今又在这里遇到危难，这是命里注定的。与其见到老师再次遭难，我宁愿搏斗而死。"公良孺于是拔剑召集众人，跟蒲人打起来，打得很激烈，蒲人害怕了，对孔子说："如果你不到卫国去，我们就结盟，放你走。"孔子与他们订立了盟约，蒲人放孔子从东门出去。刚离开蒲地，孔子马上命令弟子直奔卫国首都，子贡遂问孔子："盟约难道可以撕毁吗？"孔子答："我是被胁迫发誓的，这样的誓言神才不信呢！"

有子曰："信近于义，言可复也；恭近于礼，远耻辱也。因不失其亲，亦可宗也。"

有子说："所订立的约言如果符合或接近道义，则所做出的承诺，应当兑现。谨慎庄矜合于礼，则不致受到轻侮。依重不会疏远不会忘记他应当亲近者的人，这种人是可靠可信可用的人。"

儒家没有刻板地强调守信，而是指出，任何契约的遵守都要有符合道义的前提。有人用刀架在脖子上逼我们发誓，脱困后就无须遵守承诺。

中国古代有一个极端守信的故事叫"尾生抱柱"，最早出现于《庄子·盗跖》：

"尾生与女子期于梁（桥）下，女子不来，水至不去，抱梁柱而死。"

一个叫尾生的男子与心爱的姑娘约定在桥下相会，姑娘迟迟不来而河水大涨，尾生抱住桥柱不肯离去，最终被水淹没。

以生命为代价遵守约会的承诺，其痴心诚可悯乎，而其愚痴不可取也！

当今社会，法律的制约相对完善，因此我们说，这是一个诚信守法的时代，如孔子那般被人胁迫而发誓，可以伺机报警。而如尾生那般等不到心爱的女子，可以发个微信。因此这些极端的例子较少出现在我们的生活中。社会体系内，信誉的维护在法律的保护下形成闭环，因此守法公民大多不会做出失信之举。

我们在做到不失信于人同时也要做到不失信于己，却往往做不到不失信于己。

办了健身卡，去过一次两次就丢在一边：健身从明日开始；买了单词书，背过前面几页就束之高阁：工作太忙，顾不上学……这样的例子举之不尽，无论制定多少计划，总逃不过今日复明日，明日何其多的死循环。

在失信于己的状态下虚度光阴，我们的人生就只能留下一个又一个遗憾了。因此，子张写在腰带上的那句"言忠信，行笃敬"，我们也该当做座右铭，挂在书桌前，或者做成手机桌面电脑墙纸也好啊，时刻提醒自己，对自己说话算话，对自己行为庄重，对自己的生活负责。

诚信与道德密不可分，二者互为根基，守信之人必须要有德，有德之人必须要守信。假如说诚信是连接牛车、马车前面横木的销钉，那么德就是横木本身。

当代的教育提倡德、智、体、美、劳。德育居首。

而当我们生气了骂一个人的时候，总会说两个字：缺德！

孔子曾经向子路感叹说："由！知德者鲜矣。"

"子路啊，懂得德的人太少了！"

那么什么是德？应该如何修德呢？

孔子认为，"德"是一个人最应该具有的品质，他告诉弟子："德之不修，学之不讲，闻义不能徙，不善不能改，是吾忧也。"

孔子总说不担心别人不懂他，只担心自己做得不好，具体怎样算做得不好？就是上面这句话所包含的内容：不修品德，不讲学问，听到了知道了义在哪里却不能赴之趋之从之，自身的问题自身的毛病不能改正——这就是孔子所忧虑的，也是所有知识分子应当自我反省的。

孔子还明确地指出了几种与德不符的行为：

子曰："巧言乱德。"

孔子说："花言巧语可以败坏道德。"为什么呢？因为花言巧语的人，喜欢说一些夸大其词的大话和一些无法兑现的空话，没有诚信可言，故而败坏道德。

子曰："群居终日，言不及义，好行小惠，难矣哉！"

孔子说："整天凑在一起瞎混，不去讨论道义方面的话题，而是喜欢卖弄小聪明，这种人是很难教导成才的。"

联系起来看，孔子厌恶花言巧语的人，认为说漂亮话、谎话、阿谀奉承的话，都是败坏道德的；孔子还觉得每天聚在一起八卦，谈论的内容都是些与道义无关的琐事逸闻，没有正经事做，还喜欢耍小聪明，这样的行为也不是有德的君子所提倡的。

什么是德？往大里说，君子的品德是气节与担当：

曾子曰："可以托六尺之孤，可以寄百里之命，临大节而不可夺也。君子人与？君子人也。"

曾子说："可以将幼小的孤儿托付给他，可以把国家重任交付给他，在安危生死面前不动摇不屈服不失气节，这就是君子吧？这就是君子啊。"

往小里说，德就是先努力做事，再取得收获，即有"德"才有"得"。

樊迟从游于舞雩之下，曰："敢问崇德、修慝、辨惑。"子曰："善哉问！先事后得，非崇德与？攻其恶，无攻人之恶，非修慝与？一朝之忿，忘其身，以及其亲，非惑与？"

孔子的学生樊迟陪伴孔子在舞雩台下散步，他恭恭敬敬地对孔子说："学生向您请教如何提升自己的品德修养，如何改正自己的心中的邪念，如何做到明辨是非？"孔子说："这个问题问得很好！

先努力做事，事情做好了必然就有收获（而不是一心想着取巧获利，不好好做事），坚持如此，品德修养不就提高了吗？查找并审视自身缺点而不去挑剔别人身上的毛病，长此以往，心中的邪念不就逐渐消除了吗？处事之时，由于一时的愤怒导致情绪失控，没有考虑自身的安危而做出可能危害自己的事，以至于牵连父母担忧挂念，这不就是不清醒的糊涂行为吗？"

努力做事，令自己的品德配得上自己的获得，就是德；那么做事的基本原则又是什么呢？孔子告诉我们两个字：中庸。

4. 何为德：中庸之为德也，其至矣乎！民鲜久矣

子曰："中庸之为德也，其至矣乎！民鲜久矣。"

孔子说："中庸作为道德的规范，可以说是极致了！但是长久以来大家都没有做到，很少能达到这种境界。"

中庸是儒家思想的精髓。孔子的孙子子思专门写了《中庸》一文来解释什么是中庸，说明中庸是道德行为的最高标准，是循

中和之道而为之。

《论语》中虽然没有长篇大论地讲解中庸的内涵，却在零星可见的语录中，指出了中庸的要义：中正平和，不偏不倚，恰到好处，过犹不及。

子曰："骥不称其力，称其德也。"

孔子说："对于千里马一般的人才，不应过分地看重它外在的能力，而更应看重它内在的品质。"

孔子以千里马比喻人才，对于人才，才华能力是肯定要被看中的，但如果过分地看中才华、才能，而不看中品质，一定会有隐患。取中之道，在于既看重才能，又看中品德，就好比一个天平，左边是才，右边是德，不偏不倚。

子曰："如有周公之才之美，使骄且吝，其余不足观也已。"

孔子说："假设一个人拥有周文王那样优秀的才能，却骄傲而且故步自封，那他的才能也就没有什么值得称道，没有什么值得一看了。"

骄傲就是一种心理上的失衡，它深层的心理因素是自卑。越骄傲的人，越自卑，越喜欢炫耀。

将这两句话联系在一起看，就是孔子对人才选拔方面的道德考核：不要过分注重才能，适可而止地注重就够了；恃才傲物的人，哪怕就像周公那般有才能也不取，因为骄傲会使他自满、不再进步，一个没有提升空间的人，再好也就只是到这里为止了。而那些能够正确看待自己，不骄傲也不妄自菲薄，中正和平、坦荡客观的人，才是真正的人才。

子贡问："师与商也孰贤？"子曰："师也过，商也不及。"曰："然则师愈与？"子曰："过犹不及。"

子贡问孔子："子夏（颛孙师）和子张（卜商）二人谁更好一些呢？"孔子回答说："子张做事有些做过头了，子夏做事有些不够火候。"子贡说："那么是子张更好一些吗？"孔子说："过头和不够同样不好。"

孔子在此强调的是"过"的过失：过头、过分、过激都不符合中庸之道，容易走入极端。

当然，子思在《中庸》中所强调的意义，并不只是过犹不及，如果粗浅地概括，则能够在《中庸》中找到三层含义：

第一层：执其两端，过犹不及；不偏不倚，处世折中。不偏之谓中，不倚之谓庸。中者，天下之正道。庸者，天下之定理。中庸之道，意为不偏不倚，折中调和的处事态度。

第二层：君子慎独。道也者，不可须臾离也，可离非道也。是故君子戒慎乎其所不睹，恐惧乎其所不闻。莫见乎隐，莫显乎微，故君子慎其独也。君子是远离人群独处之时，依旧能够不放低对自己的标准的人。慎独之人，做到了多数人不易做到的事：诚实地对待自己，不欺骗自己。因此慎独之人必然是一个有诚信、品德高尚的人。

第三层：真诚坦荡，天人合一。自诚明，谓之性；自明诚，谓之教。诚则明矣，明则诚矣。所谓"诚"，是指真诚；所谓"明"，是指明达事理。为了追求与天道、天性合一的至诚、至善、至仁、至真的人性，因而需要对情感加以约束和限制，故

《中庸》说"喜怒哀乐之未发谓之中，发而皆中节谓之和"，只有"致中和"才能天人合一。而宗炳在《画山水序》中说：澄怀味象。以至诚之心看世界，则世界的本来面目就会显现在我们眼中。因此，真诚是人与天地合一的要义。

5. 德与色：吾未见好德如好色者也

孔子离开鲁国以后，去往卫国，因为他觉得卫灵公应该是一个好国君。卫灵公看到孔子来了非常高兴，马上问孔子，您在鲁国的薪水是怎么算的？孔子告诉他，奉粟六万，于是卫灵公马上说，那我也给您奉粟六万！

但是当时卫国实际的掌权者是卫灵公的夫人南子。南子仰慕孔子的能力和品德，知道孔子来到了卫国，于是很恭敬地请求与孔子见一面。虽然南子名声不好，但孔子还是去见了她一面，子路因此而委屈生气。

接下来又发生了一件让孔子也不开心的事："灵公与夫人同车，宦者雍渠参乘，出，使孔子为次乘，招摇市过之。孔子曰：'吾未见好德如好色者也。'于是丑之，去卫，过曹。"——《史记·孔子世家》

卫灵公派人来请孔子同车巡视国都，原本两人打算同乘一辆车，君与臣可以一边巡视，一边探讨家国之事。然而当孔子与卫灵公打算一起乘车的时候，才发现南子已经坐在车里了。卫灵公是个妻管严，他绝对不敢冒着得罪自己美丽夫人的风险请她下车，不得已只好让孔子坐在后面的马车上。随后南子与卫灵公并肩而坐，招摇过市，孔子的马车跟在其后，一人独坐而寂寥。

于是孔子说出了这句："已矣乎！吾未见好德如好色者也。"并且离开了卫国——孔子深知，与一个事事处处惟夫人之命是从的国君，是没法商议国事、决定国策的。

撇开严肃的国家问题不谈，自古以来，好色几乎都甚于好德——因为好色是人的本性。

德如同一块璞玉，包裹在石块中；而色如盛开的鲜花，一眼望见便被吸引。

引申来看，好德，讲的是追求仁德，君子固然好德。

好色，讲的是追求欲望，人生而有欲望，如无，则无法繁衍。因此，君子也必然好色。

钱穆在解释这句话时说："好色出于诚，人之好德，每不如好色之诚也。"因此，人们对出于本性的色的追求，往往容易过头；而对出于心中道义的仁德的追求，往往容易不够。

按照中庸的理念，过犹不及。因此君子修身，约束对欲望、对色过多的追求，而督促对道义、对仁德所不足的追求，使二者能够平衡、平和。

《论语》中提出了一个"贤贤易色"的观点，意思是，不过分注重妻子的容貌，而是注重妻子的品德。然而有人提出了疑问："如果没有被女子的容貌吸引，又怎么会渴望了解她的内心是不是有德呢？"

由外表及内心，是我们认识一个人的正常步骤，第一眼的印象，看到的就是外表。《诗经·关雎》曰："窈窕淑女，君子好述。"窈窕二字，形象地描绘了姑娘在采摘荇菜时婀娜的身姿。君子是被她美丽的背影吸引，而寤寐思服、辗转反侧。

于是再回到《中庸》，当我们对文本进行过度解读时，就会认为孔子这句感叹是因为好色不好，君子应该好德而不好色；就会认为子夏所说的这句"贤贤易色"是让每个男人不要娶美女为妻。这本身就偏离了中庸思想中"不偏不倚，中正平和"的意义。

其实，无论男女都好色，在心理学中，认为人们追求美好的容貌和身材是远古时期为延续优秀基因而形成的心理因素。

内在美与外在美兼修、兼得，才是我们对美正确的认知。

虽然容貌是父母所生，整容手术又时常失败，但每个人的身材都能够通过后天的锻炼而完善，每个人的容貌也可以通过提升内在的气质而更加动人。

因此，好色的本质其实也是好德：当我们看到一个身材窈窕，举止得体的女子时，我们首先可以判断，她至少是一个自律的人，也是一个爱读书的人。自律与读书，难道就不是修德了吗？

[链接馨苑] 第十境

金庸笔下的中庸

金庸深谙中庸的奥妙，他在《倚天屠龙记》中，通过张无忌修炼武功秘籍乾坤大挪移，来阐述儒家的这个观点：

那第七层心法的奥妙之处，又比第六层深了数倍，一时之间实是难以尽解。好在他精通医道脉理，遇到难明之处，以之和医理一加印证，往往便即豁然贯通。练到一大半之处，猛地里气血翻涌，心跳加快，他定了定神，再从头做起，仍是如此。自练第一层神功以来，从未遇上过这等情形。

他跳过了这一句，再练下去时，又觉顺利，但数句一过，重遇阻难，自此而下，阻难叠出，直到篇末，共有一十九句未能照练。

张无忌沉思半晌，将那羊皮供在石上，恭恭敬敬的躬身下拜，磕了几个头，祝道："弟子张无忌，无意中得窥明教神功心法，旨在脱困求生，并非存心窥窃贵教秘籍。弟子得脱险境之后，自当以此神功为贵教尽力，不敢有负列代教主栽培救命之恩。"

……

小昭道："张公子，你说有一十九句句子尚未练成，何不休息一会，养足精神，把它都练成了？"

张无忌道："我今日练成乾坤大挪移第七层心法，虽有一十九句跳过，未免略有缺陷，但正如你曲中所说：'日盈昃，月满亏蚀。天地尚无完体。'我何可人心不足，贪多务得？想我有何福泽功德，该受这明教的神功心法？能留下一十九句练之不成，那才是道理啊。"

……

哪知道张无忌事事不为己甚，适可而止，正应了"知足不辱"这一句话。

原来当年创制乾坤大挪移心法的那位高人，内力虽强，却也未到相当于九阳神功的地步，只能练到第六层而止。他所写的第七层心法，自己已无法修炼，只不过是凭着聪明智慧，纵其想象，力求变化而已。张无忌所练不通的那一十九句，正是那位高人单凭空想而想错了的，似是而非，已然误入歧途。要是张无忌存着求全之心，非练到尽善尽美不肯罢手，那么到最后关头便会走火入魔，不是疯癫痴呆，便致全身瘫痪，甚至自绝经脉而亡。

如果张无忌是个走极端、钻牛角尖的人，他必然要拿出十二分的精神来，好好学习钻研那搞不通的十九句心法，最终的结果恐怕就是，卒于光明顶，人生故事还没开始就结束了。

释文过犹不及

出自论语先进第十一

子贡问师与商也孰贤子曰师也过商也不及

曰然则师愈与子曰过犹不及

011

在这一章里，我们一起来听一听张旭光、刘恒、张志和三位专家的指导意见。

[时人新事] 第十一篇

学术顾问倾心力　鼓励指导严要求（三）

张旭光先生是中国美术家协会第七届副秘书长，荣宝斋艺术总监，中国书法家协会草书委员会副主任；中国书法家协会原分党组成员、副秘书长，评审委员会副主任，学术委员会副主任；中央美院客座教授，中国美术馆艺术委员会委员，清华大学张旭光书法艺术工作室导师，北京大学书法研究所客座教授，全国总工会书法家协会副主席，联合国特聘书法教授。

张旭光倡导"重读经典"，提出"以现代审美意识开掘书法传统的现代洪流，使创作既从传统长河的源头而来，又站在时代潮头之上，即古即新，走向未来"，提出"到位与味道""发展新帖学""激活唐楷"等思想。他先后在中国美术馆、日本、韩国、美国及联合国总部等地举办个人作品展和交流讲学，在中央电视台、中国教育电视台、中央数字电视书画频道举办讲座和专题节目；作品被人民大会堂、中国美术馆、军事博物馆、京西宾馆和日本、韩国以及欧美国家收藏；出版专著《楷书》教材、《行书八讲》教材、《张旭光批注十七帖》、《现代书法字库·张旭光卷》、《张旭光系列艺术文丛》（四卷本）、《张旭光诗词书法》、《中央数字电视行书技法讲座（四十二讲）》光盘，并有多篇文章发表。

张旭光在座谈会上说，中国书法是一个载道的形式，用榜书来写《论语》，写这么大，把它变成一个现代社会下的艺术形式，这个想法本身很有时代性，很令人震撼，很有价值，很有意义。

写颜体写这么大字，需要很深的功夫，写这么大字的创作，线的丰富性怎么表现，神居何所，神在哪儿？怎么把它表现出来？要在艺术上资源上做足充分的准备。要考虑它的价值流传，不是简单的事情。

真正做得有价值，还需要如对至尊地对待它，把艺术问题、技术问题解决好，把对传统文化进一步思考的问题、以及相关延伸的问题，都解决得更加合理，肯定会成功。

刘恒先生是中国书协理事、中国书协学术委员会副主任、《中国书法》杂志特约编审、西泠印社社员、沧浪书社社员，出版有《中国书法史·清代卷》《历代尺牍书法》《中国书法全集·张瑞图卷》《中国书法全集·倪元璐卷》《篆刻创作大典》等，并有论文多篇发表于专业报刊。

刘恒在座谈会上说，中国历史上有过一些大的工程也很难展示，实际就是一种象征，摆在那里，表示文化上的一种建设。

这个"榜书《论语》"公益项目，它的主要价值通过书法这种艺术形式来宣传展示传统文化，从这个意义上说，书法上需要更精一些。大字难写，更难的是统一，还包括各个字之间的协调关系。既然从书法艺术的角度出发，楷书统一是一个基本要求，这里面还有相对的变化和节奏感，同样需要加以考虑。大字容易写得很有气势，但是细节上点划的起落，笔画之间的搭配都有可以改进的余地。

张志和先生是故宫博物院博士后工作站导师，中国书法家协会理事，全国教育书画协会副会长，享受国务院特殊津贴专家。

张志和是师从启功先生的博士，先后出版《三国演义研究》《中国古代的文学》等专著多部，主编《世界上下五千年》近代史卷，发表论文近百篇。同时，出版书法专集《中国古代的书法艺术》、《启功谈艺录——张志和学书笔记》、《写字》教材（共10册）、《楷书千字文》等。

张志和在座谈会上说，用榜书写《论语》肯定是空前的，没有这么大篇幅，一万六千字，每个字都这么大。这个事情本身是项目组一群人的胸襟和气质的体现，是对传统文化的热爱和对书法艺术的钟情，这一点非常重要，非常好。

我倒建议你不必追求写的完全跟颜真卿一模一样，还是要一定程度上带有自己的特点，这才是好的。

建议边练边写。启功先生就教我们学习唱京剧的人早晨吊嗓子。建议每天在正式创作之前，先练上十几二十个字。现在看这个字虽然是大颜体，很容易让人疲劳，单调了，结构不够惊艳，笔画基本是一个套路。一个大篇幅的书法让人越看越爱看，就需要在艺术上下功夫，在这个过程中要注意精进。

专家们的指导意见太珍贵太难得了！这些针对具体问题的指导意见，都是我自己闷头读多少书闷头练多少年也未必能悟得出来的。

听了专家们的指导意见以后，不仅仅是花了几天的时间，把写过的字认真审验一遍，撤出重写了 150 多张，而且是在以后的书写过程中，把专家们的指导当作座右铭，尽量去体会，尽量去实践，尽最大心力用榜书抄写《论语》。

在作为"后记"之五的《〈榜书《论语》全文〉创作散记》中，我写道：本人仅为书法爱好者，却妄担重任，若以书法艺术论实不足观。然而，余唯愿尽出拙力，聊表寸心，故不避疏浅，在项目同仁支持下，谨遵专家指导，与助理小组诸君勠力不辍，历时两载，终遂所愿。谨以此作致敬书法，致敬经典，或亦可充为当代国人文化自信朴实情怀之汪洋中的一滴水。

在捐赠仪式之后，中国医药卫生文化协会精心制作了"感谢状"，感谢冯远、杨朝明、申万胜、徐里、言恭达、张飙、张旭光、刘恒、张志和九位专家，作为学术顾问对"经典传承·榜书《论语》"公益项目所做的杰出贡献。感谢九位学术顾问。感谢王平的重要提议。

[论语心得] 第十一话

颜回曾参子路子贡　安贫乐道修德修身

据史书记载，孔子教导了三千多名学生，而其中最出色的有七十二位，被称为孔门七十二贤。他们是儒家学派的杰出代表。

《史记·孔子世家》："孔子以诗书礼乐教，弟子盖三千焉，身通六艺者七十有二人。"这七十二位弟子是孔子思想和学说的坚定追随者、实践者。其中的十位弟子，在《论语》中被孔子提名表扬，后世称他们为孔门十哲：

德行：颜渊、闵子骞，冉伯牛、仲弓。言语：宰我，子贡。政事：冉有、子路。文学：子游，子夏。"

这十位弟子中，颜渊、闵子骞、冉伯牛、仲弓以品德著称；宰予、子贡以长于辞令著称；冉有、子路以擅长政事著称；子游、子夏以熟悉礼仪文献著称。

除此之外，孔门以孝著称的曾参，与孔子、颜回、子思（孔子孙）、孟子并称"儒家五圣"。

《论语》中或多或少都有关于这些弟子言行的记载，其中颜回、子路、曾参、子贡四人，个性鲜明，各具特色。

1. 令人钦慕的君子——颜回：回也，其心三月不违仁

《孔子家语·七十二弟子解》记载：颜回，鲁人，字子渊，少孔子三十岁。年二十九而发白，三十一早死。孔子曰："自吾有回，门人日益亲。"回以德行著名，孔子称其仁焉。

孔子极少以"仁"许人，却赞誉颜回的仁，由此可见孔子对颜回的欣赏。颜回比孔子小30岁，却走在孔子之前，他29岁的时候头发就全都白了，31岁去世，也有文献说是32岁或者40岁。无论如何，颜回是短命的。

颜渊死。子曰："噫！天丧予！天丧予！"

颜渊死，子哭之恸。从者曰："子恸矣。"曰："有恸乎？非夫人之为恸而谁为！"

颜回死后，孔子恸哭，极为伤心，说："老天这是要我的命了！"跟在孔子身边的人劝慰孔子说："您过于悲痛了，会有损于身体。"孔子说："这就算是过于悲痛了吗？不为颜回这样的好人的死而悲痛，还为什么样的人悲痛呢？"

颜回有多好呢？他13岁拜入孔子门下，终身没有做官。虽然内向、不怎么爱说话，却极有智慧，能够"闻一以知十"，并且"三月不违仁"。他不仅能够完全理解孔子言论的精髓，还能身体力行，安于清苦，以好学为乐。孔子视颜回为己出，视颜回为最得意的弟子、自己思想的传承者，甚至视颜回为知己。

《论语》中多处记录了孔子对颜回的赞美：

子曰："吾与回言终日，不违如愚。退而省其私，亦足以发，回也不愚。"

孔子说："我整天里给颜回讲学，他却从来没有提出过反对意见或疑问，好像是个愚笨的人。我事后发现他退下以后自己私下里复习研究的时候，完全能够理解我所讲的并能发挥我的看法，颜回并不愚笨啊！"

子谓子贡曰："女与回也孰愈？"对曰："赐也何敢望回。回也闻一以知十，赐也闻一以知二。"子曰："弗如也！吾与女，弗如也。"

孔子对子贡说："你与颜回哪个更有悟性呢？"子贡回答："我怎么敢和颜回比？他学习一件事，可以推演知道十件事；我学习一件事，只能推知两件事。"孔子说："确实不如他，我赞同你的话，是不如他，我和你全都不如他。"

哀公问："弟子孰为好学？"孔子对曰："有颜回者好学，不迁怒，不贰过，不幸短命死矣。今也则亡，未闻好学者也。"

鲁哀公问孔子："在您的弟子中，有谁是好学的呀？"孔子回答："有个叫颜回的弟子好学，他能做到不迁怒于他人，不会再犯同一个过错。可惜他短命死了，现在没有好学的了，没再听说有好学的了。"

子曰："回也，其心三月不违仁，其馀则日月至焉而已矣。"

孔子说："颜回这个学生，可以长久地以心向仁，而不违背仁德，其余的学生则只能在短时间内偶尔想起要做到仁而已。"

子谓颜渊曰："用之则行，舍之则藏，唯我与尔有是夫！"

孔子对颜回说："有明君赏识就入世行道施展抱负，没有就安于清贫的生活以学求道，只有你和我两人能做到这一点吧！"

子曰："语之而不惰者，其回也与！"

孔子说："弟子们听我讲学，能细心领会从不懈怠并付诸实践的，大概只有颜回一个人吧！"

子谓颜渊，曰："惜乎！吾见其进也，未见其止也。"

孔子谈到对颜回的看法时说："可惜呀，他不幸早死！我只看到他精进求学，从未见过他停滞不前。"

而最被孔子赞叹的，是颜回的无欲则刚——

子曰："贤哉，回也！一箪食，一瓢饮，在陋巷，人不堪其忧，回也不改其乐。贤哉，回也！"

孔子说："颜回是多么有修养啊，品格是多么高尚啊！一竹筐饭，一瓜瓢水，居住在简陋的小巷子里，常人都无法忍受对这种穷困清苦生活的忧愁，可颜回却从未因贫穷而改变他好学求道的乐趣与热情。颜回的品质实在是太高尚了呀！"

子曰："奢则不孙，俭则固。与其不孙也，宁固。"

孔子认为安贫乐道是极大的美德。他曾说："生活奢侈就会使人骄傲，生活节俭就会使人固陋。"虽然孔子提倡中庸，并认为过犹不及，但如果非要在骄傲与固陋两者之中选择其一的话，他认为与其骄傲，宁愿固陋。

子曰："士志于道，而耻恶衣恶食者，未足与议也。"

有一个词叫"欲壑难填"，而奢华是饲喂欲望这头猛兽的上乘饲料，当一个人的内心被物欲充满时，他就没有心思再去诘问人生的真正价值了——孔子说："立志于追求真理的读书人，如果以穿打补丁的旧衣服、吃粗茶淡饭为耻，那么他就不是一个真正的求道者，不值得与他谈学论道。"

真正能够做到勇猛精进、坚毅不屈、志向不移的人，是如同颜回这样不以看重物质追求，能够在清苦中保持对求道热忱的人。

通过孔子的评价，可以看出颜回是一个令人钦慕的君子：他谦谨好学、精进不休，不以清贫为苦，只以学习为乐；他聪敏通透，举一反十，从不贰过；他仁心无违，持之以恒，绝不迁怒于人，并将所学之道付诸行动；他终身未仕，却有经世之才、君子之志。

再来看看颜回如何评价自己的老师：

颜渊喟然叹曰："仰之弥高，钻之弥坚。瞻之在前，忽焉在后。夫子循循然善诱人，博我以文，约我以礼，欲罢不能。既竭吾才，如有所立卓尔。虽欲从之，末由也已。"

颜回倾慕地由衷赞叹："夫子之道，愈仰望愈见其高大伟岸；愈钻研愈觉其深不可测。其玄妙不可捉摸——仿若触手可及，却又忽而隐没。而夫子循循善诱，以恰到好处的条理次序和由浅及深的步骤，指引着我们——他既会通过讲述各种文献典籍来丰富我们的学识，又会用一定的礼节来规范我们的行为。在老师的教导之下，哪怕我想要停滞不前，都没办法放慢脚步，情不自禁地继续钻研。尽管竭尽我的才华与精力去追求，却依然无法企及那学养的巅峰——它有如千仞绝顶高高地耸立着，召唤我奋勇攀岩，却又将幽径隐没于山谷，鼓励我自己去向未知探求……"

颜回从三个角度评价了孔子，认为孔子真是一位难得的导师！首先是学养方面，颜回感叹孔子"仰之弥高，钻之弥坚"，其学问如巍巍高山，又深不可测，不可捉摸。颜回对孔子学问的评价，类似老子评价"道"——玄之又玄，众妙之门。

接着讲到了孔子善为人师，循循善诱：依照学生的理解能力、性格特征，有针对性地一一指导。这一点从《论语》中不同的人问孔子同一个问题，而孔子所给出的答案不尽相同就可以一目了然。孔子没有选择照本宣科式的教学方法，而是选择启发性教学，并提出"学而不思则罔，思而不学则殆"，引导学生学与思相辅相成。又通过《诗》《礼》《易》等文献书籍丰富学生的知识、陶冶学生的性情，规范学生的行为，令学生在学习中愈钻研愈产生兴趣，欲罢不能。

最后讲到孔子永远是弟子学习之路上指引方向的明灯：感觉自己有些进步了，再向前，却发现依旧是高山仰止，而前路幽深，不知从何攀援，故而更加激发内在的灵感与悟性，开拓创新。

颜回爱孔子，甚至甚于爱自己的妻儿，颜回追随孔子周游列国时，儿子颜歆还非常年幼。孔子爱颜回，亦当甚于爱自己的亲生儿子孔鲤。父爱子，乃天伦，出于血脉之亲，不得不爱。然而世间更为可贵的，是彼此懂得的两个灵魂的深爱。

追溯二人患难与共的历程，有两件事越回味，越令人感动。

其一：子畏于匡，颜渊后。子曰："吾以女为死矣。"曰："子在，回何敢死？"

由于孔子长得和鲁国的阳货有几分相似，因此在他从卫国去往陈国的途中，经过匡地时，被曾经遭受过阳货掠夺、残杀的匡人误认为是阳货而围困起来。形势危急之时，孔子迟迟没有看到颜回的身影，他倍感焦虑，十分担心颜回在祸乱之中不幸死于非命。直到颜回终于赶来，孔子才又急又气地说："我还以为你死了呢！"颜回理解老师的担忧，回答："老师还活着，学生怎么敢死！"

患难之中，师生二人真情流露，令人动容。

其二：据《史记·孔子世家》记载，孔子被围困于陈蔡之间时，断粮数日，门下许多弟子都累病了，孔子知道弟子们不满意，于是问了子路、子贡、颜回三人同样的问题：

孔子知弟子有愠心，乃召子路而问曰："诗云'匪兕匪虎，率彼旷野'。吾道非邪？吾何为于此？"子路曰："意者吾未仁邪？人之不我信也。意者吾未知邪？人之不我行也。"孔子曰："有是乎！由，譬使仁者而必信，安有伯夷、叔齐？使知者而必行，安有王子比干？"

子路出，子贡入见。孔子曰："赐，诗云'匪兕匪虎，率彼旷野'。吾道非邪？吾何为于此？"子贡曰："夫子之道至大也，故天下莫能容夫子。夫子盖少贬焉？"孔子曰："赐，良农能稼而不能为穑，良工能巧而不能为顺。君子能修其道，纲而纪之，统而理之，而不能为容。今尔不修尔道而求为容。赐，而志不远矣！"

子贡出，颜回入见。孔子曰："回，诗云'匪兕匪虎，率彼旷野'。吾道非邪？吾何为于此？"颜回曰："夫子之道至大，故天下莫能容。虽然，夫子推而行之，不容何病，不容然后见君子！夫道之不修也，是吾丑也。夫道既已大修而不用，是有国者之丑也。不容何病，不容然后见君子！"孔子欣然而笑曰："有是哉颜氏之子！使尔多财，吾为尔宰。"

　　"《诗经》有言：'不是犀牛也不是老虎，却疲于奔命在空旷的原野。'我们的学说难道有不对的地方吗？我们为什么沦落到这个地步？"

　　孔子就眼前的困境发问，子路回答："我猜我们还没有达到'仁'吧！所以别人不信任我们。我猜我们还没有达到'智'吧！所以别人不实现我们的学说。"孔子说："有这些缘由吗？仲由，我打比方给你听，假如仁者就必定受到信任，那怎么还会有伯夷、叔齐？假如智者就必定能行得通，那怎么还会有王子比干？"

　　子贡回答："老师的学说极为宏大，所以天下没有国家能容得下您。老师是否可以稍微降低一点标准呢？"孔子说："赐，优秀的农夫善于播种耕耘却不能保证获得好收成，优秀的工匠擅长工艺技巧却不能迎合所有人的要求。君子能够修明自己的学说，用法度来规范国家，用道统来治理臣民，但不能保证被世道所容，如今你不修明你奉行的学说却去追求被世人收容。赐，你的志向太不高远了！"

　　颜回回答："老师的学说极其宏大，所以天下没有国家能够容纳。即使如此，老师推广而实行它，不被容纳怕什么？正是不被容纳，然后才现出君子本色！"老师的学说不修明，这是我们的耻辱；老师的学说已经努力修明而不被采用，这是当权者的耻辱。不被容纳怕什么？不被容纳然后才现出君子本色！"孔子高兴地笑道："有道理啊，颜家的孩子！假使你拥有许多财产，我给你当管家。"

子路的回答，表明他对孔子的追求的"仁"尚心存疑虑，没有真正理解；子贡则觉得孔子追求得太高远，希望老师能降低"仁"的标准；唯有颜回理解孔子的坚守，二人惺惺相惜。

在同一宇宙时空相遇、相知，又如此贴近的灵魂，比血脉亲情更能够慰藉彼此的孤独。孔子执着的孤独——虽然他说，人不知而不愠；虽然他笃定自己是上天选定的文化的继承者，因此无所畏惧——但能够在秩序道德的荒蛮与困顿中遇见知音，亦足矣慰藉平生。

得遇颜回，是孔子之幸；失去颜回，是孔子之命。

2. 忠勇纯直的侠客——子路：子路有闻，未之能行，唯恐有闻

如果说颜回是如切如磋，如琢如磨的君子，那么子路就是率直纯真、英勇无匹的侠客。

子路名叫仲由，字子路，一字季路，他比孔子小9岁，是个孔武有力的武夫。司马迁在《史记·仲尼孔子列传》中讲过子路的故事：

子路性鄙，好勇力，志伉直，冠雄鸡，佩豭豚，陵暴孔子。

子路性格粗鲁，孔武有力，直率刚强，打扮得非常杀马特：头戴雄鸡式样的帽子，腰间佩公猪皮装饰的宝剑，曾经跑去欺凌羞辱孔子。

于是就有了《孔子家语》中记载的孔子与子路的第一次相遇：

子路初见孔子，子曰："汝何好乐？"对曰："好长剑。"孔子曰："吾非此之问也，徒谓以子之所能，而加之以学问，岂可及哉？"子路曰："学岂益也哉？"孔子曰："夫人君而无谏臣则失正，士而无教友则失听。御狂马不释策，操弓不反檠。木受绳则直，人受谏则圣。受学重问，孰不顺成？毁仁恶士，必近于刑。君子不可不学。"

子路曰："南山有竹，不揉自直，斩而用之，达于犀革。以此言之，何学之有？"孔子曰："栝而羽之，镞而砺之，其入之不亦深乎？"子路再拜曰："敬受教。"

根据描述，我们可以发挥文学想象，略微描述一下当时的情景：

"你喜好什么？"孔子温言而问。

"我喜欢长剑。"子路昂然而答。

孔子望着眼前血气方刚、头戴雄鸡帽子，腰佩猪皮长剑的青年，仿若发现了一块璞玉。于是他微笑着说："我不是问你这个，而是问，你如何看待学习？"

"学习有什么用？"子路粗鲁又不耐烦地说。

孔子没有生气，他依然温煦如初，孜孜教诲："国君没有直言进谏的臣子就会偏离正道，读书人没有诤友益友就听不到善意的批评。驾驭正在狂奔的马不能放下马鞭，已经拉开的弓不能用檠来匡正。木料用墨绳来矫正就能笔直，人接受劝谏就能成为圣人。接受知识，重视学问，谁能不顺利成功呢？诋毁仁义厌恶读书人，必定会触犯刑律。所以君子不可不学习。"

在孔子侃侃而谈，不愠不怒、抑扬顿挫的语调中，子路渐渐收起了最初嘲讽的神态，庄重而恭敬地认真倾听。可他依旧没有放弃自己的观点，再次诘问："南山有竹子，不矫正自然就是直的，砍下来做成箭杆，可以射穿犀牛皮。以此说来，哪儿用学习呢？"

"你所说的南山之竹，将其制成箭杆后如果再装上羽毛，安上打磨锋利的箭头，那么能射穿的又何止是犀牛皮呢？"

孔子用他睿智的双眼望着子路——这个质朴的青年终于无言以对，他摘下了雄鸡帽子，恭敬地施了一礼，说："多谢您的教诲！"

司马迁继续写道："孔子设礼稍诱子路，子路后儒服委质，因门人请为弟子。"

子路换下了自己一身杀马特的装扮，老老实实穿上了儒生的服装，带着拜师的礼物，由孔子门人正式引荐，请求孔子收自己做弟子。

与总被老师表扬的颜回相比，子路是那个总挨批评的学生；而与其他弟子在孔子面前恭谨的态度相比，子路又是最敢顶撞老师、问责老师的人。

只有他会说：子之迂也——老师您太迂腐了吧？

只有他会问：君子亦有穷乎——君子也有穷困潦倒的时候吗？

只有他会生孔子的气：子见南子，子路不悦——孔子为宣传他的主张而拜会了以淫乱著称但对国政极具影响力的卫灵公夫人南子，子路不高兴（子路心疼孔子降低身份去拜会南子，因此不高兴）。

孔子比任何人都欣赏自己这位桀骜不羁、纯任天性的弟子。他完全不伪装自己，将所有的喜怒哀乐明明白白地表达出来。因此当子路真心求学时，那份淳朴的真挚就让他表现出一种急切的、可爱的执着方式：子路有闻，未之能行，唯恐有闻。子路每知道一项道理，如果未能亲身实行，就生怕知道第二项道理。

闵子侍侧，訚訚如也；子路，行行如也；冉有、子贡，侃侃如也。子乐。"若由也，不得其死然。"

闵子骞侍立在孔子身边，恭敬得体；子路显得刚强勇武；冉有、子贡温和快乐。孔子看到自己这些优秀的弟子，心中欢喜，但又接着叹息："像仲由这样，我真担心他得不到善终。"

孔子一方面喜爱子路，一方面为之心忧，他既爱子路直率勇猛的性格，又担心这个完全不懂得迂回婉转的弟子，最终不得善终。出于保护的用心，孔子总是约束、批评、抑制子路的勇——他对他的教诲，虽常常以批评的方式呈现，但所流露的却是包容与真诚的关爱：

子路曰："子行三军，则谁与？"子曰："暴虎冯河，死而无悔者，吾不与也。必也临事而惧，好谋而成者也。"

子路问："如果行军打仗，您带哪个去？"夸耀自己勇武的神态袒露无遗。孔子笑着损他："凭双手打老虎，凭双脚涉大河，死了也不后悔的那个，我可不和他在一起。一定是带那个谨慎考虑、周密布局并且能成事的人一起去。"

子路问："闻斯行诸？"子曰："有父兄在，如之何其闻斯行之？"

子路问："知道了就去做吗？"孔子答："有父亲、兄长在，怎么可以知道了就去做？"

同样的问题，孔子却告诉冉有，知道了就去做。

原因是："求也退，故进之；由也兼人，故退之。"冉求总是退缩，所以鼓励他；子路好勇过人，所以约束他。

子曰："由之瑟奚为于丘之门？"门人不敬子路。子曰："由也升堂矣，未入于室也。"

《孔子世家》记载，子路鼓瑟有杀伐之声，孔子听了很担心。于是他说："子路为何跑到我这里来弹琴？"学生们因此以为孔子认为子路的琴声很难听，故瞧不起子路，孔子于是又说："子路在做学问方面已经很不错了，只是还不够精深罢了。"

孔子对子路也并非都是批评，也有由衷的赞扬：

子曰："衣敝缊袍，与衣狐貉者立，而不耻者，其由也与。'不忮不求，何用不臧？'"子路终身诵之。子曰："是道也，何足以臧？"

孔子说："在这样一个崇尚奢华的社会里，穿着破旧的袍子与穿着狐貉轻裘的人站在一起而没有自惭形秽的，大概只有子路一个人吧。'不嫉妒也不贪求，怎么会不善呢？'"子路听到老师表扬自己，非常高兴，于是每日里念叨这句话，并且把它当作自己的座右铭。孔子说："仅仅把这作为修身之道，怎么足以成就大善呢？"他觉得这个弟子实在太可爱，又太让人没办法，得了一句赞扬就欢喜得像个宝宝。

子路也是真心爱孔子，自拜入孔子门下，他就像曾经离不开手中的宝剑那样，离不开自己的老师。如果他听到任何人说老师的坏话，必定怒不可遏，仿佛要打人一样。于是过了一段时间，再也没人敢说孔子的坏话了。孔子因此感叹："吾自得子路，而恶声不入于耳。"——《史记·仲尼弟子列传》

孔子清楚，子路对自己的追随毫无功利目，纯因敬爱之情所生。因此在他久久不得施展抱负，萌生退隐之心时说："假如我的道行不通，干脆驾一叶扁舟在大海中漂流，那时追随我的，大概只有子路了。"

"道不行，乘桴浮于海。从我者，其由与。"

子路听到这句话心中非常欢喜。

于是孔子又说："由也好勇过我，无所取材。"在这儿要说明一下，对于这个"我"字，很多学者认为应该是繁体字的"义"，以前的书多是手抄的，抄来抄去，就抄成了这样。

意思是："子路勇敢，但有时他表现出的勇敢超过了'义'的规度，这样的勇是不足取的。"——这样的勇敢是令人担心的，是会给自己招来祸事的。

孔子虽然说过"志士仁人，无求生以害仁，有杀身以成仁"，但他并不希望自己的学生在求道的过程中殒命，他时常赞扬如南容那般能在乱世中保全自己的人——邦有道不废，邦无道免于刑戮。

可惜子路的命运，最终还是被孔子言中了。尽管子路善于政事，展现出了无与伦比的政治才华，但他最终为护主而卷入卫国政变的祸乱之中——他本可以不死，可以和子羔一起离开，而他却说："食君之禄，就要救君于难！"食焉不避其难。于是闯入城中，与篡位者的从属们厮杀，令篡位者大为惊恐。然子路毕竟年迈，不复少壮时的勇猛，最终寡不敌众……

临死前，子路端端正正地戴好帽子，说："君子死而冠不免。"随后这位六十多岁的儒生侠士，被乱刀砍死。

孔子听说卫国政变的消息后，脱口而出："柴也其来，由也死矣。"子羔会回来的，子路会丧命的。

当得知子路的惨死后，孔子悲恸万分，在中庭失声痛哭。

3. 一日三省的智者——曾子：人未有自致者也，必也亲丧乎

曾子就是曾参，字子舆，比孔子小四十六岁。他以孝著称，传承了以"孝恕忠信"为核心的儒家思想。曾参和父亲曾点（曾皙）都是孔子的弟子，而曾参是在孔子晚年时期拜入其门下的，他聪颖好学，纯孝仁爱，能够领悟孔子思想的真谛。孔子在临终前，把自己的孙子子思托付给了曾参。

曾参值得我们关注的话语有三类，第一类是讲孝：

曾子曰："吾闻诸夫子：人未有自致者也，必也亲丧乎！"

曾子说："我曾听老师说过，人的情绪、情感在平时是不会表达到极致的，如果有极致的情感表达，那应该是在父母去世的时候吧。"

曾子曰："吾闻诸夫子：孟庄子之孝也，其他可能也；其不改父之臣与父之政，是难能也。"

曾子说："我曾听老师说过，孟庄子的孝行，其他的别人都能做得到，唯独留用他父亲的家臣僚属、不改变他父亲的施政纲领和机构设置，这是他人难以做到的。"

曾子曰："慎终追远，民德归厚矣。"

曾子说："慎重对待父母丧事，追念祖先，这样自然就会引导老百姓的道德趋向于朴实仁厚。"

曾子之孝，无须多言。之前说到过的因为不小心锄断瓜苗被父亲用大棒子打得晕死过去，醒来还弹琴唱歌给父亲听的人，就是曾子。

曾参的第二类言论讲修身和交友：

曾子曰："吾日三省吾身——为人谋而不忠乎？与朋友交而不信乎？传不习乎？"

曾子说："我每天都要多次自我反省，为他人做事是不是真心真意尽心尽力，与朋友交往是不是诚实守信，老师传授的思想学说在实际行动中是不是认真贯彻了？"

曾子曰："君以文会友，以友辅仁。"

曾子说:"君子以文章学问来结交聚会朋友,并通过向朋友学习来提升自己的仁德。"

曾参的第三类言论讲传承孔子之道:

曾子曰:"士不可以不弘毅,任重而道远。仁以为己任,不亦重乎,死而后已,不亦远乎。"

曾子说:"士不可以不志向宏大品格刚毅,因为士肩负重任而路途遥远。把实现仁德于天下的责任挑在肩上,不是很沉重吗?至死方休,不是很遥远吗?"

子曰:"参乎!吾道一以贯之。"曾子曰:"唯。"子出,门人问曰:"何谓也?"曾子曰:"夫子之道,忠恕而已矣。"

孔子说:"曾参呀,我的学说可以用一个基本理念贯穿起来。"曾子说:"是的。"孔子出去后,其他弟子问曾子:"老师说的是什么意思?"曾子说:"老师学说的核心,只是忠恕二字而已。"

孔子晚年经历了三次劫难:自己的儿子孔鲤死了,最知心的弟子颜回死了,最喜爱的弟子子路死了。

孔子甚至一度认为,这是老天要把他彻底灭亡——用衰老灭亡他的身体,用悲痛摧残他的心智,用带走他得意弟子的方式断掉他的传承。

还好有曾参,一个仁孝得有些傻气,又肯勤勉学习,修身修德的好孩子。而曾参能够领悟到孔子之道一以贯之的内涵,或许是孔子最终决定将心爱的孙子子思托付给他的原因。

4. 能言善辩的首富——子贡：如有博施于民而能济众，何如？可谓仁乎

子贡复姓端木，名赐，子贡是他的字，他比孔子小三十一岁，口才极佳，同时极有经商的天赋，是众弟子中最有钱的人。在《史记·货殖列传》中有这样的记载：

"子赣既学于仲尼，退而仕于卫，废著鬻财于曹、鲁之间，七十子之徒，赐最为饶益。原宪不厌糟糠，匿于穷巷。子贡结驷连骑，束帛之币以聘享诸侯，所至，国君无不分庭与之抗礼。夫使孔子名布扬于天下者，子贡先后之也。此所谓得埶而益彰者乎？"

子贡曾在孔子那里学习，离开后到卫国做官，又利用卖贵买贱的方法在曹国和鲁国之间经商，孔门七十多个高徒之中，端木赐（即子贡）最为富有。孔子的另一位高徒原宪穷得连糟糠都吃不饱，隐居在简陋的小巷子里。而子贡却乘坐四马并辔齐头牵引的车子，携带束帛厚礼去访问、馈赠诸侯，所到之处，国君与他只行宾主之礼，不行君臣之礼。使孔子得以名扬天下的原因，是由于有子贡在人前人后辅助他。这就是所谓得到形势之助而使名声更加显著吧？

对于子贡的经商天赋，孔子予以褒奖：

子曰："回也其庶乎，屡空。赐不受命，而货殖焉，亿则屡中。"

孔子说："颜回对我的学说理解得基本算全面了，可是他的生活却常常贫穷。端木赐对我的学说了解得不够全面，但他在从事商业活动、预估市场行情方面，竟然屡次中的（非常有天赋）。"

子贡曰："如有博施于民而能济众，何如？可谓仁乎？"子曰："何事于仁！必也圣乎！尧舜其犹病诸！夫仁者，己欲立而立人，己欲达而达人。能近取譬，可谓仁之方也已。"

在讲"仁"的时候我们提到过这段话，在这里只看第一句：

子贡说："如果有人能广泛地给民众以实惠，又能在特殊情况下救济大众，这样如何呢？可以称他为仁者吗？"

子贡家财万贯，因此敢说出"博施于民而能济众"的豪言壮语。

在《论语》中，子贡多次向孔子提问，由此可见他的好学：问为仁，问君子，问政……孔子认为子贡口才好、善经商，乃瑚琏之器，同时教导他"贫而乐"，"富而好礼"。

通过跟随孔子学习，子贡成了一个"君子爱财，取之有道"的诚信商人，民间将他信奉为财神，并以"瑞木遗风"指代子贡留下来的诚信经商的风气。

同时子贡还是一个仁善的人，《吕氏春秋·先识览·察微篇》记载了"子贡赎人"的故事：

鲁国之法，鲁人为人臣妾于诸侯，有能赎之者，取其金于府。子贡赎鲁人于诸侯，来而让不取其金。孔子曰："赐失之矣。自今以往，鲁人不赎人矣。取其金则无损于行，不取其金则不复赎人矣。"

子路拯溺者，其人拜之以牛，子路受之。孔子曰："鲁人必拯溺者矣。"孔子见之以细，观化远也。

鲁国有一条法律：鲁国人在国外沦为奴隶，如果有人能把他们赎回来，可以到国库报销赎金。子贡在国外赎回了一个鲁国人，回国后没有去领取报销金。孔子知道后说："子贡你这样做了以后，就不会有别的鲁国人赎回奴隶了。向国家领取补偿金，不会损伤到你的品行；但不领取补偿金，鲁国就没有人再去赎回自己遇难的同胞了。"

子路救起一名溺水者，那人感谢他送给他一头牛，子路收下了。孔子高兴地说："鲁国人从此一定会勇于救落水者了。"

夫子见微知著，洞察人情，实在是了不起。

由此可见孔子的智慧，亦可见子贡的仁善。

子贡曰："夫子之文章，可得而闻也。夫子之言性与天道，不可得而闻也。"

子贡钦佩孔子，说："老师为我们讲解的文献知识，在别处也能学得到；但老师所指引的人性与天道方面的真理，在别处就学不到了。"

《史记·孔子世家》记载："孔子以诗书礼乐教，弟子盖三千焉，身通六艺者七十有二人。"这七十二位弟子，各具特色，每个人都有自己的长处。这与孔子因材施教的启发式教学密不可分；而能够于三千弟子中脱颖而出、身通六艺，则是求学者自身勤勉好学、修身修德的成就。

[链接馨苑] 第十一境

闲聊《将进酒》

这是几年前的一篇旧作，其思路观点正是学习《论语》的心得体会。孔子说，我们总是强调礼呀礼的，就仅仅是在说玉帛之类珍稀物品么？我们总是强调乐呀乐的，就仅仅是在说钟鼓之类贵重乐器么？"（原文见《雍也第十七》第 11 章）。礼乐的学问大得很，不能只在表面上只在形式上做文章。按这个思路，就能读懂李白的《将进酒》，就能读懂《将进酒》中的李白。以及把"七十而从心所欲，不逾矩"（《为政第二》第 4 章）这个做人的境界做人的规范，与艺术创作联系起来，也算是学《论语》的"新得"了。故而摆在这，敬请批评指教。

《将进酒》是诗仙李白的扛鼎之作，也是我的最爱。一句"天生我材必有用"充满了正能量，激励了我的童年少年青年和中壮年。五六十年来常常吟诵，也觉得常读常新。虽然我的酒量从未因为这首诗而有半点长进，但对诗的领会，近来却是真真地有了些许新收获。

先说第一个收获。一直以来，"烹羊宰牛且为乐（yue）还是且为乐（le）"在我脑海里是个大大的问号。这个能有四个读音的多音字，在这里就涉及了两个读音，到底应该怎么念？我听到看到的答案多是说念欢乐的乐。还查了几本书也是这么说。按这个说法，用现代汉语翻译出来就是，宰杀烹煮牛羊姑且作乐吧。大抵如此。我一直对这个说法不太满意，但是，是哪不对劲，我一时也说不出来。也有两个朋友说，他们上学时老师教的是念音乐的乐，可为什么这么念，他们一时也想不起来。所以，我总想查查有没有什么说法。可结果真的是让人挺遗憾的。遗憾着遗憾着，这两天却忽然好似悟出了什么。

我觉得在这个句子里，如果按欢乐的乐来念，就我而言有四个"不好理解"。第一个"不好理解"的是，前面已经有一句"人生得意须尽欢，莫使金樽空对月"，李白已经清楚地交代了对"尽欢"的看法，那就是酒斟满要喝干，酒喝干再斟满，不能空着酒杯愧对皓月高悬的美好时光。这个交代和诗的题目是一致的，切中"进酒"主题。而且李白的另一首名作《花间独酌》中也有"行乐须及春"。联系起来看，也就是说，李白和朋友们"尽欢"要共饮，自己一个人"行乐"也要独酌。所以，如果把这个"乐"念成欢乐的乐，把"烹羊宰牛"也当作是行乐，那不就出现另外的主题了，这就与题目，与"进酒"主题，与李白的一贯主张，与李白"酒中仙"的美名都矛盾了。而且，按这个念法，后边的"会须一饮三百杯"也成了以"烹羊宰牛"为乐的陪衬。这是"不好理解"之其一。

第二个"不好理解"的是，如果说，把"烹羊宰牛"也当作是行乐，而且甚至还可以堂而皇之地引申说，是为了制备下酒的菜，这样才好"一饮三百杯"。但是，这不可能是李白的意思。因为李白后边说得很明白，"钟鼓馔玉不足贵，但愿长醉不愿醒"，在李白看来，美食何足贵，唯愿人长醉，食与酒完全是两码事。李白专注的只是痛饮，绝非海吃。这是"不好理解"之其二。

第三个"不好理解"的是，"烹"和"宰"都表示动作，如果说是把宰杀烹煮牛羊的过程当作乐趣，又怎么可能呢，李白岑勋元丹丘哪一位也不是屠夫哪一位也不是厨师呀！这是"不好理解"之其三。

除此之外，如果按以上的说法，句中的"且"字又做如何交代呢？为什么权且为什么姑且呢？所以，这个且字放在这里，也是让我总感到"不好理解"之其四。

那么，我们如果按音乐的乐来念又会是什么样呢？咱们试试看。儒家是很讲"乐"的。"礼乐"是六艺之首。李白虽然一生仕途坎坷，但积极入世的儒家思想总是或隐或显地在驱使着他。在这首诗里也能体会到，李白是在以政治抱负高远的三国时代魏陈思王曹植自况。按照当时的"礼"，盛大的宴饮是要有音乐助兴的。但事实上，在那天李白他们的欢宴上没有真正意义的音乐。为什么没有安排音乐呢？主观原因是"钟鼓"何足贵，客观原因是主人缺少钱。虽然是好哥们喝酒谁也不挑剔，但是按"礼"说来，又显得毕竟是缺了点什么。因而，李白以他特有的敏锐和幽默，大发奇思妙想：后院不是在杀羊宰牛么，灶间不是在烹饪菜肴么，我们就权且把捕捉牛羊的喧嚣声，磨刀霍刃的霍霍声；把风箱催火的呼呼声，木柴燃烧的噼啪声；把刀击砧板的咚咚声，瓢盆相碰的当当声，都当作是为我们饮酒助兴的音乐吧！在这么好的气氛中，应当一口气喝上他三百杯！这情景很真切很生活化，前后文字逻辑上也没毛病，对全诗意境有增无减。所以，我觉得可以按音乐的乐来念这个字。这样一来，这个"乐"字和"黄河之水天上来，奔流到海不复回"的咆哮声轰鸣声呼应起来了，和"与君歌一曲，请君为我倾耳听"呼应起来了，再一次调动起人们的听觉美感。同时，也和"钟鼓馔玉不足贵"呼应起来——权贵富豪们奢侈的讲究和华丽的排场有什么了不起，我们有我们自己的"音乐"就足以助兴痛饮了，足以让我们长醉不醒了！而且，按这个思路，"且"字用得极好。一个"且"字把诗人不屑的"钟鼓"和令其陶醉的无乐之"乐"划出了界线，也把精熟六艺的儒生"知礼乐"与奔放不羁的酒仙"不拘礼乐"的矛盾刻画得生动可爱。所有这些都围绕着诗人的精神世界统一和谐了。连着上两句一起读下来，"人生得意须尽欢，莫使金樽空对月。天生我材必有用，千金散尽还复来。烹羊宰牛且为乐，会须一饮三百杯"，诗人的才华、自信与豪爽咄咄袭来，却又让人感到很亲切很真实很痛快很接地气，说出了读者心头之所想或之所未敢想，提振起了读者的精神。这样吟诵这样解释即通又顺。所以，我主张"烹羊宰牛且为乐（yue）"，就是音乐的乐，就是音乐的意思。

再说第二个收获。"主人何为言少钱"句中的"主人"是谁？也就是说这顿酒是谁埋单。我也做了些功课。有说主人指的是请客的那个人的，但又没说清楚那个请客的人是谁。也有说是指元丹丘的，理由是先认定了是在元宅里喝酒。还有在书里写着"李白要求大排宴席，与岑、元二人豪饮一番"的。这些观点有个共同的特点，就是都不认定主人是李白。但是问题来了，值得讨论讨论了。因为，如果这个"主人"不是李白，而是李白以外的任何人，如岑勋也好，如元丹丘也好，或再有其他什么人也好，都有点说不过去。设想一下，如果是别人请客，李白却张罗大家"将进酒，杯莫停""会须一饮三百杯"，还批评"别人""何为言少钱"，还闹腾着让人家卖马当衣服去买酒——这样的设想合乎情理么？不要说是李白，任何一个场面上的人，再好的朋友之间，也不能端着主人家的酒杯却可着劲地忽悠，还批评人家哭穷，还怂恿人家破费甚至破产的呀！设身处地，将心比心，假如是咱请客，客人这么整，咱咋想；换个说法，咱去做客，咱能这么折腾么？何况李白是一等一的仗义轻财之人。李白"轻财"，他轻的是自己的财，而且是和"仗义"相联系的，是和远大志向相联系的。"天生我材必有用，千金散尽还复来"，是我可散千金，是我材可济世。李白的"醉"也是和消解万古愁相联系的。所以，要从李白的一生表现来看这顿酒。

所以，换个角度想，如果李白是主人会是什么场景呢？我推想，李白在树立了陈王的榜样后，用第三人称来自称说道，我李白今天作为主人，请你们二位来喝酒，无论如何也不至于自说当下经济状况欠佳，就舍不得买足够的酒呀！继而言道"径须沽取对君酌"，意思是，（对仆人说）尽管再去买酒来，（转而对岑元二人说）让我和你俩接着喝！这时可能仆人对主人耳语：老板，真的没钱了。所以李白高声呼唤小僮仆过来，说把我那匹好马牵出来，把我那件貂裘拿出来，能卖则卖，能当则当，变了现买得好酒来！因而有"五花马，千金裘，呼儿将出换美酒，与尔同销万古愁"。仗义轻财，豪气冲天，欢畅淋漓，宏愿昭然。再补充一句，"君"是第二人称，"对君酌"是"和你们喝"的意思。所以也证明诗人是以主人自称。我的观点是，李白是"主人"。

也许有人会说，掰扯了半天，即便是弄清楚了是李白做东李白请客李白埋单李白是主人，又有什么意义呢？有意思么？有！有啊！对李白人品形象画像的事是大事不多说，另外，对回答下一个问题也是有好处的。

最后说第三个收获。《将进酒》成诗在什么年代？一般认为，这是一件李白被迫离开京都长安之后，安史之乱爆发之前这段时间里的作品。而且有人考证，在此之间，李白、岑勋、元丹丘三人一起有过两次重要聚会，一次是在天宝四年，也就是公元745

年，他们仨在开封梁园欢宴；一次是在天宝十一年，也就是公元752年，李白和岑勋在元丹丘的颍阳山居为客。好了！如果我们认可了前述"主人"之谓是李白以第三人称自称，也就是说，认可了那场酒是李白做东的话，那就似乎应当排除天宝十一年的那次机会了。道理很简单，到我家喝酒不能让您请吧，不能反客为主呀！所以，如果学者们划定的那个时间段站得住，如果在那个时间段里，李白、岑勋、元丹丘仨人确实只有这两次齐聚机会的话，那岂不是第一次——即天宝四年，在开封梁园的那次宴饮上，成就了这万古名篇的可能性更大些么？

以上就是我近来对于《将进酒》的一点点体会，说出来和大家分享。当然，我们只是闲聊，只是按常理分析分析而已，并不是在搞研究做学问，因为我们并没有占据足够的第一手资料，也没有进行严谨的考证。但是，闲聊绝不是瞎聊。艺术源于生活，高于生活，所以不应有悖于生活常理。常言说，"出乎意料之外，却在情理之中"嘛。"从心所欲不逾矩"既是做人的最高境界，也应该可以推及艺术吧。按生活常理做分析的思路还是说得过去的。您说呢？

最后再说说我现在心中的《将进酒》。我的译文是：

您没看见么，那黄河之水，从遥远的天边奔腾而来，一路咆哮，一路轰鸣，向着大海，一去不回——光阴易逝呀！

您没看见么，在空旷的华堂里，面对明镜中的白发，悲从心来，好像早上还是乌黑乌黑的，到了这傍晚，却如霜如雪——人生易老呀!

在人生得意年华,一定要尽情行欢作乐,那就是要开怀畅饮,不能让黄金般珍贵的酒杯空着,愧对皓月当空的大好时光呀。

我们的才华,犹如天赋,必有大用。即便千金散尽,一定还会再来。

权且把烹羊宰牛烹饪菜肴的声响,当作为我们伴宴助兴的音乐吧,此刻正该一口气连连喝上他三百杯。

岑老夫子啊,丹丘先生啊,喝起来喝起来!酒斟满要喝干,再满再干,谁也不许停杯哟!

让我为你们高歌一曲吧,大家可要用心听好哟:

权贵富豪伴宴的钟鼓之声,和那如金如玉的美食佳肴,又有什么可稀罕的。

我倒是情愿不醉不休,一醉不起,长醉不醒。

自古以来的圣人贤士,都因不被长久热捧而显得寂寞;只有好酒之人才能美名流传。

当年陈王曹植在平乐观设宴,豪饮万钱一斗的美酒,恣意欢愉,纵情谈笑。

今天,我李白作为主人,请你们二位共饮,岂能自说当下经济状况欠佳,缺钱买不起足够的酒呢!来呀,赶紧再去买得好酒来,让我们继续好好喝!

把我那五花宝马牵出来,把我那名贵貂裘拿出来,叫僮仆都拿了去,换得美酒回来,我要和你俩畅饮痛饮豪饮,以酒解忧,以酒消愁，消解那千载之忧，消解那万古之愁！

　　您觉得如何呢？如果您觉得有什么不妥的，恳请不吝赐教。见笑，见笑！闲聊，闲聊而已！

2018 年 10 月 20 日初稿，于林萃居

释文 其身正 不令而行

出自论语子路第十三

子曰其身正不令而行其身不正虽令不从

012

事业，因年轻人的参与而生机盎然。

年轻的生命，因与公益事业结合而格外精彩。

[时人新事] 第十二篇

助理小组年轻人　五彩生活各不同

在第 7 章里，我就向您承诺，将在本章再介绍五位榜书助理小组成员，他们是殷月明、坛坦、李旋、蒋海滨、吴兆雍，都是我的好伙伴。

殷月明是小组里最年轻的一位，差一点就是 00 后。月明是个好脾气，总是笑眯眯的。她是最早一批被编入助理小组的，只是由于她手里的活一时放不下，加之这边助理小组的工作已经有序展开，所以她这位助理小组的"老人儿"，到了"榜书《论语》"工作进入后期的时候才被派到小组来。当大家坐在一起说话聊天的时候，月明通常是认真地听着。可是，如果您留心观察，她听着听着有时也会闷头去摆弄手机。一开始我也没太在意。毕竟现在是手机的时代。在餐馆里，热恋中的情人约会，都有各看各的手机的。让我看懂月明的是这么一件事。我们这边聊得热闹，都换了几次频道了，月明插嘴进来说，刚才谁谁说的什么什么事，我查了，是这么这么回事。您瞧瞧，人家始终没"掉线"。还有一回，事情过去好几天了，她见着我说，上次议论的那个事，网上有好几种说法，权威的大专家哪位是这么说的，哪位是那么说的。真谢谢她。手机用得好还真是好东西。

时尚必有时尚的理由。

　　说到有关"榜书《论语》"工作，她最爱讲的故事都是关于赵玥炜的。您瞧瞧，"乐道人之善"这可是孔子提倡的"益者三乐"之其二呀！即便这样，您也能感觉到月明的贡献。她和玥炜一起给《榜书〈论语〉全文》做校对，她说，玥炜进入项目最早，从一开始就跟着写榜书，又用毛笔写编号，所以对繁体字的《论语》熟悉。因此，校对的时候只能由她在电脑上看作品的扫描版本，查验有没有错误。我只是按照简化字的原稿念，玥炜听着看着，校对作品。月明眼睛一亮：还真的发现有出错的。她接着说，我要念错了玥炜也能听出来。我念的时候感觉可好了，全屋的人安静极了，他们手里干着自己的活，也没耽误听《论语》，他们说我像以前广播电台播发记录新闻。

　　赞！赞啊！小姑娘以朗读过《论语》全文为荣！

　　坛坦也是最早就编入助理小组的，而且从始至终都参与了助理工作。他也是90后还偏后，是个壮男，留着时尚的发型。关于这发型叫什么名称，他也说不出来，反正是两边鬓角和后脖颈的头发剃得光光的，上边的头发烫成小卷卷儿。衣裤都是宽松式的。坛坦爱健身，每周都要到健身房去上几次。而且为了健身，饮食上也有讲究，练什么项目配什么餐，有时这一天只吃鸡胸肉。坛坦既然是壮男，当然就是小组的壮劳力，只要是需要把子力气的事，非他莫属，他也乐此不疲。

　　坛坦生性好动，干起活来也不耽误"耍"。有时候，他把我写好的字从案子上拿起来，去放到地上晾的过程中，会把字抡起来——虽然不像二人转里抢手绢转那么圆，起码也像大师傅做印度抛饼，至少转上一圈。我真怕浮墨甩出来，提醒过他。他态度特好，应一声"得嘞"——但保不齐哪天一高兴又抢一回。好在我担心的事没发生过。我想，这是不是体现了"劳动的愉悦是舞蹈的起源"呢！

有一天我写"明"字，用的是颜真卿的写法，左半边不写日，而是借鉴甲骨文画个小窗户。坛坦问我这是什么字，我就跟他讲，日月是明，月光透过窗子照进来也是明。他立马拿出手机把这个字拍了下来。您看看，手机用好了是好东西吧（附"明"字）。

又一天，我们写的内容是讲孔子因材施教，坛坦随口说道，孔子要是我的老师就好了！也不知道这随口一说，是深有感触，有感而发；还是顺嘴戏说，并未走心。但我想，走心也好，未走心也罢，这话无论如何是对的——这是任何年龄段的学生们对良师的渴望。

再一天，在整理成品时发现有一个字写重了。坛坦反应快：这个字我要了。我一看笑了，是个"仁"字。"当仁不让于师"嘛！我们一起写《论语》，一起学《论语》，一起爱上《论语》。

李旋是北京智创和宇科技有限公司的售前经理，是因为业务合作来协会帮忙的。郑宏执行主任一看，目前榜书工作最忙，那就每周拿一天时间到助理小组帮忙吧，李旋就来了。

李旋的工作风格是认真细致经谨慎周到。她刚来时，站在书案的对面一侧，那个神态让人一百个放心——她凝神运气，做好了应对下一秒发生任何事情的准备。我笑着问她，你在大学里是排球队的么？她问，为什么这么问？我说，我看你现在就像"一传"，在准备接发球。我俩都笑了。其实，"榜书《论语》"的过程，不是需要"紧张起来"的过程，而是一个学习探讨体会传统文化的过程。我对她说，不用紧张，从容放松。她很快就适应了这个工作过程。

李旋是个"网红"。她的短视频创作包括了生活、美妆、时尚，等等多个领域。这些作品在抖音、微博、哔哩哔哩等多个平台发送，每周都有更新。当然，当年她在助理小组帮忙时只是刚刚起步，远没有现在做的这么好。我曾问她，当网红是不是"收入颇丰"啊？她坦率地说，哪有那么简单，这要看你做的视频是不是好看，好看才有粉丝。我问，那你现在能赚到钱么？她答，很少。因为前期设备投入比较大，本钱都还没回来呢。我说，别急，将来一定能成。她说，未必，不成的有的是。我说，风险这么大，不成不就白忙活了。她说，也不白忙。视频里都是我青春时代生活的记忆。

年轻人让我向他们学习了。我学到了他们在这个时代的思维方式：如何面对生活，如何面对风险，如何去闯自己人生的路——无论闯得出来，还是一时没闯出来，都要珍视自己人生的每一步。

我想，参与过"榜书《论语》"公益项目，并为此花费了许多大好时日，却又没能留下视频的李旋，会把这段青春时代生活刻录进她的记忆么？

蒋海滨是中国欧洲经济技术合作协会副秘书长，那一段时间也是因为业务合作，几乎天天来我们协会。看到我们正忙着公益项目，就毫不见外地主动请缨，参与到助理小组工作中来。

蒋海滨是位暖男，待人热情友善诚恳，办事认真细致周到。和他打上几次交道，您就会觉得这个人靠谱。我问过他，是怎样练成了这样的"功夫"。他坦率地说，年轻时也不太懂事——我抢过话头，你现在就年轻啊！他笑着说，那时更年轻，做汽车销售，培训时也不大以为然，结果总是不如别人做得好，这也算是教训吧。以后就学着做好点，一开始还是为表现而表现，有时自己都觉得假。以后懂得了将心比心，懂得了换位思考——花这么多钱来买汽车，要是我，我心里怎么才能踏实？我要听实话，我要知道实底儿。所以光有热情不够，更重要的是要有真心诚意，要真心诚意地为人家好，还绝不能出错。他说的很实在，他这话我信。

听海滨的说法，他未曾专门学过《论语》，但为什么他体会出的做人做事的道理和孔子的理论相一致呢？我想原因至少有两条。第一，真理是在社会生活的沃土里生长出来的，思想家们总结出来的道理大体上也都离不开生活中的那些事；第二，中华优秀传统文化千百年来对我们生活的影响从未缺席。海滨说的，正是孔子老人家终身一以贯之的忠恕思想，这是忠恕思想现代版的例子。把孔子的智慧应用到现代社会，一定好使。

吴兆雍是从俄罗斯圣彼得堡留学五年回来的小伙子。他也是在"榜书《论语》"项目接近尾声时被郑宏派进来的。可是他做了一件事则是值得一说。

在第7章里说到过，郑宏给了宋发成一个名头——掌玺大臣。其实这个名头对于坛坦、吴兆雍也适用。这《榜书〈论语〉全文》下部每一个字上的印章大部分都是兆雍协助坛坦盖出来的。说到这，就接近上边提到的那件值得一说的事了。

每一道工序在每一个阶段完工的时候都要进行检验。在钤印工序全部工作完工时，对于这最后一批半成品印痕的检验当然也是必不可少。还不仅仅是必不可少，而且是特别隆重——因为这道工序全部完工，就只剩下墨书编码最后一道工序了，这就意味着离最后成功只有一步之遥，所以在场的人都过来看。玥炜还打趣地说，我压力山大，就剩我一个人的活了。

字一张一张地过。过着过着就有过不去的了。右上角的篇目印有印痕太浅的，有双影模糊的，还不只一张两张。现场沉寂之后变成窃窃私语，你一言我一语地方分析原因。这时两位"掌玺大臣"才是真正的压力山大。

此时此刻，我想起了在项目开始之初的专家座谈会。眼下出现的情况，证实了专家事前的提醒是多么英明。申万胜先生那时就说过，现在是只写了一千来个字，还比较有劲头。还有一万多个字，到最后也不能写软了。现在出现的情况是盖印盖得手软了。是呀，钤印工作要重复盖压的动作总计6万多次，三位"掌玺大臣"虽然都是壮小伙，但重复上几万次，手掌手腕胳膊不疼才怪，手不软才怪。我心疼他们呀！但是，无论如何，质量上的问题不能放过。我决定，凡有问题的撤下来，不能含糊。这就意味着已走过的工序重新来一遍，重新写字重新压平重新钤印。

　　此后不一会儿，兆雍跟我说，我觉得印痕模糊的要报废，但是印痕太浅或深浅不一的，我能修补。我端详着这个我还没来得及熟悉的小伙子，有点意思——书画上的印痕的确是有在特殊情况下"画"上去的。我淡淡地说，你修一张，我明天看看。

　　第二天我真的看到一张修补得很好的印痕。兆雍把他的秘密武器拿给我看——一支不出水的废圆珠笔。兆雍就是用它，蘸着印泥，在原本浅浅的痕迹上点出来的。我问，你原来干过？他答，没有。我问，那你是怎么想到的？他答，原来就有印儿，我就是用这个细笔尖给他加上点儿印泥。

　　我说，你在列宾美术学院进修过？列宾美术学院在圣彼得堡。兆雍没听出我是在跟他开玩笑，答道，没有。多实诚的孩子啊！

　　子曰："后生可畏。"

　　后生可畏啊！经典传承，文明赓续，后继有人。

[论语心得] 第十二话

品格高尚人恒敬之　白玉无瑕人恒爱之

通常我们赞美一个人品行好、有风度的时候，都会说他是一个君子。谦谦君子、君子如玉、正人君子、仁人君子……除古人戏称小偷为"梁上君子"外，与君子相关的词语，基本都是在赞美一个人的精神高贵。《论语》中提及"君子"二字有 107 处，简直堪称一部完善的"君子行为规范指南"。而我们如今深入人心的君子的概念，便是自《论语》开始。追求白玉无瑕的人格修养、成为精神上的富有者，是中华文化崇尚美与道德的核心内涵。

然而《论语》中的"君子"并非完全是在道德层面上进行界定，它包含了两种概念：其一为"有德者"，即有学问有修养、品德高尚之人；其二特指当权者，即"有位者"。

孔子曾在《周易·系辞下》中说：德不配位，必有灾殃。

由此可见，有德者不一定是有位者，但可以是君子——颜回终身没有做过官，但他是有德者，故我们可以称颜回为君子；而有位者若没有与之相匹配的德，则变成顶着君子之名，沽名钓誉之人，就会给自身带来灾祸，给天下百姓带来痛苦。因此在位者一定要有德、修德，令其德配位。按照这个逻辑来看，官职越大、位置越高的人，德行必须随之提升，故在古代社会，帝王天子应该是德行最高的人。

可惜孔子周游列国十四载，也没找到德行配位，值得自己辅佐的国君，虽如此，他依旧没有放低对君子制定的标准，在《论语》中，孔子及其弟子用零散的只言片语为后人梳理出君子思想理论体系，同时做出规范——君子的言行准则、立身之本，内在修养、外在形象，学习能力、理想追求，人际交往、处世原则……

只要将《论语》中总结的这一切誊录下来，作为自己行为的对照，不敢说人人都能成为颜回、曾子，至少可以让每一个个体的道德素养得到提升。

1. 言与行：先行，其言而后从之。

子贡问君子。子曰："先行，其言而后从之。"

子贡询问关于君子的问题，孔子说："先做事，后许诺。"

子曰："君子欲讷于言而敏于行。"

孔子说："君子说话要谨慎，要少说话，不要急于说话，但做事要勤快，要有效率。"

子曰："君子耻其言而过其行。"

孔子说："君子以说得多做得少为耻。"

孔子一向提倡"行胜于言"，强调"敏于事而慎于言"，厌恶"巧言令色"。按照现在的话来说，那些"说得比唱得还好听"的人，喜欢说大话的人，好说空话而不作为的人，仅用言行一项来衡量就不符合君子的标准。

子曰："古者言之不出，耻躬之不逮也。"

孔子说："古人不轻易说话，是因为他们以话说出来了而行动跟不上为耻。"

我们常说："君子一言，驷马难追。"还说："君子言出必行。""一言九鼎""一诺千金。"都是在强调君子需言而有信。如果常常食言，没有信誉，这个人就不是君子，不可与之交往。

2. 进与退：君子无终食之间违仁，造次必于是，颠沛必于是

君子的立身之本是仁。

孔子说："财富与地位，是人人都想要获得的；然而如若不以德谋财、谋位，靠钻营的手段来获取，那么君子是不会接受的；贫困与卑贱，是人人都希望远离的；然而如若摆脱困苦境的手段与德相违背，那么君子也不会选择。君子若舍弃了人格，又如何能名副其实呢？只能是沽名钓誉的伪君子罢了！君子哪怕一顿饭的工夫也不会违背仁德，处境窘迫时以德相伴，颠沛流离时也以德相伴。"

子曰："富与贵是人之所欲也，不以其道得之，不处也。贫与贱是人之所恶也，不以其道得之，不去也。君子去仁，恶乎成名？君子无终食之间违仁，造次必于是，颠沛必于是。"

君子无论身处何种境遇，都与"仁"共进退。在众人随波逐流之时，君子安稳如磐石；在巨浪滔天之时，君子不乱不惊——因为"仁"就是他心中的定海神针。

君子有所为：符合仁的时候，就去做。

君子有所不为：不符合仁的时候，尽管别人都在做，他也绝不会去做。

君子知其不可而为之：追求仁推行仁谈何容易，但明知难办到或明知道办不到，也坚持去做。甚至在仁与自身利益相冲突的时候，也坚持去做。

子路宿于石门。晨门曰："奚自？"子路曰："自孔氏。"曰："是知其不可而为之者与？"

子路在石门住了一夜。早上看门的人问他："你从哪里来？"子路说："从孔家来的。"看门的人说："是那个明知不能改变时局，却还要努力去做的人吗？"

孔子终其一生未能改变时局。但孔子至今活在华夏儿女心中，这就是他"知其不可而为之"的价值。这就是他"人不知而不愠"的执着追求

楚狂接舆、长沮、桀溺等隐士都曾告诫孔子：你走的这条道行不通！但孔子说：我早就知道这条道难以行得通，可能长久行不通，可我必须往下走。

因为有些事总得有人去做！

孔子能够一眼看穿子路的结局——他太清楚这个心如赤子、勇猛刚正的学生，会为了维护仁义而不顾生命。子路明知出城是活路，入城是死路，偏要怒捶城门而走向死路，他这样做了，死了，卫国的政乱没有被平定，但所有人都知道，会有人为了仁义而这样做！

这就是君子以仁为立身之本的价值：告诫天下，永远有人在维护正义的底线。

3. 亲与疏：君子之于天下也，无适也，无莫也，义之与比

孔子说："君子对待天下人天下事是不以自己的喜好为评判标准的，无妄加抵触之念，也无贪慕之心，只是亲近仁义之人。"

子曰："君子之于天下也，无适也，无莫也，义之与比。"

引申一下，君子对待天下之人，乃至对待天下所有事物，都有一颗平常心，无敌无慕。亲近或疏远的根据，都有以正当合理、合乎仁义为标准。

也就是说，君子不以偏见来分别人与事。世人多数以自己的偏见作为评判人、事、物的标准，符合我意愿和利益的就欢喜亲近，反之则厌恶疏远。如此，则运用动物的本能趋利避害，心念被情绪控制，变得懦弱胆小，意志无法坚定，内心摇摆不安，因此也不会有太多的智慧。

子曰："君子道者三，我无能焉：仁者不忧，知者不惑，勇者不惧。"子贡曰："夫子自道也！"

孔子说："君子之道有三个方面，我全都没有做到：仁者之心不移动——不为自己忧虑、忧患；智者之心不迷——不被外界一切事物的形象迷惑；勇者之心不惧——不被一切困苦吓退。"子贡说："老师，这三个方面您都做到了，这描述的恰恰是您自己啊！"

君子具备仁、智、勇三者。这三者加在一起，就是摒除偏见

的良药，即做到无适无莫、无敌无慕的关键。

仁者不忧，因为仁者之心不是执着于自我的利己之心，而是感怀天下的利他之心。忧愁忧伤忧虑忧思种种情绪，皆由执着于自我个体的私己之心而产生——这就是我们痛苦的根源。

知者不惑，智慧不是聪明，也不是知道天下所有事懂得所有知识的人，智慧是通透，是了悟，是觉知，是透过现象看本质的能力。因此拥有智慧的人，不会被事物的外表、眼前的局面、所处的境遇、暂时的成败以及看似成为定局的结果所迷惑。

勇者不惧，有了仁与智，勇就随之诞生。既然放下了痛苦、看透了本质，那无论面临怎样的困境，心中都不会生出恐惧。孔子面临的境遇是：有可能客死他乡，有可能死于战乱，有可能一辈子实现不了自己的理想。而这一切都不令他惧怕，他从从容容地说：有朋自远方来。如今我们所有心向孔子的人，都是从远方而来的"朋"。

以仁心、智慧、勇气来面对天下，自然无适也，无莫也，无敌无慕。因此能够自然而然地亲近仁义，远离不仁不义。

4. 无与有：君子不器

子曰："君子不器。"

孔子说："君子不应该仅仅像一个器物那样只有某一种用途，而没有自己的价值判断与是非选择。"

子贡问曰："赐也何如？"子曰："女器也。"曰："何器也？"曰："瑚琏也。"

子贡问孔子："老师您怎么评价我？"孔子说："你好比是一个器皿。"子贡又问："是什么器皿呢？"孔子说："宗庙里盛黍稷的瑚琏。"

看到这里往往会有些疑惑：疑惑之一，孔子说君子不器，又说自己心爱的学生子贡乃瑚琏之器。到底是赞他有才能呢，还是责他不是君子呢？疑惑之二，如果大家都做君子，都"不器"，都不具备某种用途，那么社会如何分工？生产生活如何维系？

在压力大节奏快的当代社会，每个人都急于把自己打磨成器——社会是一个高效运转、永不止息的巨大机器，而完成学业步入社会的打工人则是这个大机器上的小零件，或是一颗螺丝钉，或是一个齿轮，或是一根曲轴，无论身为何器，都需要在各自的位置上维系整个机器的运转。

于是从小孩子读书阶段开始，目标就越来越具体了，问及孩子的理想：当科学家，当医生，当舞蹈家，当作家，当画家，当厨师……无论理想为何，都是很具体的某一个职业。没有孩子立志说：我长大了想当君子。

君子是一个形而上的概念，一个理想化的符号，在选择分类的时候，他不属于任何具体类别——就好比把橘子、苹果、草莓、樱桃、鸭梨、云朵放在一起划分同类项。我们必然会立刻把云朵划出去。然而，橘子苹果没有自己的选择，其价值只是被吃掉，而云朵可以飘来飘去，变幻形态，还可以化作雨滴滋润万物，如果没有云朵飘过来下雨，那么橘子苹果都没办法长出来。

当一个社会只剩下器的时候，这个社会看上去好像任何零件都不缺，其实缺少了常人看不见的，或者看见了也以为没什么"用"的君子。

因此孔子讲，君子不器。君子具备泽被万物的仁德，不要仅仅去追求成为器的存在。有志于向"君子"方向发展的人，不必把时间精力投放到成为"器"的必修课程上。因为，要成为君子，要学习的功课还很多。所以，樊迟问"稼"问"圃"时孔子才说了那样的话。您有兴趣，可以参阅《子路第十三》的第4章。

然而君子虽然不以成"器"为终极目标，却可以为器。孔子自己也有一技之长，比如驾车。一个人有手有脚有兴趣爱好，自然可以选择任何自己喜爱的职业，成为社会的螺丝钉。

选择以有用的"器"为努力方向的人，在成为社会大机器的螺丝钉以后也应该清楚，自己不仅仅是作为螺丝钉的存在——人活着，不是为了成为任何器，也不是为了成为任何维系某一体系运转的零部件，而是将自己的个性与精神潜能相统一，抵御住所有异化，自在无拘。

因此孔子说子贡是瑚琏，其实是在讲，子贡所展露出的才华堪当大任。这就是"道可道，非常道；名可名，非常名"的矛盾与逻辑了。非要命名或者形容，那么姑且就用瑚琏来打比方吧！

5.过与改：君子之过也，如日月之食焉。过也，人皆见之；更也，人皆仰之

读过《神雕侠侣》的人都知道，杨过字改之，取"过而能改，善莫大焉"之意。杨过一个刚出生的婴儿，何过之有？之所以被取了这个名字，其意义在于，杨过的父亲杨康卖国求荣，屡次陷害忠义之士，大家认为这样的人渣不应该有儿子，所以他的儿子一出生，就是个错误。改之，总不能把婴儿塞回妈妈的子宫里，生都生出来了，要怎么改？

于是又产生了疑问：金庸老先生何必要为难小杨过，给他取这个名字呢？

子贡曰："君子之过也，如日月之食焉：过也，人皆见之；更也，人皆仰之。"

子贡说："君子的过失就像日食和月食一样，他犯了错误，人人都得看见；他改正了错误的时候，人人也都在仰望着。"

读了《论语》的这句话，突然对杨过取名一事豁然开朗：希望这个孩子如果犯了错，如日食、月食般彰显；如改过则人皆仰慕之。也就是说，给孩子取名字的人，希望他成为一个坦荡磊落、知错认错、过而能改的君子。而且，绝不像杨康那样犯下历史大错。

孔子非常强调知过能改。人不怕犯错，就怕犯了错不知错，知了错不认错，认了错却不改错。这其实是一个普遍现象：人因为有着对自我的执着，因此总要欺骗自己，为自我找借口、说好话。

子曰："已矣乎！吾未见能见其过而内自讼者也。"

孔子说："罢了，罢了！我从没见过善于发现自己的过错，并且还在内心认错自责的人。"

于是得见颜回的可贵：不贰过。没有第二次，犯了错马上发现、改正。

子曰："法语之言，能无从乎？改之为贵。"

孔子说："正言告诫诤言劝勉的话语，能不真心接受吗？遵从这些劝诫而改正缺点才可贵。"

对于我们自己发现不了的错误，别人严肃公正地提出来，这些忠言逆耳，能不能接受呢？接受并且因此改正自己的缺点，是可贵的。

子曰："过而不改，是谓过矣。"

孔子说："有了过错而不改正，这才是真正的过错。"

我们自己没发现错误，别人发现提出来了，于是当我们清醒过来，清清楚楚看到这个错误的时候，我们会怎么做呢？

A. 改正。B. 不改。

许多时候，我们选择的是 B，为什么？大致的心理路线是这样的：我错了我真的错了我应该改→我错了但我有充足的理由犯这个错→其实我没错因为这个理由是不可动摇的，我没错为什么要改→对我指出错误的人不是在帮助我而是不了解我→他不了解我，是他错了，我没错。唉！糊涂人糊涂逻辑，一塌糊涂。

从今天起，做一个君子。知错，认错，有错就改。面朝《论语》，春暖花开。

当今社会，我们骂一个人品德有缺，往往会指责其为小人，所作所为乃小人行径。在《论语》中，君子与小人也往往成对出现，便于比较。但如同君子的概念可以解释为"有德者"和"有位者"一般，小人的概念也不仅仅是道德层面的界定，其涵盖的层面比君子的界定更为多变。

小人，首先对应君子，可以解释为"寡德者"和"位卑者"。比如"君子成人之美，不成人之恶。小人反是"，这是从道德层面划分，此处的"小人"当解释为"寡德者"。"君子之德风，小人之德草，草上之风，必偃"是从阶级的角度划分，此处的"小人"当理解为"位卑者"，可翻译成"平民"。而樊迟问稼一章，孔子说："小人哉，樊须也！"则是责备弟子樊迟志向小，此处的"小人"应理解为目光短浅、小志之人。因此，对"小人"的解释，应根据上下文整体的意思参照理解。

杨朝明在《论语诠解》中所做的诠释较为客观："孔子论君子、小人之别，意在申明仁义。关于君子、小人之分，学者认识角度往往不同：一从地位而言，在上者为君子，在下者为小人；一从道德而言，有德者为君子，君子思仁义，反之为小人。君子、小人之分，本应从两方面合而论之。《中庸》曰：'故大德必得其位，必得其禄，必得其名，必得其寿。'有德者得其位，是古之制，有其位而思其政，思如何教化人民。孔子又说'政者，正也'，为政者必先正其身、正其德。这一过程是系统的，相互制约的。如《荀子·王制》记载：'虽王公士大夫之子孙也，不能属于礼义，则归之庶人。虽庶人之子孙也，积文学，正身行，能属于礼义，则归之卿相士大夫。'

"君子晓明仁义，为人行事以仁义为本，是为有德。这并不说明君子完全弃绝利益，而是以义统利，先义后利。小人不能通晓大义，为人做事皆以利去衡量，最终导致因利而害义。"

6. 诉求：君子喻于义，小人喻于利

子曰："君子怀德，小人怀土；君子怀刑，小人怀惠。"

孔子说："君子心心念念的是天下德政，小人心心念念的是自家田产；君子怀思先王礼法典范，小人一心只顾一己私利。"

君子关心礼法政治，小人关心田地庄稼。可以引申理解，君子关心国家大事，小人关心自己的小日子，因此一个思考行政法则，一个思考自己能得到多少实惠。执政者和小老百姓的日常生活被这句话表达得淋漓尽致：为吃饱肚子而谋生的人，必然只会——或者说，必须首先关心最切实的利益，故怀土、怀惠；而掌管民生之人，肩负着改善民生的使命，必须怀德、怀刑。

21 世纪的中国百姓，非常关心政治，网上有句戏言："吃着路边摊的命，操着国务院的心。"我们或可把它看作是一种社会的进步：百姓解决了基本的温饱问题才有时间精力关心政治；广大群众受教育的水平普遍提高才有关心政治的思想意识。而这种进步能够敦促社会的民主、法治更加完善，是一个良性循环。

子曰："君子喻于义，小人喻于利。"

孔子说："以治理社会为己任的人须通晓大义，志向短小仅为生计谋的人，则仅精明于利。"

义与利，是诉求的不同，两者并非绝对对立。通晓大义的人依旧需要吃饭。义支撑人的精神，利养护人的肉体。在常态下，义与利需要兼顾——即我们要做既有义也有利的事，当我们选择

的方向与家国大义相符时，所获得的利，就不仅仅是物质上的实惠，还是自身价值的体现。因此选择努力的方向，比努力本身更重要。

假如有一天，我们需要面对义与利相对立的局面，那么精明于利肯定是最愚蠢的做法：一个为追逐利而违背义的人，必然要为自己的行为付出代价。君子通晓大义，固无须选择，他的眼中只有通向义的方向；小人惯于算计，一旦将利的诱惑增大，就有可能在关键时刻走向错误的方向。这种精明实为糊涂。凡事有因必有果，我们都知道，种瓜得瓜种豆得豆的道理，因此一切结局皆在开始的时刻注定，我们想要收获好的结局，首先就要有一个善的开始。

7. 团体：君子周而不比，小人比而不周

子曰："君子周而不比，小人比而不周。"

孔子说："君子能够团结周围的人而不相互勾结；小人则以利益相勾结而不团结。"是着眼于志向、品德、能力，还是着眼于私利，决定了是"君子"还是"小人"。

子曰："君子矜而不争，群而不党。"

孔子说："君子庄重矜持而不与人争利，合群而不结党营私，不搞宗派。"

这两句话联系在一起看，可见君子在坚持自我的同时能与周围的人搞好团结。因为君子能够坚持自己的特性同时不违背群体的共性，不标榜和突出自我，不为了利益拉拢人、排挤人，时刻

保有自己的处事原则。

　　小人在群体中靠利益拉帮结派，因而不能做到团结。小人的帮派关系一旦失去利益的驱动，就会成一盘散沙，甚至帮派成员开始相互攻击。同时由于小人在通过利益拉帮结派的过程中，必然会损害群体中大多数的利益，因此会立刻被群体孤立。

8. 见解：君子和而不同；小人同而不和

　　子曰："君子和而不同；小人同而不和。"

　　孔子说："君子为了事业追求五味调和八音和谐、真理越辩越明的气氛，而绝不盲目附和，不同流合污；小人只盲目附和，不讲原则地求同，在集体中从来没有正确的意见，也从来不反对错误的意见，对集体的和谐关系不曾贡献正能量，不能与身边的人保持和谐关系。"

　　君子怀仁，因此能够在多数情况下，与他人保持真诚的和谐，同时持有自己的见解，不随大流，不附和他人不正确的观点。而小人急切地需要融入某个圈子，因此盲目附和以寻求认同感，而他一旦进入某个圈子后，又马上做出一些姿态彰显自己的特性，因此令他人厌恶、远离。

　　子曰："君子成人之美，不成人之恶。小人反是。"

　　孔子说："君子成全别人的好事，不促成别人的坏事。小人却与此相反。"

　　其一，任何事都有好坏两个方面，君子因势利导，将事物的发展向好的方向引导，而不是向坏的方向引导。

其二，君子对一件事有全面的衡量、评价标准，当他看到事物是趋向仁善的一面时，他会予以成全，反之则不予成全。

小人与君子相反，乐意看到他人的痛苦。古龙在《绝代双骄》中塑造了"十大恶人"，其中有一位叫白开心的，绰号损人不利己。专门喜欢把事物往坏的方向引导，哪怕最终的结局波及自身，只要看到别人过得不好，他心里就舒服了。

同时，小人由于精于算计而短视，故无法衡量事物真正的好坏善恶，有可能将坏事当作好事，最终得到坏的结局。

美、恶、好、坏的判断不是只看表面，君子坚持自己心中发于仁发于义的见地，不苟同于他人，亦不困惑于表象。

举个例子：一个心思单纯的女子将要与一个精于算计的男子结婚。君子看出男子是为了骗财骗色，故成人之美——向姑娘提出忠告，不成人之恶——促成这场婚姻。小人同样看出了男子的企图，假装成人之美，实为成人之恶——促成二人的婚姻，以期待坏的结局。另一种可能是，小人并未看出男子的企图，只是为了走入利益圈子而附和圈中人的看法，不关心他人结果，只关注自己的利益。

君子有原则，小人无原则；君子乐见仁善，小人乐见不善；君子有客观判断事物的能力，小人对事物的判断只以自己是否获利为准。

子曰："君子易事而难说也。说之不以道，不说也；及其使人也，器之。小人难事而易说也。说之虽不以道，说也；及其使人也，求备焉。"

孔子说："在君子手下做事很容易，但想要讨好他却难。以一些歪门邪道的方式去讨好他，他是不会高兴的。但是君子用人之时，总是量才而用。在小人手下做事很难，但要刻意讨好他却很容易，用歪门邪道去讨好他，他也会高兴。但是小人用人之时，总是很刻薄，对人求全责备。"

小人图利，因此取悦他很容易，多给实惠他就高兴了。与小人共事很难，因为他毫无原则，心胸狭窄，求全责备，同时心思敏感，也许某一天不知道什么事儿就把他得罪了。君子明义，与他共事很容易，只要不违背仁德道义，君子不会求全责备地为难人，而是会把人才放在适当的位置。想要取悦君子很难，以利益来讨好君子，他不会高兴。故与君子相处，无须讨好对方，与小人相处，讨好只能维系一时之安宁，及早远离是为上策。

9.胸怀：君子坦荡荡，小人长戚戚

子曰："二三子以我为隐乎？吾无隐乎尔。吾无行而不与二三子者，是丘也。"

孔子说："你们这些学生以为我对大家有所隐瞒吗？我对你们是毫无保留没有隐瞒的。我没有任何事情不对你们公开的，这正是我孔丘的为人啊！"

后世师父教弟子，总要留一手，否则就会"教会徒弟，饿死师傅"，以至于许多技艺一代不如一代，最终失传。孔子对学生毫无隐瞒，胸怀坦荡，因此儒家学派能够被弟子们传承发扬。

子曰："君子坦荡荡，小人长戚戚。"

孔子说："君子心底平坦，心胸宽广，坦荡无私，小人则经常且长久地处于心地局促忧戚状态。"

君子澄澈磊落，因此总是敞亮快活的样子，小人或猜忌他人，或隐瞒心中不可告人的秘密，或需熟记自己撒过的谎，因此总是愁云满面的样子。

司马牛问君子。子曰："君子不忧不惧。"曰："不忧不惧，斯谓之君子已乎？"子曰："内省不疚，夫何忧何惧？"

司马牛向孔子请教，怎样去做一个君子。孔子说："君子不忧虑，也不畏惧。"司马牛说："不忧虑、不畏惧，这就可以叫作君子了吗？"孔子说："如果内心省察后不感到愧疚，问心无愧，还有什么可忧虑、惧怕的呢？"

这句话概括一下就是一句谚语：不做亏心事，不怕鬼敲门。

君子三省其身：与人谋而尽忠，与朋友交而有信，传而习之。因此心中安泰，神色坦然。小人生怕自己做的坏事被发现，一有风吹草动就疑神疑鬼、战战兢兢，因此担忧畏惧。

子曰："君子泰而不骄，小人骄而不泰。"

孔子说："君子平静安详坦然舒泰而不倨傲凌人；小人倨傲凌人，却不平静安详坦然舒泰。"

孔子由神态分别君子与小人，可见神态暴露一个人的内心。而且，时间久了，神态会改变一个人的容貌。

一个人三十岁之前的容貌是父母给的，三十岁之后的容貌是自身品德塑造的。慈眉善目，不是天生便有的。因此善良的人会越长越漂亮——向善行仁，是最好的美容品。

10. 问责：君子求诸己；小人求诸人

子曰："君子义以为质，礼以行之，孙以出之，信以成之。君子哉！"

孔子说："君子以道义作为做事的根本依据，并用符合礼仪的形式来实行它，用谦逊的态度来表达它，以诚实守信的态度来完成它。这才是真正的君子。"

子曰："君子病无能焉，不病人之不己知也。"

孔子说："君子只担忧自己才能不够，不担心别人不了解自己。"

子曰："君子求诸己；小人求诸人。"

孔子说："君子注重个人的道德修养，经常反躬自问，反省自身的缺点问题；小人则相反，往往一味地苛求他人，在他人身上找问题。"

子曰："君子不以言举人，不以人废言。"

孔子说："君子不会以一个人说的话是不是好听来推举他，也不会以一个人以往的言行不当为人欠佳而否定他有益的谏言。"

联系在一起看，君子因有仁义礼智信作为处世标准，故内心坦荡，并不去攀附什么，所以不担忧不被赏识，只担忧自己是否具备应有的才能；时刻注重德行修为，不为偏见所困，不为巧言所扰，内省持身，待人谦虚。

小人则永远善于发现他人身上的缺点和错误，而认为自己全是对的。

子贡方人。子曰："赐也贤乎哉？夫我则不暇。"

子贡对别人评头论足说长道短。孔子说："子贡你就真的比别人做得好吗？我可没有闲工夫去评论别人。"

贤者、智者都在自己身上找问题，无暇去说别人的是非。

从完善自我的理念出发，会发现这个世界很宽容，因为我本身在不断进步。总想着从别人身上挑毛病的人，会觉得全世界都和他针锋相对——因为要在别人身上寻找自己的错误，明知道很难找到，还冒犯了别人的尊严，因此心虚恐惧。

[链接馨苑] 第十二境

看《小舍得》竟有大所得

最近，我们写作小组的一位小伙伴给我发来一篇短文，说有一部电视剧正在热播，叫《小舍得》，看后令人感慨万千。

短文说剧中"小学霸"颜子悠的妈妈田雨岚，是一个不折不扣的"鸡娃家长"，子悠则是一个对妈妈言听计从的"别人家的乖孩子"。当爷爷奶奶问子悠，想不想进入金牌班的时候，孩子没张口，妈妈就一直给孩子使眼色，甚至最后直接帮孩子回答"想上"。

文中介绍，子悠妈妈说："为了我儿子，我无所谓，为了我儿子，我什么都愿意。"家长为了孩子，把与其学习相关的所有事情都安排好，说得好听点，是"为了孩子"，殊不知，这是在一步步毁了孩子。家长在做决定时，不过问孩子的想法和意见，即便在孩子表达了想法之后，如果与自己对孩子的人生规划有偏差，就使用"语言的艺术"对孩子进行否定，把孩子拉回自己所谓的"正确轨道"。孩子从小失去了对自己人生的自主选择权利，容易变得没有主见，也慢慢地由于害怕被否定而不再敢说出自己的想法和观点。文章直呼：莫要以爱之名掌控孩子的人生。

说来也巧，新加坡《联合早报》网站也有一篇题为《〈小舍得〉里的舍与得》的文章。由于上边说到的小伙伴发来的信息铺垫，这篇文章吸引了我的眼球。

新加坡的文章说，在几个为人父母的中国朋友强烈推荐下，我去刷了最近热播的电视剧《小舍得》。

剧情围绕一个大家庭展开，聚焦小学升初中的话题，把令人窒息的升学压力、家长对子女教育的无限焦虑，展现得淋漓尽致。

《小舍得》最大看点是，这个大家庭中两个 30 来岁的妈妈。蒋欣扮演的田雨岚是典型的"鸡血"妈妈，信奉"吃得苦中苦，方为人上人"。为让儿子考上重点初中，逼他放弃一切兴趣爱好，变成闷闷不乐的"学霸"。在她的高压教育下，儿子在家长会上吐露心声"我妈妈爱的不是我，而是考满分的我"，还患上抑郁症，在考场上撕考卷，出现厌学、幻觉现象。

宋佳饰演的南俪一开始是位"佛系"妈妈，但随着剧情发展，"佛系"妈妈受周围环境影响，逐渐发生变化。自己学历不如人，遭遇职场挫折，令她彻底放弃"佛系"。在学习上给女儿欢欢施以孩子难以承受的压力。最终，11 岁的孩子离家出走。

这剧情，抓心哪！我去恶补，找回放看，突击看完一遍。留在我脑海里的，只有我那个小伙伴发来的一句话：莫要以爱之名掌控孩子的人生。

这就涉及我时常思考的一个问题。孔子说："己所不欲，勿施于人。"那么，"己所欲"应当怎么办？现在，田雨岚和南俪在"己所欲"时强行施于人，闹出了大乱子。看来，己所欲，施于人，不妥。在我们写作小组还有一位小伙伴，我们经常交流学习《论语》的心得。这位小伙伴说，己所欲，也勿施于人。还举了个例子，有的父母成天里催着孩子找对象结婚，弄得孩子春节回家还得找个"替身"来冒充。这个例子也是说明，己所欲施于人不妥。但不能说明，己所欲也勿施于人就对。因为，"施于人""也勿施于人"的说法都太绝对了。话为什么不能这么说呢？因为这话太绝对了，不是恰到好处，不够中庸。我的体会是，己所欲，未必施于人。这不是以两个字替换两个字的事儿，这是思想脉络思想观点，这是涉及我们的想法我们的心得我们的"新"得能不能体现孔子思想真谛的事儿。孔子说过，如果觉得父母有什么做的不合适的地方，要耐心委婉得体地劝说，但是如果父母不接受你的意见，你不能勉强，你可以仍然为此操心但不能抱怨（原文见《里仁第四》，第 18 章）。还说过，对朋友要真诚善意地劝导引导他，但是如若他听不进去也就此打住，别自讨没趣（原文见《颜渊第十二》，第 23 章）。孔子的意思首先是"施于人"，其次是适可而止。"施"与"不施"都"不期必"。

所以，我的心得体会总结出来就是：己所欲，未必施于人。

"施"与"不施"要恰到好处。

在《小舍得》里，宋佳、蒋欣主演的两位妈妈与各自孩子欢欢和子悠的关系，是个蛮生动的案例。您说说，看《小舍得》是不是收获了一个"大所得"！

（插播一条广告：在 [链接馨苑] 第十六境中，还会从另一个角度，讨论"己所欲"的有关情况。敬请关注《己所欲者，抑或人所欲也》。谢谢！）

释文能近取譬

出自论语雍也第六

子贡曰如有博施于民而能济众何如可谓仁乎

子曰何事于仁必也圣乎尧舜其犹病诸夫仁者

己欲立而立人己欲达而达人能近取譬可谓仁

之方也已

我们在第8篇曾介绍了项目组委会的组成，以及组委会三位主任共同签署的"经典传承·榜书《论语》"公益项目实施方案。方案中明确了森特士兴集团股份有限公司、中央数字电视书画频道、中国医药卫生文化协会为项目实施主体；锐珂医疗、山东赛克赛斯控股集团、中国诚信信用管理股份有限公司、青岛琛蓝健康产业集团为支持单位。实施主体与支持单位共同构成公益项目捐赠方。

在这里，我们专门介绍锐珂医疗、山东赛克赛斯控股集团、中国诚信信用管理股份有限公司、青岛琛蓝健康产业集团以及他们在这次公益活动中的贡献。

[时人新事] 第十三篇

企业参与热情高　争做项目捐赠人

先说说"锐珂"吧。Carestream Health（简称"锐珂医疗"）拥有近 4300 名员工，为全球 170 多个国家的数万名客户提供优质的医疗产品。公司拥有超过 755 项技术专利，产品在全球 90% 的医疗机构中运转。在 X 射线解决方案、数字输出解决方案、各种数字和传统 X 光胶片和无损检测产品在内的多个领域中，锐珂医疗凭借丰富的整合方案以及专业全面的服务体系获得包括中国市场在内的全球客户的认可。

锐珂医疗积极参与公益事业。在武汉抗击新冠疫情最艰难的日子里，锐珂医疗通过国家卫健委向武汉捐赠价值 500 万元医疗器械，包括抗击疫情急需的移动 DR、激光相机和医用胶片等。在 21 世纪第二个十年开始的时候，锐珂医疗向宁夏回族自治区的两个县捐赠 1000 万元，在原卫生部组织下，开展县乡村三级医疗机构信息化建设试点项目。锐珂医疗的宁夏试点经验，以及其他机构在河北等地的试点经验，为在全国实施医疗卫生信息化建设项目的普遍推行起到了积极作用。2013 年锐珂医疗发起"奔跑的明天"贫困地区肢残儿童爱心救助计划，至 2020 年底，共为 125 名患儿提供了救助。2014 年锐珂医疗出资 1000 万元，与国家卫健委共同启动"健康暖心——锐珂贫困地区基层医生培训润土计划",已培训 5355 人。

锐珂医疗大中华区总裁刘杰、副总裁滕俐是这些公益项目的组织推动者。他们之前在锐珂医疗的前身柯达医疗集团工作时,即参与过向原卫生部捐赠抗击非典医疗物资、捐赠乡村医生表彰资金等公益项目的组织协调落实工作。滕俐还是中国医药卫生文化协会书画专业委员会的秘书长,还是"经典传承·榜书《论语》"公益项目组委会秘书长。

山东赛克赛斯控股集团,是一家依靠科技(人才)创新、可持续发展的综合性企业集团。总部位于山东省济南市高新区。集团目前主要涉足领域为医疗器械、氢能源、医疗服务及战略投资等四大板块。

医疗器械板块——赛克赛斯生物科技股份有限公司成立于 2003 年,是一家集医疗器械植介入材料研发、生产、销售、服务于一体的国家高新技术企业。公司拥有山东体内植入材料工程技术研究中心、山东省企业技术中心、山东省生物医用材料工程实验室三大省级创新平台,拥有国家授权专利达 80 余项。公司一直致力于高端医疗耗材的国产化,其中"赛脑宁"可吸收硬脑膜封合医用胶,是国家药监局批准的国内首个进入创新型医疗器械特别审批"绿色通道"产品,属于国内首创。公司 600 多名员工中,具有硕士、博士学位的研发技术人员就有 100 余人。是山东省"准独角兽企业"。

氢能源板块——山东赛克赛斯氢能源有限公司成立于 2007 年，是一家专业从事氢能产业研究开发、技术创新、生产制造的国家高新技术企业，是国内最早研制 PEM 制氢设备的单位，成功造出国内首台大型纯水电解制氢装置，技术达到国内领先水平，填补了国内 PEM 技术大型制氢设备的空白。公司制氢设备单槽产氢量超过 200m³/h，是目前国内最大 PEM 制氢设备制造单位。

医疗服务板块——齐鲁三鹤血液透析服务管理有限公司成立于 2014 年，目前在山东、广东、山西、福建等省已投入运营独立中心 13 家、合作中心 22 家，长期服务患者 3000 余名。公司的经营能力与规模已名列行业前茅。

战略投资板块——多盈投资管理股份有限公司成立于 2015 年，经过多年发展，多盈资本旗下现拥有多盈创投、多润投资、多盈领新等多个以创业投资、股权投资管理为核心业务的专业投资品牌，管理着涉及节能环保、新材料、现代服务业、文化产业、半导体产业等领域的多支专业化投资基金，管理总规模超过 70 亿元。

山东赛克赛斯控股集团以"真心、精心、忠心、恒心"为企业精神；以"诚信百年，创新百年，坚定不移地走健康、稳定、可持续发展的经营道路"为经营理念。企业愿景是"做最好的公司，打造成为民族知名品牌的百年企业"。在疫情暴发期间，集团主动支援武汉，向湖北省慈善总会捐款 200 万元，获得"新冠肺炎疫情防控捐赠突出贡献奖"。

在这次"经典传承·榜书《论语》"公益项目捐赠仪式中，集团总裁邹方明远在美国遥控指挥，集团派出得力员工承担会议接待的组织协调工作。邹方明是中国医药卫生文化协会生物医学材料专业委员会主任。

中国诚信信用管理股份有限公司（以下简称"中国诚信"），创始于 1992 年，是经中国人民银行总行批准设立的第一家全国性的从事信用评级、金融证券咨询和信息服务等业务的非银行金融机构。中国诚信是国内历史悠久、营业范围广泛、产品种类丰富的综合信用管理服务机构，坚持独立、客观、公正的价值追求，秉持专业、诚信、严谨的职业操守，提供规范、准确、高质量的信用产品与服务，以力争成为中国信用产业引领者为目标。

中国诚信为中诚信集团旗下重要公司。中国诚信借助于中诚信集团的丰富经验和大量数据，业务范围涵盖社会信用大数据服务、绿色金融服务、信用风险管理及金融服务、医疗健康评价服务、信用评价服务、债券投资与金融科技服务等，开展除资本市场评级与征信之外的各类信用管理咨询服务。目前已积累了一批高素质的人才队伍，研究生占比高达 65%。一直以来致力于成为业内实力最强、多元化、专业化的信用管理公司。

毛振华是公司创始人、董事长，是中国人民大学经济研究所联席所长、教授，是中国宏观经济论坛联席主席、中国医药卫生协会医疗健康信用分会会长。

青岛琛蓝健康产业集团以"立足生物科技、造福人类健康"为企业宗旨，以"海洋＋中药"为产业发展方向，以"立足膳食补充剂行业，做全球创新领军企业"为事业定位，专注于海洋活性物质及中药提取物的深度开发和应用，业务涵盖膳食补充剂、品牌原料、医用材料、天然药物四大领域，是一家集研发、生产、仓储、物流、销售于一体的高科技企业。

琛蓝集团在国内外建有五大生产基地，形成了从原料提取到成品制备的闭环式产业链条。在美国圣地亚哥、美国纽约和中国青岛建立了业内一流的科研中心，拥有六十余人硕士学位以上的跨国科研团队，携手国内外权威专家团队和科研机构进行深度合作协同创新。承担国家、省部级项目十余项，拥有国内外专利百余项，建有山东省院士专家工作站、山东省甲壳素及其衍生物工程研究中心、山东省企业技术中心三大省级科研创新平台。

集团公司参与了长达九年的国家卫健委主办的全民健康生活方式第一阶段"全国银龄健康一二一工程"，以及第二阶段正在开展的"全国银龄健康三减三健工程"，积极传递健康生活理念。集团公司向中国青少年发展基金会捐建 10 所希望小学、赞助上合组织青岛峰会、参与精准扶贫行动、抗击新冠肺炎疫情向青岛慈善总会捐赠价值 240 万元的款物，先后荣获中国驰名商标、国家体育总局训练局赞助商、韩国丽水世博会指定用品供应商、健康山东战略合作伙伴、国家高新区瞪羚企业、山东名牌等荣誉。

集团公司董事长邹圣灿，师从中国工程院院士、国医大师王琦教授，是中国医药卫生文化协会海洋健康文化专业委员会主任委员、中医药健康促进分会会长。在这次"经典传承·榜书《论语》"公益项目活动中，邹圣灿带领他的团队积极主动参与，发挥了重要作用。

[论语心得] 第十三话

同打虎不必亲兄弟　共上阵何止父子兵

有句老话，打虎亲兄弟，上阵父子兵。为什么呢？亲呀！为什么亲呢？父子兄弟血管里流着一样的血呀。所以指望着父子兄弟能心往一处想，劲往一处使。其实不必然。兄弟反目成仇者有之，父子相残者有之。《人间正道是沧桑》里杨氏一门姐弟三人分属两大政治营垒；玄武门之变也是一段真实故事。

那么这句话还对不对呢？我说也对也不对。说他不对，是从字面上看，让人挑出了毛病，显得局限了，说得绝对了；说他对，是可以体会到这句话的实质，是说要找能过命的人，共同应对难关开创事业。

好了！关键词抢答题出来了：谁是能过命的人？我觉得应该是理想，是信念，是道，是义。这是比血缘更纯正的基因。

一个组合，一个团队，能有共同的理想，共同的追求，共同的梦，才是最重要的。

1. 优选队友：益者三友，损者三友。友直、友谅、友多闻，益矣；友便辟、友善柔、友便佞，损矣

人生得意，需良师益友相助。朋友多了路好走，与志同道合的人携手并进，相互支持，才能走得更远。在当今社会上，单打独斗的人往往力量单薄。但我们又经常说："不怕狼一样的对手，就怕猪一样的队友。"应当如何选择朋友，如何与朋友相处呢？

子曰："可与共学，未可与适道；可与适道，未可与立；可与立，未可与权。"

孔子说："可以共同求学的人，未必可以共同求道；可以共同求道的人，未必可以在一起以常道、礼法为根基继续开拓；可以共同开拓的人，未必可以共同达到通达应变的境界。"

子曰："道不同，不相为谋。"

孔子说："如果彼此之间的志向、主张、心意不同，就不要在一起商议谋图事业。"

这两句话，下面一句是上面一句的总结。同道曰朋。志向相和，道路相同，才能朋友一生一起走。

曾子曰："君子以文会友，以友辅仁。"

曾子说："君子以文章学问来会聚结交志同道合者为朋友，并与朋友相互学习，共同培养仁德。"

子路问曰："何如斯可谓之士矣？"子曰："切切偲偲，怡怡如也，可谓士矣。朋友切切偲偲，兄弟怡怡。"

子路向孔子请教："怎样的人才可以称为士呢？"孔子说："相互批评勉励，相处和和气气，可以算是士了。朋友之间能相互批评勉励，兄弟之间能和睦相处。"

子贡问友。子曰："忠告而善道之，不可则止，无自辱焉。"

子贡请教老师应该怎样对待朋友。孔子说："以忠言相劝，以善言引导，如果他不听劝、也不肯改，那就罢了，免得因他恼羞成怒，而自取其辱。"

古人文以载道、文以明志，因此曾子认为，以文会友，是结交朋友的好方法。朋友之间的相处，不是今天你约我去喝酒，明天我约你去唱歌，而是在以文会友的过程中相互勉励，相互督促，相互成全，共同去追求仁。然而每个人都有自己的个性，因此交友之道也要遵循忠恕的原则，假如自己的劝诫朋友不能采纳，也不要缠着不放，不能对朋友求全责备。

如果能做到这些，就会如孔子称赞的晏平仲一样"久而敬之"，即交往愈久，别人愈发尊敬他。

孔子曰："益者三友，损者三友。友直、友谅、友多闻，益矣；友便辟、友善柔、友便佞，损矣。"

孔子说："使人受益的朋友有三种，使人受损的朋友也有三种。同正直的人交友，同诚信的人交友，同见闻广博的人交友，便是有益的。同习惯于走邪道的人交朋友，同口蜜腹剑喜欢骗人的人交朋友，同善于花言巧语的人交朋友，便是有害的。"

孔子给出的"朋友考核方案"是：正直、诚信、见多识广者为益友；歪门邪道、假仁假义、花言巧语者为损友。

选择了良师益友，还需要一位真心理解自己的朋友：志同道合固然是好朋友；患难与共的则是"铁杆朋友"；而一些并非一起共事，却能在我们人生不如意的时刻给予陪伴、倾听与抚慰的朋友，亦是人生可遇而不可求的。

2.团队协作：为命，裨谌草创之，世叔讨论之，行人子羽修饰之，东里子产润色之

优选队友之后，我们会顺理成章地组成自己的合作团队。俗话说"三个臭皮匠，顶个诸葛亮"，我们国家的传统文化自古强调集体协作，而非个人主义的超级英雄。团队的协同作战，能够在社会竞争中占据优势地位，同时也在风险到来的时刻拥有更强大的承担能力。

而一个团队是否具有凝聚力，则在很大的程度上考验团队管理者的担当、智慧与人格魅力。

如今，我国的科技水平正处于不断提升的过程中，科研领域涌现出不少优秀的团队，而导师作为团队的"领军人"，不仅肩负着科研课题本身的选题、研究、制定方案等工作，还需成为一位好的教育者和管理者。

结合《论语》会发现，孔子能够拥有三千多名学生，能够培养出孔门七十二贤、孔门十哲，其管理能力与教学智慧何其伟大！

子曰："为命，裨谌草创之，世叔讨论之，行人子羽修饰之，东里子产润色之。"

孔子说："郑国颁布的政令，都是由大夫裨谌起草，大夫世叔提出修改意见，外交官子羽加以修饰，最后由子产修改润色。"

在子产执政期间，郑国的社会较为安定，因此孔子描述了郑国国家政令的形成过程，既有分工又有合作，人尽其才。从起草到最后的润色完成，"政令团队"中的每一个成员都各司其职。

由此可见，团队的分工协作是管理者"及其使人也，器之"的智慧。

子言卫灵公之无道也。康子曰："夫如是，奚而不丧？"孔子曰："仲叔圉治宾客，祝鮀治宗庙，王孙贾治军旅。夫如是，奚其丧？"

孔子谈到卫灵公无道，不是一个好国君。季康子问："既然如此，为什么卫国没有灭亡呢？"孔子说："是因为卫灵公任用了仲叔圉处理外交事务、接待外宾，祝鮀掌管宗庙和祭祀，王孙贾统率军队。有这样的大臣相辅佐，卫国怎么会灭亡呢！"

卫灵公虽然无道，但善于任用人才队伍，因此卫国没有灭亡。由此我想到刘邦，《汉书·韩彭英卢吴传》载："上尝从容与信言诸将能各有差。上问曰：'如我，能将几何？'信曰：'陛下不过能将十万。'上曰：'如公何如？'曰：'如臣，多多益办耳。'上笑曰：'多多益办，何为为我禽？'信曰：'陛下不能将兵，而善将将，此乃信之为陛下禽也。'"

韩信毫不隐讳地告诉刘邦，您不善于统领士兵，而善于统领将军。一句话点出了刘邦善于用人的特点。这也是刘邦能最终击败楚霸王项羽的关键因素。

作为一个团队的导师，如何能像卫灵公、刘邦这样善用人才？又如何启发教育、培养人才呢？在《论语》中能够得到如下启发：

互乡难与言，童子见，门人惑。子曰："与其进也，不与其退也，唯何甚？人洁己以进，与其洁也，不保其往也。"

互乡是一个地名，那里的人，别人难以与之交往。但孔子接见了互乡的一位少年，弟子们很疑惑。孔子说："应当赞赏这位少年上进求学的心态，而不是因为他来自封闭的互乡，而禁锢其求学之道，甚至以偏见伤害他，导致他学业退步。何必那么过分呢？人家以洁身自好之心求进步，我们应当赞许他能够向学向善，而不要去计较他在过去是否善于与人交往。"

《道德经》说，"是以圣人常善救人，故无弃人；常善救物，故无弃物"，与孔子的观点相似。在一个团队中，如果领导者首先表现出对某一成员的排斥与偏见，那其他成员就会因此而轻视他。但假如明知道这个成员有不如大家的地方，却鼓励他，那么团队中其他成员也会接纳、帮助他。

举个例子，某一科研团队中，9位学生毕业于知名院校，只有1位学生来自于一所毫不起眼的普通大学。他从进入团队的第一天就开始自卑。而导师却在第一周的总结会上，额外表扬了他，并清楚地说出了他母校的名字。从此之后，这位学生不仅学习更加勤奋、工作更加认真、与其他学生相处得更加融洽，还变得阳光了许多。

子游曰："子夏之门人小子，当洒扫应对进退，则可矣，抑末也。本之则无，如之何？"子夏闻之，曰："噫！言游过矣！君子之道，孰先传焉？孰后倦焉？譬诸草木，区以别矣。君子之道，焉可诬也？有始有卒者，其惟圣人乎！"

子游说："子夏教导的学生，只会做一些诸如洒水扫地、招待宾客的琐事，但这不过是末节。不学习基础理论，这怎么能行

第十三话 同打虎不必亲兄弟 共上阵何止父子兵

三五七

呢？"子夏听到后说："唉！子游的话说错了啊！先王之道，应该先传授哪些？后传授哪些？好比花草树木一样，可以区别为不同的科目。先王之道，怎么可以任由自己的观点随意歪曲呢？能够按照理想中的次序将先王之道传授给学生的，那只能是圣人吧！"

禅宗认为，行住坐卧皆是禅，挑水、劈柴皆是禅。有人问："佛法在哪里？"和尚反问："今年的大米卖多少钱？"如此讲到务农，讲到生活，没有米，何来有佛？而大道理蕴藏在青青翠竹、郁郁黄花之中，那些有生命的地方。大道理就在其生命之中。

这就好比子夏说的，先王之道蕴含在点滴生活中——洒水扫地、接待宾客皆能够运用先王之道，无小大之分。只要老师孜孜不倦地教导，学生日拱一卒地学习，那么先王之道就在润物无声的过程里传承。

一个团队的导师，不能急着让学生都出大成果，不能只看中那些正在做大事的学生，更不能急于求成地让所有学生都做大事。从细微处开始教学，从细微处开始积累，如此或许十年才能出一个成果。看起来慢，却扎扎实实，将基础准则、技术路线一并传承下来。而有了这十年的扎实积累，团队或许就能在某一次机遇中，将所学发挥到极致。同时由于此前的积累，在面对新的考验时，才能以最快的速度得到最佳的实施方案。看似慢，实则走在他人前面。

子曰："不愤不启，不悱不发。举一隅不以三隅反，则不复也。"

孔子的启发式教学，一直被我们不断强调且大力提倡。刻板教学如同授人以鱼，而启发式教学则是授人以渔。

团队新人该怎么带才能真正带出来，令其拥有创新思维，而不是仅仅教导成技术工种？答案无疑是启发式教学。

每位学生悟性不同，因此需要管理者、导师拥有一定的耐心，多宽容、鼓励，给新人多几次尝试的机会。这其实也是忠恕思想的体现。

一个团队，从初建的雏形到发展磨合，到趋于完善，需经过大浪淘沙，留下真正的志同道合者。而为确保每一位人才发挥最大价值，还需为每位成员提供适当的机遇、平台与考验。这是一个需要时间的过程。因此团队的领军人、灵魂人物，非目标长远者不能为——选择了正确的方向，并带领团队持之以恒地朝着这个方向前行，才算得上真正的智者。

3. 忠君之事：子夏事父母能竭其力，事君能致其身

曾子曰："士不可以不弘毅，任重而道远。仁以为己任，不亦重乎？死而后已，不亦远乎？"

我们在 [论语心得] 第十一话中就已学习讨论过曾子的这段名言，曾子说："士不可以不志向宏大品格刚毅，因为士肩负重任而路途遥远。把实现仁德于天下的责任挑在肩上，不是很沉重吗？至死方休，不是很遥远吗？"

曾子是从孔子手中接过接力棒的人，孔子去世后，他接续孔子以仁为己任，发扬孔子的学说。

在当今社会，我们依然强调以仁为己任，然而这个概念太大，听起来也太严肃，太沉重，让人觉得压力山大，而如何完成这么大的目标，又没有人能总结出一套既定方案。

网上有一个寓言：《两只钟表》。

一只钟表已经忙活了一辈子。有一天，老钟表对一只新钟表说："你一年里要摆 31536000（3153 万 6000）下啦。"新钟表吓坏了，说："哇，这么多，这怎么可能？！我的钟摆怎么能完成那么多下呢！"

这时候，另一只老钟表笑着说："不用怕，你只需一秒钟摆一下，每一秒坚持下来就可以了。"新钟表高兴了，想着：一秒钟摆一下好像并不难啊，试试看吧。果然，很轻松地就摆了一下。不知不觉一年过去了，小钟表已经摆了 3153 万 6000 下！

仁就在我们每天的工作中，向这只小钟表一样，坚持每一天把当下的工作做好，不知不觉间，就成就了仁。"事父母能竭其力，事君能致其身"，做到尽孝、尽忠就是求仁之道。

4. 惟酒无量，不及乱

找到了好队友，组成了好团队，一起做了快意人生的大事，然后呢？自然是大家欢聚一堂，小酌几杯！

中国有几千年的文化，因此也有几千年的酒文化。历史上关于酒的诗词实在太多，关于酒的名人也不胜枚举，而关于酒的故事更是家喻户晓。

曹操"何以解忧，唯有杜康"；陶渊明"一觞虽独尽，杯尽壶自倾";白居易"绿蚁新醅酒,红泥小火炉";王维"劝君更尽一杯酒,西出阳关无故人";李白"抽刀断水水更流,举杯消愁愁更愁";李清照"常记溪亭日暮,沉醉不知归路";杜甫"白日放歌须纵酒,青春作伴好还乡";王翰"葡萄美酒夜光杯,欲饮琵琶马上催";范仲淹"浊酒一杯家万里,燕然未勒归无计";苏轼"明月几时有,把酒问青天";辛弃疾"万事一杯酒,长叹复长歌"……

古人饮酒,要行酒令,要吟诗作对,要曲水流觞,总之怎么风雅怎么喝。而酒桌上还能办正事:鸿门宴、群英会、煮酒论英雄、杯酒释兵权等等关于酒与政治的逸闻均充分显示出酒在中国文化中的重要地位。

有句话叫"无酒不成席",婚丧嫁娶均少不了酒;久别重逢的朋友一定要把酒言欢;公司年会也往往少不了酒……中国的酒文化如酒一般醇厚,如酒一般令人沉醉。

古人饮酒是讲究酒礼的,饮酒曾经是一项庄重的活动、一种仪式。今人虽无酒礼,却至少应该讲点儿酒德、讲点儿酒品,而不能把饮酒当作放纵情绪的理由。

通过读《论语》,可以看到中国古人对酒与礼之间关系的严谨态度:

乡人饮酒,杖者出,斯出矣。

举行乡饮酒礼时,等拄拐杖的老人走出来以后,自己才能出去。

《礼记·乡饮酒义》记载："主人拜迎宾于庠门之外，入三揖而后至阶，三让而后升，所以致尊让也。盥洗扬觯，所以致絜也。拜至、拜洗、拜受、拜送、拜既，所以致敬也。尊让絜敬也者，君子之所以相接也。君子尊让则不争，絜敬则不慢。不慢不争，则远于斗辨矣；不斗辨，则无暴乱之祸矣。斯君子之所以免于人祸也。故圣人制之以道乡人、士、君子，尊于房户之间，宾主共之也。"大概意思就是主出门迎客，行礼，进门后主客相互行礼，走上台阶，继续行礼，礼让之后，要洗了手才能拿酒杯，然后要各种拜……这许多繁复的礼仪是为了表示彼此谦让，君子之间互相谦让，就能避免很多争执和祸乱的发生，这也是圣人制定乡饮酒礼的初衷。

总而言之，有酒的地方，大家会比较放松，也容易交流感情。因此我们常把友谊比作醇酒，爱情比作甜酒——杯中之酒，口中之言，心中之情，愿这一切，长长久久。

喝酒除了要讲礼，还要控制喝多少，喝到什么状态，这就是度，过犹不及。一桌人小酌，喝酒喝得太少，朋友们不答应，喝得太多，身体不答应。

惟酒无量，不及乱。

孔子在说了一些对某些食物摄取量的限制之后说，说只有酒不限量，但不喝过量，不能失态。

孔子认为，酒可以不限量——毕竟每个人的酒量不同，乔峰千杯不醉，段誉如无六脉神剑作弊，三杯就倒。因此这个度的问题，靠君子自己掌握，只要别喝醉了闹得酒后失态即可。

然而无论酒量有多好，也不应该天天饮酒作乐。把酒言欢、小酌怡情，恰到好处时于情、于义、于礼都是有益的，但终日沉迷于酒局，则不仅伤身，更伤求道之心。

孔子曰："益者三乐，损者三乐。乐节礼乐，乐道人之善，乐多贤友，益矣。乐骄乐，乐佚游，乐宴乐，损矣。"

孔子说："有益的快乐有三种，有害的快乐有三种。以享受礼乐的调节为快乐，以称赞宣扬别人的好处为快乐，以有许多贤德之友为快乐，这是有益的。以骄肆放纵为乐，以游游荡荡为乐，以纵酒贪杯沉湎舞乐为乐，这是有害的。"

足见孔子并不提倡成天聚在一起喝酒作乐，只顾着喝酒游玩，就很难坐下来好好学习了。真正洒脱的人，绝对不会让自己成为一个酒鬼，而是做到饮酒亦有德，"不为酒困"。

子曰："出则事公卿，入则事父兄，丧事不敢不勉，不为酒困，何有于我哉？"

孔子说："在朝廷上尽忠职守辅佐贤主公卿，在家尽心尽孝侍奉父兄，丧事不敢不尽礼，不嗜酒贪杯，这几个方面我做到了么？"

儒家并不反对饮酒，用酒祭祀敬神，养老奉宾，都是德行。但绝不能像商纣王那样，酒池肉林，贪杯无度。酒德简而言之就是，有度者有德，无度者无德；酒后失态者无德；强迫别人喝酒者无德。

以共同的理想信念选择队友，同心同德，团结协作，同舟共济，竭力尽心，然后梦想成真，共酿一坛人生美酒。

[链接馨苑] 第十三境

中秋夜和友人诗

"唯酒无量，不及乱"之乱是酒醉失态，乱了方寸。"师挚之始，关雎之乱"的乱，有乐曲完成的意思。而我们现代所说的乱，则取不整齐之意，有混乱、慌乱、紊乱等等组词，而最让人难受的，莫过于心乱——那种惶惑、思绪纷扰的感觉，就是心乱了。

有一年的中秋之夜，零点前后，我收到一条短信，那一刻，纷繁复杂的情绪涌上心头，真的是心乱了。那是一位我曾经的学生、一位企业家发来的信息，虽然是在中秋佳节祝老师安好，但由于他当时身患重病，尽管心态乐观、积极治疗，却并未出现好转的迹象。恰逢中秋，再乐观也难免流露悲伤。或许不知该从何排遣，又怕家人担忧，故发给我一首长短句，聊以遣怀：

> 叶未落，秋已至，
> 清风明月帆影远，
> 白露为霜人未归，
> 多少清凉山寺。
> 花凋零，寒蝉鸣，

星辰大海梦里寻，

红泥小炉酒酣热，

些许落寞人家。

　　辗转反侧，忧思难平，彻夜不寐。我不知应怎样回复他安慰他。直到第二天中午，才耗尽心思，搜索枯肠，步其韵和他几句：

己亥中秋和友人长短句一首

中秋夜，冷月圆，

孤帆远影清风伴。

不问曾经千万险，

唯有澄江如练。

东方亮，彩霞天，

霜裏菊花金色灿。

犹知历雪梅香暗，

号子酒酣不乱。

　　中秋之月是圆圆的，而今夜却是冷光袭人；今夜虽是冷月却毕竟是圆圆的。友人独自熬过那些最艰苦的岁月，历尽千种难万种险，今夜已是月下风平浪静，就享受着美如素练的澄澈江景吧。待到天明的时候，总会看到绚烂如火的彩霞，那历尽寒霜的黄菊与太阳的光辉互动，放射着生命的光芒。即便秋去冬来，这金灿灿的光芒，也会蒸发着傲雪红梅坚毅幽香的气息。而我们这些朋友都会陪伴你共酌红炉佳酿，都会和现代医学一起像纤夫那样，唱着号子为你拉纤，逆水行舟，与你共渡险滩……心不乱，脚步不乱，生命的乐章没有结尾，永不言弃。

人生又何尝不是一曲交响乐？总会有欢快的旋律也会有忧伤的片段，每一个乐章都有它自己的动人之处，只要我们用心感受、用心演奏、用心聆听，我们各自的人生总有各自的美。

我的这位友人现在很好！

释文博学而笃志

出自论语子张第十九

子夏曰博学而笃志切问而近思仁在其中矣

曲阜是孔子的老家。在曲阜的北端有孔子家的私宅，人称孔府；在孔府西侧与之比邻的是孔子家的私庙，人称孔庙；在孔府孔庙北边不远的地方有孔子家族的墓地，人称孔林，孔子就安葬在这里。孔府、孔庙、孔林，人称"三孔"，是世界文化遗产。

两千多年来，曲阜的城市布局，逐渐形成了以"三孔"为发端，向南延伸的中轴线。这条中轴线越过小沂河，越过大沂河，一直向南，与近年新修建的东西向的孔子大道相接。孔子大道南面是宽广的蓼河。曲阜还有一处绝佳美景——舞雩台。

莫春者，浴乎沂，风乎舞雩——这里就是历史的陈迹么？

小雨如酥，草色遥看，绝胜烟柳，千年春好处，朦朦胧胧迷迷茫茫隐隐现现。但我敢毫不犹疑地确定，这里就是"咏而归"的所在。

2019年5月，具有时代标志意义的重大文化工程——孔子博物馆落成并接纳观众试运行。这座总建筑面积5.5万平方米的恢宏建筑，坐落在曲阜城市中轴线的正南端，在孔子大道与蓼河之间，与"三孔"遥相呼应，是孔子文化的集大成之所，是当代的杰作，是未来的遗产。

[时人新事] 第十四篇

伟哉孔子博物馆　大哉《论语》归故里

2019年11月17日上午，"经典传承·榜书《论语》"公益项目捐赠仪式，在孔子博物馆中心大厅举行。会场庄重肃穆简朴，正中一面硕大的电子屏上，映放出含有言恭达先生手书"经典传承·榜书论语"的会标，大厅装饰成巨大书架的十米高圆弧形墙面上展陈了捐赠品中"论语""学而时习之不亦说乎"及"子之所慎斋战疾"几个字。与会者屏吸安坐，陶醉在一曲《韶》乐之中。

中央数字电视书画频道特别邀请著名主持人雅娟主持仪式。

山东省文化和旅游厅副厅长王延琦代表山东方面及受赠方讲话。他说："中国医药卫生文化协会首选孔子博物馆作为'榜书《论语》'的捐赠对象，可以说是目光高远，为这套珍贵的书法作品找到了最好的归宿，体现了陈啸宏先生及其创作团队和捐赠方的大格局、大情怀、大思维、大气象。这是新时代文化繁荣兴盛的标识，他传承的是当下的大气象，用鸿篇巨制呼唤着时代文化精神，以书法艺术形式重温经典、致敬经典。"

本次公益活动组委会主任、中国医药卫生文化协会副会长、中央数字电视书画频道董事局主席王平代表捐赠方讲话。他说：

"我们今天，怀着特别激动和喜悦的心情，来到我们中国的文化圣地——孔子博物馆，来做一次特殊的文化交流活动。刚才一曲《韶》乐，让我们穿越时空，回到了远古时代——我们的中华民族，在远古的时候就有如此美妙的音乐，我们有多么深厚的文化底蕴啊！我们建筑辉煌的、外方内圆的孔子博物馆，馆藏作品70多万件，这是我们中华民族文化的重要宝库。

"这次公益项目的榜书创作者，是我们中国医药卫生文化协会的会长陈啸宏。他有一个想法，他说我们既然是文化协会，就应当在文化建设方面做些有意义的事情。所以他选择用榜书的形式来表现《论语》这部鸿篇巨著。为了把这个事情做好，我们在项目一开始，就邀请书画艺术界、儒学界的专家，中国书协顾问申万胜、言恭达、张飙，中国美协名誉主席冯远、副主席徐里，著名书法家张旭光、刘恒、张志和，还有孔子研究院院长杨朝明，大家一起，针对这个项目，从立意到创作到应用，从儒学、书法、艺术、学术方面做了系统讨论，对项目的开展给予具体指导。

"在方方面面的热情支持下，啸宏和他的榜书团队，从今年一开年，就开始了'榜书《论语》'创作。'榜书《论语》'一万五千九百二十二个字，每一个字是四尺斗方的，总面积是八千平方米，比一个足球场还要大。我们项目组委会的心愿，就是特别想在中华人民共和国成立70周年之际，先把'榜书《论语》'上部拿出来，作为《榜书〈论语〉全文》的代表，捐赠给孔子博物馆。我们通过今天这个交接仪式，实现了向中华人民共和国成立 70 周年献礼的心愿。在我们的捐赠品中，每一页上不仅有字，还有印章。北京文物局的著名篆刻家张国维先生，为这个公益项目镌刻 49 方印章。在专家论证会上，书画艺术家们说：'立意高、主题鲜明，公益活动彰显了我们这代人的文化情怀。'

"置身气宇轩昂的孔子博物馆里，我的心就激动不已。我们国家真是赶上了盛世——习总书记带领我们进入新时代。在这样的时代才建了这样一个恢宏壮美的孔子博物馆。我想，一千年后，当后人用大数据检索我们这个博物馆的时候，可能也会检索到我们今天捐赠的《榜书〈论语〉全文》，我们的后人将为我们这个时代而骄傲。"

本次公益活动组委会执行主任、中国医药卫生文化协会常务副会长郑宏，与孔子博物馆馆长郭思克共同签署了《捐赠协议》。

本次公益活动组委会主任、森特士兴集团股份有限公司董事长刘爱森代表捐赠方，接受了孔子博物馆的《收藏证书》。

国家卫健委宣传司副司长米锋代表协会的主管部门讲话。他说："啸宏会长多年来从大健康的视角精心研读《论语》，系统解读其中关于生命健康的内容，既有关于健康战略和文化追求的深刻阐释，又有关于文化与医学融合的细节凝练，为我们开展健康文化建设树立了良好的榜样，他和国维同志以最为正式的榜书和篆刻形式，来书写《论语》全文，并无偿将其捐赠给孔子博物馆，体现了对孔子和中华文化的崇高敬意和厉行精神。"

中国文联副主席，中央文史馆副馆长、中国美协名誉主席冯远在讲话中说："啸宏会长以他对中华优秀传统文化的学习研究，体认领悟，特别是对《论语》这部经典深刻的认识，提出了这样一个富有创意的独特的文化表达方式，同时以他多年来爱好书写艺术的样式、形式，来表达这样一个文化公益的成果。弘扬优秀中华文化这是我们在座每个人的责任。文化是一个国家、一个民族的灵魂。习总书记说，中华优秀传统文化是一个国家、一个民族的精神命脉。以什么样的方式来弘扬优秀传统文化？我们说、我们写、我们宣传，但是作为一个书画家，以什么样的方式来弘扬这样一个优秀传统文化，从而能够承担起我们这代人的历史责任呢？陈啸宏先生以书写的样式，而且是以 70 厘米乘 70 厘米这样一个体量来书写这一万五千多字，并把作品捐赠给孔子博物馆。我们希望这是一个开始，承载优秀传统文化的藏品，在这样一个硕大的博物馆里，不仅仅是以数量为骄傲。我们希望所有的藏品，能够用不同的方式、不同的样式，更多的走进广大的人民群众，走进社会，让更多的人知道，中华优秀文化传统好在哪里、精华在哪里，让更多的年轻人和我们后来的孩子们来认识中华优秀传统文化。这也同时是孔子博物馆接过了这样一份沉甸甸的责任。我想，作为同道者，所有今天参加捐赠仪式的朋友们，都有同样的一个心性：同扬斯道。"

会后，记者们采访了几位与会者。

原国防大学副政委、中华人民共和国国史研究会副会长李殿仁中将说："宣传经典、学习经典，使之铭记于心，可以用各种形式，啸宏是用书法的形式，把它展现出来，他有书法功底，有毅力，把这些都结合起来，才能做出这种有重大意义的事情来。

这件事情啊，我说它能够立于当代，也能传播久远。这需要一种情怀，还要有一种责任。啸宏会长和这个项目的所有人，把这样一个大作品无私奉献给孔子博物馆，对孔子博物馆也是一个很大的支持。"李殿仁会后还赋《赞"榜书〈论语〉"捐赠孔子博物馆》诗一首：

圣府殿堂添至宝，榜书论语化天骄。

章为经典才思展，墨作方家艺学昭。

炼字行文诗意漫，谋篇建构韵情飘。

无私奉献兴传统，伟业辉煌耀九霄。

言恭达先生在接受采访时说："在书写过程当中，啸宏把自己的多年来对书法艺术技法的学习，纳入他的视觉投射的极致，包括他的气韵的流转，用楷书，尤其用颜体字，以颜真卿76岁书写的告身帖为范本，来进行摹写后进入到自己对《论语》的一种理解，用书法的形式来表达。因此，这个表达，在我们当下的整个文化的人文空间当中，是一个奇葩。"

张志和先生在接受采访时说："半部《论语》可以治天下，这说明《论语》在我们中国人的精神生活里是非常重要的一部书。这一次呢，啸宏会长把它用榜书大字书写出来展示出来，一万五千多的字，捐献给孔子博物馆。这个活动的本身，在于让我们大家都能体会到、重视到，《论语》这一部书作为中华经典的价值和意义。"

刘爱森在接受采访时说："传统文化相对于我们当今这个时代非常重要。尤其十八大以后，我们都在坚定道路自信、理论自信、制度自信的同时，更加坚定文化自信。尤其是我们陈会长发起这个活动，我觉得是非常有意义的，对我们当代的年轻人学习我们优秀的传统文化能够起到一个表率的作用、促进的作用。"

唐旭东在接受采访时说："对于我们文化的传承，对于年轻人的学习，对向社会各界的展示，是个很好的、很大的这么一个工程，我想它一定会在社会上会取得很大的影响。文以载道，我们传统文化教给了我们什么，我们应该很好的传承，这样才有利于我们民族屹立于世界民族之林。"

张国维在接受采访时说："《论语》自诞生至今两千多年，一直被人们传诵，有极其深刻的传统文化的意义，无论是今天、明天，都是文化自信最好的体现。所以，我觉得，我能为《榜书〈论语〉全文》治印，用大型印章创作《〈论语〉每篇一印》，参与到这个公益项目中来，是我的荣幸。"

记者们也采访了我。我说："我们最初的想法很简单，就是觉得用这样一种形式，能够体现出当今这个时代——在中华民族伟大复兴过程当中，中国人的一种昂扬向上的气象。对于优秀传统文化，大家可能又多了一个新鲜的视角。所以我们觉得，这件事可能会有一点积极意义。不过呢，这只是我们这一群人，愿意做这个公益项目的这一群人的想法。我们就干起来了。我们的这个想法也不见得很成熟，那就在大家批评指正过程中再提高呗。也就是说，有这么一群人，想干这样一件事，希望能为社会

时人新事

第十四篇　伟哉孔子博物馆　大哉《论语》归故里

三七七

经典傳承·楠書論語

公益项目捐赠仪式

中国医药卫生文化协会　　　孔子博物馆

收藏證書

編號：0022

中國醫藥衛生文化協會：

　　貴會捐贈的"經典傳承·榜書《論語》作品。我館
予以收藏，特頒此證，以彰捐者嘉行，以昭藏者之信。

孔子博物館

二零一九年十一月十七日

提供点正能量。"

　　出席捐赠活动的还有，本次公益活动组委会副主任李仲军、王建华、朱京海，中国药品监督管理研究会会长、原卫生部副部长、原国家食品药品监督管理局局长邵明立，山东省卫健委巡视员张韬，中国文字博物馆党委书记、常务副馆长冯克坚，中国药师协会副会长萧卫红，北京市教委学生处原处长杨文茹，仁慈安康（北京）健康管理有限责任公司董事长邱灵芝，锐珂医疗大中国区副总裁、本次公益活动组委会秘书长滕俐，山东赛克赛斯控股集团董事长邹方明，青岛琛蓝健康产业集团董事长邹圣灿，以及中国医药卫生文化协会、中央数字电视书画频道、中央数字电视百姓健康频道、赛克赛斯集团、中国诚信信用管理股份有限公司、青岛琛蓝健康产业集团的工作人员，也出席了捐赠仪式。

　　我们步出大厅来到庭院，再次向巍峨耸立的孔子塑像行礼。伟哉孔子，伟哉孔子博物馆。

　　曲阜城市南北轴线生长了两千多年，来到了孔子博物馆。传承孔子儒学，传承中华文化，每个时代做了每个时代的事。我们这个时代做得最好。儒学的精华，中华传统文化的精华，在我们这个时代得到尊重得到应用。孔子理想中的升平景象，就在你我日常生活中。

[论语心得] 第十四话

大智慧深谙辩证法　真才学不负好时代

古往今来，那些在历史中留下名字的贤者，都是当时社会堪当重任的人，他们所承载的或为仁义道德，或为哲学智慧，或为千古华章……总之是为后世子孙留下了精神、文化的财富。

比如孔子、屈原、司马迁，以及象征魏晋风骨的"竹林七贤"……

然而这些圣人贤者，都是在经受了常人难以忍受的痛苦之后，将自己人性与智慧的光辉释放到极致——如司马迁，遭受腐刑后忍辱负重完成《史记》；又如屈原，留下《楚辞》中最绚烂的诗篇后投江自尽；再如嵇康，《广陵》一曲慷慨赴义……

孔子说："志士仁人，无求生以害仁，有杀身以成仁。"

孔子又说："笃信好学，守死善道。危邦不入，乱邦不居。天下有道则见，无道则隐。"

孔子还说："直哉史鱼！邦有道，如矢；邦无道，如矢。君子哉蘧伯玉！邦有道，则仕；邦无道，则可卷而怀之。"

天下有道，没什么好说的，施展才华、尽职尽责就是了。天下无道，是该杀身成仁，还是该保全自己而归隐？是应当如箭矢般刺透黑暗，还是应当卷而怀之？

处于两难的困境当如何选择，是哲学一直探讨的问题。而每个个体最终的选择结果，则建立在其学思相长的勤学之后，对生命价值得以实现的终极体悟。

1. 思维考核：不愤不启，不悱不发。举一隅不以三隅反，则不复也

人的智慧水平有高有低，对外物和自我的感知也有聪敏与愚钝之分，因此悟性既有天资相助，又要靠勤思好学。

孔子曰："生而知之者，上也；学而知之者，次也；困而学之，又其次也；困而不学，民斯为下矣。"

意思是，生来就有悟性的人，很少见，如果有当然好呀，排在第一档次吧；经过学习以后才逐渐有悟性的，非常好，能做到自觉地去学习很不容易，权且排在第二档次吧；在实践中遇到困难再去学习的，也很好啊，排在第三档次吧；遇到困难还不学习的，不求上进，甘愿愚盲，这种人太差劲了，就只能排在最后档次了。

生而知之者是天才，很少见，甚或可以说几乎没有。绝大多数的贤者能者事业有大成就者都是学而知之者。孔子就说自己"我非生而知之者，好古，敏以求之者也"。

学而知之者，最大的优点是好学。然而"好学"的概念，并非指一味学习知识，而是要学思结合，通过学习思考体会理解，找到一条途径，真正去开启自己的悟性。学习好比钥匙，智慧好比一把锁，通过学习这把钥匙打开智慧这把锁，就能得到宝箱里

的财富——觉悟。我觉得，中华文化宝库中，辩证法就是一件璀璨的宝贝。唯物辩证法能让我们变得无比聪明。

好学是难能可贵的。学到了知识也是可喜的。但是，还要知道，学海无涯，我们学到的只是沧海一粟，因而我们不能对自己学到的知识太过执着。

当一个人，总以自己学到的知识为判断对错、衡量事物的标准时，就会陷入障碍之中——太过执着会妨碍自己进一步思考进一步寻求更多的解决问题的路径。随着人类社会的进步、科学的发展，我们会发现，有些曾经学到的知识，是有一定的使用范围的，超出了特定范围，则需要运用新的知识体系。比如，在物理学领域，这方面的例子就很多。

再回来看孔子又说了些什么吧。孔子告诉他的弟子，如果学习治理国家的方法，那么必须着眼于"远"：

子曰："人无远虑，必有近忧。"

一个人如果没有长远的打算，忧患就近在眼前了。

他是在讲人不可短视，如果短视，没有站在一个较高的层次来俯瞰全局，没有用历史的眼光思索当下，那么当下就会被忧患所困。

引申这个"远"字，学知识也是一样，短视意味着割裂，而学习的真正意义在于纵横联合，让我们的思维长出触角，绵延连贯。

教育，是社会热议的话题，不但教育家和老师们热议，学生家长们也在热议。应试教育和素质教育则是这场热议的热中之热。有人认为，在应试教育下，学生处于被框定的教学体系之中，看似德智体美劳全面发展，实则被规定好的知识异化。

有人认为，应试教育是从学习开始又回到学习，素质教育是从学习开始过渡到应用，即学以致用。我们看看孔子说了什么吧。

子曰："不愤不启，不悱不发。举一隅不以三隅反，则不复也。"

孔子说："启发学生，不等他到了瓶颈期却无法突破的关键节点，我不去帮助他点透问题；不等他到了想说却说不出来的关键时刻，我不帮助他打开思路。我用一个角度举例，他却不能推知另外三个角度，我就不再手把手地重复教导他。"

孔子运用启发式教学，让学生由仅仅学到知识，过渡到运用知识进行推导。拥有推理思维能力的人，才算通过了孔子的"思维考核"。证明 IQ 没问题，可以继续学习。

2.实力考核：仕而优则学，学而优则仕

子夏曰："仕而优则学，学而优则仕。"

子夏说："做官有余力了便可以去学习，学习有余力了便可以做官。"

我们经常听到后半句"学而优则仕"，并理解为：学问好了就去做官。其实这半句话还有另外一层含义，即《论语诠解》中给出的翻译：学习有了余力便可以去做官。

两方面意义应当叠加在一起理解：

什么是有余力？是学习后还不觉得累，尚有剩余精力呢？还是通过学习而拥有了更多的能力呢？

个人倾向于再将二者叠加理解：学习启发智慧，令个体头脑清醒、内心丰富，因而有了余力；同时学习又不是一件十分痛苦的负担，因此尚有精力。

这样的学，当然学得好，学得好又有余力，当然可以当个项目负责人、当个企业管理者、当个管理社会的官员。这是个从积累知识修身修德过渡到参与社会实践解决社会问题的领域。

《论语》中强调的学，绝不是没完没了的写作业和考试，不是"苦读"，而是让我们快乐学习，引导兴趣，继而主动学习，让学习成为一种内在的要求，达到培养身体健康、心理健康、人格完善的社会人的效果。按照今天的话来说，就是"十商"兼备——德商、智商、情商、逆商、胆商、财商、心商、志商、灵商、健商都有——才能毕业。如果再苛求一些，还可以加上艺商，即拥有对艺术的领悟、欣赏、创造能力。

再看前半句"仕而优则学"，为官有余力则去学习。这里的余力指的是什么呢？我看还是前面说的那两层意思：处理日常事务应对从容精力有余；在解决具体问题的过程中发现新问题的能力也有所提高。精力和能力都可以转化为进一步学习知识进一步修身修德的动力。当然啦，当了领导，还有两个支撑因素：第一，在各种各样各种层级上的领导者，有"禄"，有了经济基础，就可以学自己想学的东西，不用担心没钱交学费。第二，当了

领导者，能够拥有一个比普通人群更大更好的平台，一方面会接触更多人更多事，开阔眼界，令自己认识到所学的不足，而生出学习的欲望；一方面在一个好的平台上，更易获得较多的学习资源，因此就有了有助于"仕而优则学"的吸引力。

拿到当今社会来看，可以将"仕"引申一下，解释为"研究社会问题、参与社会管理的这一类人"。把两个半句联系在一起看："仕而优则学，学而优则仕。"——研究社会问题、参与社会管理的这一类人，有了余力要学习做学问；学问做得好，能够完善自己的理论探索之后，又产生余力，于是回过头研究社会问题、参与社会管理。这样的循环，就是良性循环。将"仕而优则学，学而优则仕"的观点，运用在社会制度的建设之中，就能够得到古人所期待的效果。通过仕与学、学与仕的良性循环，让领导者在造福社会的道路上有加更深刻的领悟，得以承载更大、更多的社会责任，这也许是孔子的愿望吧！

3. 应变考核：温故而知新，可以为师矣

子曰："温故而知新，可以为师矣。"

孔子说："温习从前的知识或经历，能够有新体会新发现，使自己的智慧达到新高度，这样的人就可以做老师了。"

温故而知新，可以有无数的引申义——这是一个适用于许多具体情况的逻辑思路。

太史公司马迁在"温故而知新"后，选择了忍辱完成《史记》——原本按照他的气节与性格，在遭受了腐刑这样的奇耻大

辱后，是完全有理由选择以死明志的。然而他在《报任安书》中这样说：

"古者富贵而名摩灭，不可胜记，唯俶傥非常之人称焉。盖文王拘而演《周易》；仲尼厄而作《春秋》；屈原放逐，乃赋《离骚》；左丘失明，厥有《国语》；孙子膑脚，《兵法》修列；不韦迁蜀，世传《吕览》；韩非囚秦，《说难》《孤愤》。《诗》三百篇，大氐贤圣发愤之所为作也。此人皆意有所郁结，不得通其道，故述往事，思来者。"

既然了解历史上那么多先贤都经受过非人的痛苦与屈辱，那么自己就不能因受辱而放弃生命的价值，一定要为这个世界留下些什么："人固有一死，或重于泰山，或轻于鸿毛，用之所趋异也。"用死追求的目的不同，因此有了泰山与鸿毛的分别。

孔子说杀身以成仁，是选择以生命来捍卫"仁"。司马迁亦选择以自己被凌辱得只剩下屈辱的痛苦生命，来完成最后的求仁之道："仆以口语遇遭此祸，重为乡党戮笑，污辱先人，亦何面目复上父母之丘墓乎？虽累百世，垢弥甚耳！是以肠一日而九回，居则忽忽若有所亡，出则不知所如往。每念斯耻，汗未尝不发背沾衣也！"尽管需要日日夜夜忍受着屈辱的断肠之痛，他还是选择了忍辱负重。

由此来看《论语》中关于选择的问题：

子曰："宁武子，邦有道则知，邦无道则愚。其知可及也，其愚不可及也。"

孔子说："宁武子这个人，在政治清明时表现得很有智慧、很有才干，在政治黑暗时就表现得很愚笨、毫无建树的样子。他聪明的的水平别人能达到，他假装愚笨的水平是别人难以企及的。"

天下有道，当仕而优则学，学而优则仕，倾尽自己的才华与精力，造福社会，让生命实现其最大价值。

天下无道，应像宁武子一般，在乱世中保全自己——这是参透了生命价值的智慧。

而在乱世中恪守一个"仁"字，杀身成仁，同样是参透生命价值的智慧。

能够温故知新，举一反三，或在瞬息万变、波涛汹涌的历史时期，做出智慧的选择；或在和平安稳、建设家园的大好时代不负韶华，砥砺前行——这就是能够堪当大任的国之栋梁！

[链接馨苑] 第十四境

黑箱理论创建者：孔子？

除了举一反三，孔子还在学习中提出了一个类似"黑箱理论"的概念。一位友人做了个发散性趣味性的联想。

子曰："吾有知乎哉？无知也。有鄙夫问于我，空空如也。我叩其两端而竭焉。"

孔子说："我很博学吗？我并非博学啊。有粗人向我请教问题，可我对他所问的内容一无所知。于是，我耐心地从问题的首尾两端仔细询问，领悟其疑问之所在，然后尽我所能地为其解惑。"

对特定的系统开展研究时，人们把系统作为一个看不透的黑色箱子，研究中不涉及系统内部的结构和相互关系，仅从其输入输出的特点了解该系统规律，用黑箱方法得到对一个系统规律的认识。不通过分析生态系统内部结构和相互关系，而是根据生态系统整体物质和能量的输入和输出关系及其影响因子得到该生态系统的结构和功能的规律。

孔子在回答一个自己未知的问题是，叩其两端，即了解输入端输入了什么，再了解输出端输出了什么，然后就能够推演出问题的所在。

黑箱理论虽然是现代人所提出的，但却是中国古人一直应用的。中医就是黑箱理论的集大成者。

中医把人体当作一个黑箱，通过"望，闻，问，切"四诊，仔细地判断人体的"输出信息"，然后将其记录下来。这个过程，中医没有打开黑箱，在不干扰人体本身的生理、病理活动的情况下，不破坏黑箱的状态结构，而是通过外部观察所得到的"输出信息"推导施治。

在文学创作中，黑箱理念成了武侠小说的固定模式，例如，某个武功平常的年轻人被仇家追杀，误入山洞、水潭等一个封闭的、与外界隔离的黑箱之中，再出来，就成了武林高手——黑箱中的际遇不足为外人道也。可能无意中发现了《六脉神剑》，也可能像虚竹那样被逍遥子传授了一身功法。总之这是武侠小说的套路，多年来深得人心——读者期待一个黑箱来为生活创造奇迹。

回到孔子所说的问题，团队的领导者不是先知，导师亦并非事事皆知，当被学生问及自己不懂的问题，或遇到此前从未见过的新的问题时，叩其两端的解决思路，是在黑箱无法被打开的情况下，最合理的解答。

2020年，新冠疫情第一次出现在人类面前。在尚未获取科研结果时，对其判断与辨析，就运用了黑箱理念。人类在发展科技、创新发明的过程中，总也绕不开那些无法"解剖"的黑箱，而我们能够攻克一个又一个难题，就得益于人类对黑箱一次又一次参考以往的知识经验，分析判断已知或尚未知的现象，逐渐逼近本质，最终解决问题。

释文见利思义

出自论语宪问第十四

子路问成人子曰若臧武仲之知公绰之不欲
卞庄子之勇冉求之艺文之以礼乐亦可以为
成人矣今之成人者何必然见利思义见危
授命久要不忘平生之言亦可以为成人矣

篇次 二十　章次 三

頁次 二十七

己亥之末，庚子之初，新冠病毒突袭人间，给人类造成了巨大灾难。中国人民在以习近平总书记为核心的党中央领导下，同心同德，用了三个多月的时间，就取得了全国抗疫斗争重大战略成果，并统筹推进疫情防控和经济社会发展，成为2020年全球重要经济体中唯一实现正增长的国家，充分展现了中国精神、中国力量、中国担当。

[时人新事] 第十五篇

新冠病毒遭劲旅 中国精神仁爱心

新冠病毒给生命造成的危害，给经济造成的损失，给社会造成的混乱，非我所能尽述。但如果一定要我说点什么，那我就说：史无前例。

习近平总书记在抗疫总结表彰大会上指出，在这场同严重疫情的殊死较量中，中国人民和中华民族以敢于斗争、敢于胜利的大无畏气概，铸就了生命至上、举国同心、舍生忘死、尊重科学、命运与共的伟大抗疫精神。总书记还进一步指出，生命至上，集中体现了中国人民深厚的仁爱传统和中国共产党人以人民为中心的价值追求。

新冠病毒在中国遇上了抗疫劲旅——在中国共产党以人民为中心的价值追求与中国人民仁爱的文化传统和谐共鸣的时代乐章鼓舞下，在复兴之路上奋进的中华民族。

伟大的时代必定有伟大的人民；伟大的人民则必定有百千万亿勤劳勇敢善良正直平凡普通的人。

在北京街头，我曾看到一条标语：抗疫防病不添乱，宅在家里做贡献。我顿时热泪盈眶。老骥伏枥，志在千里。我这个17年前抗击非典的先进个人，多么想再上疆场，再战新冠啊！此时，这条标语做通了我的思想工作。宅在家里，认真按照防疫要求去做，也是参与了抗疫斗争，也是为防止疫情传播做出贡献。每个人都做到位，这就体现了举国同心。

春节过后，我放不下去年年底开始的"榜书《论语》下部。我想反正工作室不远，走上十分钟就到，我也不惊动助理们，他们要乘公交车不安全，我一个人去干着，能干多少是多少，别撂着。想好了就准备着一半天内就行动。恰在这时，据说与工作室所在小区一墙之隔的另一小区出现疫情了。啥也甭想了，以抗疫防病大局为重，必需的。

二月底还是三月初，记不准了，一天下午我去便利店买窝头，去晚了，还没买成。时不时吃点儿杂粮也成了时尚。回家吧，我孤独地走在人行道上，一条街空旷无人。我摘下口罩捏在手上，空气还是有诱惑力的。突然，我的左腿被撞了一下，并不重，只是一个趔趄——但问题出在了这个"趔趄"没能够自然完成。本来被撞击的左腿顺势往前掂一下也就没事了。可就在此时，骑着自行车撞到我的人连人带车就倒在了我的左脚下，我没有了落脚的余地，身体顿时失去了平衡。刹那间，我看到倒下的是个孩子，车还在两腿之间，一个闪念像一道闪电：别砸着孩子！说时迟，那时快，到现在我也不知道当时是怎么发的力，我的身体向左前方蹿了一下，左膝越过孩子触到地上，在上身趴下的同时右臂本能地伸出去支撑，结果脸部倒是没碰到，可右手掌在地上搓了有半尺远。好在落在孩子身上的只是我的小腿。

我记不得是怎么站起来的，只是问孩子，没事吧，你没事吧？孩子吓得只会说对不起，对不起！这时，在出事地点前方两三米处，一位手推自行车的男士，和一位推着带宝宝椅的自行车的女士调转头跑过来，宝宝椅上坐着个宝宝。男士冲着我喊，您没事吧，您没事吧？女士说，爷爷手上都是血！我一看，右手掌外侧核桃大一块皮搓了起来，血与泥土混成黑紫色。孩子站起来了，还在说，对不起，对不起！我跟孩子跟家长说，孩子没事就好，我没事，不要紧的。于是，继续回家。口罩还在左手上捏着，刚才那么大的动静，口罩居然没离手。

在继续回家的路上，我揣摩着事发的场景。我在人行道上走着。人行道有 3—4 米宽。爸爸妈妈大宝各骑一辆自行车，与我同向。妈妈的车上带着二宝。大宝 8—9 岁，是个女孩儿，骑的是 22 英寸或 24 英寸的车。自行车道 3—4 米宽。也许三辆车是并排骑行，女孩儿在最里侧。自行车道与人行道是平行的，3—4 米加上 3—4 米，足够宽。但是在超越我的时候，"路"变窄了。所以……

我走了百十来米就到了社区卫生室。进门前带好了口罩。大夫给做了清创处理，剪去搓起来的皮，并不用药也不用包扎。说晾着好，别沾水。回到家一看，左膝部位裤子磨破了一片，磨得就像时尚的"乞丐"装，里面的棉毛裤洇着血。

这回踏实了，这手肿得一时半会儿也写不了字了。看书，集中时间，正好翻来覆去安心看《论语》。周围的人都怕摔出骨折什么的，劝我去医院。其实我自己也暗暗用心感觉用心体会，手腕呀膝盖呀腰部呀，方方面面都没发现有什么异样，所以也就别去给医院添麻烦了。我暗自庆幸，年近七十，经受住了如此一摔的考验。

时间到了4月，全国疫情缓解。宋发成——在 [时人新事] 第七篇里介绍过他和路丹和赵玥炜——说他回北京了，正在居家隔离，问榜书的事有什么安排。看来心急的不止我一个。我俩约好，等他解除隔离后，一起去工作室消毒通风搞卫生，然后复工。我们见面的那天，正巧赶上北京市宣布解除居家隔离。发成觉得他亏了。我说你赚了，你将来给闺女讲故事又多了素材，你还可以跟老家人吹牛：俺是一天不差地在北京享受过居家隔离。劳动节一过，就开始了抗疫榜书两手抓，每周发成、路丹各来一天帮我，我独自干三天。随着疫情进一步好转，协会决定全面复工，给助理小组成员都排了班，也正式通知下去了，大家也都回了话儿：没问题。

不久北京新发地农贸批发市场出现群体性疫情。

我当即给发成打电话：通知所有人都不来了，包括你宋发成和路丹。使用公共交通风险太大。"一个人的工作室"生活开始了。这样的生活持续了小两个多月。疫情又缓解了，而且稳定了，助理们纷纷询问什么时候来值班。榜书工作已接近尾声。我通过计算，在还余一千字左右的时候，让发成通知大家，按上次的排班表复工。每个人都看到了成功前的曙光，每个人都体会到了即将成功的喜悦。到最后只剩下几十个字的时候，按值班表是路丹来做助理。事先我俩商量好，请赵玥炜也来，我们一起见证榜书工作的完成。在 [时人新事] 第七篇里我专门说过这事。

这天是 2020 年 8 月 20 日。

那天写的最后一个字是"也"。在最终成品"也"字的右上角，钤朱文"文化自信"及白文"三千编外"，在左上角钤白文"公元二千二十年八月二十日书成"，左下角有印痕墨迹共同组成的"篇次二十章次三页次二十七"。印章由张国维篆刻，墨迹由赵玥炜书写。

[论语心得] 第十五话

猴子打捞水中之月　君子不求井中之仁

孔子是一个直率的山东汉子，虽谦谦君子，温润如玉，却一点儿也不虚伪。

他不喜欢说话拐弯抹角的人或者花言巧语的人；也不喜欢掩盖自己的过失。他想哭的时候就哭，颜回和子路去世的时候，他哭天抢地，大喊："老天爷你要了老夫的命啊！"他快乐的时候就唱歌，如果别人唱得好，他就请人家再唱一次，自己也跟着唱。

他喜欢谁，毫不掩饰，总是当着其他弟子的面夸奖颜回，虽然他也知道大家或许心里会有些吃醋；他讨厌谁的时候就直接骂，骂卫灵公好色不如好德，骂宰予烂泥扶不上墙，骂当时的当政者都是"斗筲之人"。

他知道自己的学说不会被当世采纳，伤心地说："凤鸟不至，河不出图，吾已矣夫！"但是伤心过后，他该怎样做还继续做下去，丝毫没有颓废的样子。他那笃定的倔强劲儿，不禁让人想起关汉卿的那句唱词："我是个蒸不烂、煮不熟、捶不扁、炒不爆响当当一粒铜豌豆。"

他从来不去计较谁——隐士们纷纷说他痴，他笑笑说，你们都挺好，只不过咱们不同路；郑国人说他像一条丧家之犬，他笑笑说，说得对，神态确实像。他也不去记恨这个时代，虽然带着弟子东奔西走了14年，最终没有找到可栖凤凰的良木，但他觉得既然如此，都是天意，我只管把我要做的做好就是了。

他告诉自己的学生：中庸是最高的品德，忠恕是我一以贯之的道，仁德是我希望在天下推行的政令，而每个人的行为都应该合乎礼法。在他的教导下，弟子们无论做官还是不做官，都努力去做一位贤能的君子。他看着他们，油然欢喜。

临去世前，他唱着歌说：泰山就要崩颓了吧，房梁就要折断了吧，哲人就要凋零了吧！子贡听到这首歌，知道老师就要走了……7天后，孔子辞世，把心爱的小孙子托付给了那个继承他衣钵的曾子；而一直很爱他的子贡，默默地为他守了6年孝。

孔子就是这样一位可爱的，也令人心疼的君子。尽管后来常有人误读他的思想，不断将刻板又愚蠢的教条指认在他身上，但他始终不生气：人不知而不愠，不亦君子乎？而真实的孔子，其实是一个很有智慧的人，绝不会像水中捞月的猴子那样被人愚弄，更不会像依条条框框行事的老学究那样刻板而不知变通。

在一边用榜书抄《论语》，一边用虔诚之心研读《论语》的过程中愈发感觉到，不是孔子不够好，而是我们作为后人自己不够好，我们在某些方面既浅薄又骄傲，不好学又缺少敬畏之心，误解了这位可亲可爱可敬的长者。然而亡羊补牢，为时未晚，一切都还来得及。

1. 圣人之直：以德报怨，何以报德

子曰："文莫吾，犹人也。躬行君子，则吾未之有得。"

孔子说："我的外在表现就是真实的我，这就像很多人一样。身体力行地做一个君子，我还没有做到。"

孔子总说他还没有成为君子，还做得不够好。他绝不肯做一个伪善的人，不肯假装成为一个君子，在学生们面前故意摆出君子的模样来。因此学生们都觉得孔子很可爱，他们眼中的老师是这样的：子温而厉，威而不猛，恭而安。

孔子温和而严厉，有威仪而不可怕，庄严而安详。

有一天，有人用老子的话来向他请教——

或曰："以德报怨，何如？"子曰："何以报德？以直报怨，以德报德。"

"用仁德来回报怨恨，怎么样？"孔子率直地说："那用什么来报答别人的仁德呢？应当用公平正直来回答怨恨，用仁德回报仁德。"

那种"爱敌如友""右脸被打，送上左脸"的教义，不是孔子所接纳的。虽然提倡仁爱、提倡恕、提倡谦和，但孔子绝不会否定人性本真流露的正常的情感。君子坦荡荡，首先就是要对自己作为一个人的情感坦诚体认。

康有为这样解释孔子的话："孔子之道不远人，因人情之至，顺人理之公，令人人可行而已……"

假如要求天下人皆以德报怨，那么公平和正直又在何处呢？而若一个人心中存着怨恨，却故意做出以德报怨的行为，那只能

说，这是一个别有用心的伪君子！固然老子的清静无为可以化解掉"怨"，但他所说的实在是玄而又玄，太过高深，不是一般人能够接纳的。作为一个自称尚未达到君子的普通人，孔子遵循道不远人的原则，率性而为，也如此教导自己的弟子。

2. 圣人之察：乡原，德之贼也

孔子有一个叫宰予的弟子，他总喜欢白天睡大觉，总是被孔子批评，而这个宰予，又是一个口才非常好，非常会辩论的人。有一天，宰予就跑去问老师——

宰我问曰："仁者，虽告之曰'井有仁焉'，其从之也？"子曰："何为其然也？君子可逝也，不可陷也；可欺也，不可罔也。"

宰予问道："假设有人告诉求仁者说'井中有仁'，他应该为了追求仁而跳进井里去吗？"孔子说："谁会笨到这样去做呢？求仁者可以为求仁而死，却不能像这样被人陷害；你可以欺骗他，但他不应被愚弄。"

孔子总是念叨着"仁"，因此宰予便恶作剧般有此一问，孔子告诉他，仁者不是笨蛋，不能被陷害欺辱戏弄，"仁"本身就包含着"智"，所以自然而然会明辨是非——没有智慧的慈悲就是愚痴。

子张问明。子曰："浸润之谮，肤受之愬，不行焉，可谓明也已矣。浸润之谮，肤受之愬，不行焉，可谓远也已矣。"

子张向孔子请教怎样做才算明辨是非。孔子说："如点滴水流般无声渗透的那一类暗中挑拨的谗言，如切肤之痛般直接的诽谤，都在你面前起不到任何效用，那你就可以称作是明辨是非了。同样的，如点滴水流般无声渗透的那一类暗中挑拨的谗言，如切肤之痛般直接的诽谤，都在你面前起不到任何效用，那就是很有远见了。"

孔子非常清楚，无色无味又不是马上发作的毒药才是最毒的，因为它每日暗中渗透，令人逐渐中毒至深，以至无药可救。而善进谗言的人，就是这样的毒药——他们总是在不经意间，看似不小心地说出挑拨离间的话。孔子也非常明白，如暗箭偷袭般突然而至令人猝不及防的诽谤，最能切中要害——其迅猛之势，令人来不及思索。如果无毒无味的毒药和迅猛而至的冷箭都不能发挥作用，则既可以称得上明辨是非，又可以称得上远见卓识了——有远见的人，才会看得比别人更明了。子张问明，孔子不仅讲了明，而且讲了远，明辨是非，远见卓识的背后，都是一心求仁的定力。

子贡问曰："乡人皆好之，何如？"子曰："未可也。""乡人皆恶之，何如？"子曰："未可也。不如乡人之善者好之，其不善者恶之。"

子贡问孔子说："全乡人都喜欢他，这个人怎么评价？"孔子说："不好评价。"子贡又问孔子说："全乡人都厌恶他，这个人怎么评价？"孔子说："也不好评价。真正的好人，是全乡的好人都喜欢他，而全乡的坏人都厌恶他。"

子曰："众恶之，必察焉。众好之，必察焉。"

孔子说："大家——甚至几乎所有的人——都厌恶一个人，必须认真考察他；大家——甚至几乎所有的人——都喜欢一个人，也必须认真考察他。"

子曰："乡原，德之贼也。"

孔子说："不讲原则，不讲是非，而被全乡人都夸奖的好好先生，是足以败坏道德的祸害。"

三段联系起来看，可见孔子的"察"。君子有至交必有绝交。能让全天下的人都说自己好的，不是君子，是最伪善的人，故孔子说这是道德的祸害！这些人见人说人话，见鬼说鬼话，在好人面前假装自己是个君子，在坏人面前又能以利益相交——心思之深、之伪，实在非常可怕。

而当一个人被很多人甚至全乡的人说不好，他却未必真的是一个坏人，因此要"察"，要弄清楚是不是有人故意陷他于不义。

追求仁德的君子，绝非一个滥好人，一个不明是非的糊涂虫，一个可以任人愚弄的傻瓜。一个人的善恶固然不是写在脸上一目了然的，智者却可以通过别人对他的反应和他自己的言行来分辨。

3.圣人之恶：子贡曰：君子亦有恶乎

子贡曰："君子亦有恶乎？"子曰："有恶：恶称人之恶者，恶居下流而讪上者，恶勇而无礼者，恶果敢而窒者。"曰："赐也亦有恶乎？""恶徼以为知者，恶不孙以为勇者，恶讦以为直者。"

子贡问："君子也有厌恶憎恨的人或事吗？"孔子说："有啊。厌恶专门揭别人短处，散布别人坏话的人，厌恶身居下位却妒忌毁谤上司的人，厌恶勇敢却倨傲无礼的人，厌恶自以为果敢却顽固执拗、不知变通的人。"孔子反问说："赐啊，你也有厌恶憎恨的人吗？"子贡说："我厌恶窃据别人的成绩却自以为聪明的人，厌恶不知谦虚却自以为勇敢的人，厌恶揭别人短处却自以为正直的人。"

唯仁者能好人，能恶人。 因为有担当，不畏惧，所以君子厌恶一个人，就直率地厌恶——他不担心得罪恶人。孔子告诉子贡，自己所厌恶的是道德上的真小人；子贡告诉孔子，自己厌恶的是道貌岸然的伪君子。

伪君子是真小人之流中潜藏得更深更令人厌恶之人。

孺悲欲见孔子，孔子辞以疾。 将命者出户，取瑟而歌，使之闻之。

孺悲要见孔子。孔子推说自己病了不能见他。传话的人刚出门，孔子就一边鼓瑟一边唱歌，故意使孺悲听到。

这就好比打电话的时候我们说找某人，某人在电话那头对接电话的人大声说：跟他说，我不在！

孔子又鼓瑟又唱歌，弄得好大声，意思就是说，我其实没病，就是不想见你！此情此景此声此音，不知是否弄得孺悲笑又笑不得哭又哭不得怒又怒不得而着实尴尬得不得了呢。

爱憎分明、明辨是非、率性自然，这就是我们可爱的孔子啊！

[链接馨苑] 第十五境

庚子春日随笔
—— 应庚子仰山雅集命题作

公元 2020 年 2 月 4 日，中国夏历正月十一，立春。于此之后，作庚子春日随笔，于当今法定或传统旧例均无异议。

春天是美好的。春天之所以美好，既是因于春天的丽质，也是因于人类的慧眼，更有中国文化的点染，使得春天的美好楚楚动人。

春天的美好，在于她的暖，她蕴含的生机，她给你的希冀；以及，在她的怀抱里，人的交往更加怡怡融融。

癸丑兰亭雅集已是千古佳话；庚子仰山雅集任由后人评说。

庚子之春毕竟别样——在这个高度全球化的世界上，已有三十多个国家或地区出现了新型冠状病毒感染肺炎疫情，中国累计确诊病例已逾七万（2 月 19 日数字）。武汉、湖北、中国是抗疫的主战场。我不禁问自己：今年的春天在哪里！

正月十三，大雪下了一夜之后，又持续到中午才逐渐转小。我驱车赶往景山，想在大雪初停之时，在紫禁之巅，看看雪中的北京。我的确幸运，眼下的故宫，白雪丽飞甍，参差皆可见。然而，更让我心头悸动的是立在上山途中的一个小牌牌，一块两平尺左右的警示牌，白底黑字："小心别跌伤，医院都很忙"。文字轻松，寓意深刻。也不知道制作这块警示牌的人是个什么学历，学的又是什么专业，可他（她）的文字功底着实了得：既关心着游客，又心系着大局，还以轻松的方式向白衣战士们致敬。医生护士是生命健康的依靠。白衣战士是抗疫的中坚力量。向所有守土尽责的人们致敬。包括制作警示牌的公园管理者在内，所有为防控疫情默默奉献的人们，都值得我们尊重。这正是我们民族所蕴含的如春天般的勃勃生机。这春天就在这皑皑白雪之下。

不记得是哪天了，我走在街上，一条标语倒也让人眼睛一亮，让人觉得有趣。大红的底子上印着硕大的白字：防控疫情不添乱，宅在家里做贡献。原来，"宅在家里"不是被动的，不是被"关起来"了，不是"被限制了自由"，而可以是主动地参与阻断病毒传播链，也是为防控疫情做着贡献，也是守土担责，也是作功德，也是光荣的。被认可的感觉真好，心里暖暖的。春风化雨，润物无声。真正做到尊重人民群众在社会实践中的主体作用，我们的社会管理就进步了。而且，这前进的脚步恰恰和着新时代春天的韵律。正是"春在千门万户中"（清·卢道悦句）。

还有一天，我去一家常去的餐馆买个外卖。只见餐馆把自家招牌用红布蒙上，写了个"战地食堂"，看了让人动容。出来后，又见附近另一家专做海鲜生意的餐馆门上，贴着一幅大大的告示："出海打鱼中——暂停营业"，看了让人会心一笑。想来两个老板做法迥异，一定性格不同。但我觉得，他们又有共同之处。那就是相信冰封过后必定河开雁来的信念。

　　庚子春寒未去，国人力克时艰。春在亿万人心中。一定会有"江汉春风起，冰霜一夜除"的那一天（化自唐·杜甫句，以一代昨）。武汉胜则湖北胜，湖北胜则中国胜。这也是对人类命运共同体的贡献。

　　"寄语武汉风日道，明年春色倍还人"（借唐·杜审言句，以武汉代洛阳）。

　　　　　　　　　　公元二千二十年，庚子春日，啸宏京城随笔

释文 不义而富且贵于我如浮云

出自论语述而第七

子曰饭疏食饮水曲肱而枕之乐亦在其中矣

不义而富且贵于我如浮云

016

"经典传承·榜书《论语》"公益项目的"人缘"特别
好，"追求者"特别多。

[时人新事] 第十六篇

众人拾柴火焰高　火星散作满天星

　　李仲军是山东省卫生健康主管部门的正厅级退休干部，是中国医药卫生文化协会副会长，也是"经典传承·榜书《论语》"公益项目组委会副主任，到山东省委省政府主管部门汇报请示，以及和孔子博物馆的协调工作全靠他跑。出席捐赠活动的外地来宾接待工作，也靠他在山东协调各有关方面来做，蛮操心蛮辛苦的。可您要是感谢他夸奖他，他会非常诚恳地回答，这是我们山东的事，这是给我们山东办好事，我出点力是应该的。您瞧瞧，人家和孔子是老乡嘛！

　　王建华也是山东人，就是我们在 [时人新事] 第三篇中认识的那位参加过对越自卫反击战的英雄指导员，他和刘爱森和我一起议定，发起这个公益项目。在这儿是补充说两件具体的小事。第一件事儿是，他介绍了家乡一家很有名的家具厂来给榜书作品做箱子。厂子的总经理带着总工程师专程跑来听我的想法要求，说他们的思路建议，一起研究箱子柜子的做法。几天后传来了设计图，又赶在专家论证会之前送来了箱子样品。最后，七十个刻着分集编号和目录的樟木箱，十四个榆木柜及十四个托架运来了。人见人爱。厂家只收了个成本价。青岛银色世纪股份有限公司买下了这些箱子柜子架子，捐给了公益项目。第二件事儿是，王建华还为张国维创作《〈论语〉每篇一印》去寻找不同材质的巨型印材。

王曙章是中国国际书画艺术研究会副会长，《中华辞赋》杂志策划总监，百集大型人物传记纪录片《百年巨匠》策划。这个名字在 [时人新事] 第一篇的第一个微电影中，以及第四篇都出现过。曙章是个热心肠的人，张罗着找了几家出版社，协助中国医药卫生文化协会出版一本《经典传承公益项目：榜书〈论语〉全文（缩印本）》资料集。

马爱宁是中国医药卫生协会副会长，是"经典传承·榜书《论语》"公益项目组委会副主任。他是在项目接近尾声时担任这些职务的，但是他对这些工作非常熟悉。他退休前是中国健康教育中心的领导。我们在 [时人新事] 第四篇介绍过，这个健教中心是成立中国医药卫生文化协会的发起单位，而爱宁就一直代表健教中心参与协会领导层的工作。爱宁具体负责项目的收尾工作，出版《经典传承公益项目：榜书〈论语〉全文（缩印本）》资料集，及落实协会与孔子博物馆签署的战略合作协议中的相关任务。不容易呀，做到"虎头虎尾"可不容易啊。

曹健是中国医药卫生文化协会副秘书长，也是这次公益项目组委会副秘书长，是中国人民大学医院管理研究中心研究员。在王建华找到他家乡的家具厂之前，曹健负责找制作箱子的厂家。他按照从网上下载的线索，开着车在北京城转了两天，找了十来家厂商。只是价格质量材质等等吧，总有不中意的地方，所以没办成。没办成归没办成，但办事认真负责不辞辛苦的精神头在那儿，甭说别的，光是开着私车办公事儿就值得给点个赞。后来，他又去跑给公益项目参与者做"感谢状"的事儿，做出来的东西人人说好。

格伦是北京建筑大学教授、研究生导师，是从比利时鲁汶大学建筑学院学成归国学者，在国内开创了医院建筑前期策划、医院使用性能后期评估领域。她还是中国医药卫生文化协会医养工程分会副会长。她也为这个项目办了一件大事。她动员她的同学也来参与这个公益项目。她这个同学开着一家制图公司，有高端大型扫描仪。她请这个老板同学承接了榜书作品扫描工作。这个老板亲自上门考察，向我了解有什么特殊要求，开价低的让您意想不到——我们毕竟也寻过十来家能接这么大活儿的门店。结果，无论是从质量到工期，还是从接活儿送活儿到成品保护，还是数字版本编辑，各个环节没有半点瑕疵。

承接宣纸手工托芯及书写后压平的厂家是书画频道十几年的老客户，有实力。老板很年轻，总是怯生生的劲儿，但蛮有经验。刚开始，我是按常规在宣纸上直接写，遇到的问题是，把写好的字从桌上转移到地上去晾的过程必须小心又小心，太花时间；同时，笔画粗墨大透纸，毡子上的遗墨湿的时候脏纸干的时候破纸——这毡子也是钱呀！总不能让捐赠人总买毡子不是。为此我都洗过毡子熨过毡子。这无论如何不是个干法，看来必须另辟蹊径。我和装裱厂的小老板商量，提出先托后写的想法，他也觉得可行。几天后，他把我所用宣纸以三种不同背纸分别手工托芯，各做了几张供我试用。我试后选定了一种，这才正式进入书写创作阶段。在两年时间里，装裱厂的工作节奏是随着我的工作进度走，小老板经常打电话过来，询问还有多少纸，又写了多少字，他好掐算着哪天过来给我送纸别让我窝工，再把写好的拉走去压平别在我这儿堆着——他不能不掐算，他是外埠的车牌照，有专门的限制性规定。

杨逢春和沙绪峰都在华卫健康管理有限公司工作，得知"经典传承·榜书《论语》"公益项目缺人手，就主动联系我们来当义工。当时杨逢春正在外地出差，沙绪峰就先被编入榜书助理小组，来工作室帮忙。绪峰是个非常开朗健谈的小伙子，看过不少书，挺有思想的。他会从《论语》、传统文化、书法等方面提出很多问题，也会谈他的看法。我俩很聊得来。后来逢春过来帮忙的时候，榜书工作已经完成了，所以我和逢春没有在一起工作。据路丹说，他多次来学会办公室参与半成品及成品清点核校，整理装箱等工作，都是些又要细心耐心又要出力气的活。现在逢春在云台药事服务中心工作，绪峰在器官移植基金会工作。

有个孩子不能不说到，他叫李宝成，是中国劳动关系学院的在校生。他听说有这么个公益项目，就主动跑来当义工。我们也就不见外，根据他的时间，安排他到助理小组工作。宝成特阳光，勤快好学开朗，招人喜欢。从他学校到工作室要小一个钟头，一天要花去七八个小时做义工，这对于一个在校生来说可是一笔巨额支出。在两个多月里，宝成到工作室做义工来了十多次。以后就期末考试了就放假了。宝成说开学后还会来。以后就疫情了就停课了。以后项目就完工了。

　　还有个孩子也要说到，也是个在校大学生。虽然她只来过一天，但毕竟她来了一天。

　　您说说，我们这个公益项目是不是"人缘"特别好，是不是"追求者"特别多！

[论语心得] 第十六话

孔子之道一以贯之 从心守矩从一而终

孔子曾说，他笃行的道，是一以贯之的道。曾子理解了这个"一"，说"忠恕而已矣"。忠与恕，一个是孔子笃信而执着地追求道的理由，一个是孔子能做到"人不知而不愠"的原因。一边是火，一边是水；一边是进，一边是退；一边是求，一边是舍；一边是刚，一边是柔；一边是固守执着，一边是宽容放下。而两者能够在孔子一个人身上合二为一，就是太极。

因此孔子为圣。

1. 人无完人：故旧无大故，则不弃也。无求备于一人

忠恕的思想是孔子提出的，并且成为儒家处理人际关系的基本原则。按照朱熹的解释，"尽己之心为忠，推己及人为恕"。

恕很好理解，第一层意思是宽恕，不要总想着别人对不起我，这样的抱怨既伤害别人，也让自己变得沉重。宽恕就是放下，恕人也恕己。双方都轻松。

子曰："伯夷、叔齐不念旧恶，怨是用希。"

孔子说："伯夷、叔齐不计较以往的仇，所以他们心上也就很少有怨。"

在《孔子家语·颜回》中，颜回问孔子当如何与朋友相处，孔子回答："君子之于朋友也……不忘久德，不思久怨，仁矣夫。"

用现在的话来说，别人对我的好，我应该永远记得，感恩对方；别人对我的不好，我不放在心上，早早忘掉而不去怨恨对方。这样做就是仁了。

子曰："人而不仁，疾之已甚，乱也。"

孔子说："对不仁之人憎恶过分，痛恨太甚，也会产生出祸害。"

中庸的思想中，不偏不倚的概念就包含了恕，对不仁的人，君子不会过分憎恨，前面讲过了，凝视深渊者，深渊回以凝视。因此要恕，这个恕不是说对罪大恶极、十恶不赦的人包庇纵容，而是强调自身的情感、情绪不能被恶所困，以至疯狂。有的情侣分了手，彼此由爱生恨，恨到极致，总想着对方如何对不起自己——既然你不仁，那我也不义，于是做出可怕的报复性举动，两个人一起走向毁灭。

子贡问曰："有一言而可以终身行之者乎？"子曰："其恕乎！己所不欲，勿施于人。"

子贡问孔子道："有没有一个字可以终身奉行的呢？"孔子回答说："那就是恕吧！自己不想要的不愿意做的，不要施加给别人。"为什么终身奉行的这个字不是忠，而是恕？因为忠太难做到了，忠是要做到己欲立而立人，己欲达而达人"，太难了，而恕则是与人相处的基本之道。这也是孔子恕的思想——他绝不会要求每个人奉行"忠"，道义的担当者，不会要求他人贡献肩膀。

周公谓鲁公曰："君子不施其亲，不使大臣怨乎不以。故旧无大故，则不弃也。无求备于一人。"

周公对鲁公说："君子不应该怠慢自己的亲人，不让大臣属下抱怨怀才不遇。老友、旧交，如果没有大的过失，就不要离弃他们，不要对一个人求全责备。"

曾子的生母去世后，父亲曾点续娶。《孔子家语·七十二弟子解》有"参后母遇之无恩，而供养不衰"的记载。就是说，这个后妈对曾子并不好，但曾子一直供养她——君子不施其亲。仁德的君主任用大臣，就像选择器皿一般，瑚琏就放在宗庙礼，瓜瓢就放在水缸里。人尽其才、人尽其用——不使大臣怨乎不以。有一句歌词是："结识新朋友，不忘老朋友。"故友旧人，在多年的接触中，彼此都了解对方的脾气秉性，对对方的那些已经改不了的坏毛病不计较、不指责，包容而不离弃。

前面讲到了对亲人、臣属、旧友故交的恕，最后总结为：无求备于一人。即不要对一个人求全责备，要求他满身优点，没有缺点。

这就是恕的第二层含义——平等、平和，也就是我-们说的将心比心。恕是一种平等、尊重他人的情感，前面讲过子贡方人的例子，孔子告诉他，你就那么好吗？我可没时间去说闲话。孔子不议论他人的是非——他不去在意他人身上的缺点，不把别人的缺点挑出来看，因为我们身上也有缺点，也不是完美的人。人总是希望别人对自己宽容，而同时又要求别人做到完美，这就是求全责备。

恕的第三层含义是恕天下，孔子在追求道的过程中，遇到了很多隐士，他们总是告诉孔子：你走不通的！孔子心里比他们都清楚自己是在明知不可为而为之。但他尊重这些隐士，从未抱怨隐士为何不能像自己一样，不放弃追求仁的理想。

逸民：伯夷、叔齐、虞仲、夷逸、朱张、柳下惠、少连。子曰："不降其志，不辱其身，伯夷、叔齐与？"谓柳下惠、少连："降志辱身矣，言中伦，行中虑，其斯而已矣。"谓虞仲、夷逸："隐居放言，身中清，废中权。我则异于是，无可无不可。"

隐居民间的贤者：伯夷、叔齐、虞仲、夷逸、朱张、柳下惠、少连。孔子说："不降低自己的志向，不辱没自己的身份，难道不是说的伯夷、叔齐吗？"又说："柳下惠、少连，降低了自己的志向，也辱没了自己的身份，不过他们说话符合伦理要求，做事合乎人心，仅仅这样而已吧。"又说："虞仲、夷逸，隐居而不问世事，保持身份合乎修身高洁的要求，放弃身份合乎权变的要求。我则不同于这些人，没有可以这样做或者不可以这样做的问题。"

孔子不抱怨隐士的归隐，是恕。认为自己没有第二条路可选，是忠。忠恕至死方休。

《礼记·檀弓上》记载："孔子蚤作，负手曳杖，消摇于门，歌曰：'泰山其颓乎！梁木其坏乎！哲人其萎乎！'既歌而入，当户而坐。"

孔子在去世之前唱了这样的歌：泰山将要崩塌了吗？屋梁快要断裂了吗？贤能的人快要离去了吗？

他知道无法在这个时代看到自己的思想被实际应用，因此以歌抒怀。但在《论语》的末篇，孔子强调"不知命，无以为君子也"。所谓命就是时遇，他对自己身处的时代有清醒的认识，故而说："道之将行也与，命也；道之将废也与，命也。"已知天命，就没有什么不可以恕的——因此人不知而不愠。不怨天，不尤人。

2. 忠己恕人：夫子之道，忠恕而已矣

子畏于匡，曰："文王既没，文不在兹乎？天之将丧斯文也，后死者不得与于斯文也；天之未丧斯文也，匡人其如予何？"

孔子被围困于匡地，说："传统文化的集大成者周文王故去后，那些饱含着礼乐之道的文化遗产不都在我这里吗？上天如欲灭绝此文化，那我就不可能掌握这些遗产了；上天如不欲灭绝此文化，匡人如今的所作所为又能把我怎么样呢？"

无畏地承担使命，是孔子忠恕思想中忠的核心与基础；对使命的自信，是孔子"忠"的初心。

子曰："三军可夺帅也，匹夫不可夺志也。"

孔子说："一支人数众多的军队，其主帅却可以被击杀，而单独一个人，只要立志坚定，就不能使其放弃自己的主张。"

孔子的"忠"，是忠于己，而非忠于某一位国君；是忠于仁，而非忠于某一个时代。

子曰："岁寒，然后知松柏之后彫也。"

孔子说："岁暮大寒，这才知道松树柏树是最后凋零的。"

种种磨难之后，楚狂接舆等许多有才干的人都退隐于世，放弃了对仁道的追求，仿佛一场大雪后，百草凋零。而孔子依旧无改初心。他说："士而怀居，不足以为士矣。"留恋安逸的居家生活，不再肩负社会的责任，那就不配做胸怀天下的读书人了。又说："爱之，能勿劳乎？忠焉，能勿诲乎？"热爱这个国家，能不为之操劳吗？忠于这个国家，能不衷心地劝诫统治者施行仁政吗？

孔子忠于自己在做的每一件事——对每一位国君，他都认认真真劝导；对自己身上的缺点，全部一一改正；对自己学习的每一个礼仪规范，都认认真真施行；就像他学习演奏《文王操》那样，一定要将琴曲彻底理解领悟，才认为自己学会了。

《士兵突击》中有句台词："他每做一件小事的时候，都好像抓住一根救命稻草，到最后你才发现，他抱住的已经是一棵参天大树了。"

"唐棣之华，偏其反而。岂不尔思？室是远而。"子曰："未之思也，夫何远之有？"

古诗里有这么几句："唐棣花儿开，翩然风中摆。怎能不思念，只怨所居远。"孔子说："只是没有真心思念罢了，如果真心思念，何畏距离遥远呢？

孔子就说过："仁远乎哉？我欲仁，仁斯至矣。"真心求仁，怕什么路途遥远？不真心求仁，又何必以路远为借口？孔子在这里与屈原说出了同一个意思："路漫漫其修远兮，吾将上下而求索。"

在［论语心得］第十一话里，我们在学习曾子时，用过下面这段《论语》章句。在那里我们主要是体会曾子的为人及思想，而在这里，我们主要是体会孔子的忠恕观。

子曰："参乎！吾道一以贯之。"曾子曰："唯。"子出，门人问曰："何谓也？"曾子曰："夫子之道，忠恕而已矣。"

孔子说："曾参呀！我的学说是可以用一个基本理念贯穿起来。"曾子说："是的。"孔子出去后，其他弟子问曾参："老师讲的是什么意思？"曾参说："老师学说的核心，可以用忠恕二字来概括。"

曾子对孔子思想的领悟非常通透。因此一语道破：一以贯之的，不是仁义礼智信，也不是如何做君子，而是忠恕。

忠是笃定的追求，恕是看破放下。孔子十五岁立志于学，到了四十岁，对自己选择的道理没有任何疑惑动摇——这便是他认为自己与那些隐士不同，没有第二条路可走的原因。忠乃终也，只能忠于一个志向，穷极一生，终其所有。当一个人还需要考虑选 A 选 B 的问题时，就证明尚未看清自己的方向，没有看清自己内心真正想要什么——否则不存在选择题。

忠恕两者如太极图，你中有我，我中有你。因为能够笃定追求，所以才不计较、不怨恨任何与自己不同的声音，才不去管别人懂不懂我，只需坚持去做；因为看破放下，才发现没有任何值得恐惧的，没有任何不敢舍弃的，没有任何困难可以阻止其坚守。故忠恕一体，彼此成全。

有一位女科学家曾说，当她在十几年前研究某一类绝大多数人都从未听说过的病毒时，身边充满了不解的声音，但她选定了这个方向，没有丝毫动摇。十几年后，当那类病毒以"人类生命的黑板擦"的面貌闯入世人心中时，别人才清楚她坚守的是什么。

孔子以忠恕二字和一生的追求告诉我们，一旦选定了方向，就无忧无惧地走下去；无怨无悔地为之付出。不必在乎结果，结果就蕴含在道路本身之中。

人的一生，百年匆匆，时光荏苒，往昔如梦。先哲智者用一生追求道，文人墨客则用诗词将一生浓缩成唯美的剪影：

宋代词人蒋捷写下了《虞美人·听雨》：

少年听雨歌楼上，红烛昏罗帐。

壮年听雨客舟中，江阔云低、断雁叫西风。

而今听雨僧庐下，鬓已星星也。

悲欢离合总无情，一任阶前点滴到天明。

宋代词人辛弃疾写下《丑奴儿·书博山道中壁》

少年不识愁滋味，爱上层楼。

爱上层楼，为赋新词强说愁。

而今识尽愁滋味，欲说还休。

欲说还休，却道天凉好个秋。

少年时期总是盼着长大，觉得长大了什么都好，都能自己做决定。什么时候才能长大呢？父母总说日子过得太快，其实这日子过得真慢！睡一觉，天亮了，还是起床、上学、写作业。少年时代，以为长大了，一切烦恼就都不见了，所有解决不了的问题，等长大了都会迎刃而解。直到杀手里昂回答小马蒂尔德的那个问题："人生总是那么痛苦吗？还是只有小时候是这样？"他停顿了一下，说："总是。"那时候仿佛懂了什么，又似乎什么都不懂。

人长大了，回头看看，发现少年的一切都是美好的，哪怕每天都有写不完的作业，哪怕考试不及格，哪怕自己心爱的人对自己无动于衷……如果精灵能为我们实现一个愿望，许多人都希望自己可以重回少年时代。当生活的重担压在我们身上时，所有成长的烦恼便融化在青春的回忆里，酿成一杯甜酒，解一生之烦忧。

人老了，退了休，卸下一身重担，到了安度晚年、喝茶听雨的时候，却又在怀念壮年时期的江阔云低，忍不住回想年轻时的峥嵘岁月。蜗角虚名、蝇头微利可以抛诸脑后，但自己渡过的激流险滩，走过的茫茫荒漠和一个又一个平淡无奇、重复而安稳的日子，都成了喝茶时的谈资与独处时的静默。

人的一生应该怎样度过？从小学习保尔·柯察金的故事的人，却依然有过想要放弃、内心恐惧的时刻。没有任何一位哲人能真正教会我们怎样过一生。没有前世的路可借鉴，没有来世的梦可寄托，每个生命都从最初的探索开始，从零走向未知，再走向必然。

3.青葱少年：吾十有五而志于学

梁启超《少年中国说》有言："故今日之责任，不在他人，而全在我少年。少年智则国智，少年富则国富；少年强则国强，少年独立则国独立；少年自由则国自由；少年进步则国进步；少年胜于欧洲则国胜于欧洲；少年雄于地球，则国雄于地球。"

少年时代，志向是第一位的。

孔子曰："吾十有五而志于学。"

周恩来在 13 岁时说："为中华之崛起而读书。"

孔圣人与周总理，都出生于乱世，少年时代家境都较为清寒，都在少年时代立志担当，且一生无改初心。

少年的心最柔软敏感，最洁净仁善，因此若在少年时期体验过贫苦、看到了世间的不公，就能体会到比成年人更加深刻的痛苦。因此而立下的志愿，如扎根岩缝的幼松，任凭风吹雨打也不可动摇。

大宰问于子贡曰："夫子圣者与？何其多能也？"子贡曰："固天纵之将圣，又多能也。"子闻之，曰："太宰知我乎！吾少也贱，故多能鄙事。君子多乎哉？不多也。"

太宰向子贡问道："孔夫子是圣人吗？为何他如此博学又有如此多的技艺呢？"子贡说："这就是上天要让他成为圣人，又使他多才多艺的。"孔子听到后说："太宰了解我啊！我因为小时候生活穷苦，所以学会了做很多鄙贱的事。君子会有这么多技艺吗？不会这样多呀！"

孔子家贫，自幼丧父，母亲颜氏帮人缝补衣服养育儿子，因此孔子很小就为了生计奔波，在看到过最底层的百姓生活后，他内心就播种下了追求"仁"的种子。

古语云：穷人的孩子早当家。

《孟子·告子下》："舜发于畎亩之中，傅说举于版筑之间，胶鬲举于鱼盐之中，管夷吾举于士，孙叔敖举于海，百里奚举于市。故天将降大任于是人也，必先苦其心志，劳其筋骨，饿其体肤，空乏其身，行拂乱其所为，所以动心忍性，曾益其所不能。"

少年时期经历过磨难的人，往往比同龄人更勇敢、更坚定，也更早确立目标。

我们生活在太平盛世，多数人少年时代都是在学校里度过的，六岁读小学，到十八岁考大学，中间的十二年学习时间主要在学习知识，学知识为了考大学。一个时代有一个时代的迷茫，80、90，乃至00后的年轻人，中学阶段往往并不知道自己的目标是什么，应付考试与作业就是每天的目标了，而考大学是为了什么？自己并不清楚。及至填报志愿的时候，只是凭借朦胧的概念选择看似自己喜欢又有发展前途的专业——上个好点的学校，别让人笑话；将来能有个收入好点的工作，别让人笑话，成了好多少年的追求。等到大学毕业走进社会成为社畜，就开始为挣钱养活自己而操心了——在高房价的时代，拥有一个属于自己的居所不是一件容易的事，拼命工作、挣钱才能应对激烈且并不能算十分公平的社会竞争。

这就是少年的异化——被异化为器。而君子不器。

君子不器才能有更高远的追求，未来的教育该如何培塑一个人的品格？未来的社会该如何为青年的发展创造更多机遇？这是每个走上社会的成年人应该真诚面对且认真思考的问题。

少年强则国强，而少年的根深深扎在社会的泥土中。

理清"器"与"不器"的关系，是少年成长之烦恼；把握"器"与"不器"的辩证法，从一代人的成长着眼，是教育家绕不开的思考。

4. 奋进中年：三十而立，四十而不惑

子曰："后生可畏，焉知来者之不如今也？四十、五十而无闻焉，斯亦不足畏也已。"

孔子说："年轻人值得敬畏值得畏惧，他们年富力强，前途无量，怎么能断定他将来的成就不如现在的人呢？但是，如果一个人到了四五十岁还无所建树，那也就不值得敬畏畏惧了。"

孔子三十而立，四十而不惑，五十而知天命，五十一岁出仕。这句话不仅在感叹长江后浪推前浪，同时也感慨时光之易逝，要惜时如金，每时每刻都不能放松自己的追求！

人到中年往往最辛苦，上有父母需尽孝，下有子女需养育，在工作中又有了自己的责任，成为独当一面的中流砥柱和家庭中的经济支柱。

然而身体已经不再像年轻时候那样皮实了，各种病痛逐渐找上中年人，可该加的班还要加，该喝的酒还要喝，该熬的夜还要熬……哪怕遇到再大的难事，也不忍让父母儿女担心，甚至不忍让自己的另一半知道，只能自己扛下来。

达巷党人曰："大哉孔子！博学而无所成名。"子闻之，谓门弟子曰："吾何执？执御乎？执射乎？吾执御矣。"

达巷的一位老乡说："孔子真是伟大呀！学问广博，而不局限于一技之长。"孔子听到这番话后，自谦地对他的弟子们说："我用什么作为我的专长呢？是赶马车呢，还是射箭呢？我选择赶马车好了。"

这是孔子的谦虚和自嘲：我只是一个车夫，虽然驾驭的是国家这辆马车，但在崎岖的道路上，赶着不听话的马儿奔跑，真是太不容易了！就像当代的中年人在获得了一定社会地位后，面对别人的赞誉，往往只是谦虚地笑笑，一路走来究竟有多难，只有自己知道。所以导师教授也好、企业家也罢，人至中年，识尽愁滋味，欲说还休，自嘲一句，我就是个打工的。自己越谦虚，越能放得下，越遵从忠恕之道，就越在这双手打拼出来的事业中感到幸运和知足。

知足不辱，知止不殆。人生有了一定的阅历，会发现与人为善是至高无上的真理。因此不惑。人生很简单，只需做好人、做好事而已。顺应时遇，尽力而为。适应环境才能深刻认识环境，进而改造环境。

5. 自在老年：七十而从心所欲，不逾矩

子曰："甚矣吾衰也，久矣吾不复梦见周公。"

孔子说：我实在太衰老了，治学也懈怠了，竟然很久都没有梦见周公了。

子曰："加我数年，五十以学《易》，可以无大过矣。"

孔子说："如果能借给我几年时间，让我多活几年，如果能从五十岁时就开始学习《易》，那么深刻理解了天道人道之后，就不会有大的过失了。

孔子认为，六十耳顺，七十而从心所欲，不逾矩。六十岁，有了看透时代的智慧，听到再稀奇的事也不稀奇，明白个人有个人的因果，时代也有时代的因果；七十岁，彻底不去执着于"我"，成为一个完全不自负、不迟疑，也不傲慢的智者。任谁看到，都会觉得"仰之弥高"。

被人们仰之弥高的重要原因，还有往往被后人忽视的三个字："不逾矩"。这个"矩"是什么？我理解，用现在的话来说，就是宪法和法律，就是社会规则，就是道德规范。这个"矩"是"从心所欲"的前提，是"从心所欲"的保障。

到了"从心所欲，不逾矩"的时候该做些什么呢？除了教书，剩下的时光就是自己的了！还有什么放不下呢？很久没有梦见周公了，那些回忆似乎已经淡了，而《周易》还学得不够完善，算起来，如果退回到 50 岁重新学，人生可能还会更加从容一些。不够已经足够了。

当我们年老后，又获得了少年时代专心学习的幸福，这时不

用担心选择文科还是理科，只需要学自己真心喜欢学的，想学什么就学什么，而且还不考试了。哇！——到老了，都想着返老还童。好啊！生理上返老还童比较困难，心理上返老还童比较可行——做个学童，童心不泯。

[链接馨苑] 第十六境

己所欲者，抑或人所欲也

己所欲者，抑或人所欲也。这句话是我说的，是我学习孔子"己所不欲，勿施于人"的心得体会。当时的思路是，孔子说了"己所不欲"的问题，那么"己所欲"时该怎么办呢？

关于这个问题，我们在 [链接馨苑] 第十二境中，曾讲述了我的一个体会：己所欲，未必施于人。

现在，我们换个角度，仍按孔子将心比心"近取譬"的说法，来梳理思路。试想，三个人结伴远足，走得汗流浃背嘘嘘带喘口干舌燥，只有您背包里还剩一瓶水——怎么办？至少有两种选择：一种是自己仰脖就喝，等朋友问"还有么"的时候，已是空空如也；另一种是招呼一声"我这还有一瓶水，都喝点"，顺着话音水也递过去。我想您多半选择第二种方式。当然，要是我，我还会找补上一句：别都喝光喽，给我留一口哈。这就是我体会总结出的"己所欲者，抑或人所欲也"。

如果能做到，当自己想得到什么时，也替别人想一想，这也是将心比心地奉行"仁"之道。2019 年 11 月的一天，我和中国药师协会副会长颜晓文一起乘高铁去山东开会，在商务候车室休息时听到广播通知，让我们这趟车乘客到某进站口检票登车。起身时我看到一对外国夫妇，丈夫坐在轮椅上，夫人一手推着轮椅，一手拉着行李箱，两个人身上还都挎着大包小包。他们一脸焦急，匆匆忙忙的样子，一看就知道是怕行动迟缓赶车不及。我们是同路。

这时，我脑海里闪过的，就是上面说到的学《论语》的"新得"：己所欲者，抑或人所欲也。将心比心呀。我们忙着检票上车，他们也是情同此心呀。而且他们行动不便，行李不少，困难多多。这样想着，我走过去，用已经忘得剩不了几句的英语问夫人，是否需要帮忙，告诉她我们是同车，还指着车票上的车次给她看。夫人当然乐意，说着谢谢把行李箱给了我。我又征得她同意，把大背包也接了过来。颜又怕我累着，从我手中接过了夫人的背包和行李箱，我们四人一起向检票口进发。一切顺利，皆大欢喜。这个顺利欢喜的过程中，有个小细节颇有味道。我们有轮椅，当然要乘箱式升降电梯。问题来了，一副坐着人的轮椅、一个行李箱，电梯还能再容纳两个人——也就是说，我们之中有一个人上不去。颜有意让我上。我把他推上去，说了句"行李不能离开主人"。我不知道夫人是不是能听懂中国话，还是她曾在瞬间担心的事不用担心了，夫人向我浅浅地一笑。我乘扶梯下去，在车厢门口四个人会合了。

列车在不知不觉中开动了。这是乘坐高铁时最奇妙的时刻——不知不觉无声无息中，窗外的景物向你挥手送行。列车行进中，夫人找到我，说我丈夫请你过去一趟。去后先生对我说，谢谢你们帮忙，我们送你一本书吧。夫人问了我的名字，写了一些字，夫人和先生签了名。我接过来边感谢边看上面的字：致陈啸宏，非常感谢！你们救助了我俩。致以最美好的祝福。约翰·奈斯比特，多丽丝·奈斯比特。书名叫作《世界新趋势——"一带一路"重塑全球化新格局》。我满怀敬意地谢过他们。这时他们的中国小助理也到了——她刚才是受夫人指派办其他事去了，所以检票登车时没能凑到一起。回到座位上，我把这本珍贵的书转送给颜晓文，他百般推让。我说，非你莫属，箱子是你提的是你拉的，挎包是你背的，累是你受的，这书当然是你的。

约翰是世界著名未来学家，是 1982 年全球畅销书《大趋势》作者。曾获 2013 年度中国政府"友谊奖"，是第五届中华图书特殊贡献者得主，每年周游世界数次，几乎在世界所有大公司发表过演讲。多丽丝是奈斯比特中国研究院院长，也是享誉海内外的专家和畅销书作家，注重以教育和经济双核心来观察与研究国家的发展趋势。

而他们送给我的这本书，讲的是我国"一带一路"的倡议。其中讲到中国"作为一股具备全球影响力的力量，在道德伦理层面，各国对中国的认同度很高"。同时从"一带一路"的历史渊源出发，从丝绸之路讲到如今的全球经济。通读此书，发现其中所包含的正是儒家传统的"仁"的思想，正是孔子所说的："己欲立而立人，己欲达而达人。"

"一带一路"的核心思想，是中国要发展，就让世界一起发展。制定"一带一路"倡议，不正是为了增进各国之间的友谊与信任；加强国与国、民族与民族之间的文化交流；建立起各国之间的长期伙伴关系，实现我国与"一带一路"所有国家经济实力的有效增长吗？而这一切，最终为了各国人民相遇相知、相敬相爱、共同创造和谐、宁静、富足的生活。

几千年来，沧海桑田，斗转星移，宇宙变迁。中华民族从远古走到今天，我们对"仁"的追求矢志不渝。中华民族人心向善始终不变。习近平总书记放眼世界发展的大趋势，前瞻性地提出"一带一路"倡议，在国际上赢得广泛响应。以"仁"的思想为代表的中华文明在今日的世界舞台上大放异彩。是中国作为一个崛起的文明古国，对全世界、全人类的担当。

一年半以后的一天，我在 2021 年 4 月 12 日《参考消息》上，看到一条转载自美联社的消息：《大趋势》作者奈斯比特去世。我把这条消息附在这里，以此向奈斯比特先生致敬，向奈斯比特夫人表示慰问。

【美联社柏林 4 月 10 日电】行销数十个国家的 1982 年畅销书《大趋势》作者、美国作家约翰·奈斯比特 8 日逝世，享年 92 岁。

奈斯比特的妻子多丽丝周六说，奈斯比特在他位于奥地利沃尔特湖附近的第二居所中平静离世。奥地利新闻社早些时候已报道了他于周四逝世的消息。

奈斯比特 1929 年 1 月 15 日出生在美国盐湖城，在犹他州格伦伍德长大。他在职业生涯早期曾在柯达公司和国际商用机器公司担任管理人员，34 岁时被任命为约翰·肯尼迪总统政府中的

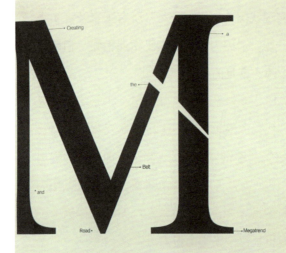

Creating a the Belt and Road Megatrend

【英】【美】
多丽丝·(John Naisbitt)
约翰·奈斯比特
奈斯比特
(Doris Naisbitt)
龙安志【美】
(Laurence Brahm)
/著
张 岩/译

国际知名专家独家解读

未来世界，是绝非偶然的必然预见。

世界新趋势

"一带一路"重塑全球化新格局

世界著名未来学家　第五届中华图书特殊贡献奖
2013年度中国政府"友谊奖"得主

约翰·奈斯比特｜多丽丝·奈斯比特

全球社会、经济、政治观察家

龙安志

趋势力作

中华工商联合出版社

FOR

Xiao Hong
Chen

with many thanks! You
have saved us.
Best wishes

John Naisbitt
Doris Naisbitt

助理教育专员。

其著作《大趋势——改变我们生活的十个新趋向》是关于理解现在以便预测未来的，在 57 个国家和地区售出 1400 多万册。

奈斯比特还出版过其他数本书，其中一些是关于中国崛起的。他还创办了研究中国转型的机构——奈斯比特中国研究院，并在其职业生涯中多次就未来研究发表演讲。在过去二三十年中，奈斯比特夫妇住在奥地利首都维也纳，但每年至少前往中国 4 次。

他的妻子说："约翰不仅是一个很有远见的人，而且思想开明、不带偏见，不受缚于任何主流思想。"他们于 2000 年结婚，此前，她是他的德语出版商。

多丽丝说："他不仅是一个有远见的人，而且体贴温和、成熟老练。"除了遗孀，奈斯比特身后还留下 5 个孩子和 12 个孙辈。

释文逝者如斯夫不舍昼夜

出自论语子罕第九

子在川上曰逝者如斯夫不舍昼夜

《榜书〈论语〉全文》《〈论语〉每篇一印》完成后，我和张国维受组委会委托编写了六篇"后记"。"后记"之一是，《〈榜书《论语〉全文〉记事》。是以时间顺序为轴线，以最简洁的文字实录，从2018年10月萌生用四尺榜书抄写一部中华经典的念头，到2021年3月完成全部相关工作的过程。

"后记"之二是，《〈《榜书〈论语〉全文》记事〉中人物简介》。在"项目学术顾问及相关书法名家"部分，介绍了冯远、杨朝明、申万胜、徐里、言恭达、张飙、张旭光、刘恒、张志和，共9位学术顾问。还介绍了苗培红、杨明臣、洪厚甜、李明、方放。这5位书法名家受组委会邀请，分别书写了一篇"后记"。在本篇中将和您说说他们5位的事。在"组委会及各有关人员"部分，还简要介绍了24位组委会成员及直接参与项目日常工作的人。

"后记"之三是,《"经典传承·榜书〈论语〉"公益项目实施方案》。这个文本是在组委会三位主任 2019 年 4 月 6 日签发的文本基础上,根据两年来实际发生的情况修改完善,经组委会 2021 年 1 月 14 日会议通过的。

"后记"之四是,《"经典传承·榜书〈论语〉"公益项目学术顾问指导意见摘编》。9 位学术顾问在项目开展初期所给予的指导意见,在 [时人新事] 第九篇、第十篇、第十一篇中已经向您做了一个非常简要的介绍。

"后记"之五是,《〈榜书《论语》全文〉书写创作散记》。是我简述书写过程及自己的心路。因为这篇"后记"的内容是我写自己的事,所以我索性自己用小楷书成,没敢劳驾书法名家。

"后记"之六是,《〈榜书《论语》全文〉用印及〈《论语》每篇一印〉创作散记》。是由篆刻作品创作者张国维撰写的。

[时人新事] 第十七篇

五位名家书后记　公益项目又增辉

苗培红，又名培轩，号子牛，山东邹平县人，1949 年生。毕业于首都师范大学书法硕士生课程班。中国书法家协会第四、五届理事、原中国书协教育委员会副主任、中国书协培训中心教授、中国大众文学学会理事、首都师范大学客座教授、北京市教育考试指导中心客座教授、北京卫戍区师职干部、大校军衔。苗培红自幼酷爱书法，几十年耕砚不辍，潜心研习，受益于著名书法家欧阳中石、李铎等先生的指导，其书法主攻欧褚楷书行书。

作品被毛主席纪念堂、军事博物馆、广东博物馆收藏，并发表于《人民日报》《解放军报》《光明日报》《人民政协报》《中国文化报》《中国书法》。论文《晋南朝人书论的历史地位》收入《首都师范大学书法论文集》《中国书法家协会培训中心全国书法教学学术论文集》。曾出版《苗培红扇面书法艺术》《苗培红书法集》《行楷书〈出师表〉》等。

苗培红为此次公益项目书写了"后记"之一。

杨明臣，1955 年生，河南安阳人。中国书法家协会第五、六、七届理事，楷书专业委员会副主任，原空军政治部文艺创作室专职书法创作员、全国全军书法大赛评委、解放军美术书法研究院艺委会委员、清华大学美术学院特聘教授、慕鸿书法研究社社长。

作品曾入选全国第八届书法展、第二届中国美术馆当代名家提名展、全国第五届楹联书法展。获第二届中国书法兰亭奖、纪念邓小平诞辰100周年全国大型书法展二等奖、全国第四届正书大展提名奖、"高恒杯"全国书法大赛二等奖、"盛世国风"第二届书法年展金奖、北京电视书法大赛正书组金奖。在中央电视台作小楷专题讲座。作品被中国国家博物馆、军事博物馆、民族文化宫、军委办公大楼等收藏。在《光明日报》《解放军报》《中国书法》《中国书画报》《书法报》《书法导报》等数十种报刊发表作品或专题介绍。出版有《杨明臣书法作品集》《中国书法名家研究·杨明臣卷》《杨明臣小楷作品集》《杨明臣书画小品》《中国书画名家——杨明臣卷》《新中国美术馆当代名家系列作品集·书法卷·杨明臣》。

杨明臣为此次公益项目书写了"后记"之六。

洪厚甜，号净堂，1963年生，四川什邡人。师从李良栋、蒲宏湘、张海、李刚田、陈振濂、何应辉，进修于四川省诗书画院何应辉先生工作室。现为中国国家画院专职书法家、中国书法家协会理事、中国书法家协会楷书专业委员会委员、文化部中国艺术研究院中国书法院研究员、中国书法家协会培训中心教授、专家工作室导师、中国民主同盟中央美术院理事、中央数字电视书画频道特聘教授、中国教育学会书法教育专业委员会常务理事、四川省政协书画研究院专职副院长兼秘书长、四川省诗书画院特聘书法家、中国书画研究院西部创作院副院长。曾任全国第八届书法篆刻展、全国第二、三届扇面书法大展、庆祝建党八十五周年全国书法大展、全国第九届书法篆刻展、全国首届册页书法大展、全国第二届青年书法展评委。

艺术风格从唐代颜真卿、褚遂良入手,上溯魏晋秦汉。潜心楷书兼及行草、汉碑,多年复临《龙门造像》《北魏墓志》,并对《张迁》《石门颂》等汉碑和二王一系的传统帖学笔法体系进行了系统的研究。力求丰富楷书艺术表现语言,拓展其审美空间。所作楷书质朴流美,古雅俊秀,行书粗犷豪放,气势雄强,颇具感染力。

洪厚甜为此次公益项目书写了"后记"之四。

李明,1971 年生,安徽省怀远县人,现为中国书法家协会楷书委员会委员、中国国家画院研究员、安徽省书法家协会副主席、中国书协培训中心教授、导师工作室导师、国家画院书法工作室导师、中央数字电视书画频道名家工作室导师。2007 年结业于中国艺术研究院中国书法院硕士研究生班,为中国国家画院沈鹏书法课题班、精英班成员国书会副会长、沈门七子之一。曾担任全国第十二届书法篆刻展、纪念改革开放 40 周年全军书法展、第二届楷书展评委。在中央数字电视书画频道教学节目主讲赵孟頫行书《洛神赋》(32 讲)、《一日一书》(16 讲)。

作品曾获全国第十一届书法篆刻展优秀作品奖（最高奖）、第五届书法兰亭奖佳作奖二等奖、首届中国书法院奖、全国第二届青年书法篆刻展二等奖、第二届兰亭奖提名奖、九届国展提名奖、纪念老子诞辰2578周年全国书法展一等奖。作品入展第八、九、十届全国书法篆刻展，"民族脊梁"全国书法大展，中国美术馆当代书法提名展，现代与理想书法批评展，源流时代二王书风主题展等40余次国家级展览。

李明为此次公益项目书写了"后记"之三。

方放，1968年生。幼承家学，酷爱书画。1990毕业于清华大学美术学院陶瓷设计系。现为中国书法家协会会员、北京书法家协会理事、北京书法家协会妇女工作委员会委员、中央书画艺术研究院研究员、人民日报社神州书画院特约书画家、九三学社社员、中国人民大学艺术学院许俊国画工作室访问学者。

书法作品获第五届全国妇女书法作品展优秀奖，入选第十届全国书法篆刻展、全国妇女书法篆刻作品展、"瘗鹤铭奖"全国书法大展、北京国际双年展、国际知名女书家书法邀请展、第三届日中书法交流展、"新世纪之歌"中、日、韩美术展、"情趣、韵味、意境"中国书画名家作品邀请展。书法作品刊于《中国书法》《书法》等杂志，刻石于常德诗墙，并被新加坡书法中心等机构收藏。论文《静看芦花隔岸生——文徵明书艺撷事》《董其昌书艺探微》《笔墨里放出光明》刊于《北京书法》《北京文艺》《中国文化报》等报刊。为人民教育出版社"人教网"编撰《中国艺术·书法篇》，著有《黄自元楷书字谱》一书。艺术简历收录《中国历代书法家辞典》《鉴藏》。

　　方放为此次公益项目书写了"后记"之二。

[论语心得] 第十七话

生也死也界划人也　鬼设神设实为人设

假如现在有人跑去问孔子，世界上有没有外星人？孔子会如何回答呢？他大概会说："地球都没有住明白，遑论外星来客？"孔子以天下为己任，走在实实在在地追求"老者安之，朋友信之，少者怀之"的道路上，因此对于那些异想天开、不着边际的问题，他无暇思索。

但一句"未知生，焉知死"却无法阻挡人们探索神秘现象的脚步。从鲁迅小时候最痴迷的《山海经》，到备受现代人推崇的科幻小说《三体》，都是人类对神秘的大自然与宇宙的思考、想象与探求。而对死后生命的执着，在西方形成了以德古拉伯爵为基础的吸血鬼体系，在东方则由湘西赶尸不断衍生僵尸的传说。更不必提亦正亦邪的妖怪，如狼人，如山魈，如河伯，如日本自《山海经》而传承发展的百鬼夜行……与之相应，东方的茅山道士、高僧和西方的驱魔人，在各自的文化基础上游走于活人与死人之间、普通人与妖魔鬼怪之间，维护生者的世界不被死者困扰，同时帮助心愿未了和远去而死的亡魂超度。

那么死后的世界究竟是何种模样？我们死后的灵魂去了何方？是善者上天堂，恶人下地狱；还是重归六道在因果的轮转中转世投胎？逝者的灵魂，是会通过望乡台再看一眼故乡亲人的模样，然后走上奈何桥，喝下遗忘此生的孟婆汤；还是会流连于子孙后代常常祭扫的宗庙祠堂，以香火为食，护佑后世安康？

而除地球之外，宇宙中的其他星球是否也会孕育出如人类一般的智慧生命呢？他们是善是恶，是美是丑，能否与我们沟通交流甚至相互往来、友好合作呢？

这一切都不在儒家思考的范畴之中。孔子的"敬鬼神而远之"从教化民众的角度再次回归到了现实社会。

而那些瑰丽的幻想，就留给文学、艺术与宗教来思考，留给科学以展望吧！

1. 生死之界：未知生，焉知死

子不语：怪力、乱神。

孔子不与人谈论背乎常理的不适当之力以及不由正不当祀之神的事。

由此句便断定孔子不言鬼神是片面的。孔子只是不去谈论怪诞而没有根据的事物而已。对于鬼神，《论语》中多有谈及：

季氏旅于泰山。子谓冉有曰："女弗能救与？"对曰："不能。"子曰："呜呼！曾谓泰山，不如林放乎？"

季氏身为鲁国正卿，既非天子亦非诸侯，却要跑去祭祀泰山，孔子对当时正在季氏身侧为官的冉有说："你不能阻止他吗？"冉有回答说："弟子做不到。"孔子说："唉！难道说泰山之神还不如职位卑微的林放懂得礼法吗？"

这里的"泰山"指的就是泰山的山神。

季路问事鬼神。子曰:"未能事人,焉能事鬼?""敢问死。"曰:"未知生,焉知死?"

子路问侍奉鬼神的方法。孔子说:"活人还没能照料好,怎么能去照料死人呢?"子路又问:"我大胆地请问死是怎么回事?"孔子说:"生的哲学还没探索明白,又怎么去研究死呢?"

孔子不是无神论者,只是他更多地把注意力放在现实社会的治理当中。孔子也不是不讲鬼神,而是把它作为社会治理的一种方法来讲。

《孔子家语·哀公问政》中记载,哀公向孔子询问什么是鬼神。孔子回答说:"人生有气有魄。气者,神之盛也;魄者,鬼之盛也。夫生必死,死必归土,此谓鬼;魂气归天,此谓神。合鬼与神而享之,教之至也。"孔子还说,"教民反古复始,不敢忘其所由生也。众人服自此,听且速焉。"利用鬼神的说法来治理社会,"教之至也",老百姓一听就明白——"听且速",是个好方法。目的是以祭祀鬼神的形式,对民众进行教化。

《开河记》记载,隋炀帝时期的开河督都护名为麻叔谋,负责督造大运河,但有个恶习——吃小孩。因此鹿邑的百姓在哄小孩哭闹哄不好的时候,就吓唬小孩子说:"别哭啦,再哭'麻胡子'来了。"小孩听后立马不敢哭闹了。这就是"听且速"。

以鬼神教化统治百姓,能够达到让百姓记得自己的父母祖宗,而不忘本的效果。因此孔子虽然并不认真相信鬼神之说,却应用鬼神来教化民众。

2. 鬼神之间：务民之义，敬鬼神而远之，可谓知矣

乡人傩，朝服而立于阼阶。

乡人举行驱疫逐鬼的傩戏时，孔子穿上朝服，站立于庙前东门的台阶上。

这是孔子对民俗传统的尊敬。至今在青海、甘肃一代还存在一年一度的"社火"，民俗所述："社火娱神，香火娱人。"其意深远。

祭如在，祭神如神在。子曰："吾不与祭，如不祭。"

孔子祭祀先祖的时候，就好像祖先真的在那里；祭祀神的时候，便好像神真的在那里。孔子说："我若是不能亲自祭祀，不会请别人代理祭祀。"

樊迟问知。子曰："务民之义，敬鬼神而远之，可谓知矣。"

樊迟问怎样才算得上是明智，孔子说："引导使百姓做合乎道义的事，敬重鬼神，却不迷信，这就可以说是明智了。"

这两段话都是在讲以鬼神之说教化民众，令民风淳朴，敬重先祖。

受儒家思想影响，既然鬼神之说可以教化民众，那么假借鬼神之说来抒发情志、倡导仁义礼智信，揭露社会现实问题，又有何不可呢？因此，蒲松龄写了著名的志怪小说《聊斋志异》，袁枚专门将自己记录怪力乱神的笔记小品命名为《子不语》，并在自序中说：

"怪、力、乱、神"，子所不语也。然"龙血""鬼车"，《系词》语之；"玄鸟"生商，牛羊饲稷，《雅》《颂》语之。左丘明

亲受业于圣人，而内外传语此四者尤详，厥何故欤？盖圣人教人
"文、行、忠、信"而已，此外则"未知生，焉知死""敬鬼神而
远之"，所以立人道之极也。《周易》取象幽渺，诗人自记祥瑞，
左氏恢奇多闻，垂为文章，所以穷天地之变也，其理皆并行而不
悖……书成，初名《子不语》，后见元人说部有雷同者，乃改为
《新齐谐》云。

　　除此之外，还有甘宝的《搜神记》、刘义庆的《幽明录》、张
华的《博物志》、段成式的《酉阳杂俎》、纪晓岚的《阅微草堂笔
记》等，这些志怪小说，故事性较强、文笔风雅，甚为可读。

　　而当代的一些仙侠剧、魔幻剧、穿越剧，无论是从地球穿越到
某一片陌生的大陆，还是描摹仙魔之界的众生相，或者将一个拥有
现代思维和记忆的人空投到古代……所有的一切，虽然看起来都属
于"怪力乱神"的范畴，却其实都是在讲人的情感——凡人的爱情
被仙侠演绎；凡人对道义的坚守和永不向邪恶势力低头的坚毅由神
魔承担……那些放在现实生活中不好说、不好做、不好展现的素
材，一旦变换大背景和人物性质，就成了绝好的故事题材。

　　与文学相对应，科学也在一步一步探索死亡的世界，据经历
过濒死体验的人回忆，不同的人在死亡的刹那有不同的"经历"，
而那一瞬间，大家无一例外地空掉了时间。

　　也许在未来的某一天，在科技越来越发达的某个时代，人
们能够真正解读死后的世界。虽然孔子说。"未知生，焉知死"，
但假如我们能够率先知悉死亡的真相，那么是不是就意味着人类

会经由对死亡的了解，而反过来更加懂得生活的价值呢？

　　未知死，焉知生？

[链接馨苑] 第十七境

苏堤即兴

方放在给我寄来她书写的"后记"之二时，附了一本她的书法作品选集。她的这本作品选集有一大亮眼之处，是她自己的诗词文章。例如《西湖》：

> 绿烟红雾山岚动，暮舫朝车纷沓中。
>
> 十里平湖浑似梦，亭幽四面空来风。

读来令人称妙，妙在描画出了西湖大气象。

在用短信向方放表示感谢时，也附了几句旧作凑趣，是为《苏堤即兴》：

> 桃新柳嫩润泥香，水静山孤画影双。
>
> 恰到苏堤酣醉处，邀君伴雨品旗枪。

我们再一起欣赏方放《西湖》的书法作品吧。

水流落花去无踪 湖海旧作一首
岁次丙申于云楼方敬书

释文友直友谅友多闻

出自论语季氏第十六

孔子曰益者三友损者三友友直友谅友多闻益矣

友便辟友善柔友便佞损矣

"经典传承·榜书《论语》"公益项目圆满完成；《三生有幸：我用大字抄〈论语〉》也将近尾声。"经典传承·榜书《论语》"公益项目团队是很棒很强的团队；《三生有幸：我用大字抄〈论语〉》的编写班子也是很棒很强的团队。他们之所以都很棒很强，是因为他们心中都有"四个自信"，是因为他们都在追寻在求索在践行仁爱的传承。

[时人新事] 第十八篇

余音袅袅挥不去　文脉泓泓有后人

《三生有幸：我用大字抄〈论语〉》第四稿的讨论会从下午开到了晚上，我花了四个多小时介绍情况，说得我上气不接下气。因为是编写小组的最后一次会，这次会后将修改出第五稿，就不再上会了，所以大家都特别认真。而且，"特别认真"也是因为两年来大家在一起，伴随着梳理"经典传承·榜书《论语》"公益项目的故事，学习《论语》交流心得探讨问题，是一段难忘的美好经历。现在曙光初露，欣喜中又难免怀有对纤纤新月之出天涯，落落众星之列河汉的留恋。

劳动节过后，编写小组里一位小伙伴给我发了一个邮件，说想在这本书完成后，找上几个朋友一起编个小剧场互动情景话剧，剧名初拟为《我与孔夫子》，说已在着手写文学稿，并发来了几千字。在这里摘录两段，一是欣赏，二是看看能不能给提点什么好建议。

引子——不朽的思想总能与时俱进，孔子，伟大的政治思想家，伟大的先哲。他的思想，在21世纪的今天，依然焕发着智慧的光芒，被新时代赋予了新的含义。

1.孔夫子自从来到现代以后，每天宾客络绎不绝，都是来找他答疑解惑的。孔夫子对我说道："小年轻，宾客这么多，最近国外疫情又十分严重，帮我想个好法子吧，别让大家那么辛苦。"我环顾满屋子的宾客，左思右想，突然一个想法冒出来："先生，我们在网上创建一个论坛吧，我来帮忙打理。您的粉丝们可以在上面跟您互动，他们就不用在这边排队了。"孔夫子或许听明白了，让我放手去干。

2.孔子论坛一建立，大家都踊跃留言，想与夫子深入交流。这天我看到一条十分有深度的问题，急忙找到孔夫子，我向夫子请教："先生，论坛有人提问，说中国在去年年初新冠肺炎疫情那么严重，但是仅用了三个月的时间就控制住了疫情，总书记总结时还讲到了仁爱传统，您怎么看？"夫子摸了摸胡须，笑道："我提倡仁，仁的核心是爱人。我也重视斋戒、战争、疾病。所以，重视人的生命，重视人的健康，在两千多年的时间里逐渐形成了传统，这是咱们中国的特色，是特有优势。"夫子接着说道："但是这个优势在过去的两千多年里也没能真正见实效。为什么呢？不说你们也知道，因为那时的当权者并不重视人的生命，并不重视人的健康。而在你们这个时代，有中国共产党以人民为中心，讲究全心全意为人民服务，这又是咱们中国的特色。两个优势加在一起形成合力，这是三个月就能有抗疫成效的重要原因吧。"我欣喜地说道："先生果然好见解。今日听先生一席话，胜读十年书啊！我马上去回复网友！""且慢，小年轻，三人行必有我师焉。今日我也想向你讨教一下这互联网论坛是怎么操作，怎么来回复我的网络宾客们。"孔夫子叫住了我。

3.教夫子登录论坛。我叮嘱夫子说："先生，戴上您的老花镜，我已经把手机字体放大了，还有密码是 kongfuzi123。"夫子说："哦哦，晓得了。我登进来了。""还有一件事情，论坛信息比较多，最好连上 WIFI，不然流量不够用。"孔夫子点头，比上次用手机进步了不少。接着教夫子长截图。我指着手机屏幕上的网友评论跟夫子说："您看这条信息很长，屏幕上都显示不完，所以我们要把底部的内容也截下来。"我又示范，同时长按音量加和电源键，咯，跳出来了黑色的界面，中间显示着一个白色的细方框，屏幕的内容缩小进这个方框里。我对夫子说："您拖动这个方框的下面一边，截图跟方框是不是变长了，继续拖动，论坛里所有的内容都包括进去了。这不，一张很长的截图就截好了。"到夫子操作了，不知怎么的，他很难做到两个键一起按。一会儿只按了音量键，音量条跳出来了。一会儿只按了电源键，重启的界面都跳出来了。我就握着夫子的两只手，他也很仔细地看着两个按键的位置，终于黑色的界面跳出来了。我教孔夫子试着拖动方框的下面一边，终于成功了。孔夫子笑呵呵地说道："这么小巧的玩意真是难搞懂啊，还是要多操练几次。""宾客们的想法还是蛮丰富的。"夫子瞥了瞥手机。我讪讪笑道："先生，我们上网的叫网友，不叫宾客了。"哈哈哈，两个人一起哈哈大笑。

4.夫子慢悠悠地在一旁钻研起他的手机，看到我飞快地打字回信息，夫子双眼发亮，问道："小年轻，你打字这么快，是用的什么方法？我只会在手机上写字，有点慢。"我得意地回答道：

"先生，我用拼音打字，会快很多的！"夫子反问道："什么，拼音，我上次有听说过，在百度查了一下，发现很简单的样子，要不改天你也教教我？"夫子好学的态度让我十分惊叹啊！

……

看了小伙伴的稿子，我被感动了，当然会满怀真诚地给予肯定鼓励。同时也真诚地给予建议：（1）情感方面要把真情实感表达出来，俗话说隔代人更亲；（2）既然是论坛，就要把"必选动作"的理论框架和内容设定好，剧场剧时长有限，内容太多则臃肿，内容太少则苍白。要请一位专家把关；（3）既然是互动剧场剧，就要给观众一定的"自选动作"空间，即便是仅设定三位或是五位观众有互动机会，也要有预案在先；（4）建议扮演孔子的演员，从讲课效果好的，以儒学为主攻方向的教授中选聘，以不至于被问住。

随便说说而已，我也不懂话剧。但不懂为什么还说了一通呢？"近取譬"，将心比心，推己及人，我就是说了几句大实话：如果我花钱买票去剧场看戏，我想看到什么。我期待着。

顺带说一句，这位小伙伴是时尚派，在 [时人新事] 第五篇里有一句话就是她给改的。我原来写的是"平静和空气融在了一起"，她说，有句现成的话，"最怕空气突然安静"，您看怎么样。我采纳了。而且借鉴这个流行句式，在 [时人新事] 第四篇里写了一句"空气也怕突然爆炸"。

还有一位小伙伴——就是让我看《小舍得》的那位，她也给我提过很好的意见。[时人新事]第七篇某自然段的结尾是这么一句话，"大家看看，这是不是有点教练的范儿。"原来我没写"儿"字。她说，要加"儿"，否则太愣。我当时还不同意，说了一大堆理由。晚上我到网上查询了普通话考试标准，其中一条说服了我。大意是：有"儿"时前边的字按"儿化音"读，没有的按本音读。我马上打去电话：你说的是对的，"范"的后边应该有"儿"字。我已经把这个"儿"字加上了。这样一来，看着也好看，在段落末尾，没有这个"儿"字的确太愣。

一天这位小伙伴发来邮件，说昨晚做了一个梦，有场景有情节有声音有色彩，梦里很清醒，醒后很清楚：

出差回京，刚下飞机，看到一群帅哥美女把出口堵得水泄不通。心想又是哪个流量明星的粉丝接机大场面。看到有个美女高举霓虹灯牌牌：孔子，我爱你。我震惊到：现在的明星胆子真是够大，敢拿圣人大名当艺名。此时一阵尖叫与欢呼，"有朋自远方来，不亦乐乎""先生，欢迎您"，此伏彼起。我好奇，到底是何方神圣？我挤呀挤，挤到最前面，抬头仰望——看到来者正是我心中的孔子，他那高大伟岸的形象。孔子平易地和欢迎人群打招呼。此刻，他庄严而慈祥的目光正与我对视：你好，我是孔子，初来你们这个时代。他见我正拿着手机给他照相，便说，方便加个微信吗？我激动而颤抖地和他加了微信。孔老先生又被别人围了起来，粉丝们追随着尖叫着。原来我们这个时代的年轻人，也是这么热爱着孔子。

是呀！日有所思，夜有所想嘛。这个梦当然不是生活中的真实场景。但我们"经典传承·榜书《论语》"公益项目的志愿者是真实的，我们《三生有幸：我用大字抄〈论语〉》编写团队的伙伴们是真实的。这个梦是艺术的真实。梦是心头想。

我这个小伙伴还告诉我，醒来之后就去翻看"孔子的朋友圈"——就是和《论语》有关的话题，比如生命健康啦，教育啦，"博施于民而能济众"啦，等等吧。其中关于教育的内容，我在[链接馨苑] 第十二境中就用上了。

这个小伙伴摘录了如下文字来说明"仁"的当代意义：

国内新冠肺炎疫情已得到很好的控制，网上很多帖子都在感谢这些人：

1. "白大褂"：自从 2019 年 12 月份疫情暴发以来，有多少白衣天使奋斗在抗疫一线，更有多少全国各地的医生护士不远千里驰援武汉，他们在自己的战场上，不仅全力以赴医治接踵而来的患者，还要不辞劳苦地照顾患者的饮食起居，可谓无微不至。有多少人因长期戴口罩，面部鼻梁都出现了深深的勒痕，仍然坚守在自己的岗位上，又有多少白衣战士因长期接触病人，导致自己被感染倒在了岗位上。

2. "红马甲""红袖标"：他们就是坚守在各个道路口、街口、胡同口、小区门口、村口的志愿者们。在采取"封城"的 40 多天里，是这些"红马甲""红袖标"不分昼夜坚守在岗位上，劝阻人员车辆流动，为居家群众送去生活必需品。

3. 领导者：疫情一开始，从中央到地方，各级领导都高度重视疫情的发展，及时果断地采取了必要措施，有效地控制了人员流动，抑制了疫情的蔓延，让老百姓看懂了什么叫作我们的党"以人民为中心"。

4.基础建设者：十天之内，平地建起一座规模宏大的医院。火神山、雷神山医院是勤劳智慧的建设者们送给疫病感染者的生的希望。

5.还有许多人，有热心企业、热心人士，为武汉，为湖北，为各自的家乡捐款捐物。

6.还有全民免费接种疫苗！

这位小伙伴还把有关扶贫攻坚取得全面胜利的帖子摘了一些。这段文字不多，但分量很重。

子贡问孔子，如果有人能尽最大可能给老百姓提供实惠，在紧急情况下又能救济群众，能称得上是仁么？孔子回答说，能做到这样，何止是仁啊，这是圣人啊，尧舜都没做到啊（原文见《雍也第六》第30章）！但是，在中国特色社会主义新时代，我们做到了。

8年来，近1亿人脱贫，832个贫困县全部摘帽——我们向深度贫困堡垒发起总攻，啃下了最难啃的"硬骨头"。虽遭遇疫情影响，我国依然如期完成新时代脱贫攻坚目标任务，提前10年完成联合国2030年可持续发展议程的减贫目标。

脱贫摘帽不是终点，而是新生活、新奋斗的起点。脱贫攻坚目标任务完成后，"三农"工作重心转向了全面推进乡村振兴。

我建议，把这些内容编进小剧场互动情景话剧《我与孔夫子》里边去。

我对这位小伙伴说，你不是和孔子加了微信么，把咱们的想法告诉老人家，——得嘞，瞧好吧您呐！

还有一位伙伴——我没称他为小伙伴——发来一篇短文给我讲故事。

他说，1975年元旦，北京市委大礼堂，节日庆祝演出正在喧嚣进行中。一系列热闹过后，一个小孩儿走到硕大的舞台中央，现场静了下来。面对一千多名机关领导和干部，他绘声绘色地讲了一个历史故事：盗跖痛斥孔老二。故事大概进行了四五分钟，台下掌声雷动。小孩鞠躬下台，迈上了人生阶段性高峰。那个小孩儿就是我，当时四岁，穿着借来的蓝色小毛衣。那也是我和孔子第一次交集，虽然我根本不知道故事里的背景和含义，但我确信两件事：一，我出名了。二，那个"孔老二"一定是坏人。

这是我儿时天真的记忆，也是伴随我成长过程的纠葛。

这位伙伴接着说，请您帮我解读一下盗跖和孔子的恩怨，以解我几十年的困惑。

我哪有这个能耐。我回复他说，我没有在这方面做过研究，不敢轻言。仅提几个思路供您参考。（1）盗跖与孔子争论的故事出自《庄子·盗跖》；（2）有没有盗跖与孔子争论这件事，您可以查阅相关历史文献（估计是查不着）；（3）庄子为什么讲这么一个故事，为什么这么讲这个故事？您可以深入研究一下庄子的思想观点及思维逻辑；（4）您若想多了解一些儒家道家之间的联系与差异，您可以先比较一下老子学说与孔子学说的异同，然后再比较一下庄子与老子的不同之处，这样有助于您理解庄子是怎么看待以孔子为代表的儒学的；（5）至于在您4岁的时候，为什么大人们会教您上台讲这么一个故事，您可以看看十一届六中全会决议；（6）至于您几十年的困惑，我建议您放下，不必困惑。孔子不会怨恨庄子，也不会怨恨盗跖——即便那个故事里的事儿是真的，更不会怨恨那个聪明可爱的小帅哥。人不知而不愠，不亦君子乎？孔子一辈子就是这么活过来的。我个人认为，这句话是《论语》的点睛之笔，是孔子一生的写照。

另外，春秋时代，百家争鸣。百家之言中的精华，都是中华优秀传统文化的一部分。经典传承，传承精华，守正求新。仅供参考。再多我也说不出来了。

这位伙伴还说，我生在20世纪60年代末，是幸运的一代。教育阶段没受"文革"影响，上大学免费，毕业了国家包分配，结婚的房子也是国家分配的；我们最早接触到西方先进管理理念；改革开放过程中到处是空白也到处是机会。但是，在怎么看待传统文化上，却经历一个曲折的过程。从把孔子叫作孔老二，到改革开放之初有全盘接受西方现代化的思潮，到现在逐渐意识到，我们自己的好东西太多了。以往的迷茫是因为我们对自己的传统文化根本不了解。我想，"经典传承·榜书《论语》"公益项目之所以能取得成功，很大程度上得益于所有参与者对中华文化的热爱，有强烈的文化自信。我参与到《三生有幸：我用大字抄〈论语〉》一书的编写活动中来，就是从曲折的经历中反思，并受到公益项目团队的感染。文化自信，是我们这个时代的精气神。

当今世界，正处于三千年未有之大变局。我们做得好，有人看着眼红，美国拉帮结派的小圈子，无端围攻我们。我们不怕。我们有文化有道德有传承有情怀有理想有信仰，我们相信党，我们相信国家，我们看到国旗升起会眼含热泪。我们各个民族能相互包容相互搀扶，从几千年的远古，走到今天，并将继续走下去。因为中国优秀文化，我们自信，我们自豪。

讲好中国故事是我们的责任，也是我们的光荣。

您看，这就是我的伙伴们。

[论语心得] 第十八话

三千编外自远方来　同心同道共话今朝

在"经典传承·榜书《论语》"公益项目团队里，大家志同道合，各司其职，快乐融洽。这个项目让"近者悦，远者来"——通过这个项目，更多喜爱《论语》、喜爱中国传统文化的朋友走入我们当中，一同追随先贤的脚步。《三生有幸：我用大字抄〈论语〉》的编写班子可谓一例。

孔子生活的年代，追随他的弟子有三千人，这是太史公秉笔直书，写在《史记》里的。而在两千多年的岁月里，被孔子的精神所打动，追随孔子弘扬儒家文化的，又何止三千人、三万人、三千万人……

虽惋惜，无法如三千弟子般追随在圣贤左右；却又庆幸我们生于一个天下有道、和平繁荣的时代。而这个时代，不恰恰可以将圣贤的学说身体力行、发扬光大吗？

在时代的感召下，使命感与责任感共同孕育了"榜书《论语》"的灵感火花——这是生长于这个时代的我们，对中华民族文化自信的深切表达。假如我是画家，我要用和着心脏搏动的笔触作画向孔子致敬；假如我是歌唱家，我要用来自灵魂的旋律将这份敬意呈献……我，是逆行武汉，抗击新冠疫情的战士；是在祖国需要的时刻挺身而出担当道义的打工者；是血脉里流淌着优秀传统文化的中国人！

我们都是孔子"三千编外"的弟子。我们生而逢时，有机会去展现、去实践自我对传统文化的执着追求——这是我们比孔子幸运的事，我们理当为此而欣喜，为此与朋友们一起，用我们的方式传承经典，一起做公益尽欢愉，无悔此生！

我的思绪还在曲阜——圣人的故土上流连。孔府、孔庙、孔林；孔子博物馆、孔子研究院、尼山圣境。"老三孔"和"新三孔"如一条中华文明史的丝带，也如那曲阜城市规划的中轴线，让历史充满生机，让现实充实厚重。

我仿佛见到了孔子。我不知怎样称呼他老人家，只是诚挚地望着老人家睿智深邃的双眼，而他回我以慈祥宁静的微笑。

"你从哪里来？"他问。

"我从远方来。"我答。

"你来这里做什么？"他问。

"我是您的追随者，是您自远方而来的朋友。"忽然间，我热泪盈眶。而他，亦自那一刻动容。

此时，孔子身边的一个人走过来，递给我一杯酒。我忍住泪，抿了一口甘美醇厚的米酒。此人问道，"还喝得过么？白酒红酒啤酒也有。"

他看到我惊诧的表情，笑着眨眨眼。"我是子路。我们随先生来到这个时代已经很久了。这里还真是繁华热闹呀。"

"你们，是怎么过来的？"难道穿越的竟然不是我？我心中暗自惊讶。

"小友莫慌，盘桓此地，皆因听到许多声音在谈论'仁'。坐下说话吧。"孔子温和地回答。

坐在我身边的人自我介绍是子贡，说："我们跟着老师一路寻来，发现你们这个时代的年轻人真是有趣：有的呢，完全不去思考什么人生意义，每天除了钻研如何赚钱，就是聚在一起喝酒；还有的没完没了地工作，却只能勉强付清房租，接着就把剩下的时间投入一个叫作什么'王者农药'的游戏，还能在游戏里'吃鸡'；还有的成天泡在直播间里，给心爱的主播们刷礼物……有的人说谎话好像比说真话还重要，有的人一走上社会，就学着拍马屁，还在一个叫朋友圈的地方，成天给自己的老板点赞。老师一看到他们这个样子，就会皱着眉头感叹一句：'巧言令色，鲜矣仁。'"子贡说得眉飞色舞。

"赐，你就做得很好了吗？"孔子严肃地望着子贡。

子贡冲着我吐了一下舌头，用耳语对我说："老师批评我好多次了，说不许方人。"

这时有人向我欠了欠身。子贡向我介绍，他是曾参。"但我们千真万确是被这个时代呼唤'仁'的声音吸引来的。"曾子庄重地说。

"这个声音，也许就是从端木先生所看到的，那些似乎没有任何追求的年轻人心中发出的。"我肃然回答。

"这是一个好的时代，你知道吗？2020年武汉暴发新冠肺炎疫情的时候，全国各地都在支援那里的同胞。好几个年轻漂亮的女护士，为了节省穿防护服的时间，为了节省清洁消毒的时间，把自己的一头青丝都剃光了！而生物安全领域的科学家们，为了及早研发防控疫情的疫苗，每天睡不到 3 个小时。"

听了我的话，孔子和他的几位弟子流露出钦佩的神色。

"其实，仁在我们每个人的心里，虽然平时并不展露，却从未有一刻稍离。"我真诚地说。

"可有很多人的欲望太繁复了。"颜回轻轻开口："我看到许多人为了所谓的成功，精于算计，看似结交了许多朋友，其实只是利益的图谋。"

"是啊，那些笑眯眯，每天总把佛系二字挂在嘴边，对谁都一副笑脸的人，按老师的话来说，都是乡原，是德之贼。"子路愤愤不平地说。

"可我们对他们能不能也有一点体谅呢？在竞争如此激烈的时代，刚刚走向社会的年轻人，的确是有他们的难处呀！他们心里也许想着炒老板的鱿鱼，也许想着一走了之不为五斗米折腰，也想实现自己的梦想，也想做自己最想做的事，可是他们首先需要活着。"我分辩到。

孔子喟然而叹："看来这个时代也没有尽善尽美。"

"当然并不完美，"我诚恳地说，"我们的社会并没有特别好，但是已经很不错了，已经全面实现了小康。我们想努力做得更好。年轻人忙忙碌碌，尽力奔跑，但至少，他们有奔跑的目标。"

"那么你们的目标又是什么呢？"曾子问道。

我思考片刻，回答道："有许多的年轻人，他们的目标是活成自己本来的样子。"

"我和周围的年轻人讨论过争论过。他们中间有很多人对我说，他想活成那个不需要佛系，爱憎分明的君子；活成那个心中有梦脚下有根手中有力量的开拓者；活成那个'愿车马、衣轻裘，与朋友共'的侠客……最重要的是，我们（这里我用了'我们'）都希望，自己内心的良知与仁爱，永远永远都不会丢失。"我郑重其事地说。

"那么我老师的学说可以在这里实现了吧？"子路着急地问。

"当然可以！我们重视文化自信。中国优秀文化里包含着优秀传统文化，当然包含着儒学文化。"我声音哽咽了片刻："我们有多么爱这片土地，就有多么爱先生心中的理想；我们一直是先生的追随者，就像先生当年那三千弟子一样。"

"这一定很辛苦吧？将实现'仁'的担子放在肩上，你们可承受得住吗？"曾子凝重地望着我。

"士不可以不弘毅，我们知道任重道远。虽然很难，虽然还有许多路要走，虽然我们中的好多人刚刚脱贫，而当下的消费水平又很高。"我停顿了一下，接着说："虽然，就像端木先生看到的那样，我们中也有很多人在浪费时间、虚度光阴。但我们的主流是向上向善勤奋努力的，我们愿意学习先生的思想，把传统文化中的精华应用到我们的时代，我们一定会做得更好！"

"后生可畏呀！"孔子欣然而笑。

"来来来，人生得意须尽欢！今天我们在此，一醉方休！"

子路竟然给自己倒上了一杯二锅头。

"人生得意须尽力！人生得意须有为！"我也给自己倒了满满的一杯。

"哎，你们两个，唯酒无量不及乱哟！"颜回笑着说。

"祝你们每个人都在这个时代完成自己的心愿！"子路举杯。

"谢谢你！我们会致身竭力，认真做好短暂人生中所经历的每一件事，也会用心去爱出现在我们生命中的每一位朋友！"我郑重举杯，与子路共饮。

"有朋自远方来，不亦乐乎！"孔子的目光就像他那微笑，充满了慈爱与宁静。"送你一句话——仁者不忧，知者不惑，勇者不惧！"

此刻，我正站在孔子博物馆庭院里圣人塑像前。凝望他那睿智深邃的双眼，想象他那慈爱亲切的声音。

有朋自远方来，来向他老人家呈上《榜书〈论语〉全文》这份学习心得，以"三千编外"的赤诚之心，表达我们这个时代的文化自信。

[链接馨苑] 第十八境

传承仁爱，传统文化就在我们生活中

仁爱是孔子思想的核心，仁爱是中国人的基因，仁爱是中国抗疫斗争中最温暖的情节。

书画频道举办的辛丑仰山雅集活动以"向党说句心里话——庆祝建党一百周年"为题，形式还是信札。我正好在此前不久给一位仍在现职的老朋友写了一封信，于是，以"红军"为名，将真名隐去，用毛笔抄了一遍，交上作业。在这篇作业中，也能体会到仁爱的情怀，仁爱的力量。手札释文如下：

红军主任如晤。寄来的书收到了。你们在抗疫一线工作繁忙，还牵挂于我，实在不安！

我从外地返京，因正值"两会"，故须提交核酸检测证明。我就近去了一家医院，虽然人很多，但也秩序井然。检测结果于当天下午就传到了手机上。第二天到机场办理登机牌时出示了证明；在排队登机时有工作人员提前到队中逐人查验证明，并在登机牌上做标记；到登机口测体温，再验证明及登机牌。先后共验了三次证明。抵京进入航站楼时只测体温，不再查验证明，所以通过很快捷。

说这个例子，是想表扬你们工作细致严谨，分工明晰。我的亲身经历，应该比你去检查工作了解到的还准确还真实，是普通群众的真实感受。还想说的是，对比疫情以来很多国家的乱象，我们中国，在去年用了几个月的时间，就取得了重大战略成果，并成为世界主要经济体中唯一实现正增长的国家。这个实例，也从一个侧面体现了习近平总书记总结的伟大抗疫精神。总书记说得好，生命至上，集中体现了中国人民深厚的仁爱传统和中国共产党人以人民为中心的价值追求。这两个因素一个也不能少。结合这个实例，再想想中国百年巨变，正是因为有了中国共产党，有全国人民和党同心同德。我们在这里说的是心里话。毕竟我们在一个支部生活过十来年，我们能交心。我这个有 40 年党龄的老同志，虽然离岗退休，但党员身份是永远不变的。我们有幸，今年一起庆祝我们党成立一百年，在参与庆祝活动的过程中，也将是我们进一步学党史悟道理明方向，不断提高党性修养的过程。我还要和你们一起迎接中华人民共和国成立一百年，一起迎接中华民族的伟大复兴！

　　红军主任，再次感谢你的关心。你们工作辛苦，要多多保重！

老陈手草辛丑上巳前

　　再把一篇与古人相接的旧作呈现给您，说的是一段在学习传统文化过程中心路成长的故事；说的是学习的过程，也是波浪式前进螺旋式上升，学无止境。

　　约 40 年前，在学习中国文学史的时候，我认识了南齐诗人谢朓，他写了许多清新秀丽的诗。李白对他非常欣赏，多次写诗称赞："蓬莱文章建安骨，中间小谢又清发"；"我吟谢朓诗上语，朔风飒飒吹飞雨"；"解道澄江静如练，令人却忆谢玄晖"；在九华山落雁峰上还大发感慨："此山最高，呼吸之气，想通天座矣！恨不携谢朓惊人诗来，搔首问青天耳"，等等吧，可见李白对谢朓的赞誉之盛。

还记得一位老师夸赞谢朓《晚登三山还望京邑》中"余霞散成绮，澄江静如练"二句，说李白对这两句诗评价颇高，并且将之引入自己的诗句中。当时的我，心中存有一个疑问，余霞散在天际，像绣锦彩缎一样美丽。而澄江静如练，则是说澄澈的江水平静得如一条铺展的素白绸子。这两种景观会同一时刻出现在同一画面上么？我还想到了白居易的《暮江吟》，一道残阳铺水中，半江瑟瑟半江红。而谢朓的这两句却让当时的我觉得好像是 PS 的。心中还想，李白为何会夸赞这两句诗呢？

心中虽然有了这个疑问，但也没有再进一步主动做功课。毕竟那个培训班一年安排了 15 门课，北大、北师大的老师各个要求严格，"规定动作"还"压力山大"，也就没有再搞什么"自选动作"的心思了。

说话过了 30 来年，新认识了一位新闻界的老师，她说我叫赵奇，同时递过一张名片。我说，您这名片上印的是赵绮呀。她说，谢谢，谢谢您把我这名字念准了。大多数人都管我叫赵奇，一开始还解释纠正，太累，我就随大流，认了叫赵奇了。她问，您怎么念得这么准呢？我说，"余霞散成绮，澄江静如练"呀。

这件事让我又回想起当年的疑问。我到网上去搜李白称赞谢朓这两句的那首诗。查到了，李白的这首诗题为《金陵城西楼月下吟》：

金陵夜寂凉风发，独上高楼望吴越。

白云映水摇空城，白露垂珠滴秋月。

月下沉吟久不归，古来相接眼中稀。

解道澄江静如练，令人长忆谢玄晖。

（注：静、净二字在谢、李诗中都有用到，因不是本文议题，故权且只用静字）

李白在诗中并没有说"余霞散成绮，澄江静如练"好，而是说在月下观江水，才领略到谢朓诗中的这句"澄江静如练"之妙。的确，澄江静如练，把月下的江水描画得生动亲切感人，令人如醉如痴。

这就是在学习的时候思考、设问、找到答案的乐趣，也是在读诗的同时与前贤进行思想交流的微妙的欣喜。于是我即兴模仿谢朓原诗范式，写下一首五言诗《余霞澄江句议趣》：

余霞散成绮，澄江静如练。

谢朓出佳句，李白惠远传。

然则江似镜，岂不水如天。

一道残阳染，半江暮色蓝。

　　谪仙高妙处，解道月光前。

　　长忆沉吟趣，相接慕圣贤。

　　澄江无限好，梦里上三山。

　　故事说到这好像可以收尾了，40年的疑问似乎有了圆满的答案。

　　不然。直到有一天傍晚，我登上南京古城西南方向位于长江南岸的三山，回望南京古城和晚霞映照的大江之景——确实有余霞似锦和澄江如练的景致同时出现。我忽然明白了，是我的思维局限了，是我的知识局限了。源自西方的摄影油画讲究焦点透视，而中国画中国诗，既讲焦点透视，也讲散点透视，两种规则还可以结合着使用。白居易《暮江吟》的两句是聚焦残阳斜照下的江面；而谢朓诗中用的是左摇右移俯瞰仰观拉近放远交替切换的镜头，一眼环望去，何止上百里，余霞覆盖不到之处，怎的就不能是如若素练。看看人民大会堂里傅抱石、关山月合作的巨幅国画《江山如此多娇》，就好理解谢朓的诗句了。

　　我把《晚登三山还望京邑》放在这，供您欣赏：

　　灞涘望长安，河阳视京县。

　　白日丽飞甍，参差皆可见。

　　余霞散成绮，澄江静如练。

　　喧鸟覆春洲，杂英满芳甸。

去矣方滞淫，怀哉罢欢宴。

佳期怅何许，泪下如流霰。

有情知望乡，谁能鬒不变。

40年的疑问，今天让我有了新解。千古名句，魅力无限。长忆沉吟趣，相接慕圣贤。余霞澄江好，梦里上三山。

中华文化博大精深。在中华文化的福荫之下做个学童，无论年幼年少年轻年长，都是有益的，都是值得的。而于我来说，又是惬意的，又是幸福的。

优秀传统文化也是我们现代生活的一部分。

第十八境　传承仁爱，传统文化就在我们生活中

释文见贤思齐

出自论语里仁第四

子曰见贤思齐焉见不贤而内自省也

後記之五　榜書論語全文書寫創作散記

榜書論語全文以山東友誼出版社出版楊朝明主編論語詮
解中論語原文為母本按篇逐章逐字編序為每
字建尸籍以中華書局出版楊伯峻譯註論語譯
出版魏人何晏集解論語為參照兼顧簡化字的轉
換取上好宣紙手工托芯先托後寫竝草注編為每字建門
牌墨蹟幹後歷平鈐印竝墨書編碼整理核驗後逐頁掃描製
作數字文本成品分為七十集以七十個樟木箱承載箱體刻製
有分集目錄　榜書論語全文取法顏真卿帖在四尺斗方上書
寫一個字約日書百字書寫時即已不入眼者約百之五六加
之專家指正後重寫或因書鈐印編碼有誤或因歷平磲節對
年成品保護失當而遭水浸等總計成摃之比約為一百比十
四本人僅為書法愛好者卻妄擔重任若以書法藝術論
實不足觀竝而余雖顏盡出批力聊表寸心故不避疏淺在項
目同仁支持下謹遵專家指導與助理小組諸君勠力不輟歷
時兩載終逡可嶺謹謹以此作致敬書法致敬經典或亦可充為
當代國人人文化自信樸實情懷之汪洋中的一滴水

時在公元二千二十一年仲春　陳嘯宏識 🔲

后记

在这里，我们首先要向山东省领导对"经典传承·榜书《论语》"公益项目的重视与支持表示衷心的感谢！向山东省委宣传部、省文化与旅游厅领导所给予的支持与指导表示感谢！

向国家卫生健康委领导及宣传司领导所给予的支持与鼓励表示感谢！

向所有曾给予我们支持与帮助的人们表示感谢！

向新闻媒体的朋友们表示感谢！

中国医药卫生文化协会的伙伴们，自项目开始，就以各种方式认真收集资料，向他们表示感谢！

向一直关心着我们鼓励着我们，但由于篇幅所限，在书中未能一一介绍的朋友们表示感谢！

还要向我的家人给予我的理解支持鼓励和关心表示感谢！

《三生有幸：我用大字抄〈论语〉》实际上就是一个工作总结

汇报，附加两个学习心得汇报。因此，我在这必须说两句话。

第一句话是，谢谢各位读者朋友，付出了极大耐心与宝贵时间，审阅了我们的汇报。谢谢您！

第二句话是，我们之所以能呈献出两个学习心得，是因为我们读了很多书很多文章，在网上搜索了很多资料。我们要向这些书籍、这些文章的作者，这些资料的提供者，表示由衷的感谢。谢谢您结实的肩膀！

感谢热情参与本书编写工作的伙伴们，他们是萧卫红、赵亮、曲鸣明、张萌、王洪霞。特别是鸣明，她草拟了最初两稿；萧卫红、张萌、王洪霞分别撰写了文章；洪霞自始至终参与了六易书稿的全过程。

向周冰、郑宏、许梅林、姚胜兴、路丹说声谢谢。他们对于用什么形式讲好学习《论语》心得体会，向我提出过诚恳建议。

感谢秦怀金、卢江、刘金峰、齐贵新、何翔、叶全富、顾金辉、田建新、张旭东、徐笑、孔浩在"经典传承·榜书《论语》"公益项目开展过程中，以及本书的编写过程中所给予我的热情帮助和大力支持。

既然《三生有幸：我用大字抄〈论语〉》是围绕着"经典传

承·榜书《论语》"公益项目中《榜书〈论语〉全文》展开的，那么把公益项目六篇"后记"中的第五篇附上，似无不妥，且有必要。

　　"经典传承·榜书《论语》"公益项目"后记"之五：

　　《榜书〈论语〉全文》书写创作散记

　　《榜书〈论语〉全文》以山东友谊出版社出版杨朝明主编《论语诠解》中《论语》原文为母本，按篇逐章复印，按篇章逐字编序，为每字建"户籍"。以中华书局出版杨伯峻译注《论语译注》、中华书局出版魏人何晏集解《论语》为参照，妥处简化字对繁体字的转换。取上好宣纸，手工托芯。先托后写，并草注编码，为每字建"门牌"。墨迹干后压平、钤印并墨书编码。整理核验后逐页扫描制作数字文本。成品分为七十集，以七十个樟木箱承载，箱体刻有分集目录。

　　《榜书〈论语〉全文》取法颜帖，在四尺斗方上书写一个字，约日书百字。书写时即已不入眼者约百之五六，加之专家指正后重写，或因书写、钤印、编码有误，或因压平环节对半成品保护失当而遭水浸等，总计成损之比约为一百比十四。

　　本人仅为书法爱好者，却妄担重任，若以书法艺术论实不足观。然而，余唯愿尽出拙力，聊表寸心，故不避疏浅，在项目同仁支持下，谨遵专家指导，与助理小组诸君勠力不辍，历时两载，终遂所愿。谨以此作致敬书法，致敬经典，或亦可充为当代国人文化自信朴实情怀之汪洋中的一滴水。

时在二千二十一年仲春，陈啸宏识

顺便做个广告，中国医药卫生文化协会正在做着一本书，初拟书名《经典传承公益项目：榜书〈论语〉全文（缩印本）》，是一部完整的相关资料集。欢迎垂爱关注。

我诚恳地欢迎朋友们对本书中的错误之处、不当之处给予批评指正。

收笔在即，思绪难收。

有很多人——真的是有很多人——问着我同一个问题：接下来您想再干点什么？

那些辛苦着并时有收获的日日夜夜，让我体会到文化自信的厚重内涵和历史逻辑。

我们已经看到，当中国人民深厚的仁爱传统和中国共产党人以人民为中心的价值追求形成合力的时候，是一种怎样的力量。

我们喜庆第一个百年。我们迎接第二个百年。中华民族的伟大复兴，是我们追逐的梦。

陳嘯宏

2021 年 5 月 4 日初稿

2021 年 7 月 1 日定稿